Ephraim George Squier

Die Staaten von Central-Amerika insbesondere Honduras, San Salvador und die Moskitoku⊠ste

SALZWASSER
VERLAG

Ephraim George Squier

Die Staaten von Central-Amerika insbesondere Honduras, San Salvador und die Moskitoku⊠ste

Unveränderter Nachdruck der Originalausgabe von 1865.

1. Auflage 2022 | ISBN: 978-3-37500-955-7

Verlag: Salzwasser Verlag GmbH, Zeilweg 44, 60439 Frankfurt, Deutschland
Vertretungsberechtigt: E. Roepke, Zeilweg 44, 60439 Frankfurt, Deutschland
Druck: Books on Demand GmbH, In de Tarpen 42, 22848 Norderstedt, Deutschland

Die Staaten

von

Central=Amerika

Leipzig, 1865.

Vorrede.

Die verschiedenen Staaten Central-Amerika's haben in unseren Tagen die allgemeine Aufmerksamkeit auf sich gezogen. Sie sind ein Feld geworden, auf welchem die rivalisirende Politik der beiden größten See- und Handelsmächte hart gegeneinander stößt, und wo die Verhältnisse so wirr neben und durcheinander liegen, daß eine friedliche Lösung kaum möglich erscheint. Offenbar bereitet sich dort eine neue Zeit vor, in welcher jene Staaten Einflüsse und Einwirkungen vom Auslande her empfangen werden.

Die mittelamerikanische Landenge von Yucatan bis Panamá gehört zu den schönsten Regionen der Welt, und ist von der Natur in so hohem Maße bevorzugt wie wenige andere. Kein Land in irgend einem Erdtheile kann sich einer vortheilhaftern Weltlage rühmen. Die ausgedehnten Gestade an beiden Oceanen besitzen gute, zum Theil vortreffliche Häfen. Die westliche Seite ist dem stillen Weltmeere zugewendet und ermöglicht bequemen Schifffahrtsverkehr mit den pacifischen Inselfluren, mit ganz Ostasien und Ostindien, mit der Küste des amerikanischen Festlandes von Californien und Oregon bis Chile. Die östliche Küste wird vom caraibischen Meere bespült, und ist von den großen Emporien am mexicanischen Meerbusen, am nördlichen atlantischen Ocean und den Antillen her leicht zugängig. Central-Amerika liegt recht eigentlich in der Mitte zwischen Ostasien und Australien einerseits und Westeuropa andrerseits. Mit Recht hat man gesagt, daß es vorzugsweise zu einem Weltpassagelande bestimmt sei.

Im Verlaufe der letzten zehn Jahre haben bekanntlich die Verhältnisse des großen Verkehrs eine völlige Umwandelung erfahren, welche zu nicht geringem Theil durch die Goldentdeckungen in Californien und Australien bewirkt worden ist. Schifffahrt und Handel gewannen ganz ungemein an Ausdehnung, und insbesondere hat sich im stillen Ocean und den westamerikanischen Küstenländern ein reges Leben entwickelt. Für Europa und den atlantischen Osten der Vereinigten Staaten Nord-Amerika's erscheint es von höchstem Belang, mit den pacifischen Regionen eine rasche und sichere Verbindung zu unterhalten; eine solche kann aber nur vermittelst der Passage durch Central-Amerika gewonnen werden.

Auf dieser großen Landenge bieten sich verschiedene Punkte dar, welche mehr oder weniger zur Herstellung von nassen oder trockenen Straßen geeignet sind. Man hat den Isthmus von Tehuantepec im mexicanischen Gebiete für die Anlage einer Eisenbahn in's Auge gefaßt, aber die Hafenplätze Minatitlan am Coatzacoalcos und Ventosa am stillen Ocean sind unsicher und für den großen Verkehr ungenügend. Man hatte den Plan, einen Canal durch Nicaragua zu führen und den San Juanfluß sammt dem großen See bei diesem Unternehmen zu benutzen; man ließ ihn jedoch fallen, weil der Kostenaufwand zu hoch erschien, und begnügte sich mit Herstellung einer Dampfschifffahrtslinie von San Juan del Sur nach San Francisco, und von Neuyork und Neuorleans nach San Juan del Norte; die Verbindung zwischen den beiden nicaraguanischen Seehäfen wird auf dem San Juanstrom und dem Nicaraguasee mit Dampfbooten unterhalten, doch so, daß die Strecke vom Seeufer nach San Juan del Sur von den Reisenden über Land zurückgelegt werden muß. Weiter südlich, im Gebiete der Republik Neu-Granada, verbindet die Panamábahn beide Meere. Die Straßen durch Nicaragua und über Panamá vermitteln schon seit Jahren einen großen Theil des Verkehrs zwischen dem Osten und dem Westen. Demnächst wird eine dritte große Fahrbahn hinzukommen, der Schienenweg durch Honduras, von Puerto-Caballos in schnurgerader Linie nach der Fonsecabay. Diese Route, auf welcher im April 1856 die Vorarbeiten begonnen haben, wird allem Anschein nach einst die beiden anderen weit überflügeln und zu einer großen Bedeutung gelangen.

Central-Amerika ist unendlich reich an Producten; es hat alle Erzeugnisse der Tropen und des gemäßigten Himmelsstriches, es eignet sich in gleicher Weise zur Plantagenwirthschaft, welche Baumwolle und Zucker in den Handel liefert, wie zum Ackerbau in mitteleuropäischer Weise; es hat ausgedehnte Wiesenflächen, auf welchen das Hornvieh gedeiht, es besitzt Hochweiden für die Schafzucht, und ist ungemein ergiebig an werthvollen Mineralien, insbesondere an edeln Metallen. Dazu kommt, und dieser Umstand fällt hauptsächlich schwer ins Gewicht, das überall im Hochlande ganz vortreffliche und gesunde Klima, welches dem europäischen Arbeiter ohne Nachtheil für seine Gesundheit sogar den Anbau des Kaffee's möglich macht. Nur das Flachland am atlantischen Ocean ist ungesund, der schmale Gestadesaum am großen Weltmeere zu heiß, und die große Querspalte von Nicaragua eine Heimat gefährlicher Fieber. Aber die Hochflächen und Gebirgsthäler in Costa Rica wie in Nicaragua, in San Salvador und vor Allem auch in Honduras und Guatemala, lassen in der That in klimatischer Beziehung Nichts zu wünschen übrig. Erwägt man die großen Vorzüge, welche Central-Amerika für Ansiedler darbietet: die Weltlage, den fruchtbaren Boden, die Mineralschätze und das gesunde Klima, so wird man nicht im Zweifel sein können, daß über kurz oder lang diese gesegneten Gegenden einen Hauptzielpunkt insbesondere auch für die deutsche Auswanderung abgeben werden.

Freilich müssen zuvor die staatlichen Verhältnisse eine durchgreifende Umgestaltung erfahren haben. Seit einem Menschenalter sind dieselben in einer so entsetzlichen Weise zerrüttet, daß man kaum absieht, wie aus dem Innern dieser Staaten heraus eine Rettung möglich sein könne. Der spanische Creole, insbesondere in Central-Amerika, hat sich abgelebt. Er hielt sein Blut nicht rein, bekam von

Europa aus keinen frischen Zufluß in erforderlicher Menge, und so entstand ein Mischlings- und Bastardgeschlecht, welches den ohnehin verhältnißmäßig nicht zahlreichen Weißen längst über den Kopf gewachsen ist. Zur Zeit der spanischen Colonialherrschaft lastete auf allen Classen und Farben der gemeinsame Druck des Mutterlandes, und die Kirche hat Nichts gethan, was der Volksbildung hätte förderlich sein können. Nachdem die Ansiedelungen ihre Unabhängigkeit erkämpft hatten, wußten sie von ihrer Freiheit keinen verständigen Gebrauch zu machen, und die Bürgerkriege dauern bis auf den heutigen Tag, ohne daß ein Ende sich absehen läßt, wenn nicht die Nord-Amerikaner den Dingen in Mittel-Amerika eine andere Wendung und Gestalt geben.

E. G. Squier liefert in dem vorliegenden Werke einen höchst schätzbaren Beitrag zur Kunde des interessanten Landes. Sein Buch führt den Titel: Notes on Central America; particularly the States of Honduras and Sal Salvador: their geography, topography, climate, population, resources, productions etc., and the proposed Honduras Interoceanic Railway. By E. G. Squier, formerly chargé d'affaires of the United Staates to the republics of Central America. Newyork 1855. Er hat das Land, in welchem er einige Jahre verweilte, mehrmals besucht, und schon früher eine werthvolle Arbeit über Nicaragua veröffentlicht.

Der Bearbeiter hat eine Einleitung hinzugefügt, welche in Umrissen die Geschichte der centralamerikanischen Staaten bis auf unsere Tage darstellt, und dem Leser einen Faden in die Hand giebt, an welchem sich derselbe einigermaßen orientiren kann. Auch ist der Abschnitt über die Moskitoküste vervollständigt worden.

Wir bemerken zum Schlusse, daß Squier sein für die Erdkunde belangreiches Werk unserm großen Geographen Karl Ritter zugeeignet hat.

Dresden, 10. Juni 1856.

Karl Andree.

Inhalt.

Einleitung.

Seite

Geschichte der centralamerikanischen Republiken VII

I. Central-Amerika.

Erstes Kapitel.

Geographische und topographische Gestaltung von Central-Amerika und ihr Einfluß auf die Bevölkerung 1

Zweites Kapitel.

Betrachtungen über das Klima von Central-Amerika 7

Drittes Kapitel.

Die Bevölkerung von Guatemala, San Salvador, Honduras, Nicaragua und Costa Rica 18

II. Honduras.

Viertes Kapitel.

Entdeckung. Grenzen. Allgemeiner Ueberblick. Topographie . . 35

Fünftes Kapitel.

Ströme, Seen und Lagunen 45

Sechstes Kapitel.

Buchten, Häfen und Ankerstellen 59

Siebentes Kapitel.

Die Inseln vor der Küste von Honduras 70

Seite

Achtes Kapitel.

Politische Eintheilung von Honduras. Die Departements Comayagua, Gracias, Choluteca, Tegucigalpa, Olancho, Yoro und Santa Barbara 78

Neuntes Kapitel.

Naturansichten von Honduras 100

Zehntes Kapitel.

Mineralreichthum und Bergbau 106

Elftes Kapitel.

Erzeugnisse des Pflanzenreiches und des Thierreiches 115

Zwölftes Kapitel.

Die indianischen Einwohner von Honduras. Die Xicaques, Payas, Sambos und Caraiben 138

Dreizehntes Kapitel.

Politische Verhältnisse. Verfassung. Kirchliche Zustände. Erziehung. Industrie. Einkünfte. Aussichten für die Zukunft 159

III. San Salvador.

Vierzehntes Kapitel.

Lage. Gebirge. Ströme und Seen. Hafenplätze. Mineralreichthum. Kohlen. Vulcane. Politische Verhältnisse 172

Funfzehntes Kapitel.

Die Ureinwohner von San Salvador 198

IV.

Sechzehntes Kapitel.

Neu-Segovia, Chontales und die Moskitoküste 217

Siebzehntes Kapitel.

Die Inseln in der Bay von Honduras und die englische Politik in Central-Amerika 231

Achtzehntes Kapitel.

Eine interoceanische Eisenbahn durch Honduras 243

Einleitung.

Geschichte der centralamerikanischen Republiken.

Die Geschichte der Republiken in dem vormals spanischen Amerika bietet von Anbeginn bis auf den heutigen Tag ein geradezu trostloses Schauspiel dar. Wir finden fast überall Blut und Anarchie, Unduldsamkeit und Grausamkeit der abscheulichsten Art, und eine Parteienwuth, die uns mit Schauder erfüllt. Die siegreiche Partei geht darauf aus, ihren Gegner nicht blos zu demüthigen, sondern sie will ihn wo möglich vernichten, sie bebt vor extremen Maßregeln nie zurück, und Confiscation, Verbannung, Todesstrafe und Mord sind an der Tagesordnung. Die herrschende Partei verfährt willkürlich, despotisch, tyrannisch, und gestattet keine Widerrede; die Besiegten und Unterdrückten knirschen in ihre Ketten, und sehnen den Tag herbei, an welchem sie den Gegnern Gleiches mit Gleichem vergelten können; um die Gewalt zu erwerben, sind alle Mittel recht; das ganze Sinnen und Trachten ist darauf gerichtet, vermittelst einer Revolution ans Ruder zu gelangen. Nachdem das gelungen, geht dasselbe Spiel auf der andern Seite wieder von vorne an. In einem so unheilvollen Kreise bewegen sich diese Republiken seit länger als dreißig Jahren.

Ihre Geschichte bildet zu jener der Vereinigten Staaten von Nord-Amerika einen schneidenden Gegensatz. Hier machen sich die Parteien Luft in der Presse, auf der Rednerbühne, in Volksversammlungen, in den gesetzgebenden Körperschaften der Einzelstaaten und im Congresse zu Washington, und in letzter Instanz entscheidet über den Sieg einer Partei allemal die Wahlurne. Man besiegt den Gegner durch den Stimmzettel, aber man macht ihn nicht mundtodt, man schneidet ihm den Hals nicht ab, man treibt ihn nicht aus dem Lande, und er behält allezeit die Hoffnung, daß auch er wieder obenauf kommen könne, sobald er für seine Ansichten und Bestrebungen die Mehrheit der Stimmen zu gewinnen weiß. Die Parteiwogen gehen in Nord-Amerika fast immer mit hoher Fluth, aber die Vereinigten Staaten haben bis auf diesen Tag keinen Bürgerkrieg gekannt, und Niemand hat die Unionsverfassung angetastet, welche seither für ein Palladium gegolten. Die Parteien und ihr Treiben bilden dort eine Art von Sicherheitsventil, sie dulden sich gegenseitig und können sich vollkommen frei ausleben.

Das Alles fällt im spanischen Amerika weg. Man kennt dort kein Parteileben in nordamerikanischem Sinne; denn jede Partei ist unduldsam, will dem Gegner keine freie Meinungsäußerung gestatten, verkümmert ihm die politischen Rechte, sie will unbedingt herrschen. Jeder Widerspruch und jeder Widerstand gilt für Hochverrath, der mit Verbannung oder Tod bestraft wird. So kommt es, daß das spanische Amerika seine blutigen Aufstände und Revolutionen nach Hunderten zählt. Jeder Oppositionsmann, mag er auch Zwecke erstreben die an sich durchaus löblich sind, und mögen seine Absichten noch so rein sein, wird unter solchen Verhältnissen fast mit Nothwendigkeit ein Verschwörer, er ist als solcher verdächtig, die Gegenpartei späht allen seinen Worten und Handlungen nach. So wird außer dem öffentlichen Leben auch das Privatleben gleichsam vergiftet; das Gesetz wird zu einem Werkzeuge der Bedrückung und Tyrannei, es büßt alle Achtung ein, weil es so oft verletzt oder misbraucht wird. Und da auch Religion und Kirche dem Parteigetriebe nicht fern geblieben sind, so haben sie begreiflicher Weise von ihrem Ansehen viel verloren.

Die spanischen Republiken sind durch und durch demoralisirt. Dem spanischen Charakter fehlen bekanntlich vortreffliche Eigenschaften nicht, und die Zustände der pyrenäischen Halbinsel im Mittelalter liefern den Beweis, wie freiheitlich damals das politische Leben in Spanien sich entfaltet hatte. Aber nachdem die Mauren besiegt worden waren, verschwand das alte Freithum und machte einem staatlichen Absolutismus und einem kirchlichen Zwange und Drucke Platz, durch welche Spanien zu Grunde gerichtet wurden. Während Nord-Amerika von England aus vorzugsweise durch den Pflug erobert und von fleißigen, bürgerlichen Menschen besiedelt wurde, welche sich den Künsten des Friedens widmeten, kamen die Spanier mit Schwert und Brandfackel in die Neue Welt. Die stahlbepanzerten Ritter suchten Ruhm, Macht und Ehre, und ihr abenteuernder Sinn war vorzugsweise auf Gold gerichtet. Von dem Segen altgermanischer Freiheit und Selbstverwaltung, dessen die Ansiedler in Nord-Amerika sich erfreuten, war in den spanischen Colonien keine Spur vorhanden. Dort stand fast Alles auf Zwang und Unterjochung, und das Mutterland gestattete den Ansiedlern keinerlei Art von freier Beweglichkeit. Adel und Kirche hatten große Vorrechte; die Beamten der Krone trachteten vorzugsweise nach Hofgunst und blickten mehr nach Madrid als auf die ihrer Verwaltung anheimgegebenen Provinzen. Durch die kühnen Männer, welche Amerika für die spanische Krone erobert hatten, durch diese Conquistadoren, erwarb Spanien großen, aber vielfach unfruchtbaren Ruhm; der Neuen Welt ist kein Vortheil daraus erwachsen, daß diese unternehmenden Ritter vor Allem nach Marquisaten, Provinzen, ausgedehnten Ländereien, Gold- und Silbergruben und nach dem Besitz einer zahlreichen Menge von Sclaven trachteten. Die Vicekönige, welche von Europa aus nach Amerika geschickt wurden, um die Verwaltung der Colonien zu leiten, entfalteten fürstliche Pracht und hielten glänzenden Hof; es bildete sich eine Art Colonialaristokratie, welche ungeheure Reichthümer erwarb. In Amerika hatte man alle Formen der absoluten Monarchie Europa's, und die Misbräuche in Staat und Kirche waren in der Neuen Welt nicht minder groß als in der alten. Macht und Reichthum befanden sich in den Händen einer verhältnißmäßig geringen Anzahl; die Massen schmachteten unter Druck und Unwissenheit. Die Aemter wurden vom spanischen Hofe nicht sowohl tüchtigen Männern als vorzugsweise Günstlingen verliehen, denen man Gelegenheit geben wollte, sich in den Colonien zu bereichern. Die Conquistadoren waren doch wenigstens tapfere, kühne Männer gewesen, und trotz aller ihrer Fehler bleiben sie großartige Erscheinungen; aber die entartete Hofaristokratie, welche die Vortheile der Eroberung für sich ausbeutete, ist nicht im Mindesten geeignet, Achtung einzuflößen.

Unter dem spanischen Colonialsystem war kein gesunder Aufschwung, kein frisches Gedeihen möglich, und jeder Fortschritt konnte nur sehr langsam von statten gehen; er mußte der Ungunst der Verhältnisse förmlich abgerungen werden. Daß von einer Vorbereitung und Heranbildung zu einem republikanischen Staatsleben in den spanischen Colonien gar keine Rede sein konnte, versteht sich von selbst; jede freie Regsamkeit, jede selbständige Thätigkeit war ihnen verwehrt; sie wurden in all und jeder Beziehung bevormundet, und ein Verkehr mit der Außenwelt war ihnen nicht gestattet. Sie hatten einen ohnehin nur bedingten, obendrein von Spanien aus monopolisirten Verkehr mit dem Mutterlande, und Ausländer wurden von ihnen möglichst fern gehalten. So verknöcherten sie im Fortgange der Zeit mehr und mehr.

Aber sie waren mit ihren Zuständen nicht zufrieden. Die Wellenschläge der Umwälzungen in Nord-Amerika und Frankreich reichten auch bis in die spanischen Colonien und brachten neuen Gährungsstoff und neue Anschauungen unter die Creolen, die anfangs freilich unklar genug waren, allmälig aber eine festere Form gewannen. Doch war auch im Beginn des laufenden Jahrhunderts den Colonien der Gedanke an Trennung von Spanien und an Unabhängigkeit noch fern; sie hingen im Gegentheil noch mit fester Anhänglichkeit am Mutterlande, und die Macht der Vicekönige in Amerika war selbst dann noch stark, als jene des Monarchen in Spanien schon längst von ihrem Ansehen eingebüßt hatte. Spanien war stiefmütterlich gegen sie verfahren, hatte ein drückendes Joch auf sie gelegt, und sie in jeder Beziehung unbarmherzig ausgebeutet. Aber es blieb doch das „Mutterland," und die Creolen bethätigten ihre Ergebenheit für dasselbe, so lange es von den Franzosen bedrängt wurde, in welchen man einen gemeinschaftlichen Feind für alle Menschen spanischer Abkunft erblickte.

Aber diese Anhänglichkeit begann zu schwinden, als nach der Wiedereinsetzung des Königs in Madrid die Thatsache sich herausstellte, daß man die Wohlthaten politischer Reformen den Colonien nicht zugedacht habe. Die Vicekönige, die Colonialaristokratie und die bekanntlich überall dem Fortschritt unholde Geistlichkeit sahen mit Abneigung und Verdruß, daß in Spanien ein freiheitliches Verfassungsleben immer festere Wurzeln schlug; sie mochten von Reformen nichts wissen. Spanien hatte nun die Cortesverfassung, die früher uneingeschränkte Gewalt des Königs war eine eingeschränkte geworden, die Aristokratie hatte Privilegien eingebüßt, dem Klerus hatte man seine großen Vorrechte im Interesse des Gemeinwohls wesentlich verkürzt, die Primogenitur war abgeschafft und die Gleichheit Aller vor dem Gesetz verkündigt worden. Zugleich fing man in den Colonien an, von Menschen- und Bürgerrechten zu sprechen, und Viele wendeten sich den neuen Ideen zu. Es war ein Sauerteig in das Leben dieser überseeischen Länder gekommen, der immer weiter um sich griff; man fühlte, daß eine Zeit des Uebergangs herannahe, daß die alten Zustände nicht lange mehr haltbar seien, aber man wußte nicht, was kommen werde. Der weiße Creole, welcher sich bisher dem altländischen Spanier gegenüber zurückgesetzt sah, wollte sich diesem in aller und jeder Beziehung gleichgestellt sehen. Die Indianer träumten von jenen Tagen, in denen einst die Republik Tlascala sich selbst weise regierte und keinem Fremden gehorchte; aber an die Einführung von Freistaaten dachten gewiß nur Wenige. Im Fortgange der Ereignisse gewann zuerst der Gedanke einer Trennung von Spanien zahlreiche Anhänger, und diese Trennung vom Mutterlande ist verhältnißmäßig leicht von statten gegangen, zu nicht geringem Theil auch deshalb, weil das Mutterland schwach war und nicht ausgiebige Mittel genug hatte, um so viele aufständische Colonien zu bändigen. Aber aus dieser Machtlosigkeit allein läßt sich die eigenthümliche Erscheinung nicht erklären; hier liegen vielmehr andere Motive zu Grunde, welche hauptsächlich den Ausschlag gaben. Zum aristokratischen Theil der Creolenbevölkerung gehörten Alle, welche Aemter bekleideten und mit der Regierung in näherer Verbindung standen, sodann jene, welche monarchisch gesinnt waren und vor allen Dingen ihre Privilegien behaupten wollten, endlich die mächtige Geistlichkeit. welche große Reichthümer besaß, und mit bitterm Groll die Ausbreitung liberaler Ideen sah, die nun auch im spanischen Amerika so viele Anhänger gewonnen hatten. Alle diese Classen waren Gegner der Reformen. Aber sie wünschten aus verschiedenen Motiven Trennung von Spanien; sie glaubten ihren Einfluß und ihre Macht in den Colonien so wohl gesichert, daß sie für die Fortdauer ihrer Privilegien wenig fürchteten; der Vicekönig wäre gern ein selbständiger Monarch, die Creolenaristokratie nun gern unabhängig vom Madrider Hofe geworden. Eine politische und kirchliche Oligarchie, so meinten sie, werde mit Leichtigkeit die rohe und ungebildete, zumeist aus Indianern und Mischlingen bestehende Volksmasse beherrschen können. Es war von Seiten dieser Classe darauf abgesehen, das altspanische System fortan auf eigene Hand weiter zu führen. Allein sie rechnete falsch.

Die Herrschaft Spaniens wurde allerdings beseitigt und die Unabhängigkeit war da. Nun aber verlangten die Massen eine Republik nach dem Vorbilde und Muster Nord-Amerika's. Und von da an begannen die inneren Streitigkeiten und Zerwürfnisse, welche bis auf den heutigen Tag fortdauern. Zwei Principien stehen einander wie Todfeinde gegenüber. Auf der einen Seite eine reiche und mächtige Aristokratie im Bunde mit der Geistlichkeit, auf der andern Männer, welche als enthusiastische Freunde einer abstracten Freiheit die Republik und gegenüber dem geistigen und kirchlichen Druck, welchen die Kirche übt, der Aufklärung zu ihrem Rechte verhelfen, die Massen, welche von Aristokraten und Klerus in Verwahrlosung gelassen worden, menschlich heranbilden wollen. In Central-Amerika werden diese Parteien als S e r v i l e und L i b e r a l e bezeichnet, und auch wir wollen uns dieser Ausdrücke bedienen. Anfangs kämpften beide Parteien um die Herrschaft, allmälig artete der Streit in einen Vernichtungskampf aus, weil man begriff, daß zwischen so schroffen Gegensätzen eine Ausgleichung und Vermittelung geradezu unmöglich sei. Aus diesem einfachen Verhältnisse erklärt sich der schauderhafte Charakter, welchen die Revolutionen im spanischen Amerika, insbesondere auch in den mittelamerikanischen-Staaten von Anfang an tragen.

Diese letzteren bildeten zur Zeit der spanischen Herrschaft die Generalcapitanerie oder das Königreich Guatemala. Gerade hier traten alle Mängel und Misbräuche des Colonialsystems am schroffsten zu Tage. Das Land war von dem Verkehr mit den übrigen Colonien abgeschlossen, und Fremden war der Zugang in dem Maße erschwert daß im Laufe des ganzen achtzehnten Jahrhunderts kaum ein Ausländer dasselbe besucht hat. War doch sogar die Einwanderung aus Spanien nur ausnahmsweise und dann allemal unter Restrictionen gestattet. Das Land stand in jeder Hinsicht in unbedingter Abhängigkeit und wurde streng bevormundet. Die Beamten der Krone genossen große Vorrechte und übten schrankenlose Gewalt, die keineswegs selten zur Förderung persönlicher Interessen misbraucht wurde; Volk und Land blieben ihnen gleichsam fremd. Aber sie gingen zumeist Hand in Hand mit der Priesterschaft, welche über eine furchtbare Waffe verfügte, über die Inquisition; beide Theile konnten Alles erreichen und durchsetzen, sobald sie sich geeinigt hatten. Die Eingeborenen waren diesen Herrschern gegenüber ohne Macht und Willen und mußten für sie arbeiten, ohne Lohn zu erhalten; sie zahlten Steuern, von welchen die Privilegirten befreit waren. Durften sie doch nicht einmal auf ihren eigenen Pferden oder Maulthieren reiten! Und wer in Gegenwart eines Privilegirten den Hut auf dem Kopfe behielt, wurde ausgepeitscht.

Der erste Ausbruch der Unzufriedenheit fand im Jahre 1815 zu Leon in Nicaragua statt. Die Bewegung wurde ohne Mühe unterdrückt, aber sie erregte allgemeine Aufmerksamkeit und leistete dem revolutionairen Geiste Vorschub. Auch konnten sich die Beamten von nun an nicht länger verhehlen, daß eine Trennung von Spanien unvermeidlich geworden sei. Schon weiter oben ist gesagt worden, welche Politik sie in einem solchen Falle zu befolgen gedachten; sie traten deshalb den Unabhängigkeitsbestrebungen nicht ernstlich entgegen, sondern bemühten sich, die Dinge zu ihrem Vortheil zu lenken. Und sie waren in dieser Beziehung vollkommen vorbereitet, als am 15. September 1821 die Vertreter des Volks zu Guatemala im Palast der Audiencia sich versammelten und das Land für unabhängig erklärten. Der kühne Schritt war durchaus von Erfolg begleitet. Alle, die an den Interessen des Mutterlandes hingen und sich mit der neuen Ordnung der Dinge nicht befreunden mochten, wanderten unbelästigt nach Cuba oder nach Spanien aus, so daß nur die Servilen und die Liberalen zurückblieben. Und nun begann der Kampf zwischen den beiden feindlichen Parteien.

Es unterliegt gar keinem Zweifel, daß die Servilen es anfangs darauf abgesehen hatten, eine unabhängige Monarchie ins Leben zu rufen; sie wollten ein mittelamerikanisches Königreich, welches alle Lande in sich begreifen sollte, die bisher zur Generalcapitanerie Guatemala gehört hatten. Aber die provisorische Junta, welche gleich nach der Unabhängigkeitserklärung zusammengetreten war, bestand zum größten Theil aus Liberalen, welche dann, zum Erstaunen der überraschten Servilen, die Eidesleistung auf absolute Unabhängigkeit durchsetzten, und die Berufung einer constituirenden Nationalversammlung beantragten, welche dem Lande neue Staatseinrichtungen geben und dabei die republikanische Staatsverfassung zu Grunde legen sollte. So sahen sich die Servilen plötzlich auf eine sehr unsanfte Weise aus ihren Träumen geweckt; sie waren in der Minderheit und entschieden überflügelt. Eine Nationalversammlung und die Verkündigung der Republik mußten alle ihre Hoffnungen vernichten und ihren Vorrechten für immer ein Ende machen. Unter diesen Umständen richteten sie ihre Blicke nach Mexico, wo damals monarchische Bestrebungen auftauchten; sie trachteten nach einer Vereinigung mit jenem Lande, wollten Central-Amerika dem mexicanischen Kaiserreich einverleiben, und suchten bei den dort siegreichen Servilen um Hilfe nach. Kaiser Iturbide war freigebig gegen sie mit Titeln und Orden; sie erwarteten von ihm auch wirksamen Beistand, und traten von nun an kühner und mit mehr Zuversicht auf.

Die constituirende Versammlung hielt ihre Sitzungen in Guatemala, der größten Stadt im Lande, in welcher der Vicekönig residirt hatte. Deshalb war ein nicht unbeträchtlicher Theil der Einwohnerschaft den Interessen der Servilen zugethan, wie sie denn auch gegenwärtig noch das Hauptquartier dieser Partei bildet. Die Servilen versprachen dem Volke goldene Tage, sobald die Monarchie eingeführt und der Thron in der Residenz aufgerichtet sei; sie boten Alles auf, um die Masse für sich zu gewinnen; nichtsdestoweniger bestand aber die Mehrheit der constituirenden Versammlung aus Liberalen. Ein Versuch dieselben zu spalten, war vergeblich, und nun griffen die Servilen zu offener Gewaltthat. Sie ließen bewaffnete Banden gegen die Versammlung anrücken, störten die Sitzungen, und ermordeten mehrere liberale Abgeordnete. Die Servilen verdankten ihren ersten Sieg in Guatemala dem Verrath und dem Meuchelmorde.

Die Nachricht von diesen Vorgängen gelangte in die entfernt von der Hauptstadt liegenden Theile des Landes erst nach einigen Wochen. Central-Amerika ist nur in einigen Gegenden einigermaßen dicht bevölkert; im Allgemeinen wohnen die Menschen ziemlich vereinzelt und sind ohne lebhaften Verkehr mit einander. Die Liberalen standen unter sich nicht in so engem Zusammenhang wie die Servilen, und konnten ihren Volksvertretern auf keinen Fall rasch zu Hilfe kommen. Im Lande erwartete man die Veröffentlichung einer republikanischen Verfassung und bekam statt derselben eine Proclamation der Servilen, welche einen Anschluß an das mexicanische Kaiserreich vorschlug! Die Führer der liberalen Partei waren ermordet oder saßen als Gefangene im Kerker zu Guatemala; dazu kam, daß in der Partei selbst Verrath zu Tage trat. Gainza, ein beim Volke beliebter aber keineswegs charakterfester Mann, hatte in der provisorischen Junta den Vorsitz geführt; es gelang den Servilen ihn zu sich herüberzuziehen, indem sie ihm eine hervorragende Stellung im Kaiserreiche versprachen. Unter das Volk wurde Geld vertheilt, die Priester boten Alles auf, um die Massen in ihrem Sinne fanatisch aufzuregen; das Volk wurde angewiesen den Tod der liberalen Parteiführer zu verlangen; alle Anhänger derselben sollten aus dem Lande getrieben werden. Manche Republikaner wurden ermordet, ihre Häuser wurden überfallen und ausgeplündert. Die Servilen beriefen eine Art von Convent zusammen, in welchem Gainza den Vorsitz führte. Er beschloß die Frage über die Vereinigung mit Mexico nicht dem Volke, sondern den Stadtbehörden und der Armee zur Entscheidung anheim zu geben. Der Tag an welchem dieselbe stattfinden sollte, war so früh anberaumt, daß nur aus Guatemala und dessen Umgegend Beschlüsse einlaufen konnten. Die Soldatesca war von den Servilen in ihrem Sinne umgestaltet worden, und gab ein willfähriges Werkzeug ab. Widerspruch brachte Lebensgefahr; die Servilen übten offenbaren Zwang aus, und erließen ein Decret, demzufolge Central-Amerika sich mit dem mexicanischen Kaiserreich vereinigen wolle. Von dorther kam ein von den Servilen im voraus erbetenes Hilfscorps unter General Filisola; fremde Bayonnete sollten die Liberalen völlig zu Paaren treiben.

Diese Bewegungen der Servilen beschränkten sich indessen vorvorzugsweise auf Guatemala, und wurden vom Volke in den übrigen Landestheilen nicht unterstützt. Vielmehr erhob sich nach einiger Zeit ein lebhafter Widerstand gegen jene Usurpationen, und San Salvador welches den Mittelpunkt des Liberalismus bildete, traf entschiedene Maßregeln, indem es Truppen ins Feld rücken ließ. Die Armee der Servilen wurde aufs Haupt geschlagen, und von da an hat das Blutvergießen nicht mehr aufgehört. Die Patrioten von San Salvador wurden von den Städten Granada in Nicaragua und San José in Costa-Rica unterstützt. Dagegen war der Bischof von Leon ein erbitterter Gegner der Liberalen und trat offen auf Seite der Servilen. Er stützte sich auf die damals noch große Gewalt der Kirche, auf die aristokratische Partei und auf den bigotten Theil der Volksmasse, welcher blindlings dem Gebote der Priester folgte. Die Stadt Leon sah schauderhafte Auftritte, und wurde theilweise in einen Trümmerhaufen verwandelt. Zuletzt unterlag die Partei der Servilen in Nicaragua. Auch anderweitig würde sie jene Niederlage in San Salvador schwer empfunden haben, wenn nicht fast gleichzeitig die mexicanischen Truppen, welche Iturbide zu Hilfe geschickt, ihren Einzug in Guatamala gehalten hätten. An sie schlossen sich die zersprengten Soldaten der Servilen an, und eröffneten einen neuen Feldzug gegen die Liberalen von San Salvador, der lang und blutig war, und damit endete, daß die Liberalen unterlagen.

Der Kampf war von vorne herein geradezu grauenhaft und scheußlich, er trug das Gepräge wilder Barbarei. Insbesondere die mexicanischen Söldlinge hausten furchtbar im Lande gegen Freund und Feind, und wo die schwarze Fahne des Kaisers Iturbide erschien, waren Raub und Mord an der Tagesordnung. Die Staatscassen waren leer, die meisten wohlhabenden Leute ausgeplündert, selbst die Habe der milden Stiftungen war angetastet worden; es galt kein Gesetz mehr und die Willkür war ohne Schranken. Bei solchen Zuständen blieb nichts weiter übrig als daß jeder Einzelne sich auf eigene Faust vertheidigte, sich an den Unterdrückern rächte. Aber gerade dadurch wurde die Un-

Unordnung nur noch mehr gesteigert und die Demoralisirung ganz allgemein.

Am 5. Januar 1822 war die mexicanische Regierung in Guatemala proclamirt worden. Am 4. November gab der Kaiser Iturbide dem Land eine neue Eintheilung, demzufolge es in drei Generalcapitanerien zerfallen sollte, nämlich Chiapas, mit der Hauptstadt Ciudad Real; Sacatapequez mit der Hauptstadt Guatemala, und Nicaragua mit der Hauptstadt Leon. Alle Beamtenstellen wurden mit Servilen besetzt. Aber diese neuen Einrichtungen konnten nur in beschränktem Maße durchgeführt werden; so war San Salvador zwar aufs Haupt geschlagen aber keineswegs erobert oder bezwungen worden; sein provisorischer Congreß wurde verfolgt und mußte von einer Stadt zur andern flüchten, harrte aber tapfer aus, und leistete Widerstand. Unter diesen Umständen faßte er einen kühnen Entschluß indem er sich, auf den Fall der Noth, für eine Vereinigung mit den Vereinigten Staaten von Nordamerika entschied; am 2. December 1822 erklärte er feierlich die Einverleibung in jene Republik, deren großartiges Beispiel ihn ermuntere, im Kampf auszuharren, und die er „als das Haupt der großen republikanischen Familie" betrachte. Die amerikanische Regierung gab dieser Erklärung keine weitere Folge, weil gleich nachher die servile Partei unterlag. Iturbide war nämlich von den Liberalen in Mexico gestürzt worden; Filisola konnte seine Soldatenbanden nicht länger zusammenhalten, und die Servilen in Guatemala sahen sich auf ihre eigenen Hilfsmittel beschränkt, die nicht lange vorhielten. Die Republikaner gewannen nun rasch die Oberhand. Chiapas blieb bei Mexico, theils aus Neigung, theils weil der Drang der Umstände es so mit sich brachte; aber Nicaragua, Guatemala, San Salvador, Honduras und Costa Rica sendeten Bevollmächtigte zu einer constituirenden Versammlung „welche dem Lande eine republikanische Verfassung geben sollten. Die Servilen wagten keinen offenen Widerstand, bemühten sich aber die Angelegenheiten nach Kräften zu ihrem Vortheil zu lenken, und wo möglich eine Dictatur herbeizuführen, welche ihrer Ansicht zufolge geeignet war, später einmal die Monarchie anzubahnen.

Die constituirende Versammlung schloß ihre Sitzungen nachdem sie die Verfassung von 1824 angenommen hatte. Die Servilen hatten fast jeden Paragraphen bekämpft, aber die Liberalen gaben allemal den Ausschlag. Jene ließen sich übrigens die Gewährleistung der persönlichen Freiheit, das repräsentative Princip, das Habeas Corpus und die Preßfreiheit gefallen, beseitigten aber alle diese Bestimmungen gleich wann und wo ihre Partei wieder ans Ruder gelangte. Die neue Verfassung schuf Central-Amerika in eine Foederation, in einen Bundesstaat um; dagegen wehrten sich die Servilen mit aller Macht, denn sie wollten eine Centralisation. In dieser Frage standen übrigens manche Liberale, wenn auch aus ganz anderen Beweggründen auf ihrer Seite; sie waren der Ansicht, daß eine allzuweit getriebene Decentralisirung den damaligen Bedürfnissen des Landes nicht angemessen sei. Und darin hatten sie recht.

Die Reformen welche die constituirende Versammlung kraft der Verfassung ins Leben rief, waren umfangreich und durchgreifend; freilich auch zum Theil unpraktisch. Alle Adelsvorrechte und Adelstitel wurden abgeschafft, sogar der Titel Don; sie verbot den Verkauf päpstlicher Bullen; sie beseitigte die Hindernisse welche bisher der Einwanderung im Wege standen; sie gewährleistete auch Ausländern Freiheit der Person und Sicherheit des Eigenthums. Die Republik von Central-Amerika erhielt eine Nationalflagge; das Wappen zeigt fünf Vulcane, und hat als Wahlspruch: Dios, Union, Libertad. Durch einen Erlaß vom 17. April 1824 wurde die Sclaverei ohne Weiteres und ein für allemal abgeschafft, und bestimmt, daß sie nie wieder in irgend einem Theile der Republik eingeführt werden dürfe. Der Sclavenhandel wurde dem Seeraube gleich gestellt, und jeder mit schweren Strafen bedroht der sich mittelbar oder unmittelbar bei demselben betheilige. Central-Amerika ist somit das erste Land, welches die Negersclaverei beseitigte; sie war allerdings in nur geringer Ausdehnung vorhanden, und durch ihre Abschaffung wurde kein Interesse von Erheblichkeit beeinträchtigt. Diese freisinnige Maßregel brachte übrigens die Republik in ein Zerwürfniß mit England, das bekanntlich so großes Aufheben von seiner Philanthropie macht, wenn dieselbe ihm Vortheil zu bringen verspricht. Noch im Jahre 1840 forderte die britische Regierung die Auslieferung von Sclaven, welche aus Balize nach Central-

Amerika geflohen waren, und sendete Kriegsschiffe an die Küsten der Republik um die Herausgabe der flüchtigen Neger zu erzwingen!

Die Verfassung war am 27. December 1823 bekannt gemacht worden, trat aber erst am 22. November 1824 in Kraft. Die Servilen mußten eine Zeitlang auf allen Widerstand verzichten, weil das Volk der neuen Ordnung der Dinge gewogen war. Diese Verfassung trug manche offenbare Fehler und Mängel, und hatte manche heftige Angriffe abzuwehren; nichtsdestoweniger blieb sie zehn Jahre lang in Geltung und übte im Allgemeinen unbestreitbar wohlthätigen Einfluß auf Land und Leute. Wäre das Volk in Central-Amerika so verständig, aufgeklärt und vorbereitet gewesen wie die Nordamerikaner zur Zeit ihrer Unabhängigkeitserklärung, so würde es allmälig Verbesserungen mit dieser Verfassung vorgenommen, übrigens aber an derselben festgehalten haben; das war aber nicht der Fall, und eine Revolution jagte die andere.

San Salvador hatte sich schon am 12. Juni 1824 eine besondere Staatsverfassung gegeben, bevor noch die Nationalverfassung der centralamerikanischen Foederation allgemein angenommen worden war. Diesem Beispiele folgten Costa Rica am 2. Januar, Guatemala am 11. October, Honduras am 11 December 1825, und Nicaragua am 8. April 1826. Die Repräsentanten zum Foederalcongresse traten am 6. Februar 1825 in der Stadt Guatemala zusammen; von den 34 Mitgliedern hatten gewählt: Guatemala 17, San Salvador 9, Honduras 6 und Costa Rica 2. Zum Präsidenten wurde General Arce ernannt, und im April trat der Bundessenat zusammen, zu welcher jeder Staat zwei Mitglieder abordnete.

Die Ruhe wurde eine Zeitlang äußerlich nicht gestört, aber die Servilen mochten und konnten sich mit der neuen Ordnung der Dinge nicht befreunden; sie boten Alles auf um dieselbe zu untergraben. Insbesondere zeichnete sich, wie wir schon erwähnt haben, der Bischof von Leon in Nicaragua durch seinen ingrimmigen Haß gegen die Liberalen und alles Republikanische aus, und rief in der Stadt einen Bürkrieg hervor, der mit einer entsetzlichen Grausamkeit geführt wurde. Eine Straße stand der andern gegenüber, Bruder kämpfte gegen Bruder, der Vater gegen den eignen Sohn einhundert und vierzehn Tage lang! Während dieses durch die Geistlichkeit angezettelten Kampfes wurde der größte Theil von Leon in einen Trümmerhaufen verwandelt; in einer einzigen Nacht brannten mehrere hundert Gebäude ab. Aber selbst auf den glühenden Ruinen wurde der blutige Kampf weiter geführt, bis endlich General Arce mit Bundestruppen aus San Salvador herbei kam und diesem grauenvollen Kriege ein Ende machte.

Die Führer der liberalen Partei waren durchgängig gebildete Männer und von aufrichtigem Patriotismus beseelt; aber sie sahen ein geistig durchaus unentwickeltes Volk vor sich. Die spanische Regierung hatte durchaus nichts gethan, um dieses Volk irgendwie heranzubilden, und die Geistlichkeit hatte den Volksunterricht durchaus vernachlässigt. Die Liberalen begriffen sehr wohl, daß zweierlei vor allem nöthig sei, wenn die neue Ordnung der Dinge festen Bestand gewinnnen solle. Man mußte die Macht der Priester brechen und das Volk seiner Verdummung entreißen. Viele Geistliche waren offene und geschworene Feinde aller liberalen Entwickelungen und gingen Hand in Hand mit den Servilen, deren Führer den Wahlspruch hatten, daß lieber Alles zu Grunde gehen möge, wenn sie nicht herrschen und ihr System durchführen könnten. So wurden die Liberalen Gegner der Kirche, welche sich dagegen auf die rohe bigote Masse stützte, auf die abergläubigen Indianer und Mischlinge, welchen der Priester mit Verweigerung der Absolution drohen konnte. Diese Liberalen wollten den plumpen Aberglauben durch Herstellung von Volksschulen, um welche die Geistlichen sich kaum bekümmert hatten, ein Ende machen, und führten das lancastersche System des wechselseitigen Unterrichts ein. Das Volk drängte sich zu den Schulstuben, aber es fehlte an Lehrern. Um diesem Mangel abzuhelfen, traten selbst höhere Regierungsbeamte und Officiere als Schulmeister auf, die Casernen sogar wurden in Schulstuben verwandelt, in welchen barfüßige Indianer im Lesen und Schreiben unterrichtet wurden, und in denen man ihnen nützliche und wissenswerthe Sachen vorlas.

Der Klerus blieb aber entschiedener Gegner des Volksunterrichs, und erregte dadurch große Unzufriedenheit, welche zuerst in dem vorzugsweise liberalen Staate San Salvador zum Ausbruche kam, und zunächst gegen den reactionairen Erzbischof von Guatemala gerichtet war. Ihm gegenüber stellte man den Satz auf, daß dem Volke das Recht zustehen müsse, auch seine kirchlichen Beamten zu wählen, und ernannte deshalb einen liberalen Priester, Dr. Delegado, zum Bischof von San Salvador. Die Drohungen des Erzbischofs und des römischen Papstes blieben durchaus unbeachtet, und bald nachher folgte Costa Rica dem Beispiele von San Salvador. Gegenüber den thatsächlichen Verhältnissen und einer zum Theil dem Klerus blindligs folgenden rohen Volksmasse war ein so durchgreifendes Verfahren offenbar unklug, und es hat sich auch nachher bestraft.

Wir müssen auf die Stellung der Geistlichkeit schon deshalb Gewicht legen, weil gerade sie in Central-Amerika bis auf den heutigen Tag eine einflußreiche politische Rolle spielt und den Hauptstützpunkt für die servile Partei bildet. Da sie die Herrschaft der Liberalen um keinen Preis will, so hat sie es sich zur Aufgabe gemacht, den Einfluß derselben überall nach Kräften zu untergraben, und vor allen Dingen denselben durch jedes mögliche Mittel zu beseitigen. Daß dabei das Land nicht zu dauernder Ruhe gelangen konnte, begreift Jedermann. Dazu kam, daß die Bundesverfassung an einigen Fehlern litt, die sich bald fühlbar machten, und daß namentlich die gegenseitigen Rechte und Befugnisse der Bundesregierung und der Regierung der Einzelstaaten nicht klar genug bestimmt, nicht deutlich genug abgegrenzt waren. Ueber diese wichtige Angelegenheit waren die Liberalen unter einander selbst getheilter Ansicht, indem manche der Bundesregierung eine starke Centralgewalt zuerkennen wollten, während andere die Meinung hegten, man dürfe ihr nur solche Befugnisse zuerkennen, die sich auf das Allgemeine, auf die eigentlichen Bundesverhältnisse bezögen; alles Andere müsse den Einzelstaaten überlassen bleiben. Diese Zerwürfnisse brachten der Sache der Liberalen großen Nachtheil. Dazu kam, daß England ihnen alle möglichen Hindernisse in den Weg legte. Weiter oben wurde erwähnt, daß dasselbe die Auslieferung flüchtiger Sclaven verlangte, welche laut den Bestimmungen der Verfassung unzulässig war. Trotzdem stimmten die Servilen im Congresse dafür, machten mit England gemeinschaftliche Sache und lieferten später, als sie ans Ruder gekommen waren, die Flüchtlinge aus. Seitdem hat, bis auf den heutigen Tag, die englische Regierung den Servilen in Central-Amerika allen möglichen Vorschub gegen die Liberalen geleistet.

Wir haben in Obigem nachgewiesen, um welche Dinge und Principien es sich bei den Kämpfen handelte, welche nun seit länger als dreißig Jahren diese Staaten zerrütten. Es ist hier nicht der Ort auf alle Einzelheiten einzugehen und die mannigfaltigen Episoden eines Streites zu erzählen, der auch heute noch mit kaum geschwächter Wuth fortgeführt wird. Denn die Gegensätze stehen einander noch ebenso schroff gegenüber, der Parteihaß ist keinesweges gemindert, und die Ausbrüche sind allemal dann um so heftiger, wenn die Waffen eine Zeitlang geruht haben. Wir müssen uns darauf beschränken, den Gang der Dinge im Allgemeinen zu schildern.

Am 6. September 1826 ließ General Arce, Präsident der Republik, den Gouverneur des Staates Guatemala, Barrundia, verhaften, weil derselbe angeblich gegen die Föderation eine Verschwörung angezettelt habe. Die Beschuldigung war falsch, aber die Willkür offenbar, und die Servilen beuteten den Fehler aus. Der liberale Vicegouverneur des Staates, Flores, befand sich auf einer amtlichen Reise in Quesaltenango, dessen indianische Einwohnerschaft den Priestern unbedingt ergeben war. Als die Nachricht von der Gefangennahme Barrundia's nach Quesaltenango kam, bestieg an einem Markttage ein Mönch die Kanzel und reizte die rohe Menge gegen Flores auf. Sie riß ihn am Fuße des Altars buchstäblich in Stücke, und rief: „Es lebe Guatemala, Tod der Republik!“ Die Mönche waren gegen Flores insbesondere erbittert, weil er dafür gestimmt hatte, daß fortan auch die Klöster, gleich anderen Grundeigenthümern, zu den Staatsabgaben beitragen sollten. Daher der christliche Eifer gegen die gottlosen Liberalen. Diese hielten indessen ein scharfes Strafgericht; aber ihre Truppen, welche ein westindischer Creole, Oberst Pierson, befehligte, wurden vom Präsidenten Arce, der zu den Servilen übergegangen war, aufs Haupt geschlagen. Sie bekleideten nun den vormaligen Marquis Aycinena mit einer Art von Dictatur. Unter ihm wurde eine politische Inquisition eingesetzt, welche ungehört über Alle aburtheilte, die liberaler Ansichten verdächtig waren; sie hielt ihre Sitzungen bei verschlossenen Thüren, gestattete gegen ihr Urtheil keinerlei Berufung, und ließ dasselbe ohne Weiteres vollstrecken. Pierson wurde, obwohl man ihm feierlich Leben und Freiheit gewährleistet hatte, an der Kirchhofmauer erschossen. Aycinena war ein äußerst kirchlich gesinnter Mann; das hinderte ihn freilich nicht, Meineid und Verrath zu begehen. Er wußte, daß er sein Wort brach, aber er wollte sich deshalb mit dem Himmel abfinden, denn bevor er das Todesurtheil gegen Pierson unterzeichnete, ging er zur Beichte, erhielt die Absolution und nahm das Abendmahl. Dieser Vorgang ist sehr bezeichnend; Terrorismus, Bigotterie und Servilismus gingen Hand in Hand.

Arce wollte einen allgemeinen Congreß einberufen, um die Bundesverfassung durch denselben abschaffen zu lassen, und statt derselben eine Centralgewalt einzuführen, die im Grunde auf eine Dictatur hinausgelaufen wäre. Darauf ist überhaupt von jeher sowohl in Central-Amerika wie in Mexico das Streben der servilen Partei hinausgegangen. In Honduras und Nicaragua hatten sich die Gegner der Liberalen erhoben und das Land in Bürgerkrieg gestürzt; aber San Salvador bot dem Präsidenten Arce die Stirn, und nach einiger Zeit machten die in Honduras und Nicaragua siegreichen Liberalen mit diesem Staate gemeinschaftliche Sache. Im September 1827 war Arce allein auf Guatemala angewiesen; die mit ihm verbündeten Servilen in anderen Staaten waren aufs Haupt geschlagen worden, und zu schwach, um im Felde zu erscheinen; sie konnten ihm nur dadurch einigen Beistand leisten, daß sie die Liberalen in Athem erhielten und da und dort locale Aufstände wagten. Um diese Zeit trat ein Mann auf, der längere Zeit die Sache der Liberalen mit großem Geschick und mit Ausdauer geführt hat.

Francisco Morazan war 1799 in Honduras geboren; sein Vater, ein Creole von einer der französischen Antillen, hatte sich in Tegucigalpa verheirathet. Der Jüngling zeichnete sich durch geistige Anlagen und gediegenen Charakter so vortheilhaft aus, daß er schon 1824 Generalsecretair und bald nachher Gouverneur des Staates Honduras wurde. Auch hatte er ausgezeichnete militairische Anlagen, stellte sich an die Spitze der Liberalen in Nicaragua und schlug die

Gegner aufs Haupt. Aber bald nachher bedrängten die Servilen den Staat San Salvador, der im Juni 1828 zum größten Theil in ihrer Gewalt war. Indessen erhob sich die gleichnamige Hauptstadt, und Morazan, der eben in Honduras die Servilen besiegt hatte, kam ihr zu Hilfe. Nach wenigen Wochen waren sie aus dem Staate vertrieben, und Arce mußte nach Guatemala flüchten. Dort fand er eine ungünstige Aufnahme, man erklärte ihn der Präsidentenstelle für verlustig, und er sah sich genöthigt, nach Mexico zu fliehen. Durch Morazan waren die Liberalen in San Salvador wieder ans Ruder gelangt; jetzt rückten sie gegen Guatemala vor, um auch dort die Servilen zu stürzen. Die Stadt Altguatemala erhob sich, Morazan erschien mit 2000 Mann Soldaten, und zog im März 1829 in die Hauptstadt ein. Es muß zu seiner Ehre hervorgehoben werden, daß er keinen Tropfen Blutes vergoß, und den Servilen nicht Gleiches mit Gleichem vergalt.

Die reactionaire Partei war bis auf Weiteres zu Boden geworfen. Morazan rief die Verbannten zurück; der 1826 aufgelöste Bundescongreß trat wieder zusammen und wählte Barrundia zum Bundespräsidenten an die Stelle des nach Mexico entflohenen Arce. Alle Gesetze und Verfügungen, welche derselbe vom 6. April 1826 bis zum 12. April 1829 unbefugterweise erlassen hatte, wurden für ungültig, seine ganze Regierung für eine Usurpation erklärt. Auf eine dreijährige Anarchie folgte eine Zeit der Ruhe. Die von den Servilen ausgetriebenen Liberalen kehrten nach und nach in ihr Vaterland zurück; viele hatten sich während ihrer Verbannung in Europa oder in den Vereinigten Staaten von Nord-Amerika aufgehalten und Manches gelernt; sie waren in der Lage, Vergleiche zwischen jenen Ländern und Central-Amerika anzustellen. Hier drängte sich immer wieder die Frage über die künftige Stellung der Kirche in den Vordergrund; sie hatte sich allzu entschieden in die Angelegenheiten dieser Welt gemischt, und Partei für die Servilen genommen, um, mit ihnen gemeinschaftlich, die Liberalen zu vernichten. Als aber die letzteren zeitweilig unterlagen und die Servilen entschieden die Oberhand in Guatemala gewonnen hatten, wollten sich diese von den Geistlichen nicht länger am Schlepptau ziehen lassen. Die Führer der Partei waren zumeist

Adelige, und weigerten sich, der Kirche alle Privilegien zu gewähren, welche sie in Anspruch nahm. Ueberhaupt war auch ein großer Theil der zu den Servilen haltenden Bevölkerung der Geistlichkeit nicht mehr geneigt, und diese sah sich vorerst in ihren Erwartungen getäuscht; sie mußte bessere Zeiten abwarten. Diese glaubte sie gekommen, als die Servilen ein Treffen nach dem andern verloren, und ihren Führern daran liegen mußte, mit der Geistlichkeit wieder in gutes Einvernehmen zu gelangen. Sie gaben ihr nun Alles, was sie forderte, und sie pflegt bekanntlich überall, wo es angeht, nicht weniger als Alles für sich in Anspruch zu nehmen. So gewährte man ihr die schärfsten Bestimmungen gegen Ketzer und Ketzerei; im Lande sollten lediglich Anhänger der römischen Kirche geduldet werden; alle Bücher, die nicht ausdrücklich von der Kirche genehmigt worden sind, sollen verbrannt, und vor allen Dingen sollte auch die Inquisition wieder eingeführt werden. Die Servilen hatten schon vorher, den Bestimmungen der Verfassung zum Trotz, die oben erwähnten flüchtigen Sclaven an die Engländer ausgeliefert; jetzt verboten sie alle öffentlichen Versammlungen, führten eine strenge Censur und eine geheime Polizei ein, und statt aller Gesetze herrschte eine unumschränkte Militairdespotie. Man muß sich das Alles vergegenwärtigen, wenn es darauf ankommt auch die heutigen Parteibestrebungen zu beurtheilen, denn 1856 sind sie ganz dieseben wie 1830. Alle diese Verfügungen wurden durch Morazan für nichtig erklärt, traten aber 1841, als die Servilen wieder ans Ruder kamen, abermals in Kraft, und gelten fast alle in Guatemala bis auf den heutigen Tag.

Morazan stellte die Bundesverfassung wieder her und wußte den Gesetzen Achtung zu verschaffen; er vergoß kein Blut, gab die Presse frei und schaffte die geheime Polizei ab. Er proclamirte religiöse Freiheit und duldete kirchliche Verfolgung nicht. Deshalb schalten die Geistlichen ihn einen Ketzer. Er ließ die persönliche Freiheit unangetastet, veranlaßte eine bessere Strafgesetzgebung, und wendete insbesondere auch dem Volksunterrichte große Aufmerksamkeit zu. Auch für die materielle Entwickelung sorgte er so viel die Umstände irgend erlaubten; er ließ Straßen bauen und die Landenge von

Nicaragua vermessen; mit dem Könige der Niederlande schloß er einen Vertrag wegen eines interoceanischen Schiffsahrtcanals.

Inzwischen wühlten Geistliche und Servile unablässig gegen die Regierung, und machten nachdrückliche Maßregeln zur Nothwendigkeit. Am 22. August 1829 erließ der Congreß ein Verbannungsdecret gegen den flüchtigen Arce und dessen Officiere, nicht minder gegen den vormaligen Dictator von Guatemala und die Beamten, welche ihm bei Ausübung seiner ungesetzlichen Gewalt Beistand geleistet hatten. Zugleich wurde verfügt, und das war zum Mindesten unklug, daß jene Beamten den Betrag des Gehaltes zurückzahlen sollten, welchen sie während der Dictatur bezogen hatten; auch wurde ihnen auferlegt, mit einem Drittheil ihres Vermögens für den Schaden aufzukommen, der durch sie veranlaßt worden sei; ferner sollten sie die Gelder heimzahlen, welche sie während des Krieges erpreßt hatten. Gegen die Individuen, welche sich durch den Mönch in Quesaltenango zur Ermordung des Vicepräsidenten Flores hatten anreizen lassen, wurde ein Proceß eingeleitet. Daneben waren aber auch die Liberalen so thöricht ihren, wie sie doch wissen konnten, unversöhnlichen Gegnern die Hand zur Ausgleichung zu bieten, ja manchen derselben einflußreiche Aemter zu übertragen. Das war in praktischer Beziehung ein offenbarer Fehler, und die schlimmen Folgen desselben kamen auch bald zu Tage.

Die Geistlichkeit trat im Namen der Kirche der neuen Ordnung der Dinge mit unversöhnlicher Feindschaft entgegen, und bot Alles auf, um dieselbe wieder über den Haufen zu werfen. Allerdings war es um einen nicht geringen Theil ihrer Macht geschehen, sobald die Liberalen am Ruder blieben und die Bundesrepublik festen Bestand gewann. Der Erzbischof von Guatemala, Ramon Casaus, reizte den Klerus auf; aber Morazan war von allen Umtrieben desselben unterrichtet. Er begriff, daß nur ein entscheidender Schlag den Dingen eine andere Wendung geben könne. Kraft ausdrücklicher Vollmacht von Seiten des Congresses, alle für das Wohl und die Ruhe der Republik erforderlichen Maßregeln zu treffen, ließ er in der Nacht vom 11. Juli den Erzbischof, die Vorsteher der Dominicaner-, Franciskaner-, Kapuziner- und anderer Mönchsorden verhaften, durch Soldaten nach dem Hafen Izabal geleiten und dort auf ein Schiff bringen; die übrigen Ordensgeistlichen wurden aufgefordert das Land zu verlassen. Diesem Schlage folgte ein nicht minder nachdrücklicher. Die Staatsregierung von Guatemala hob alle Klöster auf, und verfügte, daß fortan die Einkünfte derselben für den öffentlichen Unterricht und für mildthätige Anstalten verwendet werden sollten. Das Dominicanerkloster wurde in ein Mustergefängniß umgewandelt, ein anderes in eine Normalschule für den wechselseitigen Unterricht, ein drittes in ein Spital; alle übrigen wurden gleichfalls zu nützlichen Zwecken umgestaltet. Auch ließ die Regierung die Nonnenklöster öffnen und allen Insassen freistellen, dieselben zu verlassen; neue Einkleidungen sollten fortan nicht mehr erlaubt sein. Alle diese Verfügungen wurden am 7. September vom Bundescongresse ausdrücklich gutgeheißen, und überdies sämmtliche religiöse Orden im ganzen Gebiete der Republik abgeschafft. Die Einzelstaaten genehmigten diese Maßregeln. Der Erzbischof wurde für einen Verräther erklärt, sein Eigenthum mit Beschlag belegt, er selbst auf immer verbannt. Auch die päpstlichen Bullen wurden verboten, und im Jahre 1832 die Gesetze abgeschafft, denen zufolge die katholische Religion allein herrschen sollte; an die Stelle einer zwangübenden Staatskirche trat Duldung und Freiheit für jede religiöse Genossenschaft. Auch diese Freiheit des Cultus wurde von sämmtlichen Staatsregierungen ausdrücklich gutgeheißen. Späterhin suchten die Servilen alle diese Maßregeln wieder zu beseitigen, und namentlich in Guatemala setzten sie ihre Zwecke durch. Aber diese Gesetze waren von dem Bundescongresse gesetzlich berathen und angenommen, von den Einzelregierungen der verschiedenen Staaten gleichfalls auf gesetzlichem Wege genehmigt worden; sie bleiben demnach, wie die Liberalen hervorheben, Landesgesetz, weil eine einzelne Staatsregierung nicht die rechtliche Befugniß habe, sie einseitig aufzuheben. Die Geistlichkeit hat, im Ganzen genommen, ihren Widerstand gegen die Republik zu bereuen gehabt, und von ihrem frühern Einflusse kaum die Hälfte wieder gewonnen. Sie ist auch heute noch eine erbitterte Gegnerin der Liberalen.

Im April 1829 trennte sich Costa Rica von der Bundesrepublik, und ging seinen eigenen Weg, trat aber 1831 wieder zu ihr. Dieser kleine Staat liegt geographisch abseits von den übrigen, und hat an den Bürgerkriegen einen verhältnißmäßig geringen Antheil genommen. Die Centralregierung befand sich übrigens in Geldverlegenheiten, nicht minder war der Staat Honduras in finanzieller Bedrängniß, obwohl er seine Verwaltung möglichst sparsam eingerichtet hatte. Die Volksvertretung konnte nicht umhin, eine Steuer auf das Grundeigenthum zu legen, aber Niemand wollte sie bezahlen. Ganz dasselbe war in San Salvador und Guatemala der Fall. Das Volk hatte unter der spanischen Herrschaft über drückende Abgaben geklagt, und während der ersten Jahre der Republik wenig gezahlt. Dann aber folgten die Unruhen und bürgerlichen Zerrüttungen, welche den Servilen zur Last fallen, und erschöpften die Finanzen. Ohne die inneren Kriege würden die Einzelstaaten wie die Föderation nicht nur schuldenfrei geblieben sein, sondern auch Ueberschüsse gehabt haben. Jetzt aber wurden Steuern nöthig; die Liberalen konnten nicht umhin dergleichen auszuschreiben. Darüber wurde das Volk misvergnügt und theilweise der Regierung abgeneigt. Die Schuld fällt, wie gesagt, lediglich den Servilen zur Last, sie wußten aber das Misvergnügen für sich auszubeuten. Die Bundesregierung gerieth in Verlegenheiten, konnte nur wenig für die Entwickelung des Landes thun, mußte namentlich den Straßenbau einstellen, und hatte dem Schulwesen nur geringe Summen zu überweisen. Sie mußte sich um jeden Preis Geld verschaffen und machte unter unvortheilhaften Bedingungen eine Anleihe in England, welche später eine Menge von Verlegenheiten herbeiführte.

Uebrigens blieb die Ruhe ungestört, die Liberalen waren 1830 unbestritten im Besitze der Herrschaft. Die Bundesregierung schloß einen Freundschaftsvertrag mit den Vereinigten Staaten von Nord-Amerika, welche einen Geschäftsträger bei ihr beglaubigten. Auch England war geneigt, einen Freundschafts- und Handelsvertrag mit ihr abzuschließen. Die centralamerikanische Regierung bestand aber darauf, daß im ersten Artikel die Grenzen für die britische Niederlassung Balize festgestellt, und die Zeitdauer bestimmt werden solle, während welcher England noch im Besitze von Landestheilen bleiben dürfe, die es sich nach und nach ohne Rechtstitel angeeignet hatte. Die streitige Frage ist in dem vorliegenden Werke ausführlich erörtert worden, und wir verweisen auf die betreffenden Abschnitte. England mochte sich nicht zur Nachgiebigkeit verstehen; es war ohnehin schon wegen der Nichtauslieferung flüchtiger Sclaven gegen die Liberalen feindselig, suchte von nun an Morazans Stellung zu untergraben, und unterstützte die Servilen auf alle Weise. Insbesondere gab es ihnen Waffen, und die Bürgerkriege in Central-Amerika sind mit Schießgewehren geführt worden, welche die englische Regierung geliefert hat. Sie ließ ferner die Bay-Inseln besetzen und erhob Ansprüche auf die Moskitoküste. Auch diese Angelegenheiten haben wir eingehend erörtert.

Inzwischen gedieh das Land so weit es unter so schwierigen Verhältnissen möglich war. In San Salvador und zu Leon wurden Universitäten gegründet, in Guatemala wurde der Anbau von Cochenille, in Costa Rica jener des Kaffeebaums eingeführt, in San Salvador hob sich die Indigocultur. Aber schon 1831 wurde die Ruhe abermals gestört. Der verbannte Präsident Arce überschritt an der Spitze mexicanischer Söldner die Grenze und setzte sich im Hochlande von Guatemala fest; ein vormals der servilen-Partei angehörender Officier, welchen die Liberalen eine Anstellung gegeben, Dominguez, erhob sich gegen sie in Honduras, und Guzman, Befehlshaber des Castells zu Omoa machte gemeinschaftliche Sache mit ihm. Aber Arce wurde aufs Haupt geschlagen, Dominguez gefangengenommen und erschossen. Guzman zog die spanische Flagge auf und schickte nach Cuba um Hilfe. Aber das Castell wurde von den Bundestruppen erobert, die spanische Flagge an den Schweif eines Maulthieres gebunden und durch die Straßen geschleift. Auch in Nicaragua wurde ein Aufstand mit leichter Mühe unterdrückt.

Die Liberalen waren im Allgemeinen unter sich einig und hielten zusammen, so lange sie einen mächtigen Gegner zu bekämpfen hatten. Jetzt aber glaubten sie sich sicher, vermeinten die Servilen unschädlich gemacht zu haben, und geriethen in Spaltungen. Wir haben schon weiter oben bemerkt, daß vom Anfang an ein Theil derselben eine starke Bundesregierung mit ausgedehnten Befugnissen verlangte, während ein anderer Theil am Grundsatze der Staatssouverainetät festhielt und die Bundesregierung auf einen möglichst engen Kreis von

Rechten und Machtvollkommenheit einschränken wollte. Es standen somit Centralisten und Foederalisten im Gegensatze zu einander, der bald schroff wurde. San Salvador war überwiegend der liberalen Richtung zugethan, und befand sich in einem gespannten Verhältnisse zu Guatemala. Es war entschieden der Ansicht, daß der Bundespräsident diesem letztern mehr zugethan sei als der Foederation, und trennte sich in übereilter Weise von derselben. Morazan ließ sich zu einer Uebereilung hinreißen, rückte ins Feld gegen San Salvador, und so standen zum ersten Male die Liberalen gegen einander in Waffen. Die Servilen schürten die Flamme nach Kräften.

Morazan beging einen zweiten politischen Fehler, indem er, als Bundespräsident, auch die Stelle eines Gouverneurs van San Salvador übernahm. Er handelte dabei ohne Zweifel in guter Absicht, aber die Sache selbst war eine Usurpation, und hatte zur Folge, daß die Anhänger der Staatssouverainetät sowohl in Honduras wie in Nicaragua, die Trennung dieser Staaten vom Bunde beschlossen, und daß bald nachher Costa-Rica folgte. Die Bundesregierung sah ihren Irrthum zu spät ein und machte ihn auch dann nicht wieder gut. Endlich schied auch San Salvador aus der Foederation, und diese war somit völlig aus einander gesprengt. Allerdings war es mit dieser Trennung nicht ernsthaft gemeint; die Einzelstaaten betrachteten sie nur als ein Mittel um die Union auf neuer Grundlage, wie sie meinten um so fester, wieder herzustellen; aber die Folge lehrte, daß das Experiment eben so gefährlich als unheilbringend war, und daß dadurch das Ansehn des Bundes in der Achtung des Volkes sank. Alle Versuche denselben dauernd wieder aufzurichten, sind gescheitert, und die Foederation hat bis auf den heutigen Tag es nie wieder zu einem kräftigen Leben bringen können. Durch diese Zersplitterung haben auch die Einzelstaaten an Macht und Gedeihen eingebüßt. Sie begreifen freilich, daß die fünf verschiedenen Staaten sich vielfach auf einander angewiesen sehen, daß eine große Summe von Interessen ihnen gemeinsam ist, sie haben aber bis heute das alte Band noch nicht wieder fest zusammengeknüpft.

Uebrigens entging es den Liberalen nicht, daß sie selber ihrer Sache geschadet hatten; die Staaten wollten abermals, zur Schlichtung und Ausgleichung aller Zerwürfnisse, einen Congreß einberufen, der aber nicht zusammenkam. Denn einige kleinere Staaten verlangten eine gleich starke Vertretung auf demselben mit dem ungleich größern Guatemala, das sich am Ende auch zur Nachgiebigkeit gegen eine so offenbar unbillige Forderung herbeilassen wollte, aber man beeinträchtigte dasselbe auch noch auf andere Weise. Der Sitz der Bundesregierung wurde nach San Salvador verlegt und ein Flächenraum von zehn Quadratleguas zum Bundesdistrict erklärt. Dadurch wurde die Foederalregierung allerdings vom Mittelpunkte entfernt, an welchem die Servilen Einfluß übten; aber dann folgte auch der Antrag, Guatemala zu trennen, und aus demselben drei verschiedene Staaten zu bilden. Dieser Antrag stieß auf entschiedene Abneigung. Indessen blieb die Ruhe vorerst ungestört. Man decretirte abermals Freiheit des Gewissens und der Ausübung des Gottesdienstes, und schaffte alle Kirchenzehnten ab; bisher waren diese letzteren nur auf die Hälfte herabgesetzt gewesen. An die Stelle des spanischen Strafgesetzes trat der nordamerikanische Codex des Kanzlers Livingston, welchen Barrundia übersetzt hatte; kraft desselben wurden die Geschworenengerichte in San Salvador, Nicaragua und Guatemala eingeführt. Aber sie waren dem Volke, für dessen Bildungsstufe und Verhältniß sie gewiß nicht paßten, keineswegs genehm, und haben auch niemals festen Boden gewinnen können.

Die centralamerikanischen Liberalen waren ohne alle Frage wohlmeinende Männer, welche ehrlich das Wohlergehen ihres Vaterlandes erstrebten; aber sie waren Idealisten und gingen vielfach unpraktisch zu Werke. Daß der Congreß eine allgemeine Trauer decretirte als er den Tod des Staatsökonomen Jeremias Bentham erfuhr, bezeichnet seine auf das Nützliche und die Wohlfahrt gerichteten Tendenzen, obwohl man annehmen darf, daß von tausend Centralamerikanern kaum einer jemals diesen Namen, geschweige denn die Schriften des scharfsinnigen Utilitariers gekannt hat. Aber es war geradezu unklug der Pfarrgeistlichkeit den Krieg zu erklären. Bisher war man nur gegen die Prälaten und die Mönche eingeschritten, weil sie sich als unversöhnliche Feinde zeigten; dagegen waren die Pfarrgeistlichen im Allgemeinen der neuen Ordnung der Dinge nicht geradezu abgeneigt und ein kluges Verfahren hätte sie für dieselbe gewinnen können. Nun aber wurde, was an und für sich ganz recht und verständig ist, aber für Central-Amerika schwerlich geeignet war, die bürgerliche Ehe für gültig erklärt; dadurch entgingen den Pfarrgeistlichen die Trauuugsgebühren und obendrein wurden die Zehnten völlig abgeschafft. Diese beiden Einnahmen bildeten eine Hauptquelle für den Lebensunterhalt der Padres, welche sie jetzt verloren. Man begreift daß diese Männer von nun an als entschiedene Gegner der Liberalen auftreten mußten, und daß sie ihren nicht geringen Einfluß auf das Volk gegen so „gottlose" Handlungen geltend machten. Sie predigten insbesondere gegen die Fremden, die Ausländer, los estrangeros, und steigerten die Abneigung gegen dieselben auf einen hohen Grad. Auf die Gebildeten machten diese Predigten keinen Eindruck, wohl aber auf die große Masse des Volks, insbesondere auf die Indianer, denen ja ohnehin alles Unheil und aller Druck aus Europa gekommen war. Sie horchten den Priestern ruhig zu, aber der Sturm folgte nach. In San Salvador kam am 24. Juli 1832 eine weitverzweigte Verschwörung zum Ausbruch. Ein Indianer, Anastasio Aquino, aus dem Dorfe Santiago Nunualca schaarte seine Mitverschworenen um sich, verkündete daß fortan die Indianer regieren würden, fiel über die benachbarten Ortschaften her, und mordete ohne Unterschied Ausländer, weiße Creolen und Mestizen. Als er einen Angriff gegen die Stadt San Vicente unternahm, wurde er von den Bundestruppen aufs Haupt geschlagen, gefangengenommen und erschossen. Der Regierung war dieser Aufstand so bedenklich daß sie in Erwägung zog, ob es nicht zweckmäßig sei alle Indianer auszurotten; doch schien ihr ein solches Unternehmen zu gewagt.

Die Priester hatten sich bei Aquino's Unternehmen betheiligt. Zur Strafe wurden alle Fest- und Heiligentage abgeschafft; nur die Sonntage und die fünf hohen Festtage durften noch gefeiert werden. Diese Maßregel war abermals unklug, denn das Volk hing an jenen Festtagen, und arbeitete auch jetzt an denselben nicht. Die Servilen aber beuteten auch diesen Fehler ihrer Gegner aus. Bald nachher, 1834, erhoben sich Streitigkeiten in San Salvador zwischen der Staats- und der Bundesversammlung, auch in Nicaragua brachen Zerwürfnisse aus, und in Costa Rica geriethen die beiden Städte Cartago und San

José mit einander in Streit. Dabei hatten die schwer beeinträchtigten Priester und die Servilen überall die Hand im Spiele.

Im Jahre 1835 veröffentlichte der Congreß die neue Verfassung welcher jene von 1824 zur Grundlage gedient hatte; aber sie fand nicht nur bei den Servilen sondern auch bei einem beträchtlichen Theile der Liberalen entschiedenen Widerstand, und wurde nur allein von Costa Rica gut geheißen. Die Zustände blieben daher abermals lediglich provisorisch. Die Bundesregierung bemühte sich inzwischen europäische Einwanderer ins Land zu ziehen, und schloß mit auswärtigen Gesellschaften, namentlich mit einer englischen, Colonisationsverträge ab. Die Ansiedlungsversuche sind indessen bis auf den heutigen Tag alle gescheitert, weil sie unverständig angegriffen wurden, und weil man ungeeignete Oertlichkeiten für die Anlage der Colonien gewählt hatte.

Mit dem Jahre 1836 beginnt ein wahrhaft fürchterlicher Zeitabschnitt für Mittel-Amerika, der bis 1841 dauert. Wir haben gesehen, daß die Servilen sich alle erdenkliche Mühe gegeben hatten, den Bund zu sprengen und alle Maßregeln der Liberalen wieder zu beseitigen. Das war ihnen nicht gelungen. Aber das Ansehn der Foederalregierung war untergraben, und dazu hatte die falsche Politik, welche sie gegen die Einzelstaaten befolgte, nicht wenig beigetragen. Die große liberale Partei hatte sich zersplittert und den frühern innigen Zusammenhang eingebüßt; der Einfluß Englands arbeitete ihr nach Kräften entgegen, die Geistlichkeit zeigte sich den bestehenden Verhältnissen feindselig, und endlich war ein wilder Racenkrieg ausgebrochen. Aus diesem Irrsaal war bei einem buntschäckigen unwissenden Volke, das so lange unter dem Drucke der spanischen Herrschaft gestanden hatte, und mit seiner Unabhängigkeit und Freiheit nichts anzufangen wußte, unmöglich herauskommen. Alle Zustände wurden mehr und mehr anarchisch.

Das Volk mochte keine Abgaben zahlen, der großen Masse, die aus Indianern bestand, lag an liberalen Maßregeln wenig oder gar nichts, und die wohlwollenden Idealisten, welche europäische und nordamerikanische Einrichtungen ohne Auswahl nach Central-Amerika zu verpflanzen gedachten, mußten ihren Mangel an praktischer Einsicht theuer bezahlen. Sie wollten, wie wir schon bemerkt haben, die Geschwornengerichte einführen, die offenbar für die Zustände des Landes nicht paßten. Sie wollten ferner eine humane Behandlung der Verhafteten und Verurtheilten. Demgemäß sollte die fast ganz aus Indianern bestehende Ortschaft San Juan Ostuncala ein neues Gefängniß bauen. Als die Richter erschienen, um die Assisen zu eröffnen, wurden sie von dem Volke aus der Stadt verjagt. Dieselben Indianer setzten sich gegen die Truppen der Regierung zur Wehr, wurden aber geschlagen. Bei dieser Gelegenheit stellte sich eine höchst interessante Thatsache heraus, die den Beweis liefert, wie geringe Wurzeln auch jetzt das Christenthum bei den Indianern geschlagen hat, und daß sie wohl den Priestern und den Ceremonien des katholischen Cultus anhängen, aber in Grund und Boden so heidnisch geblieben sind wie ihre Vorfahren. Sie ließen nämlich auf dem Schlachtfelde eine große Menge steinerner Götzenbilder zurück, welche sie vor den Priestern verbergen, die sie aber jetzt hervorgeholt hatten, damit diese Idole ihnen zum Sieg verhelfen möchten.

Die allgemeine Aufregung wurde noch mehr gesteigert als die Cholera in Central-Amerika ausbrach. Die Seuche richtete entsetzliche Verheerungen an; die wenigen Aerzte welche überhaupt vorhanden waren, standen ihr rathlos gegenüber; die Menschen starben zu Tausenden hinweg, und das Volk war in Verzweiflung. Daraus wollten die Priester Nutzen ziehen. Sie sagten den Indianern, daß die Pest von den Liberalen eingeschleppt worden, um durch sie alle Indianer auszurotten, und nachher das Land mit fremden Ketzern zu bevölkern. Der Beweis liege klar vor, denn die Regierung habe bereits Engländern die Ansiedelung in Vera Paz erlaubt; auch die Geschwornengerichte seien ja eine Einrichtung welche man den ketzerischen Ausländern verdanke. Nun erhob sich die bethörte Menge gegen „die Giftmischer und die Fremden"; viele Aerzte wurden erschlagen, andere mußten den Inhalt ihrer Arzneibüchsen verschlucken, oder man goß ihnen Wasser ein, bis sie elend umkamen, und ihr Tod wurde dann als Beweis gegen sie angeführt. Mit der Cholera ging der Bürgerkrieg Hand in Hand; denn als die Regierung die aufständischen Indianer aus einander treiben wollte, wurden ihre Truppen am 9. Juni 1837 bei

Santa Rosa geschlagen, und nun gewann der Racenkampf eine größere Ausdehnung. An der Spitze der Indianer in Santa Rosa stand Rafael Carrera, derselbe welcher als Dictator von Guatemala noch heute eine so einflußreiche Rolle spielt.

Carrera ist ein Ladino, das heißt ein Mischling, in welchem aber das indianische Blut ganz entschieden vorwaltet. Squier schildert ihn als einen düstern, wenig mittheilsamen, jähzornigen Mann; er sei keck und unternehmend, und ohne alle Scrupel, dabei entschlossen und beharrlich. Als er sich an die Spitze der Indianer zu Santa Rosa stellte war er kaum einundzwanzig Jahre alt und seines Gewerbs ein Schweinetreiber. Er konnte weder lesen noch schreiben, übte aber großen Einfluß auf seine Stammgenossen. Anfangs war er ein bloßes Werkzeug in den Händen der Priester, die sich eines so brauchbaren Menschen gegen die Liberalen bedienen wollten. Sie gaben sich alle Mühe sein Ansehn unter den Indianern immer mehr zu steigern, und predigten denselben: Carrera sei ihr Schutzengel Raphael, den Gott vom Himmel gesandt habe, um Rache an den Ketzern, Liberalen und Fremden zu nehmen; auch werde er die Herrschaft der Indianer wieder aufrichten. Sie wußten von Mirakeln zu erzählen durch welche Carrera's heilige Sendung beglaubigt werde, und ließen einst von einem Kirchendache einen Brief unter die versammelten Indianer herabfallen, der angeblich von der Jungfrau Maria kam. In demselben wurde Carrera aufgefordert sich gegen die Regierung zu erheben; der Himmel werde ihm dabei sichtlich Hilfe leisten. Nun schaarten sich Tausende um ihn, aber er suchte anfangs jedem Zusammenstoß mit den Truppen der Regierung auszuweichen, weil seine ungeordneten Haufen den regelmäßigen Truppen gegenüber sich entschieden im Nachtheil befanden. Sie wurden aber von denselben überholt und verloren in einem furchtbar blutigen Gemetzel einige hundert Mann, weil ihnen kein Quartier gegeben wurde. Nach diesem Treffen bei Mataque = Escuintla zog Carrera flüchtig im Lande umher, wiegelte aber aller Orten die Indianer auf, und bald war Guatemala mit Guerillas und Räuberbanden wie übersäet. Die Anarchie erreichte einen so hohen Grad, daß in der Hauptstadt sogar die Parteienwuth für einen Augenblick in den Hintergrund trat; man begriff nämlich, daß Alles darauf ankomme, sich der Indianer zu erwehren. Die liberale Regierung schlug ihren Gegnern ein Compromiß vor, auf welches die Servilen scheinbar eingingen; der liberale Gouverneur Galvez legte sein Amt nieder, und die höheren Stellen wurden mit „Gemäßigten“ besetzt. Diese neue Regierung führte sogleich ein militairisches Regiment ein, während sie doch den Ausschweifungen einer verwilderten Soldatesca nicht entgegen trat; dadurch wurde die allgemeine Angst und Verwirrung nur noch gesteigert. Alt-Guatemala, Hauptort des Departements Sacatepequez und von jeher eifersüchtig auf die Hauptstadt Neu-Guatemala, erhob sich gegen die Staatsregierung, welche eine usurpirte sei, und begab sich unter den Schutz der Bundesregierung. Dafür stellte die Staatsregierung die aufrührerische Stadt unter das Kriegsgesetz. Trotzdem erfolgten „Pronunciamientos“ auch in den Departements Chiquimula, Salamar und Vera Paz, und zum Ueberfluß erhob in der Hauptstadt selbst ein Theil die Fahne der Empörung, und verlangte Wiederanstellung jener Officiere, die in Rücksicht auf das zwischen beiden Parteien geschlossene Compromiß ihre Stellen niedergelegt hatten.

Mitten unter diesen Wirren geschah es, daß die Factionen sich an Carrera wendeten! Er rückte mit seinen Indianerbanden gegen Guatemala, nahm die Stadt ein, und ernannte einen Gouverneur, Velasquez. So war aus dem Viehtreiber ein Herr und Meister geworden. Aber er vermochte nicht seine wilden Banden im Zügel zu halten, und Guatemala war abermals längere Zeit Schauplatz fürchterlicher Auftritte. Endlich wurden sie von den Liberalen ausgetrieben; die Servilen verhielten sich ruhig, und ließen Carrera sagen, daß sie das gegen ihn beobachtete Verfahren nur misbilligen könnten. Von jener Zeit datirt ihre Gemeinschaft mit dem Manne von Santa Rosa.

Die Liberalen in den Departements Quesaltenango, Solola, und Totonicapan, welche nur theilweise von Indianeraufständen heimgesucht worden waren, wollten unter allen diesen Umständen nicht ferner Gemeinschaft mit Guatemala halten. Sie erklärten jene drei Provinzen für einen besondern Staat, den sie Los Altos, das Hochland nannten, und verlangten als solcher Aufnahme in den Bund, die dann auch gewährt wurde. Im Hochlande suchten alle verfolgten Liberalen Schutz, seitdem die Servilen von Neu-Guatemala mit den Indianern sich verbündet hatten. Die Foederativregierung sah den oben geschilderten Wirren in jener Stadt aufangs ruhig zu, vielleicht weil sie sich nicht stark genug fühlte, um ihnen wirksam entgegentreten zu können, und die verschiedenen Staaten zeigten gleichfalls keine Neigung sich einzumischen. Als aber zuletzt die Dinge eine so drohende Gestalt annahmen daß ein Einschreiten durchaus geboten war, fehlte dem Präsidenten Morazan die erforderliche Streitmacht und er mußte mit einer geringen Truppenanzahl ins Feld rücken. Die Indianer wurden allerdings, namentlich im Bezirke Mita, mehrmals geschlagen, aber der Feldzug brachte kein Ergebniß, und den Servilen lag daran, daß der Präsident nicht Sieger blieb. Sie bereiteten ihm nach allen Seiten hin Verlegenheiten; sie unterstützten ihn nicht nur nicht, sondern legten auch ihre Stellen nieder. Morazan schloß dann mit den Aufständischen einen Frieden, der freilich nicht von Dauer sein konnte.

Inzwischen war die Verwirrung in den übrigen Staaten nicht minder groß. In San Salvador hatte Francisco Malespin die Fahne des Aufruhrs erhoben, und Morazan rückte von Guatemala aus gegen ihn ins Feld. Sogleich brach Carrera den Frieden, schlug eine Abtheilung Regierungstruppen, und zog bald nachher in die Hauptstadt ein, die er glühend haßte. Er hatte hoch und theuer geschworen sie niederzubrennen, und es kostete große Anstrengung ihn von diesem Vorhaben abwendig zu machen. Aber den Grausamkeiten welche seine Banden an den liberalen Einwohnern verübten und der Plünderung steuerte er nicht. Die Servilen wurden verschont weil sie ein Bündniß mit dem Viehtreiber geschlossen hatten. Die Nachkömmlinge des spanischen Adels erniedrigten sich vor dem Mestizen in wahrhaft verächtlicher Weise; die Priester erklärten ihn in der Kathedrale für einen von Gott gesendeten Engel und verbrannten ihm zu Ehren Weihrauch. Während in der Hauptstadt diese Dinge vorgingen war von dort eine zahlreiche Indianerbande ausgezogen und plünderte im Lande umher. Sie wurde bei Villa nueva vom General Salazar, der neunhundert Mann Bundestruppen befehligte, überrascht, und nicht weniger als fünfhundert Indianer wurden in Stücke gehauen. Der „Engel" Raphael Carrera verließ darauf in aller Eile den Schauplatz, auf welchem man ihm so große Huldigungen dargebracht, und entfloh in das

Departement Mita. Damals wäre es noch möglich gewesen ihn für immer unschädlich zu machen, aber Salazar wurde durch Officiere, welche die Servilen in ihr Interesse gezogen hatten, am Vorrücken gehindert; Carrera erholte sich, machte einen Einfall in San Salvador, kam in den Staat Guatemala zurück, erlitt aber eine Niederlage und schloß am 23. December 1838 einen Vertrag mit Morazan ab, demgemäß die Aufständischen die Waffen niederlegen sollten. Sie erhielten Generalpardon und Carrera wurde Befehlshaber des Departements Mita, wo er seine Anhänger wieder bewaffnete. Man ersieht aus allen diesen Vorgängen, daß die Bundesregierung der äußersten Schwäche anheimgefallen war. Sie verfügten kaum noch über einige Hilfsquellen, und den Regierungen der Einzelstaaten erging es nicht besser. Morazan konnte trotz aller Anstrengungen kaum noch einen losen Zusammenhang erhalten. Als 1838 der Congreß zusammentrat, sprach er sich vor demselben offen und ohne allen Rückhalt über den tiefen Verfall und die Zerrüttung des Landes aus. Die Mitglieder wußten nichts darauf zu entgegnen; sie schienen von der Ansicht überzeugt, daß kaum noch Rettung möglich sei und daß man die Bundesrepublik ihrem Schicksal überlassen müsse. Kraft eines Beschlusses gaben sie den Einzelstaaten manche Rechte zurück, welche bisher der Bundesregierung zustanden; dieser blieben fortan keine andere Befugnisse als die Verwaltung der auswärtigen Angelegenheiten und der Zölle. Thatsächlich war der Bund nun aufgelöst; der Congreß schloß seine Sitzungen, und versammelte sich nie wieder. Die Staatslegislatur von Guatemala löste sich gleichfalls auf, und die Einzelstaaten sahen sich überhaupt von nun an auf sich selber verwiesen. In dieser Vereinzelung wuchs aber auch die Entfremdung unter ihnen, und bei dem wilden Parteitreiben kam dem Volke das Bewußtsein der Zusammengehörigkeit immer mehr abhanden. Im Mai 1838 war in Nicaragua eine Versammlung berufen worden, um die Verfassung dieses Staates abzuändern. Ein Bundescongreß war nicht mehr vorhanden; wie sollte nun die Stellung Nicaragua's zu einer Confoederation bestimmt werden, die eben nicht mehr war? Die Frage wurde in der Weise beantwortet, daß Nicaragua sich für eine unabhängige Republik erklärte, allerdings mit dem Zusatze, daß man im Falle einer Wiederherstellung des Bundes geneigt sei, wieder in denselben einzutreten. Honduras folgte diesem Beispiele. In Costa Rica stürzte Carillo den gesetzlich erwählten Gouverneur Aguilar, und warf sich zum Dictator auf. Seine vierjährige Verwaltung war übrigens ganz ersprießlich für den kleinen Staat. Aber der Bund war zu Ende des Jahres 1838 ein Wrack, das nur noch aus Guatemala, Los Altos und San Salvador bestand.

Morazan war noch Präsident, aber am 1. Februar 1839 ging seine Amtsdauer zu Ende. Seine Anhänger bestimmten ihn, an der Spitze zu bleiben, bis der Bund wieder organisirt sei; er selber war ein entschiedener Gegner aller Souverainetät der Einzelstaaten, und hatte deshalb jenen Theil der Liberalen wider sich, welcher der Bundesgewalt eine nur geringe Summe von Rechten und Befugnissen zuerkennen mochte. Morazan wollte die drei Staaten, welche ausgeschieden waren, mit Zwang in ein Bundesverhältniß zurückbringen, und gerieth dadurch in Zerwürfnisse mit Nicaragua und Honduras, deren vereinigte Truppen einen Einfall in San Salvador machten; sie wurden aber auf's Haupt geschlagen und nach Honduras hinein verfolgt. Aber während dieser Kämpfe waren die Servilen nicht müßig; sie schlossen in Guatemala einen Bund mit Carrera, der die Abwesenheit Morazans benutzte und an der Spitze von 5000 Mann in die Hauptstadt einrückte, deren aus nur 300 Soldaten bestehende Besatzung ihm keinen Widerstand leisten konnte. Jetzt trat er als Dictator auf, und setzte kraft eigener Machtvollkommenheit eine Regierung ein, die mit entsetzlicher Grausamkeit gegen die Liberalen wüthete. Sie erklärte von vorn herein den bisherigen Staat Guatemala für eine unabhängige Republik. Den Priestern wurde zum Lohne für ihre Mitwirkung die Wiederherstellung einiger Klöster erlaubt; sie verlangten auch die Zehnten, überhaupt alle früheren Einkünfte der Kirche und das confiscirte Eigenthum zurück. Aber darauf wollte Carrera sich vorerst nicht einlassen, wie denn überhaupt die Indianer der Geistlichkeit Eigensucht und Habgier vorwarfen. In dem Dictator hatten sie sich in gewisser Beziehung getäuscht; er wollte dem Klerus nicht eine Macht wiedergeben, die möglicherweise auch einmal gegen ihn gebraucht werden konnte; er wollte Herr und Meister sein, nicht ein gefügiges Werkzeug. Uebrigens kam es ihm ganz gelegen, daß die Priester zu Quesaltenango im Hochlande einen Aufstand gegen die Liberalen erregt hatten, welchen Carrera unterstützte. Der junge Staat Los Altos wurde bezwungen, mit Guatemala wieder vereinigt und dem Dictator unterworfen. Carrera ließ den Präsidenten Guzman und manche angesehene Liberale erschießen. Nur allein in San Salvador waren diese noch am Ruder, und Morazan hatte trotz aller Widerwärtigkeiten den Muth noch nicht verloren. Er rückte mit nur 1200 Mann gegen den Feind ins Feld, war siegreich, und zog am 18. März 1840 wieder in Guatemala ein, wo er auf Unterstützung von Seiten seiner Partei rechnete. Aber diese war gebrochen, seit ihre hervorragenden Männer getödtet waren, Niemand unterstützte ihn, und bald sah er sich mit wenig mehr als 1000 Mann auf dem großen Platze der Hauptstadt von 5000 Indianern unter Carrera blockirt. Es blieb ihm Nichts weiter übrig, als auf jede Gefahr hin sich durchzuschlagen. Er wagte dieses Aeußerste, verlor aber dabei mehr als die Hälfte seiner Mannschaft, denn die Indianer gaben keinen Pardon.

Hier muß eine Thatsache erwähnt werden, aus welcher sehr deutlich hervorgeht, wie sehr die Politik der englischen Regierung den Liberalen feindlich war, und in welcher Weise die diplomatische Vertretung des „großmüthigen Albion" in den centralamerikanischen Wirren zu Werke ging. Während der entsetzlichen Schlächtereien bei dem Rückzuge Morazans aus Guatemala flüchteten sich dreiundzwanzig liberale Officiere unter den Schutz des englischen Consuls. Dieser lieferte sie den Servilen aus und sie wurden vor der Thüre des englischen Consulats „wie Hunde todt geschossen." Andere liberale Officiere hatten sich zum französischen Consul geflüchtet, und dieser rettete sie.

Morazan zog sich nach San Salvador zurück; aber auch dort fand er allgemeine Zerrüttung. Die verschiedenen Factionen hatten sich gegen ihn vereinigt, und der tapfere und standhafte Vertheidiger der liberalen Grundsätze und der Union der centralamerikanischen Staaten konnte sich nicht länger verhehlen, daß Alles rettungslos verloren sei. Der letzte Präsident der Republik suchte bei Nacht und Nebel seine

Rettung in der Flucht, und fand ein Asyl zu Valparaiso in Chile, wo er sich zwei Jahre lang aufhielt.

Seitdem war Carrera der mächtigste Mann im Lande, und sein Einfluß reichte weit über die Grenzen seines heimatlichen Staates Guatemala hinaus. Im Jahre 1841 war von der Bundesrepublik keine Spur mehr vorhanden, und die fünf Staaten, nun völlig vereinzelt, waren die Beute der Factionen und kecker Parteiführer.

Es würde unersprieslich sein, diese endlosen Wirren, welche bis auf den heutigen Tag fortdauern, im Einzelnen darzustellen; wir wollen uns damit begnügen, einige Erscheinungen hervorzuheben, welche für die centralamerikanischen Verhältnisse charakteristisch sind.

Carrera herrschte von nun an ganz unbedingt, und in Guatemala wenigstens fand sich Niemand, der dem vormaligen Viehtreiber seine Herrschaft hätte streitig machen können. Der schlaue Indianer begriff vollkommen, daß die servile Partei ihn lediglich als ein Werkzeug für ihre Zwecke benutzen wolle. Aber er ließ die weißen Aristokraten und die Priester fühlen, daß er Gebieter sei. Die Absichten der Servilen förderte er lediglich soweit dieselben seinen eigenen Plänen nützlich sein konnten, und das Gesetz hielt er für verbindlich soweit es ihm genehm schien. Einst trat in öffentlicher Sitzung der gesetzgebenden Versammlung ein Mitglied gegen ihn auf und sagte ihm ins Gesicht: „Sie können allerdings über die physische Gewalt im Lande verfügen, aber die moralische Gewalt ist auf unserer Seite, Herr General!“ Carrera gab darauf keine Antwort und verließ den Saal. Aber noch in derselben Stunde erschien er wieder an der Spitze von 500 bewaffneten Indianern, ließ die Thüren öffnen, trat vor die Versammlung hin, zeigte auf die blanken Bayonnete seiner Soldaten und rief: „Hier sind meine Indianer. Wo ist nun Eure moralische Gewalt?“ Auch auf die Forderungen der Priesterschaft ging Carrera nur sehr bedingt ein; sie beherrschte ihn keineswegs. Er verbot der Legislatur Gesetze zu geben, durch welche das Volk etwa verpflichtet würde, für den Unterhalt der Priester zu sorgen. „Wer einen Priester gebraucht, der mag ihn aus seiner eigenen Tasche bezahlen!“ Das war seine Antwort auf einen

Beschluß der Versammlung, den er von oben bis unten mit der Feder durchstrich, als man ihm denselben zur Genehmigung unterbreitete.

Costa Rica stand inzwischen unter der Dictatur Carillo's, und genoß eine Zeit der Ruhe, bei welcher es gedieh. Der Anbau des Kaffeebaums, welchem die Bewohner sich mit Vorliebe widmen, wurde für das Land sehr ersprießlich.

Nicaragua, San Salvador und Honduras hatten jedes ihre besondere und unabhängige Regierung, doch kam diesen Staaten der Wunsch nach Wiederherstellung der Bundesrepublik nie völlig abhanden, und sie machten im Fortgange der Zeit mehr als einen Versuch, die Union wiederherzustellen. Sie beriefen einen Congreß nach Chinandega in Nicaragua auf den 17. März 1842, aber Carrera und Carillo erklärten von vorne herein, daß sie denselben nicht nur nicht beschicken, sondern auch jedem Versuche zur Wiederherstellung der Union entgegentreten würden. Indessen traten doch die Bevollmächtigten der drei obengenannten Staaten zusammen, und kamen überein, daß die Nationalregierung bestehen solle: 1) aus einem obersten Delegaten, der durch Wahl von der Mehrheit der Staaten ernannt werden solle; 2) aus einer Rathsversammlung, welche in derselben Weise zu wählen sei; 3) aus einem Oberappellationsgericht. Jeder Staat sollte im Uebrigen seine eigene Regierung und seine besonderen Gesetze haben, auch über seine Staatseinnahmen selbständig verfügen. Man sieht, daß ein solcher Vorschlag nicht im Mindesten geeignet war, die Staaten eng mit einander zu verbinden; eine Centralregierung, der es an Geld und Macht fehlt, ist an und für sich ein Unding, und das obige Project blieb ohne Folgen.

Es war eine Thorheit, daß ein Theil der Liberalen, unter solchen Verhältnissen, eine Umwandelung der Dinge von einer Rückkehr Morazans erwartete. Sie versicherten ihn, daß er eine begeisterte Aufnahme finden und der Sache der Bundesrepublik endlich zum Siege verhelfen werde. Im März 1842 schiffte er sich zu Valparaiso am Bord der Coquimbo ein, ein Theil seiner Begleiter bestieg ein anderes Fahrzeug, und im April landete er zu La Union in San Salvador. Die Enttäuschung ließ nicht lange auf sich warten. Morazan mußte sich, weil die Pläne der liberalen Centralisten noch unreif waren, nach dem

Hafen Calderas in Costa Rica begeben. Dort schlossen sich ihm so viele Bewaffnete an, daß er die Hauptstadt einnehmen und den Dictator Carillo absetzen konnte; die Gesetzgebung ernannte ihn zum Gouverneur, und die Union wurde proclamirt. Somit hatte die Partei der „Coquimbos“ gesiegt, und Morazan wollte in Nicaragua einrücken, um auch dort die Bundesrepublik wieder aufzurichten. Zu diesem Behufe sollte Costa Rica 2000 Mann und funfzigtausend Thaler bewilligen. Aber das Volk mochte vom Kriege nichts wissen; die Recruten flohen in die Wälder, Geld wurde nicht eingezahlt, und als man die Beschlüsse der Gesetzgebung mit Gewalt durchsetzen wollte, wurde das Volk misvergnügt und gab den Agenten Gehör, welche Carrera und England nach Costa Rica geschickt hatten, um Morazans Autorität zu untergraben. Als dann unter des Präsidenten eigenen Anhängern Zwistigkeiten sich erhoben, gewannen die Gegner leichtes Spiel; sie griffen ihn in San José an, von wo er nach Cartago entfloh. Dort wurde er gefangen genommen, nach San José zurückgebracht, und am 18. September 1842 erschossen. Er war der beste Mann, den Central-Amerika hervorgebracht hat; er starb für seine Ideale, die freilich den Hauptfehler hatten, daß sie sich in einem Lande mit solchen Volksbestandtheilen gar nicht verwirklichen lassen.

Es hat seitdem nicht an vereinzelten Bemühungen gefehlt, den Bund wieder aufzurichten, aber alle ohne Ausnahme sind gescheitert. Zu einem Convente, der 1847 nach Nacaome in Honduras ausgeschrieben wurde, schickten Guatemala und Costa Rica gar keine Bevollmächtigte; die drei anderen Staaten einigten sich über eine Art von Allianzvertrag, der aber weder den Centralisten noch den Föderalisten genehm war; er theilte das Schicksal aller halben Maßregeln. Bis auf den heutigen Tag dauert dieses Wollen und doch nicht Können; das Bewußtsein, daß alle diese Staaten in ihrer Vereinzelung wenig bedeuten und daß sie doch eigentlich zusammengehören, tritt unablässig zu Tage und bricht immer wieder durch, aber Niemand will von vermeintlichen Rechten oder Interessen etwas opfern, und so kommt es, daß die Central-Amerikaner stets an dem Steine des Sisyphus wälzen. Sobald man Schritte thut sich zu verständigen und auszugleichen, treten Eifersucht und Abneigung zu Tage, und das

Parteistreben gewinnt allemal die Oberhand über die wirklichen Interessen. Dabei schleppen alle diese Staaten ein Gefühl der Ohnmacht mit sich herum, und sie wissen, daß die Dinge, so wie sie sind, nicht bleiben können. Während die Vereinigten Staaten den Föderalisten Vorschub zu leisten suchten, bot England Alles auf, um eine Verständigung nicht aufkommen zu lassen, bei welcher die den Nordamerikanern zuneigenden Liberalen zur Macht gelangen könnten. Ebenso war es bis heute das Bestreben der Servilen in Guatemala, die übrigen Staaten im Gegensatz zu einander zu erhalten. So scheiterte denn auch im November 1849 ein neuer Versuch der drei obengenannten Staaten: Honduras, Nicaragua und San Salvador, einen gemeinsamen Congreß und eine Bundesregierung zu bilden, die in Chinandega ihren Sitz haben sollte. Aber er schlug fehl, weil bald nachher San Salvador und Honduras mit Guatemala in Krieg verwickelt wurden, in welchem Carrera siegte. Nach Beendigung desselben versuchte man abermals eine Einigung der drei Staaten, und vereinbarte im October 1852 eine Art von Unionsverfassung zu Tegucigalpa. Zu jener Zeit war Cabañas, ein standhafter Freund Morazans und entschieden unitarisch gesinnt, Präsident von Honduras, Nicaragua war damals der Föderation gleichfalls zugethan; in San Salvador verhielt sich dagegen der Präsident Dueñas sehr lau; er fürchtete, daß in diesem Dreibunde Honduras ein ihm selber unbequemes Uebergewicht gewinnen könne, und mochte nicht mit Guatemala, das jeder Union entgegen war, in einen Krieg gerathen. Deshalb erklärte er am 18. März 1853, daß San Salvador an seiner Souverainetät festhalte; ohnehin sei die öffentliche Meinung der Wiederherstellung einer Bundesregierung dermalen nicht gewogen, die außerdem von vorne herein schwach sein würde, weil es ihr an Geldmitteln fehle; man dürfe deshalb nicht Zeit und Geld vergeuden, um Dingen nachzujagen, die doch immer nur Projecte bleiben würden. Auch Nicaragua weigerte sich nun, das Uebereinkommen von Tegucigalpa als bindend anzuerkennen, und so stand Honduras allein, das ohnehin mit Guatemala in einen blutigen und verheerenden Krieg verwickelt war, während San Salvador und Nicaragua sich Carrera annäherten. Man gedachte nun den Bund, der nicht zu Stande zu bringen war, durch Einzelverträge zu ersetzen, welche die verschiedenen Staaten einzeln mit einander abschlossen. Aber Carrera verstand die Sache so, daß er an San Salvador die Zumuthung stellte, dieser Staat möge sich mit Guatemala vereinigen. Darauf wollte man nicht eingehen; das Verlangen selbst aber ist insofern von Bedeutung, als es zeigt, wie sehr die Servilen dahin streben, die übrigen Staaten unter die Oberleitung von Guatemala zu bringen. Dieser Tendenz ist England geneigt, weil die Servilen geschworene Feinde der Nordamerikaner sind.

Im Jahre 1854 wurde Carrera unter dem Namen eines Präsidenten auf Lebenszeit zum Dictator von Guatemala erhoben; die neue Verfassung macht ihn völlig absolut. Die Kirche war seiner neuen Stellung nicht entgegen, weil er schon früher die Jesuiten zurückberufen und diesen den öffentlichen Unterricht überantwortet hatte; zugleich waren der Geistlichkeit nach und nach wieder Privilegien ertheilt worden. In Guatemala laufen alle Fäden der servilen Partei zusammen, welche über ganz Mittel-Amerika verzweigt ist.

Costa Rica hielt sich unter seinem Präsidenten Rafael Mora, einem Kaufmann, welcher keine Säbelherrschaft aufkommen ließ, klüglich von allen Wirren fern, und ist dabei mehr gediehen als irgend einer der anderen Staaten. Nur mit Nicaragua war es von Alters her im Zerwürfniß über den Besitz der Provinz Guanacaste, auf welche beide Anspruch machten. Erst im Anfang des Jahres 1856 ist es aus seiner vereinzelten Stellung herausgetreten und hat Krieg an Nicaragua erklärt.

San Salvador war lange Zeit überwiegend liberal und unionistisch, und als liberaler Staat mehrfach mit Honduras gegen den servilen Staat Guatemala verbündet. Aber im Jahre 1853 erklärte es sich, gleich den übrigen, für souverain, und sein Präsident, San Martin, schloß einen Vertrag mit Guatemala.

In Honduras behielten die Liberalen die Oberhand so lange Morazans Freund, Cabañas, an der Spitze stand. Ihm ist im Jahre 1855 auf dem Präsidentenstuhle Lindo gefolgt. Während wir diese Zeilen (Mai 1856) schreiben, ist es noch nicht recht klar, wie neuerdings in jenen Staaten die Parteiverhältnisse sich gestaltet haben.

Nicaragua endlich hat durch seine Weltlage, durch seine Stellung als Weltpassageland und durch seine Parteiverhältnisse gegenwärtig eine hervorragende Bedeutung. Man ist bekanntlich jahrelang mit dem Plane umgegangen, vermittelst des San Juanflusses und der Nicaragua-Seen einen großen interoceanischen Canal herzustellen. Dieses Unternehmen ist aufgegeben worden, weil die Ueberwindung der technischen Schwierigkeiten unverhältnißmäßig große Geldsummen in Anspruch genommen haben würde. Aber die Nord-Amerikaner haben einen Transit durch Nicaragua ins Leben gerufen, der als kürzester Verbindungsweg von und nach Californien umfangreich benutzt wird. Seitdem haben sich viele ihrer Landsleute in Nicaragua niedergelassen. Dieser Staat wurde in der bekannten Streitigkeit über die Moskitoküste, welche im Verlaufe des vorliegenden Werks ausführlich erörtert wird, von England beeinträchtigt. Ueber dieselbe Frage ist Großbritannien mit den Vereinigten Staaten in ein Zerwürfniß gerathen, das gegenwärtig fortdauert. Neuere Ereignisse haben diese Spannung noch gesteigert und allem Anschein nach gewinnt die „mittelamerikanische Frage" immer größere Dimensionen.

Es ist nicht unsere Aufgabe Tagesgeschichten zu schreiben; wir wollen nur einige Bemerkungen hinzufügen, welche zum Verständniß beitragen können. Frankreich hat vor Jahren eine Kriegsbrigg an die Küste von Costa Rica geschickt, deren Befehlshaber, de Gueydon, von der Regierung eine Entschädigung für eine wirkliche oder vermeintliche Beeinträchtigung französischer Unterthanen verlangte; der eigentliche Zweck seiner Reise war aber kein anderer als die Dinge in Central-Amerika zu sondiren. Die Costa Ricaner waren so freundlich und zuvorkommend, daß sie sogar geneigt waren Frankreich eine Art von Protectorat über Costa Rica zu gewähren. Die Sache hatte weiter keine Folge, weil man in Paris vollauf mit anderen Dingen beschäftigt war. Aber England betrachtete diese Vorgänge mit Mistrauen; und um jedem fremden Einflusse die Spitze bieten, und namentlich auch die Schritte der Nord-Amerikaner näher beobachten zu können, besetzte es im Namen des von ihm erfundenen Moskitokönigs, am 1. Januar 1848 die Stadt San Juan Nicaragua an der Mündung des gleichnamigen Stromes, nachdem es schon früher dem Staate Honduras mannigfache Verlegenheiten bereitet und demselben namentlich die Bay-Inseln geraubt hatte. Ueber das Nähere verweisen wir auf den betreffenden Abschnitt in diesem Werke.

In Nicaragua wurde 1852 an die Stelle Lorenzo Pinedos ein der servilen Partei angehöriger Farbiger, Chamorro, zum Präsidenten gewählt, der am 17. März 1854 ein Schutz- und Trutzbündniß mit Guatemala schloß. Gegen ihn erhoben sich deshalb die Liberalen Francisco Castellon der sich zum Gegenpräsidenten aufwarf, und der General Xerez. Beide besetzten im Mai die Stadt Leon und rückten von dort aus gegen die Hauptstadt Granada in welcher Chamorro monatelang eingeschlossen blieb. Er starb am 12. Mai 1855, und erhielt Estrada zum Nachfolger. Der Krieg dauerte fort; beide Parteien erhielten bewaffneten Zuzug aus anderen Staaten; die Servilen aus Guatemala, die Demokraten aus Honduras. Nachdem die Fehde fast anderthalb Jahr gedauert hatte, gewannen allmälig die Servlien mehr Boden, besonders seitdem Carrera ihnen den sogenannten Tiger Guardiola, einen aus Honduras verbannten, wegen seiner entsetzlichen Grausamkeiten berüchtigten Mestizen zu Hilfe gesandt hatte. In dieser Bedrängtheit wandte sich Castillon nach San Francisco an einen sogenannten Flibustier, Wilhelm Walker, der zwei Jahre früher den mislungenen Versuch gemacht hatte, sich in Untercalifornien und Sonora festzusetzen. Walker kam an der Spitze einer entschlossenen Schaar von Büchsenschützen im Sommer 1855 in Folge dieser Aufforderung als Bundesgenosse der liberalen Partei, wurde nebst seinen Begleitern in Nicaragua mit dem Bürgerrechte begabt und völlig naturalisirt. Einige Monate lang zog er im Lande umher, war anfangs nicht vom Glücke begünstigt, zog dann aber im Herbste gegen Granada, und eroberte mit kaum einhundert Mann diese Hauptstadt.

Damit war die Herrschaft der Servilen gestürzt und Walker der eigentliche Gebieter von Nicaragua. Er wollte die Parteien versöhnen, und anfangs schienen die Dinge einen regelmäßigen Verlauf nehmen zu wollen. Zum Präsidenten wurde ein gemäßigter Mann, Don Patricio Rivas gewählt; Walker, welchem der Oberbefehl über die bewaffnete Macht blieb, wurde vom Erzbischof als Retter des Landes in der Kathedrale feierlich gesegnet, und nach wenigen Wochen war im ganzen Lande Ruhe hergestellt. Bald zeigte es sich indessen, daß die neue Ordnung der Dinge auch ihre Gegner hatte, vor denen der glückliche Freibeuter auf der Hut sein mußte. Einmal sah England mit äußerstem Misvergnügen, daß bewaffnete Nordamerikaner sich in einem so wichtigen Passagelande festsetzten; sodann waren die ihrer Macht beraubten Servilen unversöhnlich, und warteten nur die Zeit ab, um sich gegen den Yankee zu erklären, der schon als Protestant bei den Priestern Widerwillen erregen mußte. Endlich sahen auch viele Liberale ungern, daß Walker nach und nach einige tausend bewaffnete Nord-Amerikaner und Deutsche ins Land zog; sie befürchteten, wohl nicht mit Unrecht, daß sie bald nicht mehr Herren im eignen Hause sein würden. Die Regierungen von San Salvador und Honduras verhielten sich kühl gegen den Fremden, und als im März 1856 die Regierung von Nicaragua an jene von Costa Rica einen Bevollmächtigten, den Obersten Schlesinger, schickte, um über einige Zerwürfnisse Ausgleichungsversuche zu machen, wurde derselbe kurzer Hand über die Grenze zurückgeschickt. Gleich darauf erfolgte eine Kriegserklärung von Seiten Costa Rica's, in einem für die Nord-Amerikaner äußerst feindlichen Sinne, denn sie besagt, daß es auf Vernichtung derselben abgesehen sei. In dem ersten Treffen zog Oberst Schlesinger den Kürzern. Nun aber kommt eine weitere Verwickelung hinzu. Die Costa Ricaner haben in barbarischer Weise unbewaffnete Nord-Amerikaner, auch Frauen und Kinder ermordet, die mit Walker in keinerlei Verbindung standen. Gegen diesen Frevel hat der nordamerikanische Ministerpräsident Wheeler in Nicaragua, auf das schärfste remonstrirt, und in den Vereinigten Staaten ist die Aufregung auf einen hohen Grad gestiegen.

So liegen die Dinge während wir diese Blätter in die Presse geben. Es unterliegt keinem Zweifel daß demnächst die centralamerikanischen Staaten Schauplatz wichtiger Begebenheiten werden.

Central-Amerika.

Erstes Kapitel.

Geographische und topographische Gestaltung von Central-Amerika und ihr Einfluß auf die Bevölkerung.

Central-Amerika verwirklicht in Bezug auf seine Lage die alte Vorstellung von einem Centrum, einem Mittelpunkt der Erde. Es verknüpft die beiden großen Halben des amerikanischen Festlandes, die nördliche und die südliche Halbkugel, mit einander, und seine Häfen sind im Osten Europa und Afrika zugekehrt, im Westen vermitteln sie die Verbindung nach Polynesien, Australien und Asien.

Ein Blick auf die Karte zeigt, daß bei der Landenge von Tehuantepec der mexicanische Meerbusen nur etwa funfzig Stunden Weges vom westlichen Ocean entfernt liegt; die Quellflüsse des Coatzacoalcos, der in jenen Golf strömt, greifen gleichsam in einander mit jenen des Chicapa, welcher in das Stille Weltmeer mündet. Weiterhin wird der Continent wieder breiter; nach Westen hin liegt das Tafelland von Guatemala, im Norden und Osten die ausgedehnten Ebenen von Tabasco, Chiapa und Yucatan. Diese Abtheilung wird im Südosten von Golf oder der Bay von Honduras bespült, und dann verengt sich die Breite des Festlandes wieder auf etwas weniger als einhundertundfunfzig englische Meilen oder ungefähr siebenzig Wegstunden. Zwischen dieser Bay und dem Großen Ocean finden wir die bemerkenswerthe Erscheinung, daß die Cordilleren vollständig unterbrochen sind; dort liegt ein großes Querthal, das gerade von Norden nach

Süden zieht. Durch dasselbe fließt der große Strom Ulua zum Atlantischen Ocean, und der kleinere Goascoran mündet in die Fonseca-Bay, also in das Stille Weltmeer. Weiter nach Süden hin, jenseit des großen querlaufenden Beckens von Nicaragua, liegt der schmale Isthmus von Panamá, über welchen sich zu zwei verschiedenen Malen der Strom der Auswanderung ergossen hat, früher nach Perú, und in unseren Tagen nach den goldblinkenden Küsten von Californien.

Die topographischen Eigenthümlichkeiten Central-Amerika's sind nicht minder bemerkenswerth. Nicht ohne Grund ist behauptet worden, daß dieses Land in Bezug auf seine physische Erscheinung und die Gestaltung seiner Oberfläche gleichsam einen Inbegriff und Auszug aller andern Länder und Klimate der Erde darbiete. Dicht neben einander liegen hier Hochgebirgsketten, einzeln emporragende vulkanische Spitzberge, hohe Tafelländer, Tiefthäler, breite fruchtbare Ebenen und ausgedehnte Alluvionen. Dazu kommen große schöne Seen und majestätische Ströme, ein üppig wucherndes Thier- und Pflanzenleben, und alle klimatischen Abstufungen von der heißen Zone bis zur erfrischenden Kühle eines ewigen Frühlings.

Die große Cordillere läuft auch hier, wie in Südamerika, in der Nähe der Küsten des Stillen Weltmeeres, aber die Kette ist, wie schon bemerkt wurde, mehrfach unterbrochen; sie bildet einzeln liegende Gebirgsreihen, isolirte Erhebungen, Hügelgruppen und Knoten, und zwischen diesen hindurch finden die Ströme aus den Hochthälern des Binnenlandes ihren Weg zu dem einen oder andern Weltmeer. Aus dieser Configuration des Geländes ergiebt sich, daß die größte Masse der Alluvionen am mexicanischen Golf und am caraibischen Meer liegen muß. Hier fällt in größerer oder geringerer Menge das ganze Jahr hindurch Regen, der Pflanzenwuchs ist ungemein üppig, das Klima heißfeucht und somit auch ungesund. Der Passatwind weht aus Nordost; die Feuchtigkeit, mit welcher er geschwängert ist, verdichtet sich über den höher gelegenen Theilen des Continents und strömt dem Atlantischen Ocean zu. Dagegen ist die pacifische Abdachung vergleichsweise trocken und gesund, und dasselbe gilt von den hochliegenden Gegenden im Innern.

Central-Amerika hat drei deutlich markirte Mittelpunkte der Erhebung, durch welche bis zu einem gewissen Grade die politischen Eintheilungen bedingt worden sind. Das erste Centrum wird gebildet von der großen Ebene oder dem durchbrochenen Tafellande von etwa 4000 Fuß Meereshöhe. Dort liegt die Stadt Guatemala; dort entspringen die breiten Ströme Usumasinta und Tabasco und fließen nach Norden durch Chiapa und Tabasco in den mexicanischen Meerbusen. Ihre Quellgewässer verschlingen sich mit jenen des Motagua oder Gualan, welche nach Osten hin dem Golf von Honduras zufallen, und mit den kleineren Gefließen welche nach Westen hin in das Stille Weltmeer sich ergießen.

Honduras wird von einer Gebirgskette eingenommen, welche vom Großen Ocean aus gesehen wie eine gewaltige Mauer erscheint; sie vertheilt sich aber in zahlreiche Ausläufer und kleinere Verzweigungen nach Norden und Osten, gleichsam wie die Finger einer ausgebreiteten Hand. Zwischen diesen Ketten, und manchmal von Hügeln völlig umschlossen, liegen mehrere breite Thäler oder Ebenen von verschiedener Bodenerhebung. In ihnen sammeln sich die Gewässer von tausend kleinen Rinnsalen; sie bilden viele beträchtliche Flüsse, welche nach Norden und Osten hin in die caraibische See, nach Süden und Westen in den südlichen Ocean fallen. Dahin gehören auf dem östlichen Abhange der Chamelicon, Ulua, Lean, Roman oder Tinto, Patuca, Coco (Wanks oder Segovia), auf dem westlichen der Choluteca, Nacaome, Goascoran, San Miguel und Lempa.

Zwischen diesem Centrum der Bodenerhebung und dem dritten, nämlich jenem von Costa Rica, liegt das Becken der Nicaragua-Seen mit seinen grünen Abhängen und sanft gewellten Ebenen. Den Kern der Erhebung in Costa Rica bildet der in ihrer Mitte emporragende Vulkan von Cartago. Dort nimmt die Cordillere ihren Charakter einer großen zusammenhängenden Gebirgsbarriere eine Strecke lang abermals auf, fällt jedoch bald wieder ab und bildet auf der Landenge von Panamá nur niedrige Hügelketten.

Central-Amerika hat eine beträchtliche Anzahl großer und schöner Seen. Dahin gehören der Nicaragua und der Managua, welche unter allen den größten Flächeninhalt haben; der Yojoa oder Taulebé in Honduras; Guija und Ilopango in San Salvador, und in

Guatemala der Golfo Dulce, der Peten oder Itza, der Atitlan oder Amatitlan.

Wir wenden uns zu den Seehäfen. Guatemala hat an der atlantischen Küste Balize, Izabal und Santo Tomas; von diesen ist nur der letztere einigermaßen gut; Honduras hat Omoa, Puerto Caballos, Puerto Sal oder Triunfo de la Cruz, Truxillo und andere; Nicaragua hat Gracias a Dios, Bluefields und San Juan. Costa Rica besitzt an seiner Ostküste keinen guten Hafen, wohl aber an dem westlichen Gestade Golfo Dulce, Punta Arenas und Caldera. Am Stillen Ocean finden wir in Nicaragua: Culebra, Salinas, San Juan del Sur und Realejo; in Honduras mehrere in der Fonsecabay, nämlich den Freihafen Amapala, San Lorenzo und La Paz; in San Salvador: La Union, und in der Fonsecabay Jiquillsco oder Espiritu Santo, Jaltepec oder Concordia, La Libertad und Acajutla oder Sonsonate; diese beiden letzteren sind eigentlich nur Rheden. Guatemala hat blos den Ankerplatz Iztapa. Die besten Häfen am Atlantischen Ocean sind: Santo Tomas, Omoa, Puerto Caballos und San Juan del Norte; am pacifischen Gestade: Realejo, der Freihafen Amapala auf der Insel Tigre und La Union.

Den Flächeninhalt von Central-Amerika kann man auf etwa 155,000 englische Geviertmeilen angeben; er wäre demnach etwa so groß wie die sechs Staaten Neu-Englands nebst den mittleren Staaten der nordamerikanischen Union. Die Bevölkerung stellt sich in runden Ziffern auf ungefähr zwei Millionen Seelen, wovon 850,000 auf Guatemala kommen, auf San Salvador 394,000, Honduras 350,000, Nicaragua 300,000 und Costa Rica 125,000.

Die geographische und topographische Gestaltung eines Landes hat allemal einen sehr bedeutenden, oftmals einen geradezu entscheidenden Einfluß auf den Charakter und die Bestimmung eines Volkes. Die Beschaffenheit und die Ausdehnung eines solchen Einflusses tritt gerade in Central-Amerika sehr deutlich hervor. Die Spanier fanden zur Zeit der Entdeckung zwei von einander ganz verschiedene Bewohnergruppen. Auf den Hochebenen, im Binnenlande und auf der pacifischen Abdachung, wo verhältmäßig wenig Regen fällt, das Land offen, das Klima verhältnißmäßig kühl und gesund ist, lebte eine zahlreiche Bevölkerung, welche in der Gesittung ziemlich weit vorangeschritten war und geordnete Staaten bildete. Auf der atlantischen Abdachung dagegen fanden die Entdecker dichte Urwälder, niedrige Küsten mit Sümpfen und Lagunen, dazu eine brennend heiße Sonne und ungesunde Miasmen; dort streiften wilde Stämme umher, die eigentlich keinen festen Wohnsitz hatten, sich von Dem nährten, was Wald und Feld freiwillig darbot, oder was sie als Beute vom Fischfang und der Jagd in ihre Hütten heimbrachten. Sie waren ohne gesellschaftlichen Verband und hatten keine eigentliche Religion.

Dieser ethnologische Gegensatz wurde durch die natürliche Beschaffenheit des Bodens bedingt. Die Bewohner der atlantischen Abdachung konnten zu keiner höhern Entwickelung gelangen; sie waren machtlos gegenüber der üppig wuchernden Gewalt eines tropischen Pflanzenwuchses, einer wilden Natur, gegen welche auch der civilisirte Mensch mit aller Ueberlegenheit, welche die Civilisation ihm zu Gebote stellt, noch nichts hat ausrichten können; sie behauptet in den breiten Alluvialgegenden Central-Amerika's ihre Herrschaft bis auf den heutigen Tag. Der Indianer wurde dort Jäger aus Nothwendigkeit, er blieb ein umherstreifender Mensch und lebte in Streit mit seines Gleichen. Er war wild, fast wie die Thiere des Waldes. Bei ihm konnte von Entwickelung zu einer höhern Gesittungsstufe keine Rede sein; sie konnte nur entstehen, wo günstigere Naturverhältnisse den Menschen vor unablässiger Noth und Bedrängniß sicherstellten, wo milderes Klima, ein leicht zu bestellender Boden, der vielfältigen Ertrag an einheimischen Früchten gab, zur Ansässigmachung einluden, und wo Zeit übrig blieb auch an der Ausbildung des innern Menschen zu arbeiten. Unter so günstigen Umständen lebten die Bewohner der Hochebenen von Honduras und Guatemala. Hier luden ausgedehnte und fruchtbare Savannen zum Ackerbau ein, und gaben auch bei der Bestellung vermittelst noch unvollkommener Werkzeuge eine ergiebige Ernte. Vielleicht war hier der Mais, diese Hauptstütze der eingeborenen Civilisation in Amerika, einheimisch, und wurde von da aus nach Norden hin über Mexico und Florida verbreitet. Wenigstens weisen Sprachen und Ueberlieferungen der Völkerfamilien, welche sich in den genannten Regionen niedergelassen haben, auf die Hochebenen von Guatemala als die alten Ursitze hin.

Dieselben natürlichen Bedingungen, welche der Entwickelung und höhern Ausbildung der Menschen in einem Theile Central-Amerika's Vorschub leisteten und in einem andern sie gar nicht aufkommen ließen, üben noch heute ihre volle Kraft und Geltung. Die Spanier hielten sich nicht dabei auf, einen ungleichen Kampf gegen die wilde Natur auf der atlantischen Seite zu führen, sondern siedelten sich in den trockenen, gesunderen, ihnen in jeder Beziehung mehr zusagenden Ländern im Innern und auf der pacifischen Küste an. Das Moskitogestade wird noch jetzt von Wilden durchschwärmt, an welchen die Berührung mit civilisirten Menschen im Laufe von drei Jahrhunderten nichts geändert hat. Dagegen lebt im Staate San Salvador eine im Verhältniß zum Flächeninhalt doppelt so zahlreiche Volksmenge als in irgend einem andern Theile des spanischen Amerika, ja sie ist relativ so groß als jene von Neu-England.

So wird begreiflich weshalb auf der einen Seite die Ansiedelungen und die Bewohnerzahl sich mehrten, während auf der andern Beides nicht stattfand. Erst wenn alle Theile von Central- und Süd-Amerika, welche klimatisch begünstigt sind, eine überschüssige Bevölkerung abzugeben, und vielleicht die Fortschritte in Wissenschaft und Kunst dem Menschen Mittel an die Hand gegeben haben, den Krankheiten und überhaupt den physischen Hindernissen, welche im Stromgebiete des Amazonas und des Orinoko und an der Moskitoküste vorherrschen, erfolgreichen Widerstand zu leisten, — erst dann, sagen wir, werden die Einflüsse der Civilisation in jene Gegenden dringen, denn dann erst werden sie eine eigentlich civilisirte Bevölkerung erhalten können.

Der Schwerpunkt für die Gesittung liegt demnach in Central-Amerika auf der pacifischen Seite. Californien, der größere Theil von Mexico, und außerdem einige südamerikanische Staaten werden über kurz oder lang dahin kommen, daß sie eine ähnliche Stellung gewinnen, wie Westindien sie Europa und den Vereinigten Staaten gegenüber einnimmt. Sie werden aber den Vortheil haben, daß sie Passageländer sind, und vielleicht den Handel zwischen der östlichen und westlichen Halbkugel über ihr Gebiet lenken. Ihr Geschick ist schon in ihren Küstenumrissen klar vorgezeichnet, und nicht minder in ihrer Oberfläche wie überhaupt in ihrer geographischen Lage.

Zweites Kapitel.

Betrachtungen über das Klima von Central-Amerika.

Aus den Eigenthümlichkeiten der Bodengestaltung erklärt sich die unendliche Mannigfaltigkeit des Klima's von Central-Amerika. Das Land liegt zwischen dem 8. und 17. Grad nördlicher Breite, und würde an und für sich im Allgemeinen eine etwas höhere Temperatur haben müssen als Westindien. Das trifft auch an der Küste zu, denn diese hat ziemlich dasselbe Klima wie die Antillen und sehr gleichförmige Witterungsverhältnisse. Die Gestalt und Lage des Gestadelandes, die Nähe des Gebirges und die vorherrschenden Winde üben natürlich ihre Einwirkungen aus. Die Hitze ist an der pacifischen Küste nicht so drückend als an der atlantischen; der Temperaturunterschied zwischen beiden weicht indessen nicht erheblich von einander ab, allein auf der westlichen Seite ist die Atmosphäre trockener und reiner.

Die niedrigste Temperatur in Central-Amerika hat das Hochland — die Altos — im nördlichen Guatemala. Bei Quesaltenango, der Hauptstadt jenes Departements, fällt zuweilen Schnee, der allerdings bald wieder verschwindet, und das Thermometer steht selten lange auf dem Gefrierpunkte. In der Umgegend der Stadt Guatemala ist die Thermometerscala von 55 bis 80 Grad, im Durchschnitt 72 Grad Fahrenheit. Vera Paz, das nordöstliche Departement von Guatemala, zu welchem das Küstenland unterhalb Yucatan bis zum Golfo Dulce gehört, ist etwa 10 Grad wärmer; diese ganze Strecke von Balize bis Izabal und Santo Tomas ist heiß und ungesund, und dasselbe gilt, wenn auch in geringerm Grade, für die ganze nördliche und östliche Küste von Omoa bis zum Cap Gracias a Dios; hier üben die bis in die Nähe des Meeres vortretenden Gebirge und die in einem nicht unbeträchtlichen Theile des Jahres vorherrschenden

Nordwinde einen günstigen Einfluß. Der Staat San Salvador liegt ganz auf der pacifischen Seite; er hat einen kleinern Flächeninhalt als die übrigen, ist aber verhältnißmäßig am stärksten bevölkert, wiewohl seine Temperatur höher sein mag als jene von Guatemala und Honduras, denn er liegt nicht so hoch als diese beiden. Gleichwohl ist die Hitze nirgends drückend, mit Ausnahme einiger Punkte an der Küste, z. B. Sonsonate, San Miguel und La Union, wo übrigens der hohe Stand der Temperatur durch die Oertlichkeiten bedingt wird. Honduras, das heißt „die Tiefen," hat eine sehr mannigfaltig gestaltete Oberfläche, und folglich auch eine entsprechende Verschiedenheit in den Temperaturverhältnissen. Im Allgemeinen ist das Klima ganz herrlich; die Temperatur der bedeutendsten Städte, Tegucigalpa, Comayagua, Juticalpa und Gracias beträgt etwa 74 Grad. Das Departement Segovia in Nicaragua, das an Honduras grenzt, hat eine ähnliche Oberfläche und Temperatur, während der Haupttheil von Nicaragua in jeder Beziehung davon abweicht und seine besonderen topographischen und klimatischen Eigenthümlichkeiten hat. Die mittlere Temperatur an den großen Seebecken ist ungefähr 79 oder 80 Grad; dieses Resultat wird aber nicht durch die Lage bedingt, sondern hat andere Ursachen, die ich in meinem Werke über Nicaragua geschildert habe. Die Bevölkerung von Costa Rica wohnt hauptsächlich auf der Westabdachung des Vulkans von Cartago, und kann sich jeden Temperaturgrad verschaffen, von der drückenden Hitze der Hafenstadt Punta Arenas bis zu dem immerwährenden Frühling von San José, oder zu dem Herbstwetter in dem klimatischen Gürtel oberhalb der frühern Hauptstadt Cartago. Die östliche Abdachung von Costa Rica ist unbewohnt, und die Küste von der Chiriquilagune nach Norden hin niedrig und ungesund. Und diese Bemerkung gilt von der ganzen Küste Central-Amerika's von Truxillo abwärts, also insbesondere auch von der ganzen sogenannten Moskitoküste. Deshalb leben dort auch keine Menschen außer einigen armseligen Indianerstämmen, während an dem pacifischen Gestade viele Städte liegen und, wie gesagt, dort eine beträchtliche Volksmenge wohnt.

Auf Anfang und Dauer der sogenannten Jahreszeiten, der naſsen und der trockenen, üben örtliche Ursachen so großen Einfluß, daß Das, was von einem Platze unbedingt gilt, an einem andern nur theilweise vorkommt. Der größte Unterschied findet natürlich zwischen der atlantischen und pacifischen Abdachung des Continents statt. Ganz Central-Amerika liegt im Bereich der Zone der Nordostpassate, welche über den atlantischen Ocean wehen und das Festland erreichen, wenn sie mit Feuchtigkeit stark geschwängert sind. Einen Theil derselben verlieren sie allerdings auf den caraibischen Inseln, ersetzen aber diesen Abgang wo nicht völlig so doch zum größten Theil, indem sie über das caraibische Meer streichen. Die hohen Gebirgscentren in Guatemala, Honduras und Costa Rica setzen diesen Winden eine Schranke, fangen sie gleichsam auf, und der feuchte Niederschlag strömt dann vermittelst zahlreicher großer und kleiner Gefließe dem atlantischen Ocean zu. Aber nicht alle Gebirge Central-Amerika's sind hoch genug, um den Passat aufzuhalten; dazu kommt daß sie von Querthälern, z. B. jenen der Nicaraguaseen und dem von Comayagua in Honduras unterbrochen werden. So erklärt es sich, daß in einem großen Theile des Jahres die Passate ungehemmt über den Continent hinwegwehen, und wenn sie die pacifische Abdachung erreichen, durch ihr Streichen über das Hochland im Innern hinweg schon abgekühlt sind und einen großen Theil ihrer Feuchtigkeit abgegeben haben. Deshalb ist diese Abdachung gesunder, sie hat ein vergleichsweise kühles und viel trockeneres Klima, und darum auch, wie schon mehrfach bemerkt wurde, eine stärkere Bevölkerung.

Im atlantischen Gestadelande von Central-Amerika giebt es streng genommen keine trockene Jahreszeit. In den vier Monaten zwischen Mai und October weht der Passatwind nicht; es wird dann weniger Feuchtigkeit niedergeschlagen und diese Abdachung hat dann eine vergleichsweise allerdings trockene Jahreszeit. Während derselben Monate hat die pacifische Seite West- und Südwestwinde, welche ihren feuchten Inhalt an den westlichen Abhängen der Gebirge ablagern, so daß dort Regenzeit ist. Aber diese pacifischen Winde sind eigentlich nur gesteigerte Seebrisen und halten gewöhnlich blos einige Stunden lang an; auch der sie begleitende Regen dauert nur kurze Zeit, und fällt gewöhnlich Nachmittags oder bei Nacht. Es kommt selten vor, dass es an einem Tage ohne Unterbrechung regnet. Indessen fallen hin und wieder auch sogenannte Temporales ein, Regenschauer, die einige Tage ohne Unterbrechung anhalten. Ich habe drei Regenzeiten in Central-Amerika erlebt, aber nur einen einzigen Temporal.

Das hier Gesagte findet seine Anwendung auf die Küste. Die hohen Tafelländer im Innern haben ihr besonderes Klima, und sind ohne starken Regen oder anhaltende Dürre. Die Winde haben, wenn sie diese Plateaux erreichen, schon den größten Theil ihrer Feuchtigkeit abgegeben, sie bringen aber doch, sowohl von Westen wie von Osten her, Regen. Die Tafelländer liegen dem Stillen Ocean näher als dem Atlantischen, sie haben deshalb Manches mit dem pacifischen Klima gemein, dem auch einigermaßen ihre Jahreszeiten entsprechen. Die recht eigentlich im Mittelpunkte von Honduras liegende Ebene von Comayagua ist von beiden Oceanen gleichweit entfernt und kann zur Erläuterung dieses Verhältnisses dienen. Dort fällt in jedem Monate mehr oder weniger Regen und zwar in leichten Schauern von kurzer Dauer, wenn die pacifische Küste trockene Jahreszeit hat; dagegen hält während der nassen Jahreszeit der Regen länger an und fällt in stärkerer Menge. Aber anhaltende Regengüsse, Temporales, sind dort unbekannt.

Diese allgemeinen Bemerkungen finden ihre Bestätigung durch nachfolgende Angaben, die Alles enthalten, was ich über den Gegenstand persönlich beobachtet oder aus zuverlässigen Quellen erfuhr.

Costa Rica. Das Klima ist sehr feucht; sechs Monate im Jahre fällt Regen. Auf der pacifischen Seite ist es kühl und gesund, an der atlantischen heissfeucht und ungesund. Kühl und gesund auf den Tafelländern im Innern, wo der Thermometerstand im Laufe des Jahres von 65 bis 75 Grad F. wechselt. Die Regenzeit am Stillen Weltmeere und im Innern dauert von April bis November; aber an der atlantischen Küste findet das Umgekehrte statt; sie währt dort von November bis Februar *).

*) Bosquejo de la Republica de Costa Rica etc. por Felipe Molina. Nueva York 1851. p. 28. Galindo, im Journal of the

Nicaragua. Ueber das Klima dieses Staates wurden 1850 und 1851, während der Vermessungsarbeiten für den damals projectirten Schiffscanal, Beobachtungen angestellt. Sie erstreckten sich indessen nur auf den Isthmus, welcher den Großen Ocean vom Nicaraguasee trennt, also auf Oertlichkeiten, wo die Passate durch das Stromthal des San Juan und über den Nicaraguasee streichen und keine hohen Gebirge antreffen, an denen sie die Feuchtigkeit niederschlagen können; das geschieht erst an den vulkanischen Spitzbergen von Omotepec und Madeira. Daraus erklärt sich, weshalb der Isthmus von Rivas jährlich eine größere Regenmenge hat, als irgend ein anderer Theil der pacifischen Küste von Central-Amerika. Folgendes ist das Ergebniß der Thermometerbeobachtungen zu Rivas in den Jahren 1850 und 1851.

Monate.		Mittlerer Stand. Grad.	Höchster Stand. Grad.	Niedrigster Stand. Grad.	Scala. Grad.
September	1850	78, 12	88	71	17
October	"	77, 0	86	70	16
November	"	78, 42	86	74	12
December	"	77, 11	84	72	12
Januar	1851	76, 40	87	69	18
Februar	"	76, 0	84	70	14
März	"	77, 0	84	72	12
April	"	78, 83	88	72	16
Mai	"	78, 29	91	68	23
Juni	"	77, 12	88	71	17
Juli	"	76, 98	86	71	15
August	"	76, 20	86	71	15
Sept. 12.	"	79, 10	86	74	12
Total-mittlere Temp.		77, 42	86, 45	71, 15	15,30.

Der höchste Stand in der Scala fällt in den Mai und betrug 23 Grad; die mittlere für das ganze Jahr betrug nur 15 Grad. Die Hitze ist zu keiner Zeit im ganzen Jahre so stark wie in Neuyork während der Sommermonate. In den Monaten Juni, Juli und August 1850 betrug die mittlere Thermometerscala in der Stadt Lan-

Royal geographical society of London, V. 134. bemerkt, daß das Klima von Costa Rica sehr verschieden sei und, je nach der Bodenerhebung, von 50 bis 60 Grad F. wechsele.

singburg im Staate Neuyork 71,5 Grad, die mittlere höchste 93,66 Grad; die mittlere niedrigste 47,33 Grad, und die mittlere Scala 46 33 Grad; zu Jamaica auf Long Island im Juli und August desselben Jahres stellte sich der Durchschnitt der Mitteltemperatur auf 75,15 Grad; der Durchschnitt der höchsten auf 95,50 Grad, der niedrigsten auf 61,50 Grad und der Durchschnitt der Scala auf 43,27 Grad.

Ueber die Regenmenge liegen für Rivas sorgfältige Messungen für das Jahr vom 9. September 1850 bis zum 25. September 1851 vor. Sie ergaben in Zollen und Decimalen:

September	1850	7, 005	Zoll.
October	"	17, 860	"
November	"	1, 395	"
December	"	3, 210	"
Januar	1851	0, 380	"
Februar	"	0, 000	"
März	"	1, 410	"
April	"	0, 430	"
Mai	"	9, 145	"
Juni	"	14, 210	"
Juli	"	22, 640	"
August	"	11, 810	"
Septemper	"	13, 240	"
Total-Zoll		102, 735.	

Für die zwölf Monate vom 9. September 1850 bis dahin 1851 ergab sich eine Regenmenge von 97,71 Zoll. An 139 Tagen fiel Regen, 226 Tage waren trocken. In den sechs Monaten von Mai bis October einschließlich, also in der nassen Jahreszeit, fielen 90,89 Zoll und in den sechs trockenen Monaten nur 6,82 Zoll. Diese Beobachtungen wurden, wie gesagt, zu Rivas gemacht unter dem Lee des Vulkans von Omotepec, wo mehr Regen fällt als zu Granada oder Leon im nördlichen Theile des Staates. In Rivas fiel nur in einem einzigen Monate, im Februar, kein Regen; in Leon dagegen fiel vom 1. Januar bis zum 1. April 1850 auch nicht ein Tropfen. Der durchschnittliche Regen- und Schneefall im Staate Neuyork während der zehn Jahre vor 1846 betrug 34,15 Zoll. Die größte Menge während eines Jahres ergab 37,04 Zoll und die geringste 32,10 Zoll.

Honduras. Im nördlichen und östlichen Theile dieses Staates ist die Temperatur höher als in den übrigen, sie nimmt aber landeinwärts hin rasch ab, und die Einwirkungen der benachbarten Gebirge verspürt man schon, bevor noch das Ansteigen des Bodens bemerkbar wird. Auf den Hochebenen wechselt das Klima mit der Meereshöhe, und je nachdem sie den vorherrschenden Winden ausgesetzt sind. Das Klima von Honduras läßt sich also nicht genau durch eine Formel bezeichnen; man kann nur sagen, daß es ungemein mannigfaltig und die Temperatur für das Gedeihen der Erzeugnisse aller Zonen vorhanden sei.

Thomas Young hat an der Mündung des Rio Tinto in der Hondurasbay unter 16 Grad N. Br. 85 Grad W. L. für ein Jahr (1841?) Beobachtungen angestellt, und seiner Tabelle folgende Bemerkungen hinzugefügt: „Das Klima ist ziemlich gleichmäßig das ganze Jahr hindurch; Thermometerstand von 62 bis 86 Grad F., so daß man keine excessive Hitze empfindet, indem diese während der meisten Zeit im Jahre von der angenehmen Seebrise und manchmal durch erfrischenden Nordwind gemildert wird. Wenn dieser letztere aufhört und die Seebrise wieder einsetzt, so ist die Wirkung auf den menschlichen Körper und überhaupt auf die uns umgebenden Gegenstände deutlich wahrzunehmen. Die ganze Natur scheint diesen Einfluß zu empfinden, und man erfreut sich an dem gesunden Seewinde, nachdem man vorher während des naßkalten Nordwindes um ein Feuer gekauert gelegen hat."

Die nachstehenden Thermometerbeobachtungen am Rio Tinto wurden um die Mittagszeit angestellt.

Monate.	Mittlere Temperatur.	Herrschender Wind.	Wetter.
Januar	62 bis 66 Grad.	Nord.	Naß; manchmal hübsch bei trocknem Nord.
Februar	66 „ 70 „	„	„
März	70 „ 74 „	Unregelmäßige Seebrisen und Nordost.	Trocken.
April	74 „ 76 „	N.O. und Seebrisen.	„
Mai	78 „	Starke Seebrisen.	„
Juni	78 „ 82 „	„ „	„
Juli	82 „	„ „	Naß.

Monate.	Mittlere Temperatur.	Herrschender Wind.	Wetter.
August	84 = 86 Grad.	Leichter, veränderlicher Wind und Luftstille.	Trocken.
September	84 = 86 =	= =	=
October	78 =	Seebrisen, zuweilen schwacher Nord.	Naß oder trocken, je nach dem Winde.
November	72 u. weniger =	N.	Naß; bei trockenem Nord heiter.
December	62 = 66 =	N.	Naß.

Im Jahre 1844 wurden an derselben Küste etwas östlich vom Rio Tinto, in der Nähe der Caratasca-Lagune von den Herren Müller, Fellechner und Hesse aus Preußen Beobachtungen angestellt, vom 13. Juni bis zum 2. August.

6 Uhr Vormittags	26 Centigrad	= 78, 5 Grad Fahrenheit.	
11 = =	28, 4 =	= 83, 1 =	=
3 = Nachmittags	28, 5 =	= 83, 4 =	=
7 = =	27, 3 =	= 82 =	=

Dies ergiebt eine Mitteltemperatur von 27,8 Grad C., 22,24 Grad Reaumur und 82 Grad Fahrenheit. Während jener Zeit wehte der Wind beständig aus O., O. N. O. oder N. O., mit Ausnahme dreier Tage, nämlich 22., 23. und 24. Juni, wo er aus S. W. und am 31. Juli, wo er aus N. W. kam. Die äußersten Punkte in der Thermometerscala waren ein mittleres Minimum von 61 Grad F. am 2. Juli, und ein mittleres Maximum von 85 Grad F. am 4. Juli. Capitain Haly, der zwanzig Jahre am Cap Gracias a Dios gewohnt hat, giebt für die kältesten Monate, nämlich October, November und December die Thermometerscala für jenen Punkt auf 60 bis 65 Grad F. an. Henderson bemerkt in seinem Buche über Honduras: „Im Anfang October setzen die Nordwinde ein und halten, mit geringer Abwechselung, bis Februar oder März an. So lange sie wehen ist es Morgens und Abends kalt, und was man hier im Lande als nassen Nordwind bezeichnet, erinnert an einen Novembertag in England. Dagegen ist der trockene Nordwind angenehm und erkräftigend.

In der Hafenstadt Omoa, also an derselben Küste und auf derselben Breite, aber drei Grade westlich vom Rio Tinto, ergaben Thermometerbeobachtungen vom 5. bis 12. Juli 1853 eine Mitteltemperatur von 85 Grad F. für die Mittagszeit; die Scala war, von

Morgens sechs Uhr bis Abends um dieselbe Stunde, von 80 bis 87. Die Morgen waren angenehm, und von neun bis zwölf regnete es. Gegen ein Uhr setzte die Seebrise ein, und von da bis sechs Uhr Abends war das Wetter klar. Am Abend und in der Nacht war dann der Landwind von heftigen Regenschauern begleitet.

Landeinwärts, auf der großen Ebene von Comayagua, die eine Meereshöhe von 1800 Fuß hat, ergaben meine Beobachtungen im Jahre 1853 folgende Resultate:

	6 Uhr M. Grad.	12 Uhr. Grad.	3 Uhr Nachm. Grad.	6 Uhr A. Grad.
April, zum Theil	75, 7	81, 9	84, 0	80, 2
Mai	75, 5	81, 2	80, 3	78, 5
Juni	74, 4	78, 5	80, 8	78, 3
Mittel	75, 2	80, 5	81, 7	79, 0

Während dieser Monate stellte sich also die mittlere Temperatur von sechs Uhr früh bis sechs Uhr Abends auf 79,1 Grad. Der höchste Thermometerstand war 88 Grad, der niedrigste 68. Die Stadt Comayagua hat in Folge von Eigenthümlichkeiten ihrer örtlichen Lage, eine höhere Temperatur als irgend ein anderer Theil der Ebene oder des Thales; jene von Las Piedras und von San Antonio, die nur etwa sieben Stunden entfernt liegen, ist drei bis fünf Grad niedriger. Der kleine Ort El Sitio, wohin man von Comayagua aus binnen zwanzig Minuten reitet, und der nicht merklich höher liegt, hat eine um fünf Grad niedrigere Mitteltemperatur. Dabei muß man nicht vergessen, daß im Innern April, Mai und Juni die heißesten Monate sind; während der übrigen drei Vierteljahre stellt sich ein beträchtlich geringerer Thermometerstand heraus; November, December und Januar sind positiv kühl, und man fühlt sich dann beim Feuer behaglich.

Meine übrigen Beobachtungen über die Temperatur von Honduras sind vereinzelt, ohne Zusammenhang und deshalb von nur geringem Werthe. Folgende Angaben können indessen für die Mannigfaltigkeit der klimatischen Verhältnisse zeugen.

Tegucigalpa, eine Stadt, die 3420 Fuß über dem Meere liegt (also nur wenig niedriger als der Gipfel des Brockens) hatte in den vier Tagen vom 28. April bis zum 4. Mai 1853, ein Maximum von 85 Grad F., ein Minimum von 68 Grad; mittlerer Stand 77,5 Grad.

In Guajiquero, einer indianischen Ortschaft, 5265 Fuß Meereshöhe, am 4. Mai 1853 um 6 Uhr Morgens 56 Grad F. In Intibucat, 4950 Fuß Höhe, am 4. Juli 1853 ebenfalls um 6 Uhr früh 56 Grad, um 11 Uhr 62 Grad F. In der Stadt Gracias, 2520 Fuß, im Jahre 1853.

Am	6.	Juli	12	Uhr	Morgens	78	Grad	F.
„	6.	„	7½	„	Abends	75	„	„
„	7.	„	6	„	Morgens	72	„	„
„	7.	„	9	„	„	75	„	„
„	7.	„	2	„	Mittags	79	„	„
„	7.	„	6	„	Abends	76	„	„
„	8.	„	5	„	Morgens	70	„	„

Für Santa Rosa im Departement Gracias, 3400 Fuß über dem Meeresspiegel, ergab sich für drei Wochen im Juli 1853 ein Maximum von 75 Grad F., Minimum 68 Grad, mittlerer Stand 71,15. Die Ebene in welcher die Stadt Guatemala liegt, hat von 3 bis 4000 Fuß Meereshöhe und liegt achtzig englische Meilen vom Stillen Ocean entfernt. Die dortige Regierungszeitung theilte folgende Angaben mit: Vom 1. bis 7. September 1854: Höchste Scala 64 bis 75 Grad F., Mittel 68. Es regnete vier Tage in der Woche, von zwei Uhr Nachmittags an; die drei übrigen Tage waren trocken. Wind im Allgemeinen S. W.. — Vom 15. bis 21. September: 64 bis 72 Grad F., Mittel für die Woche 68 Grad. Wind S. W. Alle Tage Regen. — Vom 21. bis 28. September: 63 bis 76 Grad F., Mittel 69. Regen, allemal von 2 Uhr Nachmittags, an fünf Tagen. Wind im Allgemeinen S. O.; einmal schlug er nach N. O. um. Die amtliche Zeitung berechnet die Regenmenge für die nasse Jahreszeit auf 108 Zoll, oder 5 Zoll in der Woche. Ich bezweifle indeß die Genauigkeit dieser Angabe, denn viele Gründe machen es wahrscheinlich, daß dort eine weit geringere Regenmenge fällt als auf dem Isthmus zwischen dem Nicaraguasee und dem Stillen Ocean, wo dieselbe im Jahre 1852 nur 97,7 Zoll betrug. Professor Johnson berechnet in seinen Tabellen die durchschnittliche Regenmenge, welche in Amerika zwischen den Wendekreisen fällt, auf 113 Zoll. An einigen Punkten in Brasilien, zum Beispiel in San Luis de Maranhao, beträgt dieser Durchschnitt 276 Zoll, auf

Guadeloupe und einigen der kleinen Antillen gar 292 Zoll! Thompson giebt an, daß in der Stadt Guatemala vom 1. Januar bis 1. Juli der mittlere Wärmestand bei Tage 75, bei Nacht 63 Grad F. betrug; aber während der Sommermonate sei er 10 Grad höher.

Balize. Diese britische Niederlassung liegt südlich von der Halbinsel Yucatan, an der Hondurasbay, in 17 Grad 39 Minuten N. Br. und 88 Grad 12 Minuten W. L. Temperaturverhältnisse und Klima sind im Allgemeinen dieselben wie auf der ganzen Ostküste von Guatemala und Yucatan, und wohl auch wie jene der Inseln in der Bay unfern vom Festlande. Capitain Henderson, welcher 1806 die Besatzung von Balize befehligte, bemerkt in seinem Werke über Honduras: „Das Klima ist in diesem Theile des amerikanischen Festlandes weit vorzüglicher als in vielen anderen, die unter höheren oder niedrigeren Breiten liegen. Es ist auch im Allgemeinen dem der westindischen Eilande vorzuziehen, denn Leute, deren Gesundheit auf diesen letzteren gelitten hat, pflegen bald nach ihrer Ankunft in Honduras rasch zu genesen. Denn mit Ausnahme weniger Monate wird das Land durch Seewinde erfrischt, bei welchen eine durchschnittliche Temperatur von 80 Grad F. vorhanden ist. Für Balize bemerkt Henderson: Februar. Morgens 77 Grad, Mittags 81 Grad F.; vorherrschende Winde N. O. und O. N. O.; helle Tage 15. Im Allgemeinen starker Regenfall während der Nacht; auch bei Tage oft starke Schauer. Dieser Monat gehört zu der sogenannten trockenen Jahreszeit, und der Regen galt für eine ungewöhnliche Erscheinung. — März: Morgens 77, Mittags 81 Grad; 21 helle Tage; Winde N., N. O., O. N. O. und S. O. Der größere Theil des Monats war trocken und angenehm; bei Nacht leichter Thaufall. Der Seewind, welcher um diese Zeit sehr regelmäßig ist, stellte sich theilweise ein, und nicht sehr stark. — April: Morgens 80 Grad, Mittags 85 Grad F.; 21 klare Tage; Winde S. O., O. S. O. und O. Der ganze Monat war besonders hübsch, die Brisen kamen regelmäßig und stark. Regen mit Gewittern während der Nacht häufig, manchmal mit plötzlichen Windstößen. — Mai: Morgens 82 Grad, Mittags 85 Grad F.; 21 klare Tage; Wind S. oder O. S. O. Der Monat war theilweise trocken, aber wegen der sehr starken und regelmäßigen Seewinde ganz besonders angenehm. Am Schluß bewölkter Himmel und häufige Schauer, welche das Herannahen der periodischen Regen verkündigten. — Juni: Morgens 81 Grad, Mittags 83 Grad F.; 14 klare Tage; Wind: O., N. O. und O. N. O. Die nasse Jahreszeit setzt gewöhnlich im Anfange dieses Monats ein, gewöhnlich am 10., und dauert bis Ende fort; in diesem Jahre ist sie früher als gewöhnlich eingetreten. Der Donner ist häufig und oftmals furchtbar heftig. — Juli: Morgens 81 Grad, Mittags 83 Grad F.; 12 klare Tage; Wind: N. O., O. und S. O. Fast den ganzen Monat hindurch war das Wetter wechselnd und stürmisch, viel Blitzen, besonders bei Nacht, und mit heftigem Donner. — August: Morgens 81 Grad, Mittags 84 Grad F.; 19 klare Tage; Wind: N. O., O. und S. O. Der größte Theil dieses Monats war bedeckt und schwül; viele heftige Gewitter.

Drittes Kapitel.

Die Bevölkerung von Guatemala, San Salvador, Honduras, Nicaragua und Costa Rica.

Es fehlt an zuverlässigen Unterlagen, nach welchen man die Volksmenge in Central-Amerika genau abschätzen könnte; wir müssen uns mit annähernden Berechnungen zufrieden stellen. Allerdings sind sowohl während der spanischen Herrschaft wie unter der Republik Versuche mit Volkszählungen gemacht worden, sie brachten aber nur ungenügende Ergebnisse, weil die unwissende Volksmasse, insbesondere der indianische Bestandtheil, hinter jeder Aufnahme Militairconscription und Steuern witterte. Viele liefen von Haus und Hof und flohen in die Gebirge, um nur den Beamten nicht Rede und Antwort geben zu müssen. Die große Mehrzahl der aus europäischem Blute abstammenden Personen wohnt an der pacifischen Abdachung; dagegen ist die atlantische Seite entweder unbewohnt oder wird von Indianerhorden durchzogen, deren Zahl durchaus unbekannt ist. Im nördlichen Guatemala, im District Peten, ist eine zahlreiche Menge von Ureingeborenen vorhanden, und manche Stämme in den atlantischen Gegenden der Staaten Honduras, Nicaragua und Costa Rica, z. B. die Xicaques, Payas, Tonglas, Wulwas, Taukas, Ramas, Guatusos sind nie gezählt und in die Bevölkerungstabellen eingetragen worden.

Der königliche Census der Generalcapitanerie Guatemala, zu welcher nicht nur die gegenwärtigen fünf Republiken Mittel-Amerika's, sondern von Mexico auch der heutige Staat Chiapa und der Bezirk Soconusco gehörte, ergab für das Jahr 1778 ein Total von 805,339 Seelen. Davon kamen auf das heutige Guatemala, von Chiapa und Soconusco abgesehen, 392,272 Seelen: auf San Salvador, mit Einschluß von Sonsonate, welches nun ein Departement dieses Staates bildet, 161,954. Die Diöcese von Comayagua umfaßte die Provinz, jetzt Staat, Honduras; sie hatte 88,134 Einwohner. Dreizehn Jahre später, 1791, wurde in derselben Diöcese auf Betreiben des Bischofs eine Zählung veranstaltet; sie ergab 93,500 Köpfe, also einen Zuwachs von 5357. Aber alle diese Angaben können nicht als zuverlässig gelten und sind ohne eigentlichen Werth. Im Jahre 1825 veranstalteten die Staatsbehörden von Guatemala eine Zählung; sie ergab 507,126 Einwohner, also für einen Zeitraum von siebenundvierzig Jahren einen Zuwachs von nur 114,854. Eine andere Aufnahme im Jahre 1837 gab ein Total von 490,787 oder 16,339 weniger als 1825! Diese Zählung war offenbar höchst unvollständig, wurde auch von den Behörden als unrichtig verworfen. Ein ganz tüchtiger Statistiker, Don Jose de la Valle, berechnete damals die Volksmenge des Staates Guatemala auf etwa 600,000 Seelen.

Die Bundesregierung von Central-Amerika ordnete 1834 eine Volkszählung an, allein es stellten sich nur ungenügende Resultate heraus, die nicht bekannt gemacht worden sind. Wir müssen demnach, gegenüber dem Mangel von zuverlässigen Unterlagen, andere Mittel zur Berechnung herbeiziehen, insbesondere was an Geburts- und Sterblichkeitstabellen vorhanden ist. Humboldt wies für Mexico, dessen Bevölkerungsverhältnisse er genau beobachtet hat, ein Verhältniß der Geburten von 1 auf 17 und der Sterbefälle von 1 zu 30 für die gesammte Bevölkerung nach. Das Verhältniß der Geburten zu

2*

den Sterbefällen ergab für das ganze Land 17 zu 10. Im Allgemeinen bat Mexico in klimatischen wie in manchen anderen Beziehungen viel Uebereinstimmendes, und man könnte annehmen, daß auch in Betreff des hier erörterten Gegenstandes dasselbe der Fall sei. Allein die mir vorliegenden Documente ergeben, daß das Verhältniß der Geburten zu den Sterbefällen in Central-Amerika beträchtlich größer ist als in Mexico. Nach den Tabellen von 1850 wurden in Costa Rica 4767 Individuen geboren, und es starben nur 1786; hier ist also ein Verhältniß von 47 zu 17. Für Guatemala liegen folgende Angaben vor, den Bezirk Peten ausgenommen: Geburten 38,858, Sterbefälle 21,298; es kommen also 10 Todte auf 19 Geborene. Für San Salvador liegen ähnliche Resultate vor. Das Departement Sonsonate hatte für die letzten sechs Monate 1853: Geburten 1731, Sterbefälle 879, oder etwa 10 Todte auf 21 Geborene. Im Departement Cuscatlan kommen auf die drei Monate bis Ende December 1853: Geburten 505, Sterbefälle 104. Dieses Departement scheint ganz außerordentlich gesund zu sein; für die ersten sechs Monate 1849 wurden 1900 Geburten und nur 403 Sterbefälle angemeldet. Im Departement San Salvador, mit Einschluß der Hauptstadt, hatte man in den drei letzten Monaten von 1849: Geburten 786, Sterbefälle 222. Im Departement La Paz dagegen, das vergleichsweise niedrig und ungesund ist, stellt sich ein so beträchtlicher Ueberschuß der Geburten nicht heraus; wir finden für das letzte Quartal 353 Geburten, 244 Sterbefälle. Wir erläutern das hier Gesagte durch nachstehende Tabellen.

Guatemala.

Departements.	Trauungen.	Geburten.	Sterbefälle.	Zunahme.
Guatemala	240	3,416	1,848	1,568
Sacatepequez	170	1,688	1,182	506
Amatitlan	130	1,481	1,073	408
Escuintla	135	825	421	404
Vera Paz	828	4,260	1,642	2,618
Santa Rosa	149	1,313	466	847
Jutiapa	113	790	291	499
Chiquimula	562	4,155	2,127	2,028
Latus	2,327	17,928	9,050	8,878.

Departements.	Trauungen.	Geburten.	Sterbefälle.	Zunahme.
Transport	2,327	17,928	9,050	8,878
Izabal	32	67	85	18
Chimaltenango	330	2,550	2,192	358
Quesaltenango	403	3,119	1,560	1,559
Suchitepequez	216	1,682	736	946
Totonicapan	905	5,307	2,896	2,411
Solola	658	3,083	1,697	1,386
San Marcos	592	2,711	1,744	1,073
Huehuetenango	373	2,411	1,338	1,073
Total	5,836	38,858	21,298	17,478.

Alle diese Ziffern gelten für das Jahr 1852, mit Ausschluß des Districts Peten.

Der ungesunde Hafen Izabal am Golfo Dolce hatte eine Abnahme von 18 Seelen. In der Stadt Guatemala kamen, nach dem Kalender von 1805, in diesem Jahre vor: 205 Verheirathungen, 1360 Geburten, 1337 Sterbefälle. Im Jahre 1823, als, nach Thompson, die Bevölkerung etwa 50,000 Seelen betrug, ereigneten sich 1551 Geburten und 729 Sterbefälle; 1854, nach amtlichen Tabellen: 172 Verheirathungen, 1467 Geburten, 548 Sterbefälle. Nach einer Berechnung des Staatssecretairs von Guatemala, Don José Asmitia, hatte 1833 das Departement Vera Paz, ausschließlich Peten, 60,237 Einwohner, 645 Trauungen, 4048 Geburten, 1186 Sterbefälle.

Costa Rica. 1850.

Departements.	Trauungen.	Geburten.	Sterbefälle.	Zunahme.
San José	178	1492	466	1026
Cartago	165	956	293	663
Heredia	128	911	362	549
Alejuela	131	939	424	515
Guanacaste	62	471	223	248
Total	664	4769	1768	3001.

San Salvador (Angaben unvollständig).

Departements.	Trauungen.	Geburten.	Sterbefälle.	Zunahme.
Sonsonate (6 Monate)	173	1731	879	852
Cuscatlan (9 Monate)	135	2405	816	1589
San Salvador (3 Monate)	98	786	222	564
La Paz (3 Monate)	19	353	244	109
Total	425	5275	2161	3114.

Summa.

Guatemala 1852	38,856	21,298	17,578
Costa Rica 1850	4,769	1,768	3,001
San Salvador (unvollst.)	5,275	2,161	3,114
Total	48,900	25,227	23,693.

Hieraus ergiebt sich ein Verhältniß der Sterbefälle zu den Geburten von 126 zu 244 oder etwa 10 zu 20. Wenn Angaben über den im Allgemeinen sehr gesunden Staat Honduras vorlägen, so würde sich wahrscheinlich ungefähr dasselbe Verhältniß herausstellen wie für Costa Rica, und Nicaragua, obwohl es eine vergleichsweise niedrige Lage hat, würde nicht viel hinter Guatemala zurückbleiben. Nehmen wir nun an, daß das Verhältniß der Geburten zu den Sterbefällen sich so stelle, wie Humboldt für Mexico annimmt, also 1 zu 17 für die ersteren und 1 zu 30 für die letzteren, so haben wir 38,858 × 17 + 21,298 × 30 ÷ 2 = 648,763 als die Bevölkerung von Guatemala. Doch dürfen wir aus gewichtigen Gründen annehmen, daß diese Ziffer weit hinter der Wirklichkeit zurückbleibt. In Costa Rica wurde, laut der letzten Zählung, die Bevölkerung, ohne die wilden Stämme, zu 95,000 Seelen angenommen, was ein Verhältniß der Geburten von 1 zu 20 und der Sterbefälle von 1 zu 54 für die Gesammtpopulation ergiebt. Señor Barberena in Guatemala nahm 1846 1 Geburt auf 25 Seelen an; er schrieb 1849; in diesem Jahre hatte man 36,998 Geburten; daraus leitete er für den ganzen Staat 934,495 Seelen her; diese Schätzung greift aber gewiß zu hoch. Und wenn man das Verhältniß der Geburten zu den Sterbefällen in Costa Rica auf Guatemala anwenden wollte, so erhielte man für das Letztere 1,013,126 Seelen, also eine ganz offenbar viel zu hohe Ziffer. Ich schätze die Volksmenge des Staates Guatemala für 1852 auf 787,000 Seelen, und nehme dabei das Verhältniß der Geburten von 1 zu 21, der Sterbefälle von 1 zu 30 an, so daß sich die Ziffer für Anfang des Jahres 1855 auf etwa 850,000 stellen würde.

Costa Rica hatte, laut der letzten Zählung, 100,174 Seelen, einschließlich von etwa 5000 Wilden; etwa 90,000 waren Weiße und Ladinos, und 10,000 Indianer. Diese Bevölkerung vertheilte sich auf die verschiedenen Departements in folgender Weise:

San Jose	31,749	Seelen
Cartago	23,209	"
Heredia	17,289	"
Guanacaste	9,112	"
Alejuela	12,575	"
Punta Arenas	1,240	"
Wilde Stämme	5,000	"
Total	100,174	Seelen.

Don Felipe Molina nimmt in seiner schon weiter oben erwähnten „Skizze von Costa Rica" an, daß diese Ziffer von 100,000 viel zu niedrig sei, und erhöht sie auf 150,000, ohne jedoch genügende Gründe für seine Behauptung beizubringen. Im Jahre 1855 wird Costa Rica etwa 125,000 Bewohner gehabt haben.

Für Nicaragua haben wir die Gewähr des letzten spanischen Gouverneurs Don Miguel Sarabia, der 1823 eine politisch-statistische Skizze über dieses Land veröffentlichte *). „Die letzte Bevölkerungsaufnahme," sagt er, „fand 1813 statt und ergab 149,751 Seelen. Wir wissen, daß sie unvollständig war; sie wurde von unerfahrenen Personen vorgenommen, die ohnehin auf mancherlei Schwierigkeiten stießen. In manchen Landestheilen lebt die Bevölkerung weit und breit umher zerstreut und ist unzugängig, und das gemeine Volk denkt bei Zählungen gleich an Frohndienste und Steuerzahlen. Eine, wahrscheinlich ebenso wenig genaue Zählung vom Jahre 1800, ergab 159,000 Seelen. Es könnte demnach scheinen, als ob eine Abnahme stattgefunden hätte, das ist aber nicht der Fall, und Alles spricht dagegen. Die Städte haben an Einwohnern zugenommen, und weder Krieg noch Hungersnoth war da." Sarabia nimmt indessen doch die Zählung von 1813 als Grundlage, schlägt den zehnjährigen Zuwachs auf 15 Procent an, und kommt zu einem Total von 174,213 Seelen für das Jahr 1823. Nach derselben Berechnung würden auf Grund-

*) Bosquejo politico estadistico de Nicaragua, formado en el año de 1823, par Miguel Gonzalez Sarabia, General de Brigada. Guatemala 1824.

lage der Zählung von 1800 schon 212,000 für 1823 herauskommen. Nach einer 1846 veranstalteten Zählung ergaben sich für den Staat Nicaragua (ohne das Departement Guanacaste, auf welches Costa Rica Anspruch gemacht hat) 257,000 Seelen.

Nicaragua. 1846.

Departements.		
Meridional	20,000	Seelen
Oriental	95,000	"
Occidental	90,000	"
Septentrional-Segovia	12,000	"
Septentrional-Matagalpa	40,000	"
Total	257,000	Seelen.

Auf Grundlage dieser Zahlen kann man gegenwärtig 300,000 Seelen annehmen.

San Salvador hat in Rücksicht auf seinen Flächeninhalt unter sämmtlichen Staaten Central-Amerika's die bei weitem stärkste Bevölkerung, es fehlt aber, mit Ausnahme eines einzigen Departements, an genauen Angaben. Im Jahre 1849 ergaben sich für das Departement Cuscatlan 62,361 Einwohner, in den vier Districten: Suchitoto 13,234; Cojutepeque 25,737; Chalatenango 14,011; Tejutla 9379; also 62,361. Davon waren 16,165 erwachsene männliche, 17,903 erwachsene weibliche, 15,026 Knaben und 13,317 Mädchen. Die Stadt Cojutepeque zählte 11,072 Einwohner, Suchitoto 6251; Ilobasco 4259 und Chalatenango 3052. Mit Rücksichtnahme auf die vorstehenden Angaben und die Geburts- und Sterbefälle in einigen Departements dieses Staates finden wir, daß der vierteljährige Zuwachs im Departement Cuscatlan 523 beträgt, in Sonsonate 425, in San Salvador 564, in La Paz 109. Wir können daraus mit einiger Bestimmtheit schließen, daß sowohl San Salvador als Sonsonate ziemlich ebenso viele Bewohner zählt als Cuscatlan, und La Paz etwa den vierten Theil. Von den beiden übrigen Departements hat San Miguel wahrscheinlich mehr Einwohner als Cuscatlan und San Vincente etwa zwei Drittel so viel. La Paz hat wohl mehr, als man nach den Geburts- und Sterbefällen anzunehmen geneigt sein möchte, weil in jenem Vierteljahre von 1852 manche ungünstige Ausnahmeverhältnisse zusammentrafen. Cuscatlan hat jährlich einen Zuwachs von 2000 Seelen.

San Salvador. 1855.

Departements.		
Cuscatlan	75,000	Seelen
Sonsonate	75,000	"
San Salvador	80,000	"
San Miguel	80,000	"
La Paz	28,000	"
San Vicente	56,000	"
Total	394,000	Seelen.

Für Honduras liegen noch weniger Angaben vor, als für die übrigen Staaten. Bevölkerungstabellen, Geburts- und Sterbelisten fehlen gänzlich. Wir kennen nur eine Zählung, welche 1791 der Bischof veranstaltete; sie ergab für die Provinz 93,500 Seelen. Im Departement Gracias lebten 1834 30,017 Einwohner. Honduras hat ein sehr gesundes Klima, und der Zuwachs der Volksmenge ist in diesem Staate zum Mindesten so groß wie in den übrigen. Nehmen wir an, daß die Vermehrung in gleicher Weise stattfinde wie in Costa Rica, so würde gegenwärtig das Departement Gracias 50,000 Seelen haben. Ich kenne dasselbe aus eigener Anschauung, und bin überzeugt, daß diese Ziffer der Wahrheit sehr nahe kommt. Die Departements Santa Barbara und Choluteca haben so ziemlich eine gleichstarke Population wie Gracias, während sie in jenen von Tegucigalpa und Comayagua stärker, in Yoro und Olancho geringer ist. Mit Ausnahme dieser beiden letzteren habe ich alle übrigen Departements besucht, und ich halte nachstehende Schätzung, bei welcher die wilden Indianerstämme in den östlichen Landestheilen ausgeschlossen sind, für annähernd richtig.

Honduras. 1855.

Departements.		
Santa Barbara	45,000	Seelen
Gracias	55,000	"
Comayagua	70,000	"
Tegucigalpa	65,000	"
Choluteca	50,000	"
Olancho	45,000	"
Yoro	20,000	"
Total	350,000	Seelen.

Dabei sind, wie bemerkt, alle Indianer eingeschlossen, die sich dem Staatswesen nicht eingeordnet haben, und als wandernde Stämme, „Tribus errantes," bezeichnet werden. Dieser Ausdruck ist nicht ganz richtig, da sämmtliche Indianer Central-Amerika's in irgend einer Gegend heimathlich ansässig sind, und nicht etwa ein eigentlich nomadisches Leben führen. Diesem letztern nähern sich einigermaßen nur jene Wilden, die man als Moscos oder Mosquitos bezeichnet; sie streifen an der sogenannten Mosquitoküste umher. Sie sind Blendlinge von Negern und Indianern, wohnen nur an den Küstenflüssen und Strandlagunen und sonst nirgends. Ihre Zahl übersteigt auf keinen Fall 6000 Köpfe. Jene der Xicaques, Payas, Taukas, Wulwas und Ramas, welche das Land zwischen dem Küstenstriche und den spanischen Ansiedelungen bewohnen, läßt sich nicht bestimmen. Auch die Guatusos, Talamancas und andere Stämme in Nicaragua und Costa Rica sind bei den obigen Abschätzungen ebenso wenig berücksichtigt worden, wie die Itzaes und die verwandten Stämme, die Lacándones, Manches &c., welche im nördlichen Theile des Departements Vera Paz in Guatemala, wohnen; man nimmt allgemein an, daß ihre Zahl nicht unbeträchtlich sei. Fast alle diese Indianer erkennen, freilich nur in sehr bedingter Weise, eine gewisse Oberherrlichkeit des Staates an, in welchem sie leben; in der Wirklichkeit ist indeß das abhängige Verhältniß nur ein nominelles. Ein Beispiel mag das erläutern. Die Regierung von Central-Amerika schloß 1836 eine Art Vertrag mit den Manches; diese Indianer erkannten die Souverainetät der Republik an, doch sollten für die nächsten sechs Jahre die Gesetze derselben keine Anwendung auf sie finden; auch wurde ausdrücklich zugestanden, daß der Staat sich weder um ihre religiösen Angelegenheiten noch um ihre Vielweiberei bekümmern solle. Wo der Staat überhaupt irgend Befugnisse bei diesen Stämmen ausübt, da geschieht es vermittelst indianischer Häuptlinge, welche nach altem indianischen Herkommen entscheiden, wie das auch bei den Nahuals an der Balsamküste, in San Salvador geschieht; und doch leben diese Indianer fast im Angesichte der Hauptstadt.

Die Gesammtbevölkerung der central-amerikanischen Staaten stellt sich nach obigen Berechnungen folgendermaßen heraus:

Central-Amerika. 1855.

Staaten	Flächeninhalt in engl. Quadratmeilen.	Volksmenge.	Auf die Quadratmeile
Guatemala	43,000	850,000	etwa 20
Honduras	39,600	350,000	9
San Salvador	9,594	394,000	41
Nicaragua	49,500	300,000	6
Costa Rica	13,590	125,000	10
Total	155,664	2,019,000	13.

Das erscheint allerdings als eine geringe Dichtigkeit; sie ist aber beträchtlicher als in sämmtlichen übrigen ehemals spanischen Colonien und als in Brasilien. Denn während für Central-Amerika auf die englische Geviertmeile 13 Seelen kommen, stellen sich heraus für Mexico etwa 10, Neugranada $3^2/_3$, Venezuela $2^1/_7$, Ecuador $1^3/_4$, Peru $3^1/_2$, Bolivia $3^1/_6$, Chile 8, Brasilien etwa 2.

Ueber das Zahlenverhältniß der beiden Geschlechter zu einander fehlen gleichfalls genaue Angaben; im Allgemeinen steht aber, in Central-Amerika wie in Mexico, die Thatsache fest, daß die Weiber ganz entschieden überwiegen. Dieses Misverhältniß ist nicht etwa in Folge der Geburten vorhanden, sondern in Folge der Todesfälle, denn es sterben bei weitem mehr männliche als weibliche Personen. Jedem Reisenden ist es auffallend, daß er bei weitem mehr alte Frauen als bejahrte Männer sieht. Jene sind denselben Anstrengungen und Entbehrungen ausgesetzt wie diese, arbeiten eben so viel, und, abgesehen von den Bewohnern der Städte, unterliegen denselben klimatischen Einflüssen. Aber die Frauen sind bei weitem weniger dem Trunke ergeben, der in den tropischen Ländern den Menschen bald aufreibt. Die theilweise Zählung in Nicaragua von 1846 ergab für das westliche Departement (Leon) 25,870 männliche und 48,058 weibliche Personen, Total 73,928; es fallen demnach beinahe zwei weibliche auf eine männliche. Wenn diese Angaben richtig sind, so kann es keinem Zweifel unterliegen, daß ein so auffallendes Resultat zu nicht geringem Theil auf Rechnung der Kriege zu setzen ist, welche in den Jahren vorher das Land verwüsteten. Das Departement Cuscatlan in San Salvador hatte 1849 auf 16,165 Männer 17,903 Weiber; Ueberschuß der letzteren 1838. Dagegen betrug die Zahl der Knaben

15,026, der Mädchen 13,317, also 1709 zu Gunsten der ersteren. Oberst Galindo bemerkt: In Central-Amerika werden viel mehr weiße und Ladina-Mädchen als Knaben geboren; das Verhältniß stellt sich zu 6 zu 4 oder mindestens 6 zu 5. Bei den Indianern dagegen kommen fast ebenso viele männliche als weibliche Geburten vor.

Das gegenseitige Verhältniß der Weißen, der Mischlinge (Ladinos) und der Indianer ist für das spanische Amerika von großer Bedeutung und für jeden denkenden Menschen von höchstem Interesse. Wer die Lage dieser Staaten richtig begreifen und sich einen Einblick in Gegenwart und Zukunft derselben verschaffen will, wird diesen Zuständen die größte Aufmerksamkeit zuwenden müssen. Leider mangeln auch hier zuverlässige Angaben. Uebrigens stimmen alle Beobachter darin überein, daß in Central-Amerika die Weißen nicht nur relativ, sondern auch absolut an Zahl abnehmen, während die reinen Indianer rasch anwachsen und die Mischlinge, die Ladinos, sich mehr und mehr dem indianischen Typus annähern. Aber die statistischen Berichte sind unvollkommen oder fehlen gänzlich. Don Garcia Pelaez, der gegenwärtige Erzbischof von Guatemala, schrieb 1841; er stellte mit Rücksicht auf die Zählung von 1837 und mit Benutzung noch anderer Hilfsmittel folgende Schätzung auf:

Spanier und weiße Creolen	89,979
Ladinos (Mischlinge)	619,167
Reine Indianer	681,367
Total für Central-Amerika	1,390,513.

Hier kommt ein Weißer auf 16 Mischlinge und Indianer, und ich bin überzeugt, daß seitdem das Verhältniß noch ungünstiger geworden ist, und daß man 1 zu 20 annehmen darf.

Don Miguel Sarabia, dessen 1823 verfaßte Denkschrift über Nicaragua schon weiter oben erwähnt wurde, gab für jene Provinz 174 213 Seelen an. Davon waren, ihm zufolge, zwei Fünftel oder 79,680 Indianer, zwei Fünftel Ladinos und weniger als ein Fünftel Weiße. Er bemerkt ausdrücklich, daß die Zahl der Letzteren abnehme, und daß dies „die allgemeine Tendenz bei ihnen sei."

Oberst Galindo, ein Irländer in Diensten der vormaligen

Bundesregierung von Central-Amerika, schätzte in einer Mittheilung an die Londoner geographische Gesellschaft für 1837 die Bevölkerung in folgender Weise ab.

Staaten.	Indianer.	Ladinos.	Weiße.	Total.
Guatemala	450,000	150,000	100,000	700,000
Honduras	—	240,000	60,000	300,009
San Salvador	90,000	230,000	80,000	400,000
Nicaragua	120,000	120,000	110.000	350,000
Costa Rica	25.000	—	125,000	150,000
Total	685,000	740,000	475,000	1,900,000.

Die Ziffer für die Weißen ist von Galindo offenbar viel zu hoch gegriffen worden. Bei Honduras läßt er die indianische Bevölkerung ganz ausfallen, während es doch ohne allen Zweifel feststeht, daß in diesem Staate, noch dazu ganz abgesehen von den wilden Stämmen, reichlich die Hälfte, wo nicht gar zwei Drittel, zum unvermischten Indianerblute gehört.

Thompson, der 1823 britischer Commissar bei der damaligen Bundesregierung von Central-Amerika war, nimmt an:

Weiße und Creolen — Ein Fünftel.
Mischlinge — Zwei Fünftel.
Indianer — Zwei Fünftel.

Die Zahl der Europäer oder „vollkommen Weißen" nimmt er zu nur 5000 an. Crowe stellt für Guatemala folgendes Verhältniß auf:

Indianer — Drei Fünftel.
Weiße — Ein Vierzigstel.
Neger — Ein Funfzigstel.
Ladinos — Ein Viertel.
Mulatten — Ein Achtzigstel.
Sambos — Ein Hundertstel.

Der Ausdruck Ladino, der einen klugen und tapfern Menschen bedeutet, wird für die Mischlinge nur in Central-Amerika gebraucht.

Die nachstehende Tabelle giebt, meiner Ansicht und meinen Berechnungen zufolge, das Verhältniß zwischen den verschiedenen Bestandtheilen annähernd genau:

Weiße	100,000
Neger	10,000
Mischlinge	800,000
Indianer	1,109,000
Total	2,019,000.

Brantz-Mayer nahm 1842 für Mexico folgende Ziffern an

Indianer 4,000,000, Weiße 1,000,000, Neger 6000, Mischlinge 2,009,000; Total 7,015,000. Also etwa 1 zu 7; aber in den einzelnen Staaten ist das Verhältniß bald größer bald geringer. Humboldt nahm für Perú 12 Weiße auf 100 Einwohner an.

Aus den bisher mitgetheilten Ziffern und Beobachtungen ergiebt sich Folgendes. Central-Amerika ist unter allen ehemals spanischen Colonien dieses Erdtheils am stärksten bevölkert. Die Einwohnerzahl steigert sich andauernd und rasch, aber das exotische, europäische, weiße Element ist relativ wie absolut im Abnehmen begriffen, und der ganze Zug der Dinge geht darauf hin, es rasch in die eingeborenen Racen aufgehen zu machen. Central-Amerika giebt, gleich dem ganzen spanischen Amerika, in dieser Hinsicht, wie in Bezug auf die dort obwaltenden moralischen und intellectuellen Verhältnisse einen klaren Beleg für die Gesetze, welche sich als Resultate der anthropologischen Studien seit etwa einem halben Jahrhunderte herausgestellt haben. Diese Ergebnisse darf weder der Staatsmann noch der Staatsökonom übersehen. Durch die Vervielfältigung und Beschleunigung der Verkehrsmittel sind die verschiedenen Völker- und Menschenstämme in häufigere Berührung als je zuvor gebracht, und die Frage über das Wesen und die Beschaffenheit ihrer Beziehungen ist auch von unmittelbarer und praktischer Bedeutung geworden.

Es kann ohne allen Anstand behauptet werden, daß die großen Unterschiede und Abweichungen, welche in physischer, intellectueller und moralischer Beziehung zwischen den verschiedenen Menschenfamilien vorhanden sind, und welche der ganze Gang der Geschichte und die Beobachtungen als unbestreitbar hinstellen, — daß, sage ich, diese Unterschiede ferner nicht als Consequenzen des Zufalls oder der Umstände betrachtet werden dürfen. Man hat vielmehr begriffen und weiß, daß ihre physischen, intellectuellen und moralischen Verschiedenheiten radical und permanent *) sind, und daß keine Blutvermischung zwischen Menschenracen, die durch eine so weite Kluft von einander getrennt sind, daß keine Vermischung zwischen höheren und niedrigeren Racen etwas Harmonisches ergeben könne, daß sie vielmehr stets unheilvolle

*) Man kann hinzufügen auch immanent. A.

Consequenzen haben wird. Die Wissenschaft der Anthropologie hat festgestellt, daß es zwei Gesetze giebt, die in ihrer Anwendung auf Menschen und Völker von geradezu vitaler Bedeutung sind.

Erstens. In allen Fällen, wo eine Amalgamation zwischen zwei verschiedenen Racen stattfindet, und wo das fehlt, was man hin und wieder als Vorurtheil bezeichnet, das aber in der That ein natürlicher Instinct ist, — in allen diesen Fällen stellt sich das Resultat heraus, daß zuletzt die eine Race in der andern völlig aufgeht, von derselben absorbirt wird. Diese Absorption geht um so rascher von statten, je mehr der Typus zweier, auf solche Weise in Berührung gebrachter, Racen ein annähernder ist, und je nachdem der eine oder andere überwiegt. Das heißt: die Natur verewigt keine menschlichen Hybriditäten, sie erlaubt zum Beispiel keine permanente Race von Mulatten.

Zweitens. Alle Verletzungen und Beeinträchtigungen der verschiedenen Racenunterschiede, oder jenes Instincts der darauf gerichtet ist, die höheren Racen in ihrer Reinheit zu bewahren, führen unabwendbar und allemal zu unheilvollen Resultaten, wirken nachtheilig auf die körperlichen, intellectuellen und moralischen Eigenschaften und Begriffe derjenigen Völker, welche die weisen Fingerzeige der Natur und ihre Gesetze außer Acht lassen. Mit anderen Worten: Die Individuen welche derartigen Combinationen und Amalgamationen ihren Ursprung verdanken, haben im Allgemeinen Mängel in ihrer körperlichen, in ihrer geistigen und moralischen Beschaffenheit, und sehr häufig treten diese Mängel in einem solchen Grade hervor, daß sie gegenüber den reinen Racen einen höchst ungünstigen Gegensatz bilden.

Diese Mängel und Fehler treten namentlich in Bezug auf Alles scharf hervor, was die Staats- und Regierungsverhältnisse anbelangt. Wir brauchen für die Richtigkeit dieses Ausspruches nur auf die anarchischen Zustände im spanischen Amerika hinzuweisen. In Mexico, in Central- und Süd-Amerika ist das Volk überall durch die uneingeschränkte Racenvermischung demoralisirt worden; die höheren Typen werden überall von den niedrigen absorbirt; die Institutionen verschwinden unter der Barbarei, deren Vertreter eben diese niedrigeren Racen sind. Wenn die seither wirksamen Ursachen und Bedingungen fortwähren, so werden in nicht gar langer Zeit diese Länder wieder in einen Zustand zurück verfallen, der von jenem zur Zeit der Eroberung nicht viel abweicht.

In Mexico leben weniger als zwei Millionen Weiße oder Menschen in denen weißes Blut überwiegend ist; die Gesammtbevölkerung dieses Landes beträgt aber nahe an acht Millionen. In Central-Amerika sind unter zwei Millionen noch nicht zweimalhunderttausend Weiße und in Südamerika stellt sich annähernd ein ähnliches Verhältniß heraus. Wenn man auch dem Einflusse, welchen viele andere Ursachen auf die Zustände aller dieser Länder gehabt haben, volle Rechnung trägt, so kann man doch die Ueberzeugung nicht abweisen, daß das Misgeschick, von welchem jene Staaten heimgesucht werden, zum großen Theil aus der irrigen Auffassung entsprungen ist, welche sich in Bezug auf die wechselseitige Stellung der Racen geltend gemacht hat. Weder der Indianer, noch der Südsee-Insulaner, und am allerwenigsten der Neger besitzt die Fähigkeit, die Grundsätze zu begreifen, von welchen höhere bürgerliche und politische Einrichtungen bedingt werden; die Instincte und Gewohnheiten dieser Racen sind mit der Entwickelung derartiger Organisationen unverträglich und auch eine sorgfältige Erziehung wird nicht im Stande sein, ihnen ein solches Verständniß dafür beizubringen, daß er zu ihrer praktischen Ausübung befähigt wäre.

Auf den Sandwichs-Inseln sind nur noch etwa 60,000 Eingeborene übrig. Man könnte einwenden, daß sie eine regelmäßige Regierung eingerichtet haben, die in voller Geltung sei, und daß sie somit den Beweis für ihre Fähigkeit geliefert hätten als eine civilisirte Nation zu leben. Es ist aber eine bekannte Thatsache, daß sowohl jene Regierung wie die Verwaltung das Werk fremder Menschen, weißer Leute ist.

Ganz dasselbe gilt von den Indianern im Südwesten der Vereinigten Staaten von Nord-Amerika. Sie haben unter keinerlei Umständen die Bedeutung einer Volksregierung begriffen, und kein Verständniß für die Verpflichtungen, welche dadurch auferlegt werden, gezeigt. Ihre Begriffe von Regierung entsprechen nur dem sogenannten patriarchalischen Systeme, etwa wie bei den Arabern oder wie bei den nomadischen Horden Central-Asiens. Diese Begriffe sind aber heute in Amerika durchaus unanwendbar und widerstreben den Ansichten auf welchen die Regierung der Vereinigten Staaten beruht. Nur allein bei den Tschirokis kann man einen merkbaren Fortschritt auf der richtigen Bahn nachweisen; diese aber stehen unter der Leitung von Männern, in deren Adern europäisches Blut überwiegt. Man kann zugeben, daß die Indianer, welche zu der alten floridanischen Völkerfamilie gehören, in jeder Beziehung höher stehen als die Inselbewohner in der Südsee; dagegen stehen sie an Betriebsamkeit, Gelehrigkeit oder traditioneller Unterordnung unter die obrigkeitliche Gewalt, oder unter die Autorität im Allgemeinen, hinter den Indianervölkern von Mexico und Central-Amerika weit zurück. Und bei diesen letzteren haben alle Versuche zu einer Gleichstellung mit den weißen Menschen in politischer und gesellschaftlicher Hinsicht nur endlose Anarchie ins Leben gerufen, und sie bedrohen den Staatskörper mit völliger Auflösung. In Guatemala und in Yucatan hat diese Gleichstellung einen grausamen und höchst blutigen Kastenkrieg im Gefolge gehabt, und in dem erstgenannten Staate einem verrätherischen und gewissenlosen Mestizen zur Dictatur über ein schwer heimgesuchtes Land verholfen. Nicht minder beklagenswerth stellen sich die Resultate in Mexico heraus, und auf Jamaica überwuchert die wilde Natur wieder. Die Pflanzungen sind verlassen, in den Wäldern schwärmen halbnackte Neger umher, die sich von den Früchten nähren, welche der Boden ihnen freiwillig darbietet; sie sind kaum noch einen Schritt weit von ihrer urthümlichen afrikanischen Barbarei entfernt.

Diese Erwägungen müssen sich mit entschiedener Geltung und mit Nachdruck Allen aufdrängen, welche, unbeirrt durch Parteigetriebe und Parteiansichten, verständig den fraglichen Gegenstand in Erwägung ziehen. Wenn die Vereinigten Staaten von Nord-Amerika im Vergleich zu den spanisch-amerikanischen Republiken einen ganz unermeßlichen Vorsprung in allen Elementen des Gedeihens und der Größe gewonnen haben, so rührt dieses Resultat zu einem sehr beträchtlichen Theil davon her, daß das herrschende Volk von germanischer Abstammung sich unerbittlich weigert sein Blut zu verschlechtern; es will seine intellectuellen Anlagen nicht schwächen, seinen moralischen Gehalt nicht erniedrigen, seine Staatseinrichtungen nicht gefährden durch Vermischung mit niedriger gearteten und tiefer stehenden Menschenracen. Es hat einen halben Erdtheil von wilden Thieren und noch wilderen Menschen gesäubert, deren Periode des Daseins abgelaufen war; sie mußten höheren Organisationen und einer höhern Lebensweise Platz machen. Eine kurzsichtige Philanthropie mag darüber klagen, sie mag Thränen der Theilnahme vergießen, wenn sie sich sagen muß, daß dereinst die niederen Formen der Menschheit verschwinden werden; aber die Gesetze der Natur kann sie nicht umstoßen. Deus vult! Es ist Gottes Wille.

Von diesem Gesichtspunkte aus erscheint es klar, daß es nur eine Rettung und Hoffnung für Central-Amerika giebt. Es kann die Abnahme der weißen Bevölkerung nur dadurch verhindern, daß es weiße Menschen massenweise ins Land zieht. Wenn das nicht durch umsichtige Aufmunterung der Einwanderung und ein verständiges Colonisationssystem geschieht, so kann es bei der geographischen Lage und dem natürlichen Reichthum des Landes nicht ausbleiben, daß das Resultat auf gewaltthätigem Wege erreicht wird. Einwanderer werden kommen, friedlich oder mit Gewalt. Das sollten umsichtige Staatsmänner wohl bedenken.

Honduras.

Viertes Kapitel.

Entdeckung. Grenzen. Allgemeiner Ueberblick. Topographie.

Christoph Columbus betrat das Festland von Amerika erst auf seiner vierten Reise. Im Jahre 1502 entdeckte er die Insel Guanaja oder Bonacca, die er Fichteneiland nannte, und sah von dort aus in südlicher Richtung die hohen Gebirge des Continents. Am 14. August landete er an der Punta de Casinas, dem heutigen Cap Honduras, und nahm von dem Lande für die spanische Krone in der damals üblichen Weise Besitz. Dann steuerte er nach Osten, berührte die Mündung des Rio Tinto, und gelangte nach großen Gefahren an einen Punkt, von wo die Küste plötzlich nach Süden hin abbiegt. Dieses Vorgebirge nannte er, in dem freudigen Gefühl schwere Widerwärtigkeiten überstanden zu haben, Cabo Gracias á Dios, das Cap Gott sei gedankt! Bei dem Versuch in den dort mündenden Wanksfluß einzufahren, ging ein Boot verloren, und er nannte deshalb diesen Strom Rio del Desastre. Vom Cap Gracias segelte er die Moskitoküste entlang, die er Cariay nannte, bis zum Isthmus von Darien.

Nicht ganz zwanzig Jahre später unternahm Ferdinand Cortez einen Zug nach Honduras, welches damals Hibueras oder Higueras genannt wurde. Er hatte vernommen, daß im Süden von Mexico große und reiche Staaten vorhanden seien. Diese Expedition gehört zu den merkwürdigsten in ihrer Art, wegen der langen Dauer und der ungeheuren Schwierigkeiten, welche der kühne Conquistador zu überwinden hatte. Er brach von der Landenge von Tehuantepec, als seinem Ausgangspunkte auf, und drang unverzagt in die unbekannte Wildniß ein, die zwischen Mexico und dem Gebiete welches er aufsuchen wollte, sich hindehnt. Zwei Jahre lang durchwanderte er nasses Tiefland, setzte über breite Ströme, erklimmte Hochgebirge, und bethätigte fast übermenschliche Ausdauer und unbeugsamen Muth. Dann erreichte er den Punkt an welchem Columbus zuerst gelandet war; die Häuptlinge der benachbarten Landschaften unterwarfen sich ihm, und Cortez gründete die Stadt Truxillo.

Neben Columbus und Cortez verdienen jedoch noch andere Männer in der Geschichte der Entdeckung und Eroberung dieser Gegend erwähnt zu werden: Alvarado, Cristoval de Olid und Cordova. Aber ich schreibe hier keine Geschichte der spanischen Herrschaft in Honduras, und bemerke nur, daß das Land bereits große und blühende Städte besaß und daß die Audiencia de los Confines, eine Gerichtsbehörde, deren Sprengel diese neuen Lande bildeten, schon 1540 in Thätigkeit war, also mehr als sechzig Jahre, bevor in Virginien Jamestown gegründet wurde, und fast hundert Jahre, bevor Hudson in die Bucht von Neuyork einsegelte. Späterhin wurde diese Audiencia nach Guatemala verlegt, und von da an bis zu der Zeit, da Central-Amerika sich von der Herrschaft Spaniens frei machte, bildete Honduras einen Bestandtheil des Königreichs oder der General-Capitainschaft Guatemala. Dieselbe begriff die Provinzen oder Intendanzen Guatemala, Honduras, San Salvador, Nicaragua und Costa Rica. Sie wurden 1821 unabhängig, standen dann als souveraine Staaten da, und bildeten einige Zeit nachher gemeinschaftlich die Bundesrepublik von Central-Amerika. Diese Union zerfiel 1839 in Folge innerer Zwiste und Kriege; man hat mehrmals versucht sie wieder ins Leben zu rufen, aber der Erfolg dieser Bemühungen ist kein günstiger gewesen. Gegenwärtig stehen die einzelnen Republiken als unabhängige, souveraine Staaten da.

Die Republik Honduras umfaßt das Gebiet der gleichnamigen spanischen Provinz. Sie wird begrenzt im Norden und Osten von der Hondurasbay und den caraibischen Meeren, von der Mündung des Rio Tinto, 15 Grad 45 Minuten N. Br. und 88 Grad 30 Minuten W. L.

bis zum Cap Gracias á Dios, an der Mündung des Rio Wanks oder Segovia, 14 Grad 59 Minuten N. Br. 83 Grad 11 Minuten W. L.; hat demnach eine Küstenlinie von etwa vierhundert englischen Statutmeilen. Im Süden bildet Nicaragua die Grenze; die Scheidelinie folgt dem Rio Wanks auf einer Strecke von zwei Dritteln seines Laufes und biegt dann nach Südwest ab zu den Quellen des Rio Negro, der in die Fonsecabay mündet. An diesem pacifischen Golf besitzt Honduras eine Küstenlinie von etwa dreißig Statutmeilen, vom Rio Negro bis zum Rio Goascoran; zu ihm gehören die großen Inseln Tigre, Sacate Grande und Gueguensi. Im Westen und Südwesten sind San Salvador und Guatemala seine Nachbarn. Die Trennungslinie ist nach dieser Seite hin unregelmäßig. Sie beginnt am Golf von Fonseca, an der Mündung des Goascoran, folgt diesem Flusse etwa dreißig Meilen in gerader nördlicher Richtung bis zu dem Punkte, wo sich von Nordwesten her der Rio Pescado in ihn ergießt. Von der Quelle dieses Flusses ab zieht sie einem Zweigarm des Rio Torola entlang (der nach Südwesten hin in den Rio Lempa fällt) und folgt demselben bis zu seiner Mündung; von da folgt sie dem Rio Lempa bis zur Mündung des Rio Sumpul, folgt demselben bis beinahe zu seiner Quelle, bis an einen Punkt, wo sein Wasser sich dem Rio Paza nähert, der San Salvador von Guatemala scheidet. Von diesem Punkte läuft sie fast nordöstlich, dem Gebirge von Merendon und Grita entlang, so daß die Stadt und die Ruinen von Copon etwa funfzig Meilen nach Südosten hin liegen bleiben; darauf berührt sie die Quelle des kleinen Flusses Tinto und läuft demselben entlang bis zur Bay von Honduras.

Dieser Staat liegt somit zwischen 83 Grad 20 Minuten und 89 Grad 30 Minuten W. L. von Greenwich und 13 Grad 10 Minuten und 16 Grad N. Br.; er hat einen Flächeninhalt von ungefähr 39,600 englischen Geviertmeilen, ist demnach etwa so groß wie der Staat Ohio. Auch die große Insel Roatan, sammt den kleineren Eilanden Guanaja oder Bonacca, Utilla, Helena, Barbaretta und Morat gehören gleichfalls zu Honduras, sind aber dermalen als „Colonie der Bay-Inseln" im Besitze Großbritanniens, das dieselben unter Nichtbeachtung des guten Rechtes und der Souverainetät von Honduras, und den Bestimmungen des 1850 mit den Vereinigten Staaten von Nord-Amerika geschlossenen Vertrages zum Trotze, behauptet. Dasselbe Großbritannien hat Anspruch auf einen beträchtlichen Theil der Ostküste von Honduras erhoben, und zwar vom Cap Comorin oder Cap Honduras an, einige Meilen östlich von Truxillo, bis zum Cap Gracias a Dios. Es giebt diese Strecke für ein Eigenthum des sogenannten Königs von Mosquitia aus.

Honduras ist im Allgemeinen ein gebirgiges Land; es wird in verschiedenen Richtungen von Gebirgsketten und Hügeln durchzogen, welche von der ihnen gemeinschaftlichen Basis der Cordillere auslaufen. Dieses gewaltige Gebirge kann man als Grundlage, Stütze und Rückgrat des Continents betrachten. In Honduras ist sie funfzig bis sechzig Meilen vom großen Weltmeere entfernt. Sie hat bekanntlich nicht durchgängig den Charakter einer zusammenhängenden Kette, sondern bildet nicht selten mit ihren Windungen Binnenbecken oder Thäler, in denen die Quellwasser der großen Ströme sich sammeln, welche das Land in der Richtung nach dem Atlantischen Ocean durchfließen. Aber vom Großen Weltmeere aus gesehen gleicht die Cordillere einer gewaltigen von der Natur aufgeführten Mauer, mit einer niedrigen vorliegenden Bergkette und mit vulkanischen Kegelbergen von wunderbar regelmäßiger Gestalt, die sich zwischen ihr und dem westlichen Meere erheben. Es sieht fast aus, als ob einmal die Wasser des Stillen Oceans bis an den Fuß dieser Gebirgsbarriere durchgedrungen seien, und daß die niedrigere Küstenkette später durch vulkanische Gewalt emporgehoben worden sei. In San Salvador findet diese Vermuthung sich ganz entschieden bestätigt, denn die Küstenkette, welche etwa 2000 Fuß hat und vom Vulcan San Miguel bis zu jenem von Apeneca sich erstreckt, ist von der eigentlichen Cordillere durch das Parallelthal des Rio Lempa getrennt, und durchaus vulkanischen Ursprungs. Auf ihr erheben sich nicht weniger als elf vulkanische Kegelberge, und der Reisende kommt von einem Ende des Staates bis zum andern über ein Bett von Schlacken und Asche, das reichlich Bimsstein enthält, der zuweilen mit Lavabetten und vulkanischem Gestein abwechselt. In Nicaragua wird diese vulkanische Kette manchmal unterbrochen und nur durch hohe Kegelberge und abgebrochene Krater bezeichnet, während die Cordillere nach Südost zum Nordrande des Querbeckens der nicaraguanischen Seen hin abbiegt.

Honduras hat, wie schon bemerkt wurde, eine pacifische Grenze von nur etwa sechzig Meilen, und auf dieser Strecke fehlt die vulkanische Küstenkette; statt ihrer treten hohe vulkanische Inseln in der Fonsecabay auf. Die Nord- und Ostküste hat einige ansehnliche Gebirgsgruppen, Ausläufer der Ketten, welche nach Norden und Osten hin von der Cordillere abzweigen. Diese untergeordneten Züge laufen diagonal an der Nordküste hin und liegen dergestalt eine vor der andern, daß sie vom Meere aus wie eine ununterbrochene Kette erscheinen. Daher kommt es, daß auf einigen Karten von jener Küste zwar die großen aus dem Innern kommenden Ströme verzeichnet stehen, aber auch eine fortlaufende Gebirgskette eingetragen worden ist; wäre aber eine solche vorhanden, so könnten ja jene Gewässer gar nicht bis zum Meere durchdringen.

Die eigentliche Cordillere, oder die große Wasserscheide zwischen den beiden Oceanen durchzieht den Staat im Allgemeinen in der Richtung von Nordwest nach Südost; aber sie schlängelt sich und ist wenigstens an einer Stelle von einem großen Querthale durchbrochen, von welchem späterhin ausführlich die Rede sein wird. Diese Kette läuft von den Hochplateaus von Guatemala aus, und zieht, bis sie die Grenze von Guatemala erreicht, beinahe östlich; dann biegt sie gegen Südost hin ab, während ein höherer Ausläufer, dessen Erhebung nicht geringer ist als jene der Sierra Madre, Ost zu Nord nach der Bay von Honduras zieht. Da wo diese abzweigende Kette beginnt, heißt sie Merendon-Gebirge, darauf Grita und in der Nähe der Küste Espiritu Santo-Gebirge. An der Küste selbst gipfelt sie bis zu sieben- oder achttausend Fuß auf und heißt dort Sierra de Omoa. An ihrem nördlichen Fuße strömt der Rio Motagua, der unfern der Stadt Guatemala entspringt und in die Bay von Honduras mündet; an ihrem südlichen Fuße läuft der Rio Chamelicon. Er wird von dem gleichfalls parallel fließenden Rio Santiago und durch eine Hügelkette getrennt, welche in der breiten Ebene von Sula unweit der Mündung des Uluastromes ausläuft.

Verfolgt man den Zug der Sierra Madre, so finden wir sie da, wo sie nur wenige Stunden von der Sierra de Merendon entfernt ist, als einen Gebirgsknoten, als das Massengebirge von Selaque. Dazwischen liegt die breite Thalebene von Sensenti, auf welcher der Rio Santiago entspringt. Sie ist dreißig Meilen lang, zehn bis zwanzig breit, und beinahe völlig von Gebirgen eingeschlossen. Den einzigen Ausgang bildet die Schlucht, durch welche der Rio Higuito oder Talgua abfließt. Die Gebirgsmasse von Selaque bildet ein Hauptcentrum der Bodenerhebungen in Honduras; ihre Gipfel erheben sich bis zu einer Höhe zwischen acht- und zehntausend Fuß. Der obere Arm des Rio Santiago, der an verschiedenen Punkten Talgua, Higuito, Alas und Rio de la Valle genannt wird, umströmt dieses Gebirge im Norden und Westen. Ein anderer Arm, der Rio Mesicote oder Rio Grande de Gracias trennt dasselbe im Osten von dem Pucagebirge, das in einem Kegelberge hoch aufgipfelt, und von dem Terrassengebirge Opalaca oder Intibucat, das abgestumpfte Gipfel und Hochebenen hat; auf diesen gedeihen unsere Getreidearten und überhaupt die Früchte der gemäßigten Zone.

Dann folgt das Thal des Rio Santa Barbara, der einen Hauptzufluß des Santiago bildet; unterhalb der Mündung führt der Strom den Namen Rio Venta. Beide Flüsse haben ihre Quelle auf den Hochebenen, von welchen jene von Otoro die beträchtlichste ist; sie wird von der Ebene von Comayagua nur durch die Montecillos-Gebirgsgruppe getrennt. Diese letztere bildet einen Bestandtheil der eigentlichen Cordillere, welche von ihrem allgemeinen Zuge, der Ost zu Süd ist, plötzlich geradezu nach Norden streicht, und sich dann in auseinander laufenden Zügen nach der Küste zu verliert. Diese Verzweigungen bilden ein anderes von Gebirgen umschlossenes Thal, in welchem der Yojoa- oder Taulebé-See liegt.

Wir kommen nun zu einer sehr merkwürdigen Eigenthümlichkeit in der Bodengestaltung von Honduras, welche für die Herstellung einer Verbindungsstraße zwischen beiden Weltmeeren von ganz hervorragender Bedeutung ist. An der östlichen Basis der Mondecillos-Kette, da, wo die Cordillere eine völlige Unterbrechung erleidet, liegt die Ebene von Comayagua. Von ihr aus läuft das Stromthal des Rio Humuya gerade nach Norden zum Atlantischen Ocean, und das Thal des Rio Goascoran gerade nach Süden zum Stillen Weltmeere. Beide Stromläufe bilden ein großes Querthal, das sich von einem Ocean bis zum andern erstreckt. Die genannten Flüsse entspringen auf derselben Ebene und ihre Quellen sind nur durch eine geringe Bodenanschwellung getrennt, welche die Südgrenze dieser Ebene bildet.

Die Ebene von Comayagua hat, in ihrer größten Ausdehnung, eine Länge von etwa vierzig Meilen, und eine durchschnittliche Breite von fünf bis funfzehn Meilen. Ihre längste Achse läuft gerade von Norden nach Süden, und fällt mit dem Laufe der beiden eben genannten Flüsse zusammen. Nach Norden hin hat sie eine fast unmerkliche Abdachung, und der Rio Humuya strömt mitten hindurch. Von der gleichfalls beträchtlichen Espino-Ebene wird sie im Norden durch niedrige Hügel geschieden, ohne welche beide Ebenen eine gemeinschaftliche Landfläche bilden würden. Beide zusammengenommen sind ein liebliches Gelände, haben ungemein fruchtbaren Boden und gesundes Klima; sie umfassen beinahe ein Drittel des Landes zwischen der Bucht von Honduras und der Fonsecabay.

Jenseit der Ebene von Comayagua bildet die Cordillere wieder eine große und hohe Gebirgsmasse, die nach Norden hin Sierra de Comayagua, nach Süden hin Sierra de Lepaterique heißt. Sie erstreckt sich etwa achtzig Meilen von Norden nach Süden, und sendet, beinahe vom Centrum ab, eine hohe Kette aus, das Ulegebirge, um welches der Rio Choluteca fast in einer kreisförmigen Windung fließt. Das Thal desselben wird seinem untern Laufe zu breit und fruchtbar, bildet nach der Fonsecabay hin dicht mit Wald bestandene Alluvionen, die aber so hoch liegen, daß sie keine Ueberschwemmungen erleiden; auch haben sie weder Sümpfe noch Moräste. Ein sehr schönes Nebenthal dieses größern ist das kleinere Valle de Yuguare.

Fast gerade im Osten des Hochgebirges von Comayagua, jenseit des Flusses und Thales von Sulaco, liegt ein Knoten oder eine Gruppe, die als Sulacogebirge bezeichnet wird. Dasselbe erhebt sich fast im Centrum des Staates, und sendet eine Menge von Gewässern aus, die nach den verschiedensten Richtungen hin ihre Quellen haben. Hier entspringt der große Rio Wanks oder Segovia, der beim Cap Gracias á Dios in den Atlantischen Ocean fällt; in denselben münden auch die Ströme Aguan oder Roman und der Rio Tinto (Black River); die Zuflüsse des Choluteca kommen gleichfalls vom Sulacogebirge herab; sie gehören dem Stillen Weltmeere an. Von diesem hohen Gebirgscentrum laufen einige große Gebirgsreihen aus, welche dem Hauptstock an Höhe nur wenig nachgeben. Die nach Nordost sich erstreckende scheidet die zahlreichen Flüsse, welche sich in die Hondurasbay ergießen, von dem Thale des Rio Wanks oder Segovia; diese Kette heißt Sierra de Misoco. Die nach Norden streichende, deren zahlreiche Ausläufer in den hohen Kegelbergen von Congrehoy endigen, die ihrerseits sich über die Hondurasbay aufthürmen, führt den Namen Pija-Gebirge. Als Sierra de Chili bezeichnet man jene Kette, welche im gewundenen Laufe nach Südwesten zieht und zuletzt den Nordrand des Querthals der Nicaragua-Seen einfaßt. Dieses Chiligebirge kann als die eigentliche Cordillere angesehen werden. An der Basis des Sulacogebirges liegen nach Ost und Nordost die breiten und hohen Ebenen oder Terrassen von Olancho und Yoro, die selbst in dem heerdenreichen Central-Amerika ihres herrlichen Viehstandes wegen berühmt sind. Die Flüsse an dieser Abdachung des Continents führen Waschgold, und werden vielleicht, sobald einmal jene Gegenden stärker bevölkert sind, einen eben so reichen Ertrag dieses edlen Metalles liefern wie Californien. Leider ist der größte Theil dieser ausgedehnten Landstrecke zwischen dem Sulacogebirge und dem Atlantischen Ocean, demnach beinahe die Hälfte des Staates, nur von einzelnen Indianerstämmen bewohnt. Ueberhaupt ist diese Region fast noch gar nicht bekannt; man weiß nur, daß ihre Bodenverhältnisse sehr mannigfaltig sind, und daß sie fruchtbar, auch reich an Mineralien ist.

Ein Theil der Nordküste ist Flachland und stark bewaldet; insbesondere Mahagonyholz kommt häufig vor. Dieses Gestade trägt keineswegs den Charakter der niedrigen und sumpfigen Moskitoküste, denn das Gebirge tritt oft bis dicht ans Meer hinan, oder erhebt sich schon in geringer Entfernung von demselben. Die Gebirge von Omoa ragen über die Bucht von Amatique empor, und jene von Congrehoy und Poyas werden beinahe vom Ocean bespült und bilden weithin sichtbare Landmarken.

Das bisher Gesagte erläutert sich näher vermittelst der beifolgenden vertikalen Durchschnitte, denen barometrische Messungen zu Grunde liegen.

I. Ein Durchschnitt von Honduras, der bei Puerto Caballos an der Hondurasbay beginnt, von da südwärts geht und erst dem Thale des Rio Ulua und dann jenem des Rio Humuya folgt, über die Ebene von Espino und Comayagua, über die Wasserscheide am Südende der letztgenannten Ebene, dann das Thal des Goascoran abwärts bis zur Fonsecabay. Distanz 150 Meilen. Diese Section geht durch den niedrigsten Paß, welchen die Cordillere zwischen dem Querthale der Nicaragua-Seen und dem Isthmus von Tehuantepec darbietet. Sie giebt eine Longitudinalansicht der Ebenen von Espino und Comayagua, die man eigentlich als eine einzige Ebene betrachten muß. Die Achse geht von Norden nach Süden, und liegt quer gegen die Streichungslinie der Cordillere. Diese Section veranschaulicht auch das Profil der projectirten interoceanischen Eisenbahn von Puerto Caballos zur Fonsecabay, und zeigt wie sanft die Steigungen sind. In Rücksicht darauf ist die Ebene von Comayagua das wichtigste Moment in der Bodengestaltung von Honduras.

II. Ein Durchschnitt, der bei der Stadt Leon in Nicaragua beginnt, von dort dem Maulthierpfade folgt, der in beinahe gerader nördlicher Richtung bis Ocotal geht, dem Hauptorte des Departements Nueva Segovia. Von dort ab gerade nordwestlich durch die Departements von Tegucigalpa und Comayagua bis zur Stadt Santa Rosa im Departement Gracias, Staat Honduras. Diese Section stimmt ziemlich genau mit der Richtung der Cordillere überein. Von Leon bis zur Höhe des Gebirges bei der Stadt San Juan de la Maya läuft der Maulthierpfad an der westlichen Seite der Cordillere, und von dort zur Höhe des Chiligebirges und weiter nach dessen Ostabhang. Von diesem letztern Punkte bis zur Höhe des Gebirges, welches über die Ebene von Comayagua emporragt, fließen die Gewässer nach Süden hin ab, von dort aber bis zur Höhe der Intibucatgebirge nach Norden. Die nächste Höhe wird bei der kleinen Ortschaft San Juan im Departement Gracias überschritten; jenseit derselben fließen die

Gewässer nach Norden. Mit anderen Worten: diese Section durchschneidet die Cordillere auf sechs Punkten.

1. Bei San Juan de la Maya in Nicaragua in einer Höhe von	1900	Fuß.
2. Auf dem Kamme des Chiligebirges	3400	»
3. Auf dem Kamme des Gebirges bei Comayagua . .	4900	»
4. Im Passe von Guajoca, in der Comayagua-Ebene .	2400	»
5. Die Kammhöhe des Intibucatgebirges	5900	»
6. Beim Dorfe San Juan de Gracias	4000	»

Die Straße von Santa Rosa nach San Salvador überschreitet die Cordillere auf dem Passe von Canguacota in einer Höhe von 4100 Fuß, aber der Maulthierpfad geht über dieses Scheidegebirge da wo die niedrigsten Päße sind; sie liegen auf einer Höhe von etwa 3800 Fuß. Ich gehe von diesen Annahmen und verschiedenen anderen Beobachtungen aus, wenn ich die mittlere Erhebung der Cordillere von Honduras, abgesehen von den isolirten Gipfeln, auf nicht weniger als 6000 Fuß schätze. Das Plateau von Tegucigalpa hat eine mittlere Höhe von 3400 Fuß, jene von Intibucat 5300, die von Santa Rosa oder besser gesagt des Departements Gracias 3200, die Ebene von Comayagua 1900 Fuß. Die bewohnten centralen Theile des Staates, oder das, was wir als das große Plateau von Honduras bezeichnen können, hat eine mittlere Erhebung von 3200 Fuß, ist demnach etwa halb so hoch als das große Plateau von Mexico. Es ist berechnet worden, daß die Temperatur auf je 334 Fuß englisch um einen Grad Fahrenheit abnimmt. Die mittlere Temperatur zur Mittagszeit beträgt, wie schon früher einmal angeführt wurde, an der Mündung des Rio Tinto, an der Nordküste von Honduras, etwas weniger als 70 Grad F. Auf Annahme dieser Berechnung hin würde sich auf dem Plateau von Honduras für die Mittagszeit eine mittlere Temperatur von 60 Grad F. herausstellen, was einer mittlern Durchschnittstemperatur von etwa 55 Grad F. entspräche.

III. Diese Section fällt mit dem Meridian von 89 Grad 10 Minuten W. L. von Greenwich oder 12 Grad 10 Minuten W. L. von Washington zusammen. Sie beginnt da, wo die vorige zu Ende geht, nämlich zu Santa Rosa im Departement Gracias im Staate Honduras, und zieht von dort gerade nach Süden durch den Staat San

Salvador bis zum Stillen Ocean. Sie giebt ein Longitudinalprofil des Thales oder der Ebene von Sensenti, und einen Querdurchschnitt des Rio Lempathales, vom Passe des Monte Redondo bis zur Kammhöhe der vulkanischen Kette, welche zwischen der eigenthümlichen Cordillere und dem Großen Weltmeere sich erhebt. Wir kommen später, bei Beschreibung des Staates San Salvador auf diese Verhältnisse zurück.

Es versteht sich von selbst, daß diese Durchschnitte für die horizontalen Entfernungen nur Annäherungen geben, wie denn auch die allgemeinen Bodenerhebungen, mit Ausnahme der Hauptpunkte, nur annähernd gegeben wurden. Mehr ist, bei einer allgemeinen Aufnahme des Landes im Großen und Ganzen, gar nicht möglich.

Topograpisch hat also Honduras eine ungemeine Mannigfaltigkeit der Oberfläche und der Bodenerhebung; es besitzt breite Alluvionen, fruchtbare Thäler, ausgedehnte Ebenen, Gebirge mit Terrassen bis zum Gipfel, die größten Abstufungen des Klimas, den verschiedenartigsten Boden und eine große Fülle werthvoller Producte. Dort sind alle Bedingungen vorhanden um eine zahlreiche Volksmenge zu ernähren, und um einem Staate zu Wohlstand und Gedeihen zu verhelfen. Eine wohlbefestigte und freisinnige Regierung, welche den materiellen Interessen die gebührende Sorgfalt zuwendet, und neue Verbindungswege eröffnet, wird aus Europa einen beträchtlichen Auswanderungsstrom in dieses schöne Land ziehen können.

Fünftes Kapitel.

Ströme, Seen und Lagunen.

Honduras ist sehr reichlich bewässert. Manche seiner Flüsse sind von beträchtlicher Größe und verdienen, daß wir genauer auf sie eingehen. Der Chamelicon, Ulua, Aguan oder Roman, Tinto oder Black River, Patuca und Wanks oder Segovia fließen zum Nordmeere; der Choluteca, Nacaome und Goascoran münden in die

Fonsecabay. Die mit durchschossenen Buchstaben gesetzten sind für Dampfer eine Strecke weit schiffbar.

Rio Chamelicon. Ein langer Strom, der aber nur eine verhältnißmäßig schmale Abtheilung bewässert. Er hat ein reißendes Gefäll und viele Untiefen.

Der Ulua dagegen, der größte Strom in Honduras, hat ein Flußgebiet, das etwa den dritten Theil des Landes in sich begreift, und mehr Wasser dem Meere zuführt, als irgend ein andrer, etwa den Wanks ausgenommen. Seine beträchtlichsten Zuflüsse sind der Santiago, Santa Barbara, Blanco, Humuya und Sulaco; nachdem er alle diese aufgenommen, erscheint er als ein majestätischer Strom. Aus den Aufnahmen des Lieutenant Jeffers geht hervor, daß die Barre vor seiner Mündung nur neun Fuß Wasser hat; sie kann jedoch, wenn der Wind nicht scharf weht, von Schiffen mit sieben Fuß Tiefgang passirt werden. Dampfer von geringer Trächtigkeit können bis zur Einmündung des Humuya fahren, und während der Regenzeit diesen letztern bis zur Vereinigung mit dem Sulaco aufwärts gelangen. Angeblich sollen dergleichen Fahrzeuge auch auf dem Santiagoflusse fahren können, bis über die Mündung des Santa Barbara hinaus. Da, wo die von Yojoa nach Omoa führende Straße den Santiago überschreitet, ist er ein breiter und tiefer Strom, dessen Flußrinne acht bis zwölf Fuß Wasser hat. Der Rio Blanco ist schmal aber tief und könnte für örtliche Verbindungen nutzbar gemacht werden. Er steht mit dem See Yojoa oder Taulebé in Verbindung; über diesen fehlen aber genauere Angaben; man weiß nur, daß er eine beträchtliche Tiefe hat.

Soviel ist klar, daß der Ulua sammt seinen Nebengewässern eine mannigfache Wasserverbindung mit dem Innern darbietet; sie wird von Bedeutung werden, sobald das Land eine dichtere Bevölkerung erhält. Auch ist es möglich, daß der Chamelicon und der Santiago, welche beide eine beträchtliche Wassermenge führen, durch künstliche Nachhilfe in so weit nutzbar gemacht werden, daß man auf ihnen die werthvollsten Erzeugnisse der an Naturproducten so reichen Departements Santa Barbara und Gracias verschiffen kann. Aber auch abgesehen davon, unterliegt es keinem Zweifel, daß diese Flußthäler sich vollkommen für die Anlage von Landstraßen oder Eisenbahnen eignen. Gegenwärtig werden die Waaren auf Maulthieren transportirt.

Oestlich an der Mündung des Ulua befindet sich, nur etwa zweihundert Schritte vom Ufer, eine kleine Bucht, in welcher Schiffe ziemlich sicher liegen, und wo man recht gut landen mag. Sie würde als Hafen dienen können, und das Passiren der Barre unnöthig machen. Blunt bemerkt in seinem Werke „Coast Pilot": „Der Rio Ulua ist breit und tief, und ihm gegenüber ist ein Ankerplatz, wo die Anker vortrefflich fassen. Vor der Vereinigung mit dem Santiago oder Venta fließt der Ulua durch ein ausgedehntes Flachland, welches die Conquistadoren als Ebene von Tula bezeichneten. Der Boden ist ungemein fruchtbar, während der Regenzeit sind einige Strecken auf der östlichen Seite überschwemmt; ein Gleiches gilt von manchen Theilen zwischen dem Ulua und dem Chamelicon; manchmal rinnen die Zuflüsse beider Ströme in einander."

Rio Aguan oder Rio Roman, ein großer Strom, der in den Gebirgen von Sulaco entspringt und etwas östlich von Truxillo ins Meer fällt. Seine Länge beträgt etwa hundertundzwanzig Meilen. Sein beträchtlichster Nebenfluß, der Rio Mangualil, führt eine große Menge Goldsand; deshalb befinden sich an ihm viele Goldwäschereien. Er fließt an der Stadt San Jorge Olanchito vorüber, durch das gleichnamige fruchtbare Thal, und durch das nicht minder fruchtbare Thal von Sonaguera. Der ganze Theil von Honduras, welcher an den Quellen und an beiden Ufern dieses Flusses liegt, sucht in der ganzen Welt seines Gleichen an Fruchtbarkeit des Bodens, an Mineralreichthum, an Fülle werthvoller Holzarten und mancher anderer Producte. Seine Barre soll fünf bis sieben Fuß Wasser haben, und der Stromlauf für Fahrzeuge von geringer Trächtigkeit achtzig Meilen weit schiffbar sein. Es wäre von großem Belang, genau zu erfahren, in wie fern dieser Strom als Wasserstraße zu benutzen sein wird.

Rio Tinto oder Rio Negro, von den Engländern Black River genannt (nicht mit jenem Rio Tinto zu verwechseln, welcher den östlichen Arm der Motaguamündung und einen Theil der westlichen Grenze von Honduras bildet). Etwas aufwärts von der See führt er den Namen Poyer, Poyas oder Polyer; er ist ein beträchtlicher Strom für dieses Land, denn er soll hundertundzwanzig Meilen lang sein. Gleich den meisten übrigen hat er eine gefährliche Barre, die sich oft vorschiebt und, je nach der Jahreszeit, fünf bis neun Fuß Wasser hat. Kleine Fahrzeuge können vierzig bis sechzig Meilen stroman fahren. An diesem Strome hatten die Engländer im vorigen Jahrhundert ein Fort nebst einigen Niederlassungen, sie mußten dieselben jedoch in Folge des 1786 mit Spanien abgeschlossenen Friedensvertrages wieder räumen. Sie machten aber später aufs Neue Versuche, sich dort festzusetzen, einmal unter Sir Mac Gregor, dem sogenannten Kaziken der Poyais; dann in den Jahren 1839 bis 1841, als eine von der britischen Niederlassung zu Balize unterstützte englische Compagnie dort Ansiedelungen gründen wollte. Alle diese Versuche sind indessen fehlgeschlagen*). Die Abenteurer nannten den District „Provinz Victoria" und ihre, übrigens sehr unbedeutende Niederlassung „Fort Wellington." Thomas Young schrieb einen Bericht über diese Expedition, und gab werthvolle Nachrichten über die Beschaffenheit des Landes. Ihm zufolge fließt der untere Theil des Stromes, der, wie bemerkt, als Rio Tinto bezeichnet wird, durch ein niedrig liegendes, aber fruchtbares und stark bewaldetes Land, das einige Meilen weiter aufwärts sumpfig wird und dann mit Weidenbäumen bestanden ist. An dem Punkte, wo ein Arm des Hauptstroms abzweigt, um sich mit der Criba- oder Black River Lagune zu vereinigen, beginnt die Savanne und ein mit Nadelholz bestandenes Hügelland; dort haben einige Sambos eine Niederlassung. Auf der

---

*) M'Gregors Pläne erregten zu ihrer Zeit viel Aufsehen und gaben zu manchen windigen Speculationen Anlaß. In London erschien 1822 eine Sketch of the Mosquito Shore, including the territory of Poyas, by Thomas Strangeways, das manche werthvolle Nachrichten enthält, im Grunde aber geschrieben wurde, um dem Unternehmen M'Gregors Vorschub zu leisten. Dieser „Kazike von Poyas" machte nicht blos auf die Moskitoküste Anspruch, sondern auch auf die Inseln in der Bay von Honduras. Gleichfalls in London kam eine Flugschrift heraus: Constitution de la Nation Poyaisienne dans l'Amerique Centrale. Sie beginnt: Gregor, par la grâce de Dieu Cacique de Poyais, und schließt mit den Worten: „Im Jahre der Gnade 1825, unserer Regierung im sechsten Jahre."

Savanne weidet etwas Vieh, doch der Boden ist ärmlich und zum Anbau nicht geeignet. Aber trotz seiner Dürre ist diese Gegend doch recht angenehm. Die Savanne dehnt sich nach allen Richtungen einige Meilen weit aus, und Alles hat den Anschein, als sei hier die Hand eines Landschaftsgärtners thätig gewesen. Hin und wieder sieht man Gruppen von Bäumen und Gebüschen, in welchen das Wild Schutz findet; die Fichten erreichen eine beträchtliche Höhe; sie geben viel Terpentin und liefern nicht blos Bauholz, sondern auch Masten und Stangen. Da, wo diese Fichten wachsen, erheben sich manche Erdhügel, Wuhrten, acht bis zehn Fuß über die Ebene, und sind oben so breit, daß man Häuser auf ihnen bauen kann. Einige Theile der Savanne sind indessen sumpfig, und von dorther kommen viele lästige Insekten. Oberhalb dieses Fichtenbestandes ist der Fluß von ununterbrochenem Gebüsch eingefaßt; dann folgen Bambus, Kohlpalmen, deren Stamm die Eingeborenen beim Bau ihrer Hütten verwenden, und deren Krone ihnen Nahrung giebt. Sechzehn Meilen oberhalb der Mündung hatten die Engländer früher einmal eine Niederlassung; in jener Gegend wachsen schon Sassaparille und Kakao; auch war bei diesem „Lowry-Hill“ eine Kaffeeplantage und eine Zuckerpflanzung; Young fand noch die Kessel aus der vormaligen Siederei. Tausende von Bananen wuchsen wild und waren mit Früchten beladen. Der Boden wird nun höher, und man sieht den etwa zweitausend Fuß hohen Zuckerhutberg. Bis zu der Stelle, welche als „Embarcadero“ bezeichnet wird, ist der Fluß sehr gefährlich, selbst für kleinere Boote, weil eine Menge im Fahrwasser liegende Baumstämme, sogenannte Snags, nur schwer zu vermeiden sind. Die Fahrt vom Fort Wellington bis Embarcadero stromauf erforderte bei hohem Wasserstande vierthalb Tage Zeit, für ein mit sechs Ruderern bemanntes Pitpan. Die Thalfahrt wurde in anderthalb Tagen zurückgelegt. Der Embarcadero soll neunzig Meilen von der Mündung entfernt liegen, doch ist diese Annahme wohl zu hoch.

Im eigentlichen Poyasflusse sind dergleichen gefährliche Baumstämme seltener vorhanden, dafür ist aber der Strom sehr heftig. Nun treten wieder Mahagonybäume auf, die weiter abwärts schon alle weggehauen worden sind. Auch der Anblick des Landes wird ein anderer, die Ufer sind hoch und felsig, im Flußbett liegen viele große Steine.

Der Strom windet sich durch die Poyer-Hügel, und man weiß von da ab eigentlich nichts weiter, als daß er starkes Gefäll und gekrümmten Lauf hat. Oberhalb Embarcadero theilt er sich in zwei Hauptarme, den Agalta und Paon. Herrera, Gefe politico des Departements Olancho, welcher 1840 den Paon und Poyas hinabfuhr, sagt, dieser Punkt liege fünfunddreißig Leguas vom Olanchothale; der Weg führe durch steile und vielfach zerklüftete Gebirge, und man müsse den Paon nicht weniger als dreiundsiebenzig Mal überschreiten; er sei ein Fluß, der viel Wasser und sehr viele Steine habe. Derselbe Beamte spricht nachdrücklich gegen jeglichen Versuch, eine Verbindung über See zu eröffnen zwischen den besiedelten Districten von Olancho und dem Poyas und dessen Armen. Die Poyas-Indianer haben einige Wohnplätze an den oberen Zuflüssen des Stromes, in dem Poyas-Hügellande; nach Young ist dasselbe fruchtbar und gesund.

Die Black River-Lagune heißt bei den Spaniern Criba; nach Roberts, der sie besucht hat, ist sie funfzehn Meilen lang und sieben breit, und hat einige kleine Inseln, die von den Engländern bebaut wurden, als diese sich am Black River festgesetzt hatten. Sie errichteten auch Vertheidigungswerke, welche nachher von den Spaniern noch verstärkt wurden; gegenwärtig sind nur noch Ruinen vorhanden. Am Ufer der Lagune liegen einige Savannen und Fichtenbestände; aus den letzteren gewannen die Ansiedler viel Pech, Theer und Terpentin.

Der Patuca, oder Patook wie Engländer und Nord-Amerikaner schreiben, fällt mit einer Hauptmündung ins Meer, etwa mitte Wegs zwischen der Cartine- (welche die Spanier Brus, die Engländer Brewers nennen) und der Cartago- oder Carataska-Lagune. Er scheint auf der ganzen Strecke zwischen dem Ulua und dem Wanks der größte Strom auf der Nordküste von Honduras zu sein und entspringt rechts in der Mitte des Departements Olancho, unweit der großen spanischen Ortschaft Juticalpa, der Hauptstadt des Departements, und des ganz ansehnlichen indianischen Ortes Catacamas. Die wichtigeren Gefließe, welche den Patuca bilden, sind: der Jalan Tinto de Olancho, der Guallape, und der Guallambre. Die beiden letzteren führen eine große Menge Goldsand. Das geographische Becken des Patuca ist eines der schönsten und fruchtbarsten in Central-Amerika. Vom Querthale des Rio Herbias oder Segovia (Wanks, Cape) wird es durch eine hohe und schmale Gebirgskette getrennt, die im Süden steil, aber nach Norden zu in Terrassen abfällt. Herrera sagt in seinem schon erwähnten Bericht, der Patuca sei für Nachen bis zur Vereinigung des Jalan mit dem Guyape schiffbar; aber er hat oberhalb der Alluvion eine sehr heftige Strömung, und manche Stromschnellen, die sogenannten Chiflones. An der Mündung des Guallambre liegt der sogenannte Puerto de Delon; unterhalb sind viele Chiflones, namentlich jene von Campanera und Caoba. Auf einer langen Strecke ist der Strom zwischen hohe, steilabfallende Felsenufer zusammengedrängt; diese Stelle heißt der Hölleneingang, Portal del Infierno. Daraus erklärt sich, daß Roberts erzählen konnte: „Der Fluß hat sich eine Strecke weit seinen Weg durch eine Hügelkette gebrochen; ein Theil derselben ist vom Wasser völlig ausgehöhlt worden, das fünfhundert Schritte weit unter einem natürlichen Bogen hinläuft.“ Die bedeutendsten Zuflüsse unterhalb des Guallambre sind, nach dem Poyaisdialekte, der Guineo, Cuyamel, Amac-was (Fluß der Bienenstöcke), Was-pres-Senia (das tosende Gewässer), Uampu und Upurra.

Die Hauptmündung des Patuca fällt nicht in einen Strandsee, sondern in das offene Meer; aber auch dort liegt eine Barre, die sich häufig verschiebt und nur acht bis zehn Fuß Wasser hat; manchmal, nach sehr heftigen Stürmen ist sie tiefer. Die Tide ist schwach, doch gehen Ebbe und Fluth einige Meilen stromaufwärts. Das Land an der Mündung ist zumeist Savanne, aber, nach dem 1844 von Haly, Upton und Deacon erstatteten Berichte, nicht etwa sumpfig, wie gewöhnlich die Savannen an der Küste; sie hat schwarzes, fruchtbares Erdreich. Etwa dreißig Meilen stromauf sind Fichtenbestände, oberhalb derselben, und nicht minder nach dem Meere hin, sind die Ufer dicht bewaldet. Der Boden ist mannigfaltig, rother Klei, Lehm und schwarze Ackerkrume wechseln mit einander ab, und die ganze Strecke ist geeignet für den Anbau von Zucker, Kaffe, Baumwolle, Kakao und Indigo. In den Wäldern steht viel Mahagony, Rosenholz und St. Marienholz; dazu kommen viele Eichen und die Fichtenbestände, Sassaparille, Gummibäume, auch Copal und Vanille. Haly behauptet, der Patuca sei für kleine Dampfer schiffbar, bis in die Nähe der spanischen Niederlassungen in Olancho, oder mindestens doch bis zum Portal del Infierno. Er sei für die Handelsverbindung mit dem Innern der beste Strom an der ganzen Küste, mit alleiniger Ausnahme des San Juan in Nicaragua. Er ist ferner der Ansicht, daß eine Niederlassung an der Mündung sich bald zum wichtigsten Handelsplatze an der ganzen Küste östlich von Omoa emporschwingen werde, vorausgesetzt, daß man das Fahrwasser verbessern und im Innern Straßen anlege. Man müsse siebenzehn Tage stroman fahren, bis man die Niederlassungen der Weißen in Olancho erreiche. Daraus geht hervor, daß die Strömung heftig und die Fahrt keineswegs leicht ist. Haly nimmt an, daß man stroman täglich dreißig Meilen zurücklegen könne, „die spanischen Ortschaften liegen demnach fünfhundertundzehn Meilen oberhalb der Mündung." Diese Annahme ist geradezu abgeschmackt, denn schon ein Blick auf die Charte genügt, daß eine solche Entfernung, von etwa zweihundertfunfzig Wegstunden den Reisenden nicht nur über das ganze Festland hinaus, sondern so weit in den Großen Ocean hineinführen müßte, daß er von der amerikanischen Küste längst nichts mehr sehen könnte. Roberts geht schon besonnener zu Werke; er schätzt die Länge des Patuca auf hundertundfunfzig Meilen und Strangeways nimmt nur etwa hundert an. Am untern Laufe haben die Karaiben und Sambos einige Niederlassungen, weiter aufwärts und an den Nebenflüssen wohnen Toacas und Poyas, oder, wie die Spanier schreiben, Payas.

Der Tumtum (Toomtoom Creek) ist ein Arm des Patuca, zweigt etwas oberhalb der Mündung von dem Hauptarme ab und verbindet denselben mit der Brus oder Brewers Lagune. Diese hat eine weite Oeffnung, es können aber nur Schiffe hineinfahren, die nicht mehr als sechs bis sieben Fuß Tiefgang haben. Drei oder vier Meilen vom Eingange liegt ein Eiland von mäßiger Höhe; es hat etwa zwei Meilen im Umfang, ist fruchtbar und war früher von den Engländern, welche dort ein Festungswerk angelegt hatten, angebaut. Die Lagune ist sehr reich an Fischen, Wasservögeln und Austern. Roberts bemerkt, das Land nach Norden hin, biete eine angenehme Abwechselung von Hügeln, Thälern und Wiesen dar; der Boden sei vortrefflich.

Die Carataska- oder Cartago-Lagune hat einen beträchtlichen Umfang; die Breite ist verschieden. An manchen Stellen sieht es aus, als ob mehrere Lagunen in einander liefen, und zwar nach verschiedenen Richtungen hin, doch zumeist parallel mit der Küste; die Breite ist aber nirgends größer als zwölf Meilen. Sie hat zwei Einfahrten; die eine bildet den kleinen Küstenfluß Tibacunta, dagegen ist die Hauptmündung breit und hat vierzehn Fuß Wasser auf der Barre. Die ganze Lagune soll etwa sechsunddreißig Meilen lang sein; im Allgemeinen ist sie seicht; die Tiefe wechselt von sechs bis zu zwölf und achtzehn Fuß. Capitain Henderson, der sie 1804 besuchte, schildert die Gegend bei dem Sambodorfe Crata (Croatsch oder Cartago) als eine Savanne von beträchtlicher Ausdehnung, die einen herrlichen Weidegrund bildet; auf der einen Seite wird sie von der Lagune begrenzt, auf der andern von sanft emporsteigenden Hügeln. Ueber diese Wiesenfläche sind Gruppen von Fichten und anderen Bäumen verstreut und das Ganze gewährt einen sehr angenehmen Anblick; man glaubt beinahe, die Kunst der Menschen sei in dieser Gegend thätig gewesen und habe nachgeholfen. Von Süden her fallen einige kleine Ströme in die Lagune, nämlich der Ibentara, Cartago, Locca, Warunta und Kaukari. In ihr liegen drei nicht unbeträchtliche Inseln, und am Ufer mehrere Dörfer der Sambos. Diese trägen Menschen züchten etwas Vieh, ziehen aber aus dem fruchtbaren Boden keinerlei Nutzen. Auch Roberts schildert, gleich Henderson, das Land als eine herrliche, für die Viehzucht trefflich geeignete Savanne, die reich an Wild ist. Bei Crata stehen nicht viele Fichten, aber auf der gegenüber liegenden südlichen Seite wachsen sie in Menge und erreichen eine beträchtliche Höhe. Hinter diesen Fichtenbeständen erheben sich Hügel, die mit üppigem Pflanzenwuchs bedeckt sind; am Ufer der Flüsse nach dem Innern hin sind mächtige Mahagonybäume und Cedern in Menge vorhanden. Piment und andere werthvolle Pflanzen sind dort einheimisch.

Der Rio Wanks oder Segovia, heißt auch Herbias, Yare, Cape, Coco und Oro, mündet am Cap Gracias a Dios, und ist der längste Strom in Central-Amerika. Er entspringt im Departement Nueva Segovia, im nordwestlichen Winkel des Staates Nicaragua, nur etwa funfzig Meilen von der Fonsecabay entfernt, hat einen nordöstlichen Lauf und fällt in die caraibische See. Auf einer sehr beträchtlichen Strecke bildet er die Grenze zwischen Honduras und Nicaragua, und seine Länge kann nicht weniger als dreihundertundfunfzig Meilen betragen. Von seiner Mündung ab gerechnet, strömt er zweihundertundfunfzig Meilen weit durch eine wilde Einöde, zwischen hohen Gebirgen und über ein felsiges Bett. Zuweilen fahren indessen Indianernachen bis in die Nähe der Stadt Ocotal oder Neu Segovia. Señor Don Francisco Irias aus Ocotal ruderte 1842 mit einem Nachen hinab. Sein Ausgangspunkt war Coco, das unweit von Ocotal zu liegen scheint. Von dort bis zu einer Stelle, die er Pailla nennt, fand er nur geringe Hindernisse. Gerade oberhalb Pailla fällt ein hübscher Fluß in den Hauptstrom, er heißt Bocay; seine Mündung liegt unweit von jener des großen Flusses Pantasma, der von der rechten Seite her zufließt. Andere Nebengewässer sind nicht von so beträchtlicher Größe, zum Beispiel der Poteca, der an der linken Basis der Gebirge entspringt, welche das große Thal von Jalapa begrenzen; der Quellpunkt heißt Macarali. Der Poteca hat ein sehr felsiges Bett und kann deshalb nicht beschifft werden. Ein anderer Fluß, der Coa, kommt von Süden her, und fließt zwischen hohen, steilabfallenden Bergen; er ist fischreich; die Wälder sind ergiebig an Honig und haben viele werthvolle Hölzer.

Unterhalb Pailla beginnt eine Reihenfolge von Stromschnellen oder Wasserfällen, die in geringer Entfernung voneinander liegen; einige derselben sind gar nicht zu befahren, man muß deshalb ausladen und Waaren und Nachen über Land schleppen. Irias bemerkt: „Das sind die einzigen Hindernisse, welche die Schifffahrt von Coco an bis hinab zum Cap Gracias a Dios findet. Die Thalfahrt nimmt etwa zehn Tage in Anspruch; man hat zwei Tage nöthig, um über die Stromschnellen abwärts, und vier Tage, um über sie hinweg aufwärts zu gelangen. Ueberhaupt bietet der Strom nur auf einem Fünftel seines Laufes Hemmnisse dar, und Aufenthalt wird nur dadurch verursacht, daß man bei einigen Stromschnellen ausladen und dann wieder einladen muß. Von Tilras und Quipispe, den beiden letzten Stromschnellen ab, hat der Fluß eine so schwache Strömung, daß man sich der Ruder bedienen muß, und dieser ganze Landestheil, der aus freien grasbedeckten, hin und wieder mit Baumgruppen übersäeten Ebenen besteht, ist sehr hübsch, eignet sich zur Viehzucht, und man könnte dort Pferde und Hornvieh in großer Menge zur Ausfuhr nach Jamaica züchten. Meine Rückfahrt vom Cap Gracias dauerte zwanzig Tage. Cap Gracias a Dios hat leider keinen Handel, aber eine sehr günstige und malerische Lage. Bei demselben ist eine sehr salzreiche Lagune; sie ist vom Meere durch einen mit Mangrovebäumen bedeckten Salzstreifen getrennt. Die Einfahrt liegt südlich. Es ist traurig, daß eine so werthvolle Gegend weiter keine Bewohner hat, als einige nichtsnutzige Moscos (Mosquitos oder Sambos), die aus Mangel an Anleitung und auch wegen ihrer ganzen Naturanlage auch künftig in ihrem armseligen Zustande verharren werden.

Im Jahre 1688 verließen etwa dreihundert französische und englische Piraten ihre Schiffe in der Fonsecabay, bahnten sich einen Weg durch Neu Segovia, und gelangten den Strom hinab bis Cap Gracias. Sie hatten sich kleine Flöße gebaut, „Pipiries, elende Maschinen," deren jedes zwei bis drei Mann trug. Manche ertranken während der Fahrt, und De Lussan, einer ihrer Anführer, hat diese Expedition sehr lebendig, aber nicht ohne einige Uebertreibungen geschildert. Er schreibt: „Dieser Fluß entspringt in den Gebirgen von Nueva Segovia und fällt in das Nordmeer beim Cap Gracias a Dios, nachdem er auf einer weiten Strecke ungemein reißend über eine große Menge mächtig großer Felsen geströmt ist, und über Abgründe, so schrecklich man sich dergleichen nur vorstellen kann; dazu kommen noch sehr viele Wasserfälle, zum mindesten hundert an der Zahl und von allen Arten, die ein Mensch unmöglich ansehen kann, ohne daß ihn Schauder ergreift; auch dem Unerschrockensten wirbelt es im Kopfe, wenn er sieht und hört, wie das Wasser von solcher Höhe herab in die fürchterlichen Wirbel stürzt. Kurzum, das Ganze ist so entsetzlich, daß nur Jemand, der etwas Aehnliches mit eigenen Augen gesehen hat, sich einen Begriff davon machen kann. Ich bin an diesen Stellen vorübergekommen und ich werde mein Leben lang an die Gefahren denken, welche mich dort bedrohten. Es ist aber unmöglich, daß ich eine genaue Vorstellung davon geben kann, und was ich erzähle, bleibt weit hinter der Wirklichkeit zurück." Lussan bemerkt, er habe am Ufer eine große Menge Bananen gefunden; dadurch seien die Freibeuter dem Hungertode entgangen; „denn sehr gutes Wild war allerdings vorhanden, aber das Pulver so naß, daß sie nicht auf die Jagd gehen konnten.“ Den untern Stromlauf schildert er als „sehr gut und die Strömung sanft“ *).

Roberts, der sich einige Monate am Cap aufhielt, sagt: „Der Boden in der Umgegend ist arm, und mit Ausnahme einiger Strecken, wo Cassava gedeiht, unfähig, etwas Anderes hervorzubringen als langes, grobes Gras, das jedoch vom Vieh gefressen wird.“ Die wenigen Bewohner erhalten ihren Bedarf an Bananen, Mais und anderen Lebensmitteln von den weiter stromaufwärts angesiedelten Menschen. Auch Wild ist spärlich vorhanden und es fehlt an gutem Trinkwasser, so daß das Land am Cap Gracias a Dios für eine Ackerbau-Niederlassung sich nicht eignet, sondern eher für Viehzüchter und für den Handel. Der Strom mündet ein wenig nordwärts von der Bay oder dem Hafen, mit welchem er vermittelst eines seichten Canals in Verbindung steht, der für Nachen schiffbar ist. Man könnte ihn ohne viele Mühe in soweit vertiefen, daß kleine Seeschiffe einzulaufen vermöchten; sie würden dann die gefährliche Barre vor dem Strome vermeiden, die nur selten mehr als vier bis fünf Fuß Wasser hat. Bis vierzig oder funfzig Meilen ist das Land, nach Roberts, niedrig, sandig und arm; hin und wieder gewahrt man einige Fichtenbestände und einige Fleckchen fruchtbaren Erdreichs. Es leidet keinen Zweifel, daß der Rio Segovia für die Entwickelung des Landes von großer Bedeutung werden kann.

Zur Südsee fließen aus dem Innern von Honduras drei Ströme von einigem Belang, nämlich der Goascoran, Nacaome und Choluteca; der letztgenannte ist der größte. Er entspringt in dem Lepateriquegebirge, am Anfange der Ebene von Comayagua, fließt östlich, bis er den Meridian von Tegucigalpa erreicht, biegt darauf plötzlich gegen Norden ab, fließt an der genannten Stadt vorbei, be-

*) Journal of a Voyage made into the South Sea by the Bucaniers or Freebooters of America by the Sieur Raveneau de Lussan. London 1704. S. 171. (Lussans Bericht bildet den dritten Theil von Oexmelins Geschichte der Freibeuter. A.)

schreibt einen Bogen, und geht dann nach Süden; nach einem Laufe von einhundertfunfzig Meilen fällt er in die Fonsecabay. Sein Lauf kann erläutern, was weiter oben über die Eigenthümlichkeit der Gebirgsgruppen in Honduras gesagt worden ist. Das Lapaterique-gebirge wird knotig verschlungen und vielfach gleichsam abgebrochen innerhalb der Biegung, welche der Strom hier macht. Dort ist eine der reichsten Mineralgegenden von Central-Amerika, denn die Minen von Yuscuran, San Antonio Mineral, Santa Lucia, San Juan Cantaras und viele andere liegen innerhalb dieser Flußbiegung. Das Thal des Choluteca ist eng bis zu dem Punkte wo es eine südliche Richtung nimmt; dann wird es immer breiter und bildet bis zum Golf ausgedehnte Alluwionen. Inmitten dieser letzteren steht die Stadt Choluteca, einst Xeres de la Frontera; sie ist ein ziemlich bedeutender Ort. Der Yuguare ist ein Zufluß des Choluteca; er zieht durch ein breites Thal, das selbst in Honduras durch Lieblichkeit und fruchtbaren Boden sich auszeichnet. Sogenannte Bongos und andere landesübliche Fahrzeuge von geringem Tiefgang könnten den Choluteca eine beträchtliche Strecke aufwärts schiffen; er ist bis zehn oder zwölf Meilen von der Mündung eine Art von Aestuarium. Am untern Theil seines Laufes sind die Ufer mit Cedern, Mahagony und anderen Bäumen wohl bestanden, und die Hölzer können mit Leichtigkeit verschifft werden. In der Nähe von Corpus und in den Hügeln, welche das Thal einschließen, liegen viele ergiebige Silberminen, und der Strom wird einmal für die Bearbeitung derselben von Wichtigkeit werden.

Während der Choluteca die Gewässer an der Nordseite des Lapateriquegebirges aufnimmt, empfängt der Rio Nacaome jene an der Südseite. Er hat keinen langen Lauf, führt aber eine beträchtliche Wassermenge, fließt reißend und ist für die Schifffahrt nur während der Regenzeit zu benutzen; dann kann man bis zur Stadt Nacaome hinauffahren. Unterhalb dieser letztern fließt er durch Alluwionen; oberhalb bis zur Stadt Pespiri hat er ein breites Thal. Sein bedeutendster Nebenfluß ist der Moramulca.

Der Rio Goascoran entspringt in den niedrigen Hügeln am Anfange der Ebene von Comayagua, und sein Flußthal kann gleichsam als eine Verlängerung derselben betrachtet werden. In denselben Savannen liegen auch die Quellen des Humuya, der nach Norden hin zur Hondurasbay fließt. Der Lauf des Goascoran geht gerade nach Süden; er öffnet, in Verbindung mit dem Humuya, ein großes Querthal, welches die Cordillere völlig durchschneidet und von einem Meere zum andern reicht. Sein Thal besteht aus einer Reihenfolge von Terrassen, die eine größere oder geringere Breite haben; Alluvionen treten erst etwa zehn Meilen von der Fonsecabay auf; dann breitet sich das Land zu einer breiten, fruchtbaren Tiefebene aus. Bei Caridad, wo der Strom aus dem Lepateriquegebirge hervorbricht, ist das Thal eng zusammengedrängt, aber nur auf einer Strecke von einigen hundert Schritten. Die unterste Stadt am Flusse ist Goascoran; oberhalb derselben folgen Aramacina, Saco, Caridad, San Antonio del Norte, Aguanqueterique und San Juan. Die Länge beträgt siebenzig bis achtzig Meilen. In der Regenzeit führt er eine beträchtliche Wassermenge, aber während der trockenen Jahreszeit kann man überall hindurchwaten. Bis nach Goascoran ließe er sich schiffbar machen, wenn die Kunst nachhelfen wollte; an und für sich ist er kein schiffbarer Strom. Vom Meere aufwärts bis zum Rio Pescado, der von Westen her, wenige Meilen unterhalb Caridad, einfließt, bildet der Goascoran die Grenze zwischen den Staaten Honduras und San Salvador. Die eigentliche Bedeutung des Stromes besteht darin, daß er gleichsam ein Anhängsel der Ebene von Comayagua bildet, und die Anlage einer Eisenbahn ermöglicht.

Der Yojoa-See oder Taulebe ist der einzige See von einiger Bedeutung in Honduras; doch wissen wir nichts Näheres über seinen Umfang, da selbst von den Landesbewohnern nichts Zuverlässiges zu erfahren ist. Wahrscheinlich hat dieses vom Gebirge umschlossene Wasserbecken ungefähr fünfundzwanzig Meilen Länge und von 3 bis 8 Meilen Breite. Aus dem Nordende fließt der schmale, aber tiefe Rio Blanco ab, und vereinigt sich an derselben Stelle, wo auch der Humuya mündet, mit dem Ulua. Herr Follin, Consul der Vereinigten Staaten in Omoa, theilte mir mit, daß sich dieser Abfluß sehr wenige Meilen unterhalb der Stelle, wo er aus dem See kommt, unter die Erde verliere, und einige Meilen weit unter derselben fortströme. Ein anderer eigenthümlicher Umstand ist, daß dieser See angeblich außer dem Rio Blanco noch drei andere Abflüsse hat; der eine derselben geht nach Norden in die Santa Barbara, und die beiden anderen fließen südöstlich in den Humuya. So nimmt wenigstens Baily auf seiner Charte von Central-Amerika an. Er hat aber unrecht. Dergleichen Dinge kommen wohl in der Kindheit der Chartographie vor, aber die neuere Zeit weiß von dergleichen Entdeckungen nichts. Wir können dreist annehmen, daß der Yojoasee nur einen einzigen Abfluß habe; wenigstens müßte erst noch bewiesen werden, daß mehrere vorhanden sind. Eine nähere Erforschung dieses Binnenbeckens wäre eine dankbare geographische Aufgabe. Der See scheint eines jener Bassins auszufüllen, auf die ich schon mehrmals als auf eigenthümliche Erscheinungen der Bodengestalt von Honduras hingewiesen habe. Die Gebirgsketten scheinen sich an manchen Stellen gleichsam auf sich selbst zurückgeworfen zu haben, und dann verknotete Gruppen zu bilden, statt den geraden Strich innezuhalten, welchen die meisten Gebirgsketten zu haben pflegen. Am obern Theile des See's scheint das Land vergleichsweise flach zu sein; dort liegen auch mehrere Ortschaften, während die Seitenufer unbewohnt sind. Ich schließe daraus, daß die letzteren rauh und gebirgig sind, wenig fruchtbaren Boden haben, und daß es an geeigneten Stellen zur Anlage von Wohnplätzen fehle.

Sechstes Kapitel.

Buchten, Häfen und Ankerstellen.

Die Fonseca-Bay. Sie heißt auch Golfo de Amapala oder Conchagua und ist unbedingt einer der trefflichsten Häfen oder genauer ausgedrückt „Constellation von Häfen" auf der pacifischen Seite Amerika's. Ihre größte Länge beträgt funfzig, die durchschnittliche Breite dreißig Meilen. Sir Edward Belcher hat 1838 eine Charte entworfen, welche die Eigenthümlichkeiten dieser Bay zur klaren Anschauung bringt. Sie liegt innerhalb des großen Längenthales, welches sich zwischen der vulkanischen Küstenkette und der eigentlichen

Cordillere hinzieht und von Costa Rica bis Guatemala reicht. In San Salvador bildet der Rio Lempa den Abzugscanal für dieses Thal; er bricht plötzlich durch die Küstenkette und fließt in den Stillen Ocean. In Nicaragua hat dieses Thal seinen Repräsentanten am Becken der dortigen Seen, welche den San Juan als Abfluß haben, der gleichfalls plötzlich durch die Cordillere bricht, und dem Atlantischen Weltmeere zuströmt. Zwischen San Salvador und Nicaragua wird es durch die Fonsecabay repräsentirt. Hier hat das Meer die vulkanische Küstenkette durchbrochen, und sich hinter derselben ausgebreitet. Die Fonsecabay verdankt ihr Dasein ohne Zweifel vulkanischen Ursachen, und ist schon in dieser Beziehung von großem Interesse für die Wissenschaft.

Der Eingang vom Meere her ist etwa achtzehn Meilen breit, und liegt zwischen den beiden Vulkanen von Conchagua (3800 Fuß hoch) und dem Coseguina (3000 Fuß). Beide stehen gleichsam als riesige Warten da und bilden weithin sichtbare Landmarken für den Seefahrer. Auf einer schrägen Linie erheben sich im nordwestlichen Theile dieser Einfahrt die Inseln Conchaguita und Manguera; südöstlich von ihnen liegt eine Gruppe hoher Felsen, die Farallones. Auf diese Weise hat die Bay Schutz vor dem Wogendrange des Oceans, und die Einfahrt vier verschiedene Canäle, die sämmtlich tief genug sind, um auch den größten Schiffen den Zugang zu erlauben. Conchaguita erhebt sich bis zu 1500, Manguera bis zu 1200 Fuß; beide Inseln waren ehemals von Indianern bewohnt, die aber nach dem Festlande hinübergingen, um vor den Bedrückungen der Freibeuter Zuflucht zu suchen. Diese Eilande gehören zu San Salvador.

An die Fonsecabay stoßen drei Staaten: San Salvador, Nicaragua und Honduras; der größere Theil des Gestades gehört dem letztern an. La Union, in der kleinen gleichnamigen Bucht, ist der Haupthafen von San Salvador; Nicaragua hat einen sogenannten Hafen am Estero Real, jener breiten Flußmündung, welche in der Richtung nach dem Maraguasee hin tief ins Land eindringt. Honduras besitzt den Freihafen Amapala auf der Insel Tigre, welche in der Mitte der Bay liegt und gleichsam dieselbe beherrscht. Die Nebenbucht von La Union hat von Punta Sacate bis zu ihrem innersten

Anfange etwa acht Meilen Länge und ist vier Meilen breit. Die nördliche Hälfte hat seichtes Wasser und der Ankergrund wird alljährlich mehr eingeengt durch den Sand, welchen die dort mündenden Ströme Goascoran und Sirama hineinführen. Zwei andere Nebenbuchten sind: 1) Die von Chismuyo, nördlich von der Insel Sacate Grande; sie nimmt den Rio Nacaome auf; 2) die Bahia de San Lorenzo, ein hübscher Wasserspiegel östlich von der genannten Insel. Am innern Ende dieser Bay liegt der sogenannte Hafen San Lorenzo, der aber eigentlich ein Zubehör des Hafens von Amapala ist. Das bedeutendste Aestuarium der Bay, der Estero Real, dringt, wie schon gesagt, tief nach Nicaragua hinein, bis hinter den Vulkan El Viejo; etwa funfzig Meilen weit, wenn man die Krümmungen mitrechnet. Er hat eine mittlere Breite von zweihundert Schritten, und bis auf dreißig Meilen von der Mündung aufwärts eine Tiefe von nicht weniger als drei Faden. So hoch ist 1838 Sir Edward Belcher mit dem Schiffe Starling hinaufgefahren, das einen Tiefgang von zehn Fuß hatte, und es wäre ihm, sagt er, möglich gewesen noch höher hinaufzugelangen, wenn der Wind es damals erlaubt hätte. Dieses Aestuarium nähert sich bis auf zwanzig oder fünfundzwanzig Meilen dem Managuasee, von welchem es durch die Conejoebene getrennt ist.

Wir kommen zu den Inseln in der Bay von Fonseca. Sacate Grande, Tigre, Gueguensi und Espoeseion gehören zu Honduras; Punta Sacate, Martin Perez, Conchaguita und Manguera oder Mianguera zu San Salvador.

Sacate Grande ist das größte Eiland und, gleich den übrigen, vulkanischen Ursprungs; sieben Meilen lang, vier Meilen breit. Die südliche Hälfte steigt in einer Anzahl von Kegelbergen bis zur Höhe von 2000 Fuß empor; die Abdachung nach Norden hin ist sanft, und läuft in einen sehr fruchtbaren Alluvialboden aus. Auf dieser Seite ist die Insel dicht bewaldet, namentlich mit Cedern, Mahagony und anderen werthvollen Hölzern. Die Kegelberge und ihre südlichen Abhänge sind mit Gras bewachsen, das die Indianer Sacate nennen; daher der Name. Dort ist vortreffliche Weide und manchmal sollen zugleich viertausend Häupter Hornvieh Nahrung gefunden haben. Der Nordabhang hat fast das ganze Jahr hindurch, und wenn trockene Zeit einfällt, fließendes Wasser. Sobald dasselbe fehlt, gräbt man durch die obere Lavakruste, unter welcher dann, wie das überhaupt in vulkanischen Gegenden nicht selten ist, laufendes Wasser vorkommt. Die grasbedeckten Gipfel auf Sacate Grande wie auf den übrigen Inseln sind außerordentlich schön und lieblich. Zu Anfang der Regenzeit bekleiden sie sich mit dem zarten, durchsichtigen Grün des Frühlingsgrases, das immer dicker und dunkler wird je weiter die Jahreszeit vorrückt. Dann bildet das Ganze eine Matte von Smaragd. Nachdem die trockene Jahreszeit eingetreten, wird das Gras allmälig dürr und glänzend gelb, so daß die Eilande wie mit goldenem Getreide überzogen erscheinen. Nun kommt der Viehhirt, der Vaquero, mit der Brandfackel und zündet das Gras an; die Flamme greift rasch um sich, verzehrt Alles und reinigt den Boden, damit ihm bald wieder das zarte Gras entsprießen könne. Inzwischen ist der Boden braun und purpurroth.

Gueguensi kann als ein Zubehör von Sacate Grande betrachtet werden; es ist von dem letztern nur durch einen schmalen, seichten Canal getrennt. Auf diesem Eilande erhebt sich nur ein Berg, der aber sehr schön und regelmäßig ist; das Uebrige ist flache, fruchtbare Savanne, und geeignet für den Anbau von Reis, Zucker und Baumwolle. An der Küste zieht sich ein Streifen von Mangrove hin, woraus ein oberflächlicher Beobachter auf niedrigen, sumpfigen Boden schließen könnte.

Tigre ist durch seine Lage die wichtigste Insel in der Bay. Sie hat ungefähr zwanzig Meilen im Umfange, und steigt vollkommen kegelförmig bis zu einer Höhe von 2500 Fuß empor. Die unteren Abhänge sind sanft und gestatten Ackerbau. An der Süd- und Ostküste bilden Lavablöcke eine von zehn bis achtzig Fuß hohe Barriere gegen die Meereswogen; im Norden und Osten dagegen sind Playas, flache, sandige Uferstellen. An einer solchen liegt der Hafen Amapala. Dort ist das Wasser tief, der Ankergrund gut, und Schiffe von gewöhnlicher Trächtigkeit können auf Kabellänge vom Ufer liegen. Diese Insel war ein Lieblingsplatz der Flibustier, und namentlich hatte Drake während seiner Streifzüge in der Südsee dort sein Depot. Zu jener Zeit lagen auf Tigre wie auf Sacate Grande mehrere Indianerortschaften. Aber die Bewohner flüchteten, wie schon bemerkt, auf das Festland hinüber, und seitdem war Tigre bis zum Jahre 1838 so gut wie unbewohnt. Damals bemühten sich unternehmende Kaufleute auf Veranlassung des sardinischen Handelsmannes Dardano, dort einen Freihafen zu gründen; die Regierung von Honduras gab die erforderliche Genehmigung und so entstand Amapala. Seitdem ist die Bevölkerung rasch angewachsen, die Insel ist zu einem wichtigen Punkte geworden und erhebt sich gewiß im Fortgange der Zeit einmal zum wichtigsten Hafen am Großen Ocean zwischen San Francisco und Valparaiso. Das Klima ist, wegen des günstigen Luftzuges, gesund, die Berge liegen ganz in der Nähe und sumpfige Niederungen sind nicht vorhanden. Von Amapala aus kann man die Märkte der drei obengenannten Staaten leicht erreichen, der Hafen ist von der See her leichter zugängig als irgend ein anderer in der Bucht, und in der Nähe können auch die größten Linienschiffe sicher ankern. Gegenwärtig mag Amapala etwa eintausend Seelen haben; mehrere Großhändler haben sich dort niedergelassen, Waarenspeicher gebaut und auch bequeme Wohnhäuser sind vorhanden. Amapala steht schon jetzt in directem Handelsverkehr mit Bremen, Liverpool, Marseille, Genua, Neuyork und Valparaiso; es exportirt Indigo, Häute, Tabak, edles Metall, Silber- und Kupfererz und Brasilholz; auch nach den Häfen an der benachbarten Küste etwas Mais. Auf dem Festlande hat man den Anfang mit dem Zuckerbau gemacht, um den californischen Markt zu versorgen.

Dem Hafenplatz Amapala gegenüber, nordwestlich von Tigre, liegt die Insel Esposescion. Sie ist hoch, hat an der Südseite eine ausgedehnte Playa (flaches Gestade), aber Mangel an Wasser. Doch ließe sich diesem Uebelstande abhelfen, wenn man Brunnen grübe, und dasselbe gilt für Sacate Grande. Die kleine Insel Martin Perez ist verhältnißmäßig niedrig und flach, hat aber sehr fruchtbares Erdreich, und behält den größten Theil des Jahres hindurch grünes Gras, auch dann, wenn die übrigen schon einen gelben Ueberzug haben. Die vielen anderen Inseln kann man als vulkanische Kuppeln bezeichnen; sie haben gerade Erdreich genug, um etwas Gras zu erzeugen, welches die Felsen mit Grün bekleidet.

Die Bay ist sehr reich an Fischen; an allen Gestaden leben Wasservögel in großer Menge; man findet den Kranich, Reiher Pelikan, Ibis, die Löffelgans, Enten, Strandläufer, Schlangenhalsvögel und viele andere. Austernbänke sind besonders häufig in den Buchten von La Union und Chismuyo, und ihr Vorrath scheint unerschöpflich zu sein. Am Gestade liegen hohe Haufen von Schalen, und man sieht daraus, daß die Eingeborenen diese Vorrathskammer zu benutzen verstanden. Diese Austern haben etwa die Größe jener, die man bei Neuyork findet. Auch Krabben und Krebse sind häufig.

Die ganze Gegend an der Bay ist ungemein fruchtbar, und insbesondere vermag das Land an Choluteca, Nacaome und Goascoran alle tropischen Erzeugnisse zu liefern. Die weiter nach innen liegenden, vergleichsweise niedrigen Savannen eignen sich trefflich zur Viehzucht; Weizen, Kartoffeln und andere Producte der gemäßigten Zone können an den Gebirgsabhängen und auf den Hochebenen im Binnenlande gebaut werden. Werthvolle Hölzer zur Ausfuhr, namentlich auch zum Häuser- und Schiffsbau, insbesondere Fichten, sind an allen Küsten der Bay in unerschöpflicher Menge vorhanden, und können auch aus dem Innern bis ins Meer hinab geflößt werden. Auf den Flüssen können Boote eine beträchtliche Strecke landeinwärts fahren, und bis in die Nähe der metallreichen Ausläufer der Cordillere gelangen. Die Silber und Gold führenden Districte von Tabanco im Departement San Miguel, Staat San Salvador, die Silbergruben von Aramacina und San Martyn und die berühmte Mine von Corpus, sie alle sind nur zehn bis zwanzig Meilen von der Bay entfernt. Kalk liegt in großer Menge am schiffbaren Estero de Cubulero, und ein feiner, rosenfarbiger Sandstein wird am Nacaome, unweit der gleichnamigen Stadt gefunden. Die Bay wird auch nothwendig Depot für die Ausbeute der ergiebigen Kohlenlager im Thale des Rio Lempa werden. Auch am Rio Sirama und am Choluteca sollen Kohlen liegen, doch weiß man darüber noch nichts Genaues.

Die Fonsecabay ist aber noch in anderer Beziehung von hervorragender Wichtigkeit. Sie hat nicht nur herrliche Häfen, sondern bietet auch alle möglichen Vortheile und Hilfsmittel dar für den Bau und die Ausbesserung von Schiffen; der Seefahrer kann sich in ihr mit Vorräthen aller Art versorgen, und von ihr aus ist der Localverkehr zwischen San Salvador, Honduras und Nicaragua ungemein leicht und bequem. Ferner hat sie nicht blos in geographischer und commercieller Hinsicht eine sehr bedeutende Lage, sondern auch in politischer Beziehung. An ihr wird die wichtige Schienenstraße, welche beide Continente verbindet, ihren pacifischen Anfangs-, respective Endpunkt haben. Ich wiederhole hier ausdrücklich was ich der Regierung der Vereinigten Staaten schrieb, als ich Vertreter derselben in Central-Amerika war: „Die Bay von Fonseca ist in jeder Beziehung der wichtigste Punkt an der pacifischen Küste Amerika's, und von der Natur so hoch begünstigt, daß sie nothwendig einst das große Handelsemporium und der Hauptmittelpunkt für die commerciellen Unternehmungen auf dieser Seite des Continents werden muß." Diese Ansicht sprach ich aus, lange bevor noch an eine interoceanische Eisenbahn durch Honduras gedacht und die Möglichkeit einer solchen geahnt oder der Plan entworfen worden war.

Am Atlantischen Ocean sind Puerto Caballos, Omoa und Truxillo die wichtigsten Seeplätze in Honduras.

Puerto Caballos. Es war die erste Hafenstadt welche die Spanier an der Nordküste gründeten, in 15 Grad 49 Minuten N. Br. 87 Grad 57 Minuten W. L. Cortez wählte diesen Punkt für eine Ansiedelung aus, um ihn zum großen Entrepot von Neu-Spanien zu erheben, und nannte ihn Natividad. Fast zwei Jahrhunderte lang war hier die Hauptniederlassung an dieser ganzen Küste; sie wurde dann aber einige Meilen westwärts verlegt, weil die weite Bucht an welcher sie lag, nicht gegen die Buccaniere vertheidigt werden konnte, während ein einziges Fort hinreichte, den kleinern Hafen von Omoa zu schützen.

Die Bucht von Puerto Caballos hat neun Meilen im Umfange, und in reichlich zwei Drittheilen ihres Flächengehaltes von vier bis zu zwölf Faden Wasser bei gutem Ankergrunde. Nach Norden hin ist die Tiefe am beträchtlichsten; wenn Docks von sechzig Fuß Länge vorhanden sind, können die größten Seedampfer einfahren, und Waaren und Reisende leichter landen und einnehmen als selbst in den Docks von Neuyork; denn in diesem Theile der Bay von Honduras sind

Ebbe und Fluth kaum bemerkbar. Mit dem Hafen oder der Bay steht eine große Salzwasser-Lagune in Verbindung; sie ist zwei Meilen lang, eine Viertelmeile breit und ebenso tief wie der Hafen. Die vorherrschenden Winde an der Nordküste von Honduras sind N. O., N. und N. W., aber vor allen dreien ist der Hafen vollkommen geschützt. West- und Südwestwinde kommen äußerst selten vor, und vor ihnen ist der Hafen durch hohe Hügel und Gebirge gesichert, welche sich in jener Richtung erheben.

Omoa. Dieser Hafen liegt in 15 Grad 47 Minuten N. Br. 88 Grad 3 Minuten W. L., ist klein aber sicher, und wird durch ein starkes Werk, El Castillo de San Fernando, vertheidigt. Ankergrund, in zwei bis sechs Faden Wasser, ist gut. Die Stadt liegt etwa eine Viertelmeile weit von der Küste entfernt und hat funfzehnhundert bis zweitausend Einwohner; sie liegt auf ebenem Boden, aber gleich hinter ihr erhebt sich eine hohe Gebirgskette, die bei Puerto Caballos beginnt, nach Westen hin streicht, und mit der Sierra Madre im Departement Gracias sich vereinigt. In der Umgegend von Omoa kann deshalb nur wenig Ackerbau getrieben werden; die Stadt erhält ihren Bedarf an Früchten von den Indianern, welche bei Puerto Caballos wohnen, und aus Cheloma und San Pedro in der Ebene von Sula. Von Omoa aus werden die Binnenplätze Gracias, Santa Barbara, Comayagua und Tegucigalpa mit Kaufmannsgütern versorgt; diese Städte halten dort Agenturen. Manche in Omoa ausgeschiffte Güter finden Absatz bis nach Guatemala und San Salvador hinein. Omoa ist für einen beträchtlichen Theil des Hinterlandes Ausfuhrhafen. Die Exportartikel bestehen in edlen Metallen, Mahagony, Häuten, Tabak, Indigo, Sassaparille und anderen Landeserzeugnissen; der jährliche Betrag ist, aus Mangel an amtlichen Documenten, unbekannt. Nach Balize wird viel Vieh verschifft, das dort theils geschlachtet, theils in den Wäldern zum Transport des Mahagonyholzes benutzt wird.

Coggeshall bemerkt in seiner Reisebeschreibung, 1852, Folgendes: „Der Hafen Omoa's wird von einer kleinen Bucht gebildet; eine niedrige Sandzunge erstreckt sich etwa anderthalb Meilen weit nach Norden; sie ist mit Mangrovebäumen und Gebüsch bewachsen, die gegen den Nordwind schützen. Das Fort oder Castell erhebt sich im

Vordergrunde der Bay, wo bei einem Wasserstande von vier bis sechzehn Faden sich der beste Ankergrund befindet. Näher der Küste zu wird das Wasser seichter, und man kann nach Belieben seine Ankertiefe wählen. Kurz es ist ein bequemer, sicherer Hafen. Das Castell ist groß und, wie die meisten von den Spaniern aufgeführten Festungswerke, sehr stark; zur spanischen Zeit waren die Gefangenen dort eingekerkert. Die Stadt hat jetzt nur etwa zweihundert meist sehr ärmliche Häuser; die Einwohner sind schlichte, rechtliche Leute, die mit den Fremden, welche dorthin kommen, in freundlichem Verkehr stehen.

Omoa erhält wegen seiner offenen Lage den vollen Passatwind, und kann daher im Allgemeinen für einen kühlen, gesunden Ort gelten; er ist auch nur selten von den Epidemien heimgesucht worden, welche auf den caraibischen Inseln und in den Hafenplätzen des mexicanischen Meerbusens so große Verheerungen anrichten. Diese Gunst hat er wohl zu nicht geringem Theil dem Umstande zu verdanken, daß das Gebirge so nahe liegt, und sumpfige Niederungen durchaus fehlen. Die Zufuhr von Fischen, Schildkröten und wildem Geflügel aus der Umgegend ist beträchtlich.

Truxillo. Dieser alte Hafen liegt auf 15 Grad 55 Minuten N. Br. 86 W. L. an der westlichen Seite einer schönen Bay, welche vom Cap Honduras oder der Castilla-Landspitze gebildet wird. Young schätzte die Einwohnerzahl 1842 auf zweitausendfünfhundert Seelen; davon waren etwa eintausend Weiße und Ladinos, die übrigen alle Caraiben. Diese letzteren schildert er als hoch- und kräftiggewachsene, abgehärtete und arbeitsame Menschen. Truxillo steht in lebhaftem Handelsverkehr mit Olancho, und bildet den Seehafen für dieses Departement. Die Ausfuhrartikel sind dieselben wie jene von Omoa, nämlich Häute, Sassaparille, Indigo, Cochenille, Kupfer und Silber.

G. W. Montgomery, welcher im Auftrage der Washingtoner Regierung Central-Amerika besuchte, entwirft 1838 folgende Schilderung: „Truxillo liegt hart an der See, am Fuße eines hohen mit Bäumen bestandenen Berges, dessen Vegetation bis zum Wasserspiegel hinabreicht. Der Platz liegt vereinsamt, hat ein veraltetes Ansehen, und die wenigen Häuser, welche überhaupt vorhanden sind, verfallen. In früheren Zeiten war er sowohl in militairischer wie in commercieller

Hinsicht von einiger Bedeutung. Die Trümmer der Casernen, in welchen eine ziemlich starke Besatzung lag, sind noch sichtbar. Truxillo trieb blühenden Handel mit Spanien, und tauschte Fabrikate gegen Landesproducte ein; von diesen letzteren exportirte es besonders Mahagony, Cedern und andere Hölzer, Sassaparille, Häute und Talg. Auch einige Goldgruben liegen in der Nähe, und bei angemessenem Betrieb würden sie Nutzen bringen. Aber schon seit langer Zeit geht es bergab mit dieser Stadt, und sie wird gewiß nur langsam wieder emporkommen. Sie hat nur noch ungefähr tausend Einwohner; früher zählte sie doppelt oder dreimal so viel. Die Haupt- oder genauer gesagt einzige Straße, denn die übrigen verdienen diesen Namen nicht, reicht von einem Ende der Stadt bis zum andern und ist gepflastert. Die meisten Häuser haben nur ein Erdgeschoß, sehen verfallen aus, auf der Straße wächst Gras und das Ganze macht einen trüben Eindruck. Dabei ist die Lage höchst romantisch; rings erheben sich Berghöhen, und Truxillo ist von einer üppigen Vegetation umgeben, deren der Mensch nicht Meister werden kann. In der ganzen Umgegend ist kaum ein freier Fleck, nur hie und da gewahrt man einigen Anbau, und dort wachsen Bananen, Yucca und Mais. Das Hornvieh findet in den Waldungen üppige Weide und giebt gute Milch; der Boden ist fruchtbar, und lohnt reichlich die geringe Mühe, welche die Menschen auf ihn verwenden. Während meines Aufenthalts in Truxillo unternahm ich in Begleitung des Schiffscapitains einen Ausflug in die Wälder. Aus denselben kommt ein Bach, der sich bei der Stadt ins Meer ergießt. Wir beschlossen ihm entlang landeinwärts zu gehen, und nahmen Jeder einen Stab zur Hand, um uns im Nothfalle der Schlangen zu erwehren, denn man hatte uns erzählt, daß dergleichen Gethier in ungeheurer Menge vorhanden sei. Ich fand die Scenerie wunderbar schön; die Bäume waren mächtig stark und hoch und manche standen in voller Blüthe. Ich hatte nie zuvor etwas so Herrliches gesehen. Da standen Tamarinden, wilde Limonien, mit Früchten beladen, und Sassafras, Mahagony und viele andere mir unbekannte Bäume, auch eine Menge von Gewächsen, welchen der Pflanzenkundige großes Interesse abgewinnen würde. Papageien, Pelikane und viele andere Vögel mit buntem Gefieder flogen umher, und in dem klaren Wasser tummelten sich Fische. An manchen Stellen rauschte der Bach schäumend über Felsen und floß in engem Bette, dann glitt er wieder still dahin. An einem Punkte bildete er eine kühle und tiefe Bucht, wo das krystallklare Wasser von überhängenden Baumzweigen beschattet war. Ueber dem Walde lagerte tiefe Einsamkeit und das Ganze machte einen bezaubernden Eindruck. Ein angenehmer Wind hatte die Mücken vertrieben, und uns begegnete weder eine Schlange noch sonst ein gefährliches Thier."

Puerto Sal ist ein kleiner Hafen, der wenige Meilen ostwärts von Puerto Caballos liegt, er hat aber für größere Schiffe nicht genug Tiefe. Nordwärts von dem Punkte wo der Hafen eingeschlossen ist, liegen einige Felsen, die Bischöfe genannt; unter dem Lee derselben ist guter Ankergrund.

Triunfo de la Cruz ist eine große Bucht, welche bei Puerto Sal beginnt, von dort eine Einbiegung nach Süden macht, eine Küstenentwickelung von etwa zwanzig Meilen hat, und am Cabo Triunfo endigt. Sie ist gegen Wind sehr wohl geschützt, und bietet für Schiffe jeder Trächtigkeit guten Ankergrund.

Außer diesen Häfen liegen an der Nordküste von Honduras noch manche andere Punkte, wo Schiffe unter günstigen Verhältnissen ankern können. Sichere Rheden mit festem Ankergrund, außer zur Zeit der Nordwinde, finden wir vor den Mündungen des Chamelicon, Ulua, Lean, Black River, Patuca und vor der Carataska-Lagune. Die Inseln Roatan und Guanaja haben ausgezeichnete Häfen, und auch auf der Südseite von Utilla liegt ein guter Hafen. Diese Eilande sind von Cayes und Korallenriffen umzogen, und Schiffe können nur einlaufen, wenn sie einen guten Lootsen am Bord haben.

Amapala auf der Insel Tigre im Golf von Fonseca ist der einzige Hafen, welchen Honduras am Stillen Ocean besitzt, der sogenannte Hafen La Paz am festen Lande ist lediglich eine Zollstätte.

Siebentes Kapitel.

Die Inseln vor der Küste von Honduras.

Im Norden des festen Landes von Honduras, in der gleichnamigen Bay, liegt, beinahe parallel mit der Küste und dreißig bis funfzig Meilen von derselben entfernt, eine Inselgruppe. Sie besteht aus Roatan (Ruatan, Rattan), Guanajo oder Bonacea, Utilla, Barbaretta und Morat. Dazu kommen noch viele kleine Koralleninseln, sogenannte Cayes. Jene Eilande haben fruchtbaren Boden, gutes Klima, eine vortheilhafte Lage, einige sehr gute Häfen, und sind in jeder Beziehung werthvoll..

Roatan, die größte derselben ist, etwa dreißig Meilen lang, und bis zu neun Meilen breit. Alcedo erklärt sie für den Schlüssel der Bay von Honduras und für einen Mittelpunkt des Handels mit den benachbarten Ländern. Mac Gregor bemerkt: „Diese Insel hat einen herrlichen Hafen, der leicht vertheidigt werden kann; sie eignet sich vortrefflich für den Anbau von Baumwolle, Kaffee und anderen tropischen Producten.“ Und der englische Capitain Mitchell, der 1850 schrieb, fügt hinzu: „Die örtliche Lage der Insel ist in commercieller und wohl auch in politischer Hinsicht von großer Bedeutung. Sie allein hat gute Häfen an dieser ausgedehnten und gefährlichen Küste. Wegen ihrer geringen Entfernung von Central-Amerika und insbesondere von Honduras scheint sie zu einem Niederlagspunkte für englische Waaren sich zu eignen, die einen guten Absatz finden würden, selbst den Zöllen zum Trotz, mit welchen sie belegt worden sind.“ (Also Schleichhandel.) Ein anderer englischer Schriftsteller, Wright in seiner Schrift über das Mosquito-Gebiet, äußert: „Roatan und Bonaeca sind wegen ihrer vortrefflichen Häfen, wegen des fruchtbaren Bodens, der gesunden Luft, des Reichthums an Schlachtvieh, Fischen und Früchten, dazu noch wegen ihrer gebietenden Lage in jenen Theilen der Welt sprüchwörtlich bekannt als Gärten von Westindien, als Schlüssel zu Westindien und als ein Neu-Gibraltar. Ihre natürliche Lage ist ungemein stark; durch Nachhilfe der Kunst können sie uneinnehmbar gemacht und von einer geringen Besatzung vertheidigt werden." Strangeways hebt hervor, daß man auf den Bayinseln eine große Menge Cocosnüsse finde, wilde Feigen und wohlschmeckende Beeren. In den Wäldern stehen weiße Eichen, und Fichten, welche Masten für Kauffahrteischiffe liefern. Hirsche, wilde Schweine und Hasen schwärmen in Menge umher. Der Ostwind herrscht vor und kühlt die Luft; vortreffliches Trinkwasser ist in reichlicher Fülle vorhanden. Young schildert Roatan als eine herrliche Insel, die ewig, vom Meeresstrande bis zu den Berggipfeln, mit Grün bedeckt ist; sie hat viele Gärten mit Cocospalmen und manche Kaffeeplantagen, die guten Ertrag geben, obwohl sie vernachlässigt worden sind.

Am ausführlichsten ist Capitain Mitchells Bericht. Er hebt hervor, daß die ganze Insel sich für den Anbau eigene, und bemerkt weiter: „Kalkstein bildet die Hauptformation, auch Sandstein und Quarz kommen vor, und in den niederen Theilen viele Korallen. Die Insel scheint ihre Entstehung einem vulkanischen Ausbruche zu verdanken, und die niedrigen Lagen scheinen später durch oceanische Thätigkeit aufgeschwemmt zu sein. Auf die Korallenformation ist Sand gespült worden; über diesem lagern zersetzte vegetabilische Stoffe und Samen, welche vom Wasser herbeigetrieben oder von Vögeln dorthin getragen worden sind. So hat sich im Fortgange der Zeit ein fruchtbares Erdreich gebildet; dann sind Menschen gekommen und haben Wohnungen gebaut. Diese Bemerkungen gelten von den tiefer liegenden Gegenden. Ich habe nicht gehört, daß Mineralien auf der Insel gefunden worden sind.

Roatan gewährt von der See her einen eigenthümlichen, schönen Anblick. Die Höhen erheben sich stufenweise bis zu neunhundert Fuß; sie bilden Terrassen, die von einander durch dichtbewaldete Thäler getrennt sind. Sobald man nahe kommt gewahrt man Palmen und Cocosbäume, welche das Gestade im Halbkreise einfassen; auf den höheren Hügeln wachsen Waldbäume verschiedener Art. Namentlich auf der Südseite gewährt die Landschaft einen höchst malerischen Anblick. In den Thälern bilden alluviale Ablagerungen und zersetzte vegetabilische Stoffe eine äußerst fruchtbare Dammerde. Auf den Bergen und am Abhange derselben ist ein rother Thon oder Mergel vorherrschend. Nutzhölzer wachsen in Menge, zum Beispiel Santa

Mariaholz, das beim Schiffbau verwendet wird, drei verschiedene Arten von Eichen, Cedern, spanische Ulmen und andere; an den Küsten sind Haine von Cocospalmen. Der Samen derselben ist wahrscheinlich vom Meere hier angetrieben worden, und ist auf der niedrigen, sandigen Küste trefflich gediehen. Die Insel liefert gegenwärtig eine große Menge von Cocosnüssen, Yams, Bananen, Ananas und anderen tropischen Früchten; ich bin überzeugt, daß auch der Brotfruchtbaum, Gemüse und andere Producte gemäßigter Regionen gedeihen würden; nicht minder Zucker, Kaffee und Tabak, an denen man werthvolle Ausfuhrartikel haben könnte. Wild verschiedener Art war früher in Menge vorhanden; gegenwärtig werden viele Hühner und Schweine gezüchtet; auch das Hornvieh würde gedeihen, bis jetzt aber haben die Einwohner dasselbe vernachlässigt; sie besorgen, daß es ihren Anpflanzungen Schaden zufügen könnte. Es scheint als ob in alter Zeit einmal Roatan eine zahlreiche indianische Bevölkerung gehabt habe. Man findet beim Anlegen von Pflanzungen sehr oft Haus- und Kochgeräthschaften. Eine Ueberlieferung will wissen, daß die Spanier bald nach der Entdeckung die Eingeborenen völlig ausgerottet oder nach dem Festlande hinübergeführt haben, wo sie dann als Sclaven in den Bergwerken arbeiten mußten.

In den Wintermonaten von September bis Februar fällt viel Regen. Dadurch wird die Luft weit mehr abgekühlt als in anderen Theilen von Westindien, und die Winde mäßigen den Einfluß der Sonnenstrahlen. Wenn die Bewohner sich vor dem Einflusse der Feuchtigkeit und der Nebeldünste sichern können, so muß das Klima nicht nur ungemein angenehm, sondern auch sehr gesund sein. Die trockenen Monate sind wärmer, doch klagen die Eingeborenen nicht über Hitze und diese trockene Jahreszeit ist die gesundeste. Wir sind seit Januar hier und haben einen mittlern Thermometerstand von 80 Grad F. gehabt. Rheumatismus kommt häufig vor, auch eine Art von Wechselfieber. Dieses letztere rührt wohl hauptsächlich daher, daß das Land nicht genug urbar gemacht worden und eine üppige sich zersetzende Vegetation vorhanden ist. Aber so weit ich in Folge meiner allerdings beschränkten Beobachtung urtheilen kann, muß das Klima nicht blos für Solche gesund sein, die in warmen Gegenden geboren worden sind, sondern auch für Europäer. Bei gehöriger Vorsicht werden die letzteren nicht allein gesund bleiben, sondern können es auch bis zu einem hohen Alter bringen.

Roatan hatte 1843 erst achtzig Bewohner; gegenwärtig ist die Zahl derselben auf etwa siebenzehnhundert gestiegen. Sie ist in stetem Anwachsen und auf einen Sterbefall kommen drei Geburten. Die jungen Leute heirathen früh, weil es an Mitteln zum Lebensunterhalt nicht fehlt, und manches Elternpaar hat neun bis zehn Kinder. Die Hauptnahrung besteht aus Pflanzenkost und Fischen, und sie scheint die Vermehrung der Bevölkerung zu begünstigen. Die Leute wohnen an verschiedenen Theilen der Küste verstreut umher, weil sie dort ein bequemeres Fortkommen finden als im Innern. Sie errichten unweit vom Meeresufer Wohnungen unter Palmen und Bananenbäumen und ihre kleinen Fahrzeuge und Fischerboote liegen in geschützten Buchten. Die meisten Häuser stehen in Coxén Hole oder Port M'Donald; dieser Ort hat etwa fünfhundert Einwohner und einen sichern Hafen. Die Wahl dieses Punktes scheint durch einen Zufall bestimmt zu sein, denn es sind manche andere Örtlichkeiten vorhanden, die eine zweckmäßigere Lage haben.

Die Mehrzahl der Bevölkerung besteht aus ehemaligen Sclaven von der Insel Groß Cayman, und einigen Farbigen, die gleichfalls von dort kamen, wo sie Sclaveneigenthümer waren. Diese letzteren befinden sich in einer schlechten Lage; sie waren nicht ans Arbeiten gewöhnt, und wußten nicht was sie anfangen sollten als Andere nicht mehr für sie arbeiten wollten; sie hielten es für schimpflich und herabwürdigend selber Hand anzulegen. Deshalb wanderten sie aus und folgten ihren ehemaligen Sclaven nach Roatan. Diese letzteren sind ein kräftig gebauter Schlag, und in Verhältnissen, die vollkommen ihren Wünschen entsprechen; sie haben mehr als zur Befriedigung aller ihrer Bedürfnisse erforderlich ist.

Auch eine Anzahl von Europäern lebt auf Roatan; Leute, die vorher schon viel und mancherlei in anderen Gegenden versucht und mit dem harten Schicksal manchen Kampf bestanden hatten. Sie üben auf die Schwarzen und die Farbigen großen Einfluß. Die überwiegende Mehrzahl der Roataner ist, wie schon gesagt, thätig und kräftig;

sie ist auch keinerlei Excessen ergeben. Die Zahl der beiden Geschlechter steht in richtigem Verhältnisse, und man zieht ordentliche Heirathen den wilden Ehen vor. Ueberhaupt findet man bei ihnen weniger Laster als sonst bei dieser Menschenclasse. Sie haben lange ohne irgend welchen äußern Zwang, ohne jegliche Art von Regierung oder Obrigkeit gelebt, und doch sind nur äußerst wenige Verbrechen vorgekommen. Sie besorgen ihre Pflanzungen, fischen und fangen Schildkröten. Jeder ist sein eigener Zimmermann, Maurer, Seiler und Gärtner; sie verfertigen Boote, brennen Kalk, und treiben Handel mit ihren Bananen, Cocosnüssen, Ananas und anderen Landeserzeugnissen, die sie nach Neuorleans verschiffen; von dort bringen sie Bauholz, gesalzenes und geräuchertes Fleisch und allerlei Fabrikwaaren zurück; auch mit Balize und Honduras stehen sie in Handelsverkehr.

Bei sorgfältigem Anbau könnte Roatan wohl zwanzigtausend Einwohner ernähren. Ich habe Coxen Hole oder Port M'Donald und Dixons Cove besucht; in beiden liegen die Schiffe vor allen Winden geschützt; man kann dort ausbessern und hat süßes Wasser in Menge. Insbesondere Dixons Cove ist ein guter Hafen; er liegt sechs Meilen von Port M'Donald, und ist in einiger Hinsicht diesem letztern vorzuziehen; ein Schiff, das zum Beispiel seine Anker verloren hat, kann dreist in den Hafen einlaufen und in dem weichen Schlamm auflaufen. Dort können viele Schiffe zugleich liegen, und Port Royal ist ein so geräumiger Hafen, daß in demselben zwanzig oder dreißig Linienschiffe ankern können; aber die Einfahrt ist schmal und das Land dort nicht besonders fruchtbar. Diese Häfen sind von Korallenriffen eingeschlossen, haben enge Einfahrten, und wer sie nicht kennt muß sich fern halten; doch ist das Fahrwasser leicht zu merken. Zwischen den Riffen sind die fahrbaren Canäle tief; man erkennt sie gleich an ihrem tiefblauen Wasser *).

Im Jahre 1854 liefen von Roatan zweiundzwanzig Schiffe mit Landesproducten nach Neuorleans aus.

---

*) Statistical account and description of the Island of Roatan, by Com. R. C. Mitchell, R. N. United Service Magazine, August 1850.

Guanaja oder Bonacca wurde 1502 von Columbus während seiner vierten Reise entdeckt. Im Jahre 1840 fand durch den britischen Schiffslieutenant Thomas R. Smith eine Aufnahme statt, und der von der Londoner Admiralität veröffentlichten Charte zufolge ist die Insel neun Meilen lang und fünf breit. Sie liegt funfzig Meilen vom Festlande entfernt, funfzehn Meilen nordöstlich von Roatan, mit welchem sie durch eine Kette von Korallenriffen zusammenhängt; diese hat nur einige schmale Durchfahrten. Das Land ist hoch und schon aus weiter Ferne sichtbar. Henderson ankerte in einer kleinen Bucht, die sehr tiefes aber so durchsichtiges Wasser hatte, daß er die Austern und Korallenfelsen auf dem Grunde deutlich zu erkennen vermochte. Dieser Theil der Insel ist äußerst romantisch und baumreich. Roberts landete einem Wasserplatze gegenüber an der Südseite der Insel. Der Strand war oberhalb der Wassermarke dicht mit Cocosbäumen bestanden, und man gewahrte viele Spuren von wilden Schweinen. Die Insel hat manche Hügel von beträchtlicher Höhe; sie sind dicht bewaldet. Es sollen Kalksteinlager und angeblich auch Zink vorhanden sein.

Young, der 1841 bei Bonacca vor einem Sturme Schutz suchte, entwirft folgende Schilderung: „Die Insel ist mit hohen Hügeln bebedeckt, die werthvolle Hölzer liefern, und auf den fruchtbaren Savannen stehen viele fruchttragende Bäume verschiedener Art; am Strande wachsen Cocospalmen, aber auch mitten auf der Insel steht ein großer „Cocosgarten." Auch aus der Ferne gesehen bietet Bonacca einen angenehmen Anblick dar. Es ist zwar klein, könnte aber für die Engländer von Bedeutung werden, wenn sie dort eine Niederlassung gründen wollten. Wilde Schweine, indianische Kaninchen, Tauben und Papageyen sind in Menge vorhanden, Lagunen und Häfen ungemein fischreich, und der Fang ist leicht, wenn man in einem Dory, das heißt einem Boote der Eingeborenen, an den Rand der Korallenriffe fährt. Dort breiten sich die herrlichen Korallenblumen aus, und scheinen, obwohl sie tief auf dem Meeresgrunde stehen, so nahe zu sein, daß man meint, man brauche nur die Hand auszustrecken um sie zu greifen. Auch sieht man Gruppen von Schwämmen, und die Riffe selber tragen oben einen Kranz von Cocospalmen. Krabben und Muscheln sind häufig, und sehr oft gewahrt man eine Art von Iguana, Illischle genannt. Das Klima ist außerordentlich gut, und als die Cholera in Truxillo wüthete, sendete der dortige Commandant viele Kranke nach Bonacca zur Genesung; nur drei derselben starben. So lange die Niederlassung am Black River von den Engländern besetzt war, schickte man die Fieberkranken zur Heilung nach Bonacca, wo sie sich allemal erholten. Wenn man erwägt, daß die Insel so gesund ist, fruchtbaren Boden, Reichthum an Holz und Fischen hat, und überhaupt zu mannigfachen Zwecken geeignet erscheint, so muß es befremden, daß sie nie von den Engländern in Besitz genommen worden ist. Manche Spuren deuten an, daß sie vor Zeiten eine indianische Bevölkerung hatte.

Unfern von Savanna Bight Cay liegt eine hübsche Wiese, auf welcher Fruchtbäume stehen. Dort hat man eine steinerne Mauer gefunden, deren ganze Gestalt und ganzes Aussehen nicht daran zweifeln läßt, daß sie von uncivilisirten Menschen errichtet worden ist. Sie läuft eine Strecke weit in der Höhe von einigen Fuß fort, hat an mehreren Stellen Mauerspalten oder rohe Nischen, welche zur Aufnahme eigenthümlich ausgehauener dreibeiniger Stühle von Stein bestimmt waren. Diese letzteren waren wohl für die Götzen bestimmt. An einigen Stellen erkennt man deutlich, wie aus dem Felsen solche Stühle ausgehauen worden sind; auch findet man viele Gefäße von gebranntem Thon und phantastischen Gestalten, in welchen Flüssigkeiten aufbewahrt wurden; ja man trifft sogar bisweilen zerbrochene englische Töpferwaaren und Eisen. Auf Roatan sind, wie ich höre, dergleichen Beweise für das Vorhandensein einer indianischen Bevölkerung früherer Zeiten noch weit häufiger.

Im April und Mai legen Tausende von Vögeln ihre Eier am südwestlichen Theile des Halbmond-Cay, und bringen somit dem Menschen eine nahrhafte Speise. Cocosbäume sind in so reichlicher Menge vorhanden, daß das Oelpressen sich lohnen würde. Die Bananen sind Hauptnahrungsmittel und kommen vorzüglich fort; auch Cacao, Kaffee, Baumwolle und Tabak würden nach Wunsch gedeihen. Wilde Schweine und Geflügel sind im Ueberfluß vorhanden. Eiland und Cays haben nur einen Nachtheil; auf dem erstern schwärmen Myriaden von Fliegengeschmeiß, und auf den letzteren Moskitos und Sandfliegen. Dieses Ungeziefer schreckt die Menschen zurück; doch würde es sich vermindern, je mehr der Anbau vorschreitet. Vom März bis Juni erscheinen auf den Cays ganze Armeen von sogenannten Soldatenschnecken, welche nach Sonnenaufgang sich in Bewegung setzen und ein unbeschreibliches Geräusch verursachen. Die abgestorbenen Zweige welche am Boden liegen, krachen und brechen unter der Wucht dieser Legionen, welche Alles verzehren was ihnen in den Weg kommt. Uns waren sie sehr lästig, weil wir ihretwegen unsere Hangematten sehr hoch anbringen mußten. Im Allgemeinen ist aber Guanaja eine hübsche Insel.

Helena, Morat und Barbaretta sind kleine Eilande und können als Anhängsel, als abgelös'te Theile von Roatan betrachtet werden, mit dem sie in der That durch Riffe zusammenhängen, die nur einige wenige schmale und verwickelte Durchfahrten darbieten. Henderson erklärt Barbaretta für eine sehr schöne dicht bewaldete Insel, und entwirft eine enthusiastische Schilderung. Im Jahre 1841 war Young dort; er fand einige Spanier vor, welche vom Festlande herübergekommen waren. Einer derselben, Señor Ruiz, zeigte ihm seine ausgedehnte Pflanzung, in welcher auch Getreide, grüne Erbsen, anderes Gemüse und verschiedene Arten Bohnen standen. Er baute Baumwolle und hatte Hunderte von Papayabäumen angepflanzt, mit deren Frucht er sein Geflügel und seine Schweine fütterte. Auch Zuckerrohr baute er, und besaß eine kleine Zuckermühle. Bei Regenwetter ließ er von seinen Leuten Cocosnußöl pressen. Dieser Mann war erst vor drei Jahren nach Barbaretta gekommen mit seiner Frau, einem elfjährigen Sohne, einigen Lebensmitteln, einer Flinte, ein paar Haumessern, etlichen Angelhaken und anderen Kleinigkeiten. Roberts bemerkt, daß es auf der Insel drei oder vier Arten wilder Beeren gebe.

Helena ist noch kleiner als Barbaretta, liegt von demselben vier bis fünf Meilen entfernt, und unweit von der nordöstlichen Spitze Roatans. Young fand dort einen Franzosen im Dienste des Staates Honduras. Er besaß eine Pflanzung und Netze zum Schildkrötenfang. Sein Hauptgeschäft aber bestand im Bereiten von Kalk, der ihm in Omoa zwei bis drei Dollars per Barrel einbrachte.

Achtes Kapitel.

Politische Eintheilung von Honduras. — Die Departements Comayagua, Gracias, Cholnteca, Tegucigalva, Olancho, Yoro und Santa Barbara.

Der Staat Honduras ist in sieben große Departements eingetheilt: die nachstehende Tabelle giebt Namen, Hauptstädte, Flächeninhalt und Volksmenge derselben an. Wir bemerken vorneweg, daß bei Yoro und Olancho die wilden Indianerstämme nicht mit veranschlagt worden sind. Diese beiden Departements bilden die im Allgemeinen noch unbesiedelte Oestliche Hälfte des Staates.

Departements	Hauptstädte	Flächeninhalt	Einwohn.	Auf die Quadratmeile
Comayagua	Comayagua	4800	70,000	14½
Tegucigalpa	Tegucigalpa	1500	60,000	43
Choluteca	Nacaome	2000	50,000	25
Santa Barbara	Santa Barbara	3250	50,000	13⅓
Gracias	Gracias	4050	55,000	13½
Yoro	Yoro	15,000	20,000	1⅓
Olancho	Olancho	11,300	45,000	4
Total	englische Quadratmeilen	39,600	350,000	9

Jedes Departement hat seine Vertretuug auf dem allgemeinen Landescongresse und wird von einem Jefe politico verwaltet, welcher die Centralregierung ernennt. Es zerfällt für Verwaltungs- und Gerichtssachen in Districte.

1. Departement Comayagua.

Districte: Comayagua, Lajamini, Yucusapa, Siguatepeque, Miambar, Aguanqueterique, Goascoran.

Hauptortschaften: Las Piedras oder Villa de la Paz, Villa de San Antonio, Opoteca, Espino, San Antonio del Norte, Goascoran und Caridad.

Dieses Departement nimmt das Centrum von Honduras ein, und in ihm liegt auch die Capitale, die alte Stadt Comayagua. In seiner Bodengestaltung tritt besonders die gleichnamige Ebene hervor, welche schon an einem andern Orte geschildert worden ist; sie hat eine Bevölkerung von etwa 25,000 Einwohnern.

Die Stadt Comayagua hieß ehemals Valladolid und liegt am südlichen Rande der Ebene. Sie wurde 1540 von Alonzo Cáceres gegründet; er hatte den Auftrag, eine passende Stelle, mittewegs zwischen den beiden Oceanen, zur Gründung einer Stadt aussindig zu machen. Gegenwärtig zählt sie 7000 bis 8000 Einwohner; vor 1827 hatte sie deren 18,000, und war mit Denkmälern und Springbrunnen geziert. In jenem Jahre wurde sie von der monarchischen Faction in Guatemala erobert und hat sich seitdem nie wieder recht erholen können. Auf den Charten ist sie zu weit östlich und südlich verzeichnet; sie liegt 14 Grad 28 N. Br. 87 Grad 39 Minuten W. L. und beinahe auf einer geraden Linie, welche man von der Mündung des Ulua bis zu jener des Goascoran zieht. Comayagua ist etwa siebzig Meilen von der Fonsecabay entfernt, hat einen Bischof, eine in spanischem Geschmack ausgezierte Kathedrale und eine Universität, welche in Folge der politischen Unruhen tief gesunken war, bis sie 1849 durch den damaligen Präsidenten Lindo wieder gehoben wurde. Der Handelsverkehr ist unbedeutend, weil seither die Verbindung mit den Küstenplätzen nur schwierig zu bewerkstelligen war; der Platz muß aber in commercieller Beziehung bedeutend werden, sobald einmal Verbindungswege vorhanden und die reichen Hilfsquellen der Umgegend entwickelt sind.

Die Ebene von Comayagua ist am östlichen und westlichen Rande von Gebirgen eingefaßt, die sich bis zu einer Höhe von fünf- bis sechstausend Fuß erheben; sie erfreut sich daher eines kühlen, gleichmäßigen und gesunden Klima's, im Vergleiche zu der Temperatur, welche in den mittleren Staaten der nordamerikanischen Union während des Junimonates herrscht. Hügel und Berge sind mit Fichten bestanden, auf ihren Gipfeln und Abhängen gedeihen Weizen, Kartoffeln und andere Erzeugnisse der gemäßigten Zone, dagegen sind die Producte der Ebene selbst jene der tropischen Gegenden. Der Boden ist ungemein fruchtbar. Kurzum, diese Ebene von Comayagua hat alle Bedingungen, welche erforderlich sind, einer zahlreichen Bevölkerung, welche auch in früheren Zeiten vorhanden war, Wohlstand und Gedeihen zu gewähren. Auf Schritt und Tritt findet man Spuren, welche Zeugnisse ablegen, daß hier einst fleißige Indianer gehauset, und die Städte, welche wir jetzt finden, sind, wenn der Ausdruck erlaubt ist, eine Fortsetzung derjenigen, die schon vor der spanischen Eroberung vorhanden waren. In manchen waltet noch heute die indianische Bevölkerung vor, und Lamani, Tambla, Yarumela, Ajuterique, Lajamini und Cururu haben indianische Namen. Viele indianische Ortschaften wurden gänzlich verlassen, als die Bevölkerung abnahm, und von vielen sind kaum noch Trümmer vorhanden.

Die bedeutendsten Ruinen aus der alten Indianerzeit liegen bei Yarumela, Lajamini und unfern von der in Trümmer gesunkenen Stadt Cururu. Sie bestehen aus großen pyramidenförmigen terrassirten Bauwerken, die oft mit Steinen bekleidet sind, aus kegelförmigen Erdhügeln und Steinmauern. Dort und in der Umgegend findet man Steinschnitzereien und bemalte Vasen von großer Schönheit. Die bedeutendsten Denkmäler, welche genau ihre ursprünglichen Formen bewahrt haben, liegen nicht in der Ebene von Comayagua selbst, sondern in den Seitenthälern und auf den Hochflächen (Mesas, Tafelebenen) der benachbarten Gebirge. Dahin gehören die Ruinen von Calamulla, an der Straße nach der indianischen Bergstadt Guajiquero; jene von Jamalteca in dem kleinen Thale gleiches Namens; die von Maniani im Thale von Espino; von Guasistagua bei dem gleichnamigen kleinen Dorfe; von Chapuluca, in der Nähe von Opoteca, und jene von Chapulistagua in dem großen Thale hinter den Bergen von Comayagua. Ich habe sie alle besucht, aber die ausgedehntesten und merkwürdigsten sind jene von Tenampua. Diese Ruinen von Tenampua werden gewöhnlich als Alte Stadt, Pueblo Viejo, bezeichnet. Sie liegen auf der Fläche eines hohen Hügels, den man füglich als einen Berg bezeichnen könnte, etwa zwanzig Meilen südöstlich von Comayagua, bei dem unbedeutenden Dorfe Lo de Flores, an der nach Tegucigalpa führenden Straße. Die Oberfläche des Hügels ist eine ebene Savanne, auf welcher Fichten verstreut umherstehen; sie liegt etwa sechshundert Fuß höher als Comayagua, und man hat von ihr nach allen Seiten hin eine herrliche Aussicht. Der Hügel besteht aus dem in jener Gegend vorherrschenden weichen, weißen geschichteten Sandstein, und die Abhänge sind, mit Ausnahme dreier Stellen, jäh abstürzend, oder doch so steil, daß sie entweder nur mit großer Mühe oder gar nicht erstiegen werden können. An den zugängigen Punkten, wo der Hügel durch schmale Leisten oder Grate mit anderen Hügeln derselben Gruppe in Verbindung steht, sind Mauern aus rohem Gestein ausgeführt worden; ihre Höhe wechselt von sechs bis funfzehn Fuß, und die Breite an der Grundlage von zehn bis zwanzig Fuß. Diese Mauern haben, zum Zwecke der Vertheidigung, auf der innern Seite Abstufungen. An verschiedenen Stellen gewahrt man noch Spuren von Thürmen oder Wachtgebäuden. Die Dimensionen der Mauer entsprechen dem größern oder geringern Steilabfall des Abhanges, an welchem sie aufgeführt worden sind; am stärksten sind sie da, wo der Zugang am wenigsten Schwierigkeiten verursacht. Wo enge Schluchten oder natürliche Pässe vorhanden waren, hat man die Höhlungen mit Steinen ausgefüllt, so daß diese nach der Außenseite hin einen verticalen Abfall zeigen, welcher der Böschung des Felsens selbst entspricht. Dieser Platz bildet von Natur die stärkste Position, welche ich je gesehen habe, und daß er, zum Theil wenigstens, mit Rücksicht auf Vertheidigung ausgewählt wurde, ist klar, und für die Indianer war er geradezu uneinnehmbar. Im Centrum der Oberfläche befanden sich an einer niedrigen sumpfigen Stelle zwei große viereckige Vertiefungen, welche Aufnahmebecken für das Wasser bildeten; gegenwärtig sind sie theilweise verschüttet.

Aber diese in Trümmer liegenden Vertheidigungswerke sind nicht das Merkwürdigste an den Ruinen von Tenampua. Die ebene Oberfläche des Hügels ist etwa anderthalb Meilen lang und hat eine durchschnittliche Breite von einer halben Meile. Die östliche Hälfte dieser großen Fläche ist mit Ruinen bedeckt; sie bestehen zumeist aus terrassirten Tumuli (Hügeln, Mounds) von Stein, oder sind aus Erde, die mit Steinen bekleidet ist, und haben rechtwinkelige Formen; die Seiten entsprechen den Himmelsgegenden. Die Steine sind zwar unbehauen, aber mit großer Regelmäßigkeit gelegt. Die meisten kleinen Tumuli, welche in Gruppen vorkommen, und dermaßen arrangirt worden sind, daß sie ganz offenbar Beziehung zu einander haben, halten von zwanzig bis dreißig Fuß im Quadrat, und sind vier bis acht Fuß hoch. Keiner hat weniger als zwei Abstufungen, die meisten haben deren drei bis vier. Außer diesen Tumuli sind viele pyramidenartige Bauwerke vorhanden; sie haben eine Länge von sechzig bis hundertundzwanzig Fuß, eine verhältnißmäßige Breite und verschiedene Höhe. Auch sie sind terrassirt, und die Ruinen der noch sichtbaren Stufen liegen auf der Westseite. Auch sind einige rechtwinkelige Einführungen von Stein vorhanden, und mehrere Plattformen und terrassirte Abdachungen.

Der größte von den eingeschlossenen Räumen liegt genau in der Mitte der Ruinen, an einer Stelle, die von allen Punkten der Hügeloberfläche sichtbar ist. Ihre Länge beträgt dreihundert, die Breite hundertundachtzig Fuß; die Mauer ist vierzehn Fuß dick, gegenwärtig aber nur noch einige Fuß hoch. Sie scheint aus einer äußern und einer innern Mauer bestanden zu haben, deren jede zwei Fuß dick war, das Innere hatte man bis auf zwei Fuß Tiefe mit Erde ausgefüllt. In bestimmten Zwischenräumen scheinen Quermauern gestanden zu haben, so daß das Ganze in rechtwinkelige Räume getheilt war, und etwa den Grundmauern und dem Unterbau unserer heutigen Häuser geglichen haben muß. Vielleicht haben auf jenen Mauern hölzerne Gebäude für die Priester und Hüter des großen Tempels gestanden, etwa in der Weise, wie, laut den Chroniken, „die Klöster der Priester und Diener“ den Hofraum des großen Tempels zu Mexico umgaben. Die Linie der Mauer ist nur vom Thor oder Eingang unterbrochen, der sich auf der Westseite befindet, zwischen zwei länglichen abgestuften Tumuli, in welchen die Enden der Mauer auslaufen. Um die Symmetrie der großen Einhegung zu bewahren, hat man an der entgegengesetzten östlichen Mauer einen großen Tumulus aufgeworfen, der gleichfalls terrassirt ist, eine regelmäßige Gestalt hat, und ganz den beiden an der Eingangspforte befindlichen gleicht.

In diesem eingeschlossenen Raume stehen zwei große Tumuli, deren relative Stellung und Größe sich nur durch einen Plan versinnlichen ließe. Der größte hat drei Stufen oder Etagen und die Treppe auf der Westseite. Vom südwestlichen Winkel aus läuft eine Linie großer, in den Boden eingelassener Steine bis zur südlichen Mauer. Die nördliche Linie dieses Tumulus fällt mit einer andern zusammen, die man von Osten nach Westen durch die Mitte des eingehegten Raumes zieht. Zwischen ihm und dem Eingange liegt ein in den Boden eingelassenes Steinquadrat, welches vielleicht den Grundbau eines

Gebäudes bezeichnet. Die zweite Pyramide liegt im nordöstlichen Winkel des Raumes, hat ebenso viele Abstufungen wie die eben beschriebene größere und gleichfalls die Treppe auf der Westseite.

Ganz in der südöstlichen Ecke des Hügels liegt ein anderer eingehegter Raum, der jenem ersten ähnlich ist, und nur in so weit von ihm abweicht, daß er ein Viereck bildet und an jeder Seite in der Mitte einen Eingang hat. Auch er enthält zwei terrassirte Tumuli mit Treppen. Zwischen der großen Einhegung oder dem Centralbau und dem jähen Absturz an der Südseite des Hügels liegt eine Bodenvertiefung oder ein kleines Thal; dasselbe ist auf beiden Seiten terrassirt; die Terrassen sind mit Steinen bekleidet und man steigt auf verschiedenen Treppenfluchten hinauf. Der Haupttumulus jenseit dieser Bodenvertiefung liegt am Rande des Steilabhanges, gerade südlich von dem großen in der Haupteinhegung befindlichen Tumulus, und man hat von ihm herab einen Blick über die ganze südliche Hälfte der Ebene von Comayagua. Dort oben angezündete Feuer würden allen auf jener Strecke wohnenden Leuten sichtbar sein. Mir drängte sich die Ueberzeugung auf, daß man jene Stelle gerade zu dem angegebenen Zweck ausgewählt hat.

An diesen Ruinen finden wir noch manche andere bemerkenswerthe Eigenthümlichkeiten; ich gehe aber nicht auf Einzelheiten ein, weil sie ohne einen genauen Plan sich nicht deutlich versinnlichen lassen. Am meisten fallen zwei lange parallele Tumuli auf; jeder ist hundertvierzig Fuß lang, an der Basis sechsunddreißig Fuß breit, und im Centrum zehn Fuß hoch. Die inneren Seiten beider, die einander gegenüber stehen, scheinen aus drei Terrassen bestanden zu haben, und stiegen empor etwa wie die Sitze eines Amphitheaters. Die unteren Terrassen liegen vierzig Fuß auseinander, und sind mit sehr großen Plattensteinen bekleidet, die nach aufwärts in den Boden gelegt sind, und so eine glatte Front bilden. Die äußeren Seiten dieser Tumuli correspondiren in ihrem Anblick mit den Mauern der großen Einhegung; jeder scheint drei großen Gebäuden zum Grundbau gedient zu haben. Das Ganze ruht auf einer dreihundertsechzig Fuß langen Terrasse. Genau in einer Linie mit dem Centrum des zwischen diesen Parallelen liegenden Raumes, und vierundzwanzig Schritte entfernt, liegen zwei große Steine so dicht neben einander, daß zwischen beiden nur etwa ein Fuß freier Raum bleibt. Ihnen gegenüber nach Norden zu, in einer Entfernung von hundertzwanzig Schritten, steht ein großer Tumulus, der zu den Paralleltumuli eine correspondirende relative Lage hat; seine Treppe befindet sich an der Südseite. Auf diesen Tumuli wie auf vielen anderen stehen hohe etwa zwei Fuß im Durchmesser haltende Fichtenbäume. Ich will nicht versuchen zu erklären, zu welchem Zweck diese Parallelen errichtet worden sind; indessen bedünkt mich, daß sie zu demselben Behufe gebaut worden sind wie die Parallelmauer, welche Stephens zu Chichen Itza und zu Uxmal in Yucatan gefunden hat. Ohne Zweifel wurden auf dem von ihnen begrenzten Raume Spiele, Umgänge und andere bürgerliche oder religiöse Feierlichkeiten und Festlichkeiten veranstaltet, während die Priester und Würdenträger des Staates zu beiden Seiten auf den Terrassen Platz genommen hatten.

Schon die Gestalt der verschiedenen Erdaufwürfe, Tumuli, schließt die Annahme aus, daß sie zu Grundlagen für Wohngebäude gedient hätten; es ist vielmehr klar, daß sie entweder Altäre oder Tempelstätten waren, Nebenstücke zu jenen in Guatemala, Yucatan und Mexico, und zuweilen von denen, welche wir im Stromgebiete des Mississippi finden. Mit allen diesen stimmen sie in den Principien der Bauart überein. Ausgrabungen konnte ich nur an einem einzigen Tumulus veranstalten, der in der Nähe des großen Tempels lag. Nachdem ich die Steinbekleidung entfernt hatte, fand ich, daß der übrige Inhalt bloße Erde war; aber das Innere der obern Terrasse bestand fast ganz aus verbrannten Stoffen, Asche und Bruchstücken von Töpfergeschirr. Von letzterm war eine große Menge vorhanden, und es war mir möglich, einige Gefäße in so weit zusammenzusetzen, daß ich Form, Malereien und Ornamente deutlich zu erkennen vermochte. Einige waren flach wie Pfannen, andere waren Vasen von verschiedener Gestalt, alle aber sehr fleißig mit einfachen Ornamenten oder mythologischen Figuren verziert. Eine kleine kürbisartig gestaltete Vase von roher Arbeit war fast ganz unverletzt, mit einer dunkelfarbigen Masse angefüllt, die so verhärtet war, daß ich sie nicht entfernen konnte. Auch fand ich Bruchstücke von Messern aus Obsidian.

Unweit vom westlichen Ende der Oberfläche des Hügels sind zwei tiefe Löcher mit perpendiculairen Seiten in dem Felsen ausgehöhlt; sie halten etwa zwanzig Fuß ins Gevierte und zwölf Fuß Tiefe. Man erkennt, obwohl sie jetzt theilweise mit Erde ausgefüllt sind, doch noch auf dem Grunde jeden Loches einen Gang, der nach Norden hin führt. Diese Gänge scheinen drei Fuß hoch und etwa eben so breit gewesen zu sein; wohin und wie weit sie führen, ist unbekannt. Das beim Regen in sie einströmende Wasser findet einen raschen Abzug. Ich kann nicht sagen ob diese Löcher natürliche oder künstliche sind; ich möchte das erstere annehmen und daß dann die Kunst nachgeholfen habe. Unweit des Haupteinganges steht eine Pyramide in Ruinen. Die Ueberlieferung weiß nur, daß diese Löcher von den „Alten" (Antiguos) gegraben seien; sie will ferner wissen, daß die Gänge zu den Ruinen von Chapulistagua jenseit der Berge führen, und daß man in Zeiten der Gefahr sie zur Flucht benutzt habe.

Im Ganzen findet man hier die Ruinen von zwischen drei- bis vierhundert terrassirten abgestumpften Pyramiden von verschiedener Höhe, abgesehen von den merkwürdigen von Mauern umzogenen Räumen, deren ich weiter oben erwähnte. Das Ganze mag wohl zu religiösen Zwecken und zur Vertheidigung gedient haben. Eine Vereinigung zu solchem zwiefachen Behufe war unter den halbcivilisirten Völkern Amerika's nicht etwa ungewöhnlich. In meinem Buche über die alten Denkmäler des Mississippi-Stromgebietes habe ich manche Bauwerke nachgewiesen, die entschieden zu religiösen Zwecken angelegt waren, und sich von Werken umschlossen fanden, die ebenso offenbar zur Vertheidigung dienten. Innerhalb des Tempelraumes, auf den Stufen und Terrassen des großen Tempels zu Mexico, fochten die Azteken den letzten und entscheidenden Kampf gegen Cortez. Aber was wir heute als Ruinen von Tenampua finden, sind nicht etwa Trümmer einer befestigten Stadt oder einer Ortschaft, welche dauernd eine zahlreiche Bevölkerung hatte. Die Oberfläche des Hügels ist felsig, das Erdreich dünn und arm, und es fehlt Alles, was man gewöhnlich da antrifft, wo eine zahlreiche indianische Bevölkerung wohnt oder gelebt hat; insbesondere mangelt fruchtbarer Boden und Wasser. Die Menschen von welchen jene Werke herrühren, hatten ohne Zweifel ihre Wohnstätten unten in der Ebene, und kamen nur dort oben hin in Zeiten der Gefahr oder um religiöse Feierlichkeiten zu verrichten.

Im Departement von Comayagua liegt auch die Ebene von Espino, und zwar nordwärts von der Comayaguaebene, von welcher sie nur durch eine schmale Hügelreihe getrennt wird; sie bildet eigentlich einen Zubehör oder eine Verlängerung der Ebene von Comayagua und wird gleich ihr von demselben Flusse bewässert, dem Humuya, der sie in ihrer ganzen Länge durchzieht. Die Espinoebene wird manchmal Maniani genannt; sie ist nur zwölf Meilen lang und acht Meilen breit, und gleicht an Klima, Boden und Erzeugnissen genau der größern Ebene. Ein schmales in die Ebene von Espino einmündendes Seitenthal ist jenes von Jamalteca, eine reizende Gegend, von Bächen durchschlängelt, mit einer frischen Vegetation. Auch wenn anderswo lange Dürre anhält, fehlt hier die Ernte nie. Auch in diesem Thale sind einige interessante Denkmäler vorhanden, die Zeugniß geben, daß hier einst eine beträchtliche Volksmenge wohnte.

Zu diesem Departement gehört ferner beinahe das ganze Thal des Goascoran, der von der Comayaguaebene nach Süden zur Fonsecabay strömt. Es ist nur schmal und hat blos da werthvollen Boden, wo es sich, in der Nähe des Meeres, erweitert. Es hat eigentlich blos Bedeutung, weil es für die projectirte Eisenbahn eine sehr bequeme Route darbietet.

In den Gebirgen von San Juan oder Guajiquero, welche den südwestlichen Theil dieses Departements einnehmen, wohnen ausschließlich Indianer welche von den alten Lencas abstammen. Diese Gebirge bestehen aus geschichtetem Sandstein und bilden natürliche Terrassen; auf diesen letzteren ruhen Ebenen mit fruchtbarem Boden, welchem die Indianer Weizen, andere Getreidearten und überhaupt die Früchte höherer Breiten abgewinnen. Auch züchten sie einen Stamm sehr schöner Maulthiere die sehr abgehärtet sind. Diese Indianer bethätigen eine Betriebsamkeit und eine Ausdauer, welche wir vergeblich bei den halbeuropäischen Einwohnern suchen.

Alle Departements in Honduras sind mehr oder weniger reich

an Mineralschätzen. Vor allen aber jenes von Comayagua. Die nicht unbeträchtliche Ortschaft Opoteca steht im eigentlichen Sinne des Wortes auf Silbergruben, die in den spanischen Zeiten mit großem Erfolg in Betrieb waren; gegenwärtig treiben die Einwohner, aus leicht begreiflichen Gründen, nur noch Ackerbau. Bei Aramacina, Las Piedras und in den Gebirgen bei Lauterique liegen zahlreiche Silbergruben, die aber jetzt gänzlich verlassen sind oder in sehr unzulänglicher Weise bearbeitet werden. Es bedürfte nur der Intelligenz, des Unternehmungsgeistes und einigen Capitals, um ihnen reichen Ertrag abzugewinnen. Auch Kupfererz ist in Menge vorhanden, man hat aber um diesen Schatz sich niemals bekümmert. Im ganzen Departement findet man ausgedehnte Lager von blauem und geädertem Marmor, der sich sowohl zum Bauen wie zur Kalkbereitung eignet. Sandstein, meist von milchweißer, manchmal ins Orangegelbe hinüberspielender Farbe, ist vorherrschend; bei Guajiquero liegt auch Oker von verschiedener Farbe in unerschöpflicher Menge, und die Eingeborenen benutzen ihn auch heute noch zum Malen; er ist sehr fein und hat sehr lebhafte Farben.

Fichten und Eichen stehen auf allen Höhen, in den Thälern an den Flußufern findet man Mahagonybäume, Cedern und Lignum vitae (Guajak), und auf der Ebene von Comayagua viele Arten von Cactus, insbesondere jene, die in Mexico Nopal genannt wird, und auf welcher man dort wie in Guatemala die Cochenille zieht. Auf den vielen wilden Pflanzen dieser Nopalart kommt in Honduras die sogenannte wilde Cochenille vor, die Grana sylvestre der Spanier. Die Ebenen von Comayagua und Espino eignen sich ganz vorzüglich zum Bau der Cochenille, des Kaffee's und aller halbtropischen Erzeugnisse.

Departement Gracias.

Districte: Ocotepeque, Guarita, Erandique oder Corquin, Gualalcha, Sensenti, Camarca, Intibucat, Gracias, Santa Rosa und Trinidad.

Hauptortschaften: Gracias, Santa Rosa, Intibucat, Sensenti, Corquin, San José, Ocotepeque, Cololaca.

Das Departement Gracias liegt im Westen des Staates und

grenzt an Guatemala und San Salvador; sein Gebiet ist in mehr als einer Hinsicht das interessanteste von ganz Central-Amerika, und kann gewissermaßen als ein Inbegriff, ein Auszug des Ganzen angesehen werden; auch ist es genauer bekannt als die übrigen, seitdem Señor Don José M. Cacho, der 1834 mit der Zählung beauftragt war, schätzenswerthe Beiträge zur Kunde dieser Gegend veröffentlicht hat.

Die Oberfläche ist sehr mannigfaltig, und hat mehrere majestätische Gebirgsgruppen. Jene von Selaque erhebt sich in der Mitte des Departements; im Norden liegt die Merendonkette, welche, wie schon früher gesagt wurde, von der Grenze von San Salvador bis zur Bay von Honduras zieht, und somit eine Ausdehnung von etwa hundertfunfzig Meilen hat. Sie führt verschiedene Namen: Sierra de Merendon, Gallinero, Grita, Espiritu Santo und Omoa. Wohnorte kommen in diesem Gebirge nicht vor, mit Ausnahme des kleinen Dorfes Dolores Merendon. An der Nordseite hat das Gebirge mehrere schöne Thäler, znm Beispiel das wegen seiner alten Ruinen berühmte Thal von Copan. Im Süden, fast auf der Scheidelinie zwischen diesem Departement und jenem von Comayagua, liegen die ansehnlich hohen Gebirge von Opalaca und Puca, welche nach Nordosten, fast parallel mit jenem von Omoa, streichen, bis das Thal des Rio Santa Barbara sie durschneidet.

Alle diese Gebirge sind dicht mit Eichen und Fichten bestanden; an den tiefer gelegenen Abhängen und am Fuße wachsen Cedern, Mahagony und andere werthvolle Hölzer in Menge. In den Gebirgen von Merendon findet man den Quetzal, den königlichen und geheiligten Vogel des alten Königreichs Quiche; er hat an Pracht des Gefieders nur wenige seinesgleichen.

Das Departement Gracias ist, gleich allen übrigen in Honduras, reich bewässert; in ihm entspringen einige der größten Ströme Central-Amerika's. Im Westen des Merendongebirges haben der Gila und der Gualan ihren Ursprung, zwei kleine Flüsse, welche in den Motagua münden. An der östlichen Seite fließt der Rio Chamelicon, der einige Stunden nördlich von der Stadt Santa Rosa entspringt, und ein schönes fruchtbares Thal bildet, in welchem, wie in jenem von

Copan, viele in Trümmern liegende amerikanische Denkmale gefunden werden. Der Santiago oder Venta nimmt nach seiner Vereinigung mit dem Humuya den Namen Ulua an; er hat seine Quellen in der großen Ebene von Sensenti und heißt dort Rio de la Valle, Alas, Higuito und Talgua. Sein erster größerer Nebenfluß in diesem Departement ist der Rio Mejicote oder Gracias, welcher an der östlichen Basis des Selaquegebirges hinzieht. Unterhalb der Vereinigung ist der Santiago breit und schon so tief, daß er keine Furthen zum Durchwaten hat. Im Süden bildet der Sumpul, einer der größten Zuflüsse des Rio Lempa, die Grenze gegen San Salvador. Jener empfängt aus diesem Departement den Guarajambala, Pirigual, Moscal und Cololaca.

Von großem Interesse ist die Ebene oder das Thal von Sensenti, das von den Selaque-, Pacaya- und Merendongebirgen fast kreisförmig umschlossen wird und auf fünfunddreißig Meilen Länge von fünf bis funfzehn Meilen Breite hat. Es wird fast in zwei gleiche Halben getheilt von einer Hügelkette, welche über die Ebene hinaus bis in die Nähe von Corquin zieht. Den obern Theil könnte man als Thal von Sensenti, den untern als Ebene von Cucuyagua bezeichnen; diese letztere liegt 2300 Fuß hoch, die erstere 2800 Fuß über dem Meere. Der Boden ist überall gut und das Klima herrlich. Diese Region gehörte zum Gebiete des Kaziken Lempira, welcher zur Zeit der Eroberung den Spaniern länger und hartnäckiger Widerstand leistete, als irgend ein anderer Häuptling. Die Armee, welche er gegen den spanischen Feldherrn Chaves ins Feld stellte, war zahlreicher als gegenwärtig die gesammte Bevölkerung des Departements.

Das Klima des Departements ist unvergleichlich gesund, die Temperatur der hohen Lage wegen kühl, obwohl man sagen kann, daß sie nicht an zwei verschiedenen Punkten dieselbe ist, denn sie wechselt je nach der Meereshöhe ab. Intibucat, eine indianische Ortschaft, die mitten auf einer Fläche oder Terrasse des Opalacagebirges steht, liegt 5200 Fuß hoch, und dort fällt im November und December manchmal Schnee. Ich kam Anfangs Juli durch die Stadt; bei Sonnenaufgang stand das Thermometer auf 56 Grad F. In dieser Ebene gedeihen Pfirsiche, Aepfel und Pflaumen; Brombeeren sind im Gebirge einheimisch. Die Ortschaften Caiquin und Colocte haben eine noch niedrigere Temperatur als Intibucat. Ich verweilte drei Wochen in Santa Rosa, vom 9. Juli bis 1. August, und fand eine mittlere Temperatur von 68 Grad bei Sonnenaufgang, 72 Grad um Mittag und um drei Uhr Nachmittags 73 Grad F. Vom September bis Februar steht das Thermometer noch niedriger. Die Erzeugnisse des Pflanzenreiches in diesem Departement sind unendlich mannigfaltig; alle Producte der tropischen und gemäßigten Zone gedeihen hier oder sind anbaufähig. Im Gebirge wachsen unsere europäischen Getreidearten, in den Ebenen und Thälern Zuckerrohr, Tabak, Indigo, Kaffee, Baumwolle, Cacao, Bananen und Südfrüchte. Nicht minder ist an werthvollen Hölzern Ueberfluß. Auf den Hügeln stehen Fichten, die jenen aus Nord-Carolina gleichkommen; sodann Mahagony, Cedern, Granadillo (geädertes Ebenholz) Brasilholz und viele andere. Copal, Balsam und Storax kommen, außer anderen Harzen, vor, und der Tabak von Gracias, dessen wir später noch erwähnen, ist berühmt.

Dazu kommt der Mineralreichthum. Gold- und Silbergruben sind in Menge vorhanden und könnten einen ungewöhnlich hohen Ertrag geben, aber nur wenige werden bearbeitet, weil Capital, Maschinen und Betriebsamkeit fehlen. Die Silber- und Kupfergruben von Coloal im Merendongebirge sind ungemein ergiebig; das Kupfererz giebt 58 Procent Kupfer, und außerdem 98 Unzen Silber auf die Tonne von 2000 Pfund. Die Silbergruben von Sacramento liefern 8674 Unzen auf die Tonne Silbererz. Kohlen lagern in der Ebene von Sensenti, unweit von der halbverfallenen Stadt Chucuyuco. Ich habe die Kohlenlager an Stellen besucht wo sie von Schluchten durchrissen sind, und fand das Hauptflötz acht bis zehn Fuß mächtig; es war durch eine bituminöse Schicht von dem obern, nur zwei Fuß mächtigen Flötze getrennt. Die Kohle ist bituminös und da wo sie zu Tage steht, von sehr guter Qualität. Auch Asbest, Zinnober und Platina kommen in diesem Departement vor; sodann findet man Opal an verschiedenen Oertlichkeiten; von diesem Artikel ist viel exportirt worden, und der beste kommt aus der Nähe der Bergstadt Erandique. Aus dem amtlichen Blatte des Staates Honduras ergiebt sich, daß vom 1. April 1851 bis zum 31. Januar 1853 in dem einzigen Distriet von Erandique, den Bergwerksgesetzen gemäß, nicht weniger als sechzehn neu aufgefundene Opalgruben bei der Behörde angemeldet wurden. Im ganzen Departement kamen innerhalb desselben Zeitraumes zur Anzeige dreizehn neue Silbergruben, eine Goldgrube und eine Kohlengrube. Bei Campuca soll Amethyst gefunden worden sein.

Unweit der kleinen Ortschaft Virtud, im südlichen Theile des Departements, finden wir eine merkwürdige Erscheinung, die als Blutgrube oder Blutquelle bekannt ist (Mina ó Fuente de Sangre). Die Gazeta de Honduras vom 20. Februar 1853 schreibt: „Etwas südlich von Virtud liegt eine kleine Höhle (gruta), welche bei Tage von Falken und Gabilanes besucht wird; bei Nacht finden sich in Menge große Fledermäuse, Vampyre, ein, um von dem natürlichen Blute zu genießen, das vom obern Gewölbe der Höhle herabträufelt. Diese Grotte liegt am Rande eines Baches, den sie mit einem Streifen jener Flüssigkeit röthet, welche Farbe, Geruch und Geschmack des Blutes hat. Schon wenn man der Höhle nahe kommt, verspürt man einen unangenehmen Geruch, und tritt man näher, so gewahrt man einige Lachen einer Flüssigkeit, die geronnen ist, wie Blut aussieht und wovon die Hunde gern fressen. Don Rafael Osejo wollte einige Flaschen davon nach London zur Analyse schicken, aber der Inhalt verdarb schon binnen vierundzwanzig Stunden, und sprengte die Flaschen auseinander.“ Also diese Flüssigkeit tröpfelt vom Gewölbe einer Höhle herab, verdirbt wie Blut und Insecten legen ihre Eier hinein. In einem so wenig aufgeklärten Lande wie Central-Amerika konnte es nicht fehlen, daß der Aberglaube eine solche Erscheinung wie ein Wunder anstaunt, und daß viele seltsame Geschichten von der Blutquelle erzählt werden. Ich habe eine Quantität dieser Flüssigkeit mit Wasser verdünnt mit nach den Vereinigten Staaten gebracht, und Professor Silliman dem Jüngern zur Analyse übergeben; aber sie war verdorben und hatte einen sehr üblen Geruch. Ohne Zweifel rührt die eigenthümliche Beschaffenheit dieses „Blutes“ von Infusorien her, welche sich in dieser Grotte in großer Menge erzeugen.

Departement Choluteca.

Districte: Nacaome, Amapala, Choluteca, Savana Grande, Texiguat, Cururen, Santa Anna.

Hauptortschaften: Choluteca, Nacaome, Texiguat, Amapala, Langue, Pespiri, Savana Grande.

Choluteca ist das südlichste Departement von Honduras, und stößt an die Fonsecabay; es liegt am Westabhange des Gebirges von Lepaterique oder Ule, von welchem die das Land durchziehenden Gewässer herabkommen. Die Oberfläche ist sehr mannigfaltig gestaltet. Die Flußthäler des Choluteca und Nacaome sind breit und fruchtbar, und der an der Bay liegende District hat ausgedehnte Savannen und dichtbewaldete Alluvionen. In einer Breite von funfzehn Meilen von der Meeresküste nach dem Innern hin eignet sich der Boden trefflich für die Anlage von Plantagen tropischer Producte. Das Land steigt dann in Terrassen an, welche breite Savannen bilden, auf denen Vieh in großer Menge gezüchtet wird.

Das Ule- oder Lepateriquegebirge umgiebt dieses Departement im Norden, und erreicht an der Stelle, wo die Straße von Nacaome nach Tegucigalpa hinüber führt, eine Meereshöhe von 5280 Fuß. Die Oberfläche besteht aus breiten, wellenförmigen Ebenen, ist kühl, gesund und fruchtbar, und diese Gegend bildet die Kornkammer für die Bergwerksdistricte, denn Weizen, Mais und Kartoffeln wachsen in großer Menge; manchmal fällt Hagel oder Schnee, der hin und wieder einige Tage liegen bleibt. Von den höchsten Punkten des Ulegebirges überblickt das Auge eine mehr als hundert Meilen breite Landschaft, von den gewaltigen blauen Bergmassen von Sulaco im Norden bis zu den Vulkanen von Nicaragua und dem Golf von Fonseca im Süden und Südosten. Nicht minder überschaut der Wanderer das Thal des Choluteca, das sich in üppiger Schönheit dem Fuße des Gebirges entlang zieht; den Lauf, welchen der Strom nimmt, erkennt man deutlich an dem Gürtel immergrüner Bäume, welche die Uferstrecken umsäumen. Diesen Blick gewinnt man durch das breite Nebenthal von Yuguare, das selbst in Honduras seiner Anmuth und Fruchtbarkeit halber berühmt ist. In diesem Thale liegen mehrere beträchtliche indianische Ortschaften, deren Bewohner sich durch Betriebsamkeit, Tapferkeit und republikanischen Sinn auszeichnen. Jene von Texiguat und Cururen gewannen einen bedeutenden Namen in den Kriegen, welche der Auflösung der Republik Central-Amerika vorhergingen; sie gehören heute zu den muthigsten und zuverlässigsten Vertheidigern des Staates Honduras.

Auch dieses Departement, das sich zum Ackerbau vortrefflich eignet, ist reich an Silbergruben. Zu diesen gehört die berühmte Corpusmine bei Choluteca, welche unter der spanischen Krone für so bedeutend galt, daß die Audiencia dort eine Abtheilung der königlichen Einnehmerei hatte, in welche der Fünfte gezahlt wurde, den die Grube von ihrem Ertrage an den Staat abzugeben hatte. Jetzt ist der Betrieb nur schwach, viele Schächte sind ersoffen und die Stollen theilweise durch Steine ungangbar. Dagegen werden die Minen von Cuyal und San Martyn mit Vortheil, wenn auch nur in geringem Umfange und mit kleinen Mitteln betrieben. Sie steigen übrigens dadurch im Werthe, daß sie der Fonsecabay so nahe liegen, und daß also die nöthigen Maschinen ohne Mühe an Ort und Stelle geschafft werden können. Auf der Insel Tigre sind in den letzten Jahren Sägemühlen für Mahagony, Cedern und andere Hölzer angelegt worden; sie liefern ihre Waaren zur Ausfuhr nach Chile, Perú und Californien.

Die Inseln Tigre, Sacate Grande und der Freihafen Amapala gehören zu diesem Departement. Dem Namen nach ist Choluteca, ein Ort mit etwa viertausend Seelen, die Hauptstadt desselben; seit einer Reihe von Jahren ist indessen Nacaome Sitz der Verwaltung. Diese Stadt liegt an dem gleichnamigen Flusse, etwa acht Meilen oberhalb der Mündung, und mag ungefähr zweitausend Einwohner haben. Einige Stunden weiter oberhalb, gleichfalls am Flusse, liegt die beträchtliche Ortschaft Pespiri. Unweit von Nacaome liegen einige warme Quellen, Aguas Calientes.

Departement Tegucigalpa.

Hauptortschaften: Tegucigalpa, Yuscuran, Cedros, San Antonio Mineral, Yuguare, Agalteca.

Dieses Departement ist räumlich der kleinste Verwaltungskreis im

Staate, aber relativ am stärksten bevölkert. Es mfaßt einen großen Theil des innern Beckens oder Plateaus, und wird im Norden und Westen von dem Gebirge von Sulaco und Comayagua eingeschlossen, im Süden und Osten von denen von Ule und Chili. Die mittlere Höhe dieser von Gebirgen umsäumten Hochebene beträgt nicht unter 3000 Fuß. Der bedeutendste Fluß ist der Choluteca welcher zwischen den Gebirgen einen großen Bogen beschreibt, und zuletzt durch eine enge Schlucht in die fruchtbare pacifische Ebene strömt.

Das Klima ist kühl und ganz vorzüglich gesund; dagegen steht im Allgemeinen der Boden jenem der übrigen Departements an Fruchtbarkeit nach, aber an Zahl und Werth der Minen kommt Tegucigalpa vor allen andern. Es ist recht eigentlich ein Bergwerksdistrict, und der Bergbau war Hauptbeschäftigung und Wohlstandsquelle, ehe der Bürgerkrieg eine nachtheilige Einwirkung auszuüben begann. Uebrigens sind die Minen von Yuscuran, von San Antonio und Santa Lucia auch jetzt noch im Betrieb; die Gold- und Silbergruben von San Juan Cantaranas sind ungemein werthvoll, aber der Betrieb ist aus den schon mehrfach erwähnten Gründen nur unbedeutend, und die Eingebornen sind nicht dahin zu bringen, sich in der Nähe jener Gruben anzusiedeln, weil ihnen das Klima zu kalt ist. Der Berg von Agalteca im nordwestlichen Theile dieses Departements besteht aus einer Masse sehr reinen und stark magnetischen Eisenerzes, welches zum Theil einen so ungemein beträchtlichen Metallgehalt hat, daß es direct aus der Grube in die Schmiede geht ohne vorher geschmolzen zu werden. Seitdem der Bergbau darnieder liegt, haben die Grundeigenthümer sich vorzugsweise auf die Züchtung von Rindvieh gelegt, und führen davon nicht unbeträchtlich nach San Salvador und Nicaragua aus.

Tegucigalpa ist die größte und hübscheste Stadt in ganz Honduras und zählt nicht unter 12,000 Einwohner; sie liegt am rechten Ufer des Choluteca in einem Amphitheater zwischen Hügeln, und ist solid und regelmäßig gebaut. Unter den sechs großen Kirchen zeichnet sich die Parroquia aus, welche der Kathedrale von Comayagua kaum etwas nachgiebt. Ueber den Strom führt eine hübsche steinerne Brücke, die zehn Bogen hat, und die Stadt mit der Vorstadt

Comayaguita verbindet. Früher befanden sich einige Klöster hier, und eine Universität welche, dem Namen nach, auch heute noch vorhanden ist. In der Münze wird gegenwärtig nur Kupfermünze und sogenanntes provisorisches Courant geprägt, das in den Centraldepartements zu einem Course umläuft, der tief unter dem Nennwerthe steht. Der Handel von Tegucigalpa wurde über Omoa und Truxillo getrieben, seit Eröffnung des Freihafens von Amapala hat er sich indessen dorthin gezogen.

Departement Olancho.

Hauptortschaften: Juticalpa, Catacamas, Campamiento, Silca, Monte Rosa, Yocon, Laguata, Dauli, Teupac.

Dieses Departement liegt östlich von Tegucigalpa, hat einen Flächeninhalt von 11,300 englischen Quadratmeilen, und ist demnach größer als der Staat Maryland. Aber nur ein kleiner Theil dieser ausgedehnten Region ist von civilisirten Menschen bewohnt; der größere Theil, insbesondere die ganze östliche Hälfte, ist im Besitz von Indianerstämmen: der Xicaques, Payas, Pantasmas, und Toacas. Die spanischen Niederlassungen sind fast ganz auf das große Binnenplateau beschränkt, das sogenannte Thal von Olancho, in welchem der Patuca, der Rio Tinto und der Roman oder Aguan ihre Quellen haben. Jenes Thal wird als eine fruchtbare, wellenförmige wiesenreiche Gegend geschildert, und die Bewohner beschäftigen sich vorzugsweise mit der Viehzucht. In dieser Hinsicht steht Olancho in ganz Central-Amerika in erster Reihe.

Es hat wegen seiner hohen Lage und der Nähe der Gebirge ein kühles, gesundes Klima, die Bewohner sind betriebsam und leben im Wohlstande. Weil diese Region ziemlich abseits liegt und mit den Centren der politischen Bewegungen keinen lebhaften Verkehr unterhält, so ist sie von den Kriegswirren und bürgerlichen Unruhen nur schwach heimgesucht worden. Darum ist sie auch die reichste Landschaft im Staate.

Olancho exportirt Rindvieh, Rindshäute, Hirschfelle, Sassaparille, Tabak und edle Metalle, zumeist über Truxillo und Omoa; nur ein kleiner Theil der Ausfuhr geht über Tegucigalpa an den Golf von Fonseca. Von großer Bedeutung sind die Goldwäschereien, denn fast alle Ströme führen in ihrem Sande Gold von sehr feiner Qualität. Die mistrauische Politik der Spanier zielte darauf ab, über die Reichthümer und Hilfsquellen dieser Gegenden möglichst wenig in der Welt bekannt werden zu lassen, und die ewigen Wirren seit der Unabhängigkeit Central-Amerikas sind der Entwickelung in hohem Grad ungünstig gewesen. Es leidet aber keinen Zweifel daß die Goldwäschereien an den Flüssen Guayape, und Mangualil und deren Nebengewässern eben so ergiebig sind wie jene in Californien, und daß sie in nicht gar langer Zeit die Aufmerksamkeit der Europäer und Nord-Amerikaner auf sich lenken werden. Gegenwärtig wird nur von einigen indianischen Frauen Gold gewaschen, und zwar blos Sonntags früh; die Arbeit einiger Stunden reicht dann zur Beschaffung aller Lebensbedürfnisse für die ganze Woche aus.

Juticalpa, die Hauptstadt des Departements, ist die drittgrößte Stadt in Honduras, liegt in einer herrlichen Gegend an einem kleinen Nebenflusse des Guayape, unweit von diesem letztern und hat ungefähr 10,000 Einwohner. In der Nähe findet man mehrere indianische Ortschaften, unter welchen Catacamas die beträchtlichste ist. Diese Indianer sind friedliche und fleißige Leute.

Die Verbindung zwischen dem Thale von Olancho und der Küste findet durch das Thal des Flusses Aguan statt und geht nach Truxillo; zum Transport bedient man sich der Maulthiere. Eine andere Straße durch das Thal des Rio Tinto, welche früher benutzt wurde, ist rauh, bietet viele Schwierigkeiten und wurde deshalb bald wieder verlassen. Am leichtesten ist der Verkehr auf dem Rio Patuca, der bis zum Puerto de Delon, wenige Stunden von Juticalpa schiffbar ist. Aber an der Mündung dieses Stromes fehlt es an einem guten Hafen und an Handelsniederlassungen; deshalb ist dieser Weg noch von geringer Bedeutung, und wird vorzugsweise nur zum Hinabflößen von Mahagony benützt, das in großer Menge an den Ufern wächst. Aber an der Mündung hat die Verladung dieses Artikels nicht geringe Schwierigkeit, denn die Barre ist sehr seicht. Ob der Wanksfluß für dieses Departement und für das nicaraguanische Departement Segovia nutzbar gemacht werden kann, wird sich ergeben, wenn einmal der Lauf dieses Gewässers genau untersucht worden ist.

Departement Yoro.

Hauptortschaften: Yoro, Olanchito, Truxillo, Negrito, Jocon und Sonaguera.

Das Departement Yoro begreift den ganzen nördlichen Theil von Honduras, östlich vom Rio Ulua, und hat etwa 15,000 Quadratmeilen; es ist demnach so groß wie die drei nordamerikanischen Staaten Massasuchetts, Connecticut und Rhode Island, hat aber eine nur geringe Einwohnerzahl. Die Oberfläche ist sehr mannigfaltig. Die vielen Ströme laufen in Thälern aus dem Innern bis zur Bay von Honduras von Süden nach Norden und sind durch Hügelreihen oder Gebirgszüge von einander getrennt. Die wenn wir so sagen dürfen, Querverbindung von Osten nach Westen und umgekehrt ist sehr schwierig, und die Bevölkerung hat sich vorzugsweise in den Thälern der großen Flüsse concentrirt, an deren Mündung sich ein Hafen befindet. In der Nähe des Meeres ist flacher Alluvialboden.

Die Gebirge von Pija und Sulaco erheben sich im westlichen Theile dieses Departements und bilden die östlichen Grenzen der Flußthäler des Sulaco und Ulua. Sie steigen terrassenförmig empor, sind oben abgestumpft, und haben auf der Fläche Hochwiesen, die dünn mit Fichten überstanden sind; ihr Boden ist vergleichsweise arm und die Bevölkerung hat deshalb keinen Anlaß gefunden sich aus den fruchtbareren Landestheilen dorthin zu ziehen. Im Lande will man wissen, daß daselbst große Mineralreichthümer vorhanden seien, doch ist darüber nichs Genaues bekannt.

Alle Stromthäler haben Ueberfluß an werthvollen Holzarten, und man kann sagen, daß das Departement Yoro recht eigentlich der Hauptmahagonydistrict von Central Amerika sei. An allen Flüssen, die überhaupt soviel Wasser haben, daß man auf ihnen Holz herab flößen kann, sind sogenannte Cortes, Holzfällereien, und das Mahagonyschlagen ist eine Hauptbeschäftigung der Bewohner. Während der Monate in welchen Mahagony gefällt wird, halten sich die Holzschläger in den Cortes Tag und Nacht auf, und ziehen wieder in ihre Heimat, wenn die Arbeitszeit vorüber ist.

Am obern Laufe der Ströme, in dem Berg- und Hügellande zwischen der Küste und dem Thale von Olancho, finden wir die Ueberreste der einst berühmten und streitbaren Xicaque-Indianer, deren Anzahl sich jetzt noch auf etwa 7000 Köpfe belaufen mag. Sie sind friedliche, harmlose Menschen, verkehren häufig mit den Weißen, sammeln Sassaparille, Gummi, Häute und vertauschen die Erzeugnisse gegen solche Fabrikate, deren sie bedürfen. Auch viele Caraiben, die einst von der Insel St. Vincent herüberkamen, wohnen in diesem Departement.

Von der großen Ebene von Sula gehört ein großer Theil hierher. Oestlich von derselben, und gleichsam eine Fortsetzung bildend, liegt eine fruchtbare Region, die als Costa de Lean bekannt ist, und sich vorzugsweise zum Ackerbau eignet. Sie steht hinter keiner andern Gegend Central-Amerika's oder West-Indiens zurück; das Gebirge liegt ganz nahe, Sümpfe und Moräste sind nicht vorhanden, gutes Wasser zum Trinken ist in Menge da, und der Seewind erhält die Luft frisch. Das Alles wirkt günstig auf die Gesundheitsverhältnisse und es kann nicht fehlen daß diese schöne Gegend die Aufmerksamkeit der Pflanzer und Einwanderer erregt. Auch die Thäler von Sonaguera und Olanchito zeichnen sich durch ihre Schönheit und Fruchtbarkeit aus.

Der Hauptort Yoro hat etwa dreitausend Einwohner. Den Hauptseehafen bildet Truxillo, das schon weiter oben beschrieben worden ist.

Departement Santa Barbara.

Districte: Omoa, Santa Barbara, Yojoa, San Pedro.

Hauptortschaften: Santa Barbara, Yojoa, San Pedro, Sula, Quimistan.

Dieses Departement liegt nördlich von Gracias und Comayagua, zwischen diesen beiden und der Bay von Honduras. Es wird in dieser Richtung von Süden nach Norden vom Ulua durchströmt; der Blanco, Santiago, Santa Barbara und Chamelicon fließen in anderen Richtungen hindurch. Die Thäler aller dieser Flüsse haben große Strecken fruchtbare nund bewaldeten Landes, und sind einer ausgedehnten Production fähig.

Hierher gehört ein Theil der großen Ebene von Sula, die bei Yojoa beginnt. Alten Berichten zufolge hatte sie einst eine sehr beträchtliche indianische Bevölkerung, jetzt ist sie zumeist mit Wald bedeckt, und nur wenige Stellen sind urbar gemacht worden. Diese liegen in der Nähe der Ortschaften, welche man da und dort an der großen Landstraße, dem Camino Real, zerstreut findet. Der größte Theil des Mahagonyholzes, das von Honduras ausgeführt wird, kommt aus dieser Gegend, und wird auf dem Chamelicon und dem Ulua bis ans Meer hinabgeflößt. Der Theil der Ebene von Sula, welcher östlich von dem letztgenannten Flusse liegt, gehört, wie schon weiter bemerkt wurde, zum Departement Yoro. Die ganze Ebene hat an der Hondurasbay eine Ausdehnung von sechzig bis siebenzig Meilen, erstreckt sich wie ein Dreieck landeinwärts, etwa funfzig Meilen, bis Yojoa, und mag einen Flächenraum von 1500 Quadratmeilen bedecken. Es kann nicht fehlen daß sie in der künftigen Entwickelung des Landes von großer Bedeutung wird; denn sie ist reich an werthvollen Naturerzeugnissen, zugängig vermittelst guter Häfen, hat schiffbare Ströme, und der leicht zu bestellende Boden eignet sich zum Anbau von Baumwolle, Reis, Zucker, Cacao und anderer tropischer Producte. Eine Cacaoart die man als Cacao mico bezeichnet, soll zum Mindesten eben so gut wo nicht noch besser sein als jene von Nicaragua und Soconusco; diese Art ist hier einheimisch und wächst in den Wäldern wild. Auch Sassaparille und Vanille kommen in Menge vor; nicht minder der Copalbaum, der Kautschukbaum, Rosenholz, Drachenblutbäume und manche andere. Viele Palmenarten bringen, mit ihren schlanken, anmuthigen Formen, Abwechselung in die Einförmigkeit der Wälder. Am Ulua, einige Stunden oberhalb der Mündung, befindet sich ein natürlicher Park von Kokospalmen, der einige Meilen weit am Strome sich hinzieht.

In der Nähe von Yojoa steigt das Land in einer Reihe von herrlichen Terrassen empor, welche alle wellenförmige Savannen tragen. Diese eignen sich trefflich zur Viehzucht, aber nicht minder gut zum Ackerbau. Die Terrassen sind charakteristisch insbesondere für die Gegend um die Stadt Santa Barbara, wo der größte Theil der Bewohner dieses Departements zusammengedrängt lebt.

Die große Gebirgskette von Merendon scheidet die Stromthäler des Motagua und des Chamelicon, und fällt bei Omoa schroff am Meere ab; an ihren Abhängen sind Boden und Klima günstig, und

Getreide so wie Früchte höherer Breiten würden vortrefflich gedeihen. Sie scheint außerdem goldreich zu sein, wenigstens findet man in allen Gewässern die vom Südabhange kommen, mehr oder weniger Gold, und die Wäschereien bei Quimistan sind lange Zeit ihrer Ergiebigkeit wegen berühmt gewesen. In dem Theile des Gebirges, der rückwärts von Omoa liegt, und über die Ebene von Sula emporragt, liegen ausgedehnte Schichten des reinsten weißen Marmors, der fein und dicht ist, und sich ganz ausgezeichnet bearbeiten läßt. Er gleicht jenem von Carrara mehr als irgend eine Marmorart in den Vereinigten Staaten von Nordamerika, ist leicht zugängig und man kann davon in jeder beliebigen Menge brechen.

Zu diesem Departement gehören der hübsche geräumige Hafen von Puerto Caballos und der kleinere aber sichere von Omoa. Wir haben beide schon weiter oben beschrieben. Die Landeseinwohner treiben vorzugsweise Viehzucht, führen eine beträchtliche Menge Ochsen nach Balize und Yucatan aus, treiben auch viel nach Guatemala und erhalten fünf bis zehn Silberpiaster für das Sück. Viele Leute sind auch mit Fällen des Mahagonyholzes beschäftigt, und die Indianer sammeln Sassaparille oder waschen Gold. Das Departement ist gesund, und hat große Hilfsquellen, die um so höher anzuschlagen sind, weil man vom Meere her leichten Zugang und im Innern eine bequeme Verbindung hat.

Neuntes Kapitel.

Naturansichten von Honduras.

Die Naturansichten von Honduras sind mannigfaltig und scharf markirt. Die Gestaltung der Küsten, die Bodenerhebung und die durch diese bedingte Temperatur, und die Regenmenge welche auf den verschiedenen Abhängen der Cordillere fällt, alles Das trägt dazu bei, daß dem Reisenden das Pflanzenleben in einer ungemeinen Mannigfaltigkeit vor Augen kommt. Hauptsächlich dreierlei tritt als charakteristisch hervor: zuerst die meist dicht bewaldeten Alluvionen der Küstengegend;

sodann die hohen Thäler im Innern, welche sich zu breiten Wiesenflächen ausdehnen, endlich die hohen Gebirgsplateaus mit ihren, man möchte sagen unendlichen, Wäldern die aus verstreut liegenden Fichten bestehen, doch so daß hin und wieder ein Eichenhain die Laubhölzer unterbricht.

An der Nordküste in der breiten Ebene durch welche der Ulua und der Chamelicon dem Meere zuströmen, liegt der Boden so tief, daß er manchmal beträchtliche Strecken weit unter Wasser steht. Dort sind unabsehbare Wälder von Cedern, Mahagony, Seiba- und Gummibäumen; dazwischen erheben sich Palmen, die man an allen lichten Stellen findet und die den Rand aller Hügel einfassen. Die kleineren Flüsse sind mit grünem Laubwerk überdacht, und gegen die Sonnenstrahlen geschützt, die größeren ziehen sich wie Silberstreifen durch smaragdgrüne Gefilde. Aber auch hier wo der Boden am tiefsten liegt, dehnen sich breite Graswiesen aus, auf welchen unzählige Schaaren wilden Geflügels sich aufhalten. Während der trockenen Jahreszeit, wann das Gras auf den Höhen hart wird und verdorrt, findet dann das Hornvieh auf diesen tiefliegenden Wiesen ein saftiges Futter. In diesen Urwäldern liegen die Mahagonyfäller ihrem schwierigen Beruf ob; in der tiefen Einöde erklingt der Schlag der Axt oder der Ruf der Männer welche die schweren Blöcke von zwanzig Paar Ochsen bis an den Rand des Wassers schleppen lassen. Ihr Vieh findet Nahrung in Menge auf der Savanne, und jede Rotte Mahagonyfäller hat ihren Jäger und Fischer.

Weiter nach Osten hin, an derselben Küste, findet man dichte Waldungen nur in den eigentlichen Flußthälern eine Strecke weit landeinwärts; dann folgen sandige mit grobem Grase bestandene Savannen, mit Gruppen von Fichten und Cedern. Aber das Flachland ist an der Küste nirgends von beträchtlicher Ausdehnung, und die Nebenketten und Ausläufer der Gebirgsgruppen kommen aus dem Innern her oft bis hart an den Meeresstrand. Unmittelbar hinter Omoa, innerhalb Kanonenschußweite von der Festung, steigt das Gebirge schroff empor, erreicht rasch eine Höhe von neuntausend Fuß, und wirft seinen majestätischen Schatten über das klare Wasser der herrlichen Amatiquebay. Aehnlich ist es beim Hafen Truxillo. Die Spitzberge von Congrehoy und das Heiligekreuz- oder Poyasgebirge bilden gigantische Landmarken für den Seefahrer, welcher sich der Küste von Honduras nähert.

Die Alluvialregion an der pacifischen Küste ist gleichsfalls reich bewaldet, und hat auch eine nur geringe Ausdehnung. Schon nach wenig Stunden Weges folgen Savannen und Jicarales, in welchen der niedrige Kalebassenbaum mit seiner dem Apfel gleichenden Frucht den Reisenden an europäische oder neuenglische Obstgärten erinnert. Auf diesen grasbedeckten Savannen stehen auch Gruppen von Akazien (sogenannte Gummi arabicum-Büsche); aber die Fichte tritt dort an der Westseite des Continents erst in einer Meereshöhe von 1200 Fuß auf.

Alle Flußthäler auf beiden Seiten von Honduras sind also stark bewaldet, und man findet eine Menge Lianen, Ranken- und Schlinggewächse. Je weiter man landeinwärts emporsteigt, wird die Vegetation schwächer, sie beschränkt sich auf einen schmalen Streifen von Bäumen und Büschen, welche das Ufer einsäumen. Im hochgelegenen Binnenlande breiten sich diese Flußthäler oft zu herrlichen Ebenen aus, die halb aus Savannen, halb aus Waldland bestehen, und wo die Bäume der tropischen Zone neben jenen des gemäßigten Himmelsstriches wachsen, wo die Palme dicht neben der Fichte gedeiht. Solcher Art sind die Ebenen von Espino und Comayagua am Humuya, von Otoro am Santa Barbara, von Sensenti am Ulua, von La Florida am Chamelicon, von Olancho am Aguan und Yuguare am Choluteca. Auf einigen dieser Ebenen, zum Beispiel auf jener von Comayagua, treten Cactuspflanzen als charakteristisch auf; sie erreichen manchmal eine gigantische Größe und bilden förmliche Wälder. Ihre Stacheln warnen Menschen und Vieh, und man darf ihnen nicht unvorsichtig nahe kommen; aber aus ihren rinnenförmigen Seiten sprießen Blumen und Früchte von herrlich rother Farbe hervor; sie gleichen an Gestalt und Farbe dem zartesten mit rothem Burgunder Wein gefüllten Krystall. Sie steigen empor wie schlanke cannelirte Säulen, und gleichen, im Zwielicht gesehen, den Ruinen alter Tempel. Hinter ihnen gewahren wir wie gegliedert und in einandergefügt ihre schaufelartigen saftigen Blätter, versilbert vom seidenartigem Ueberzuge der scharlachrothen Cochenille. Und als scharf hervortretender Gegensatz, kriechen andere Cactus wie Schlangen am Boden fort, und ziehen sich in knotigem Gewirr über umgestürzte Baumstämme oder in Felsenspalten hin. Hier steht auch die Agave mit ihren dichten grünen Gruppen scharfgespitzter Blätter; sie schießt zu einem schlanken Stamm empor, blüht nur ein Mal, streut ihre tausend Früchte umher, und stirbt dann ab.

Die Gebirge, welche von diesen Thälern aus emporsteigen, erheben sich in Terrassen, die mit Gras bekleidet sind und Wälder von Fichten und Eichen tragen. Manchmal bilden sie spitze Gipfel, im Allgemeinen aber bestehen die Höhen aus breiten Tafelländern, die theils mehr, theils weniger wellenförmig sind. Diese Savannen werden von niedrigen grünen Büschen und von Baumgürteln durchzogen, und diese überschatten Flüsse, die so klar und kühl sind wie jene in Neu-England. Dort ist auch die Brombeere einheimisch, die Büsche hindern fast den Wanderer am Fortkommen. Ueber die Weizenfelder weht ein kühler Bergwind; sie, die Pfirsich- und Aepfelbäume versetzen uns ganz in die gemäßigte Zone. Und wenn bei Nachtzeit in jeder Hütte ein helles Feuer von Fichtenholz lodert, und wenn die Insassen sich um die Flamme drängen, welche man hier nicht entbehren kann, wenn man sich behaglich fühlen will, dann glaubt der Fremde kaum, daß er sich zwischen den Wendekreisen und nur vierzehn Grad von der Linie entfernt befinde. Er hat die schärfsten Gegensätze hart nebeneinander; gestern ritt er unter Palmen, Bananen und Orangen; heute empfindet er Kälte, der Regen strömt aus dem grauen Himmel herab, es gewittert und hagelt; er glaubt sich in einen nordischen November versetzt.

Aber auf den Ebenen wie in den Thälern und im Gebirge sind überall die Bäume mit Schmarotzerpflanzen bedeckt. Einige Cactusarten, insbesondere jene mit langen, verknoteten Armen und prismatischer Form, wachsen sogar in den Zweiggabelungen des Kalebassenbaumes, und erdrücken ihn durch ihr üppiges Wuchern. Diese Luftpflanzen kommen in solcher Menge vor, daß man oftmals kaum das Grün des Baumes gewahrt, auf welchem sie wachsen. Einige sind so fein und dünn wie Seide, andere stark und grob, alle aber, ich möchte sagen von wachsartiger Schönheit; sie tragen Blumen von glänzender Farbe. Auf den höheren Gebirgskämmen, wo das kurze grobnarbige Gras davon zeugt, daß dort eine Temperatur herrscht, welche einen üppigen Pflanzenwuchs nicht gestattet, verschwinden die Luftpflanzen, die Fichten und knorrigen Eichen hüllen sich in einen bescheidenen Mantel von grauem Moose, das traurig im Winde flattert. Auch die Felsen sind von Moos gebräunt, und die tiefe Stille auf diesen Höhen wird nur vom Gemurmel der silberklaren Bäche unterbrochen. Vielleicht gewahrt der Wanderer einen Schatten, der über den Pfad hinzieht; dann schwebt ein Adler oder ein Rabe lautlos in den Lüften; oder er sieht auf einem entfernten Felsen eine schlanke, anmuthige Antilope, die beim ersten Geräusch die Flucht ergreift.

Auch die geologischen Verhältnisse von Honduras sind scharf gezeichnet. Wir lassen, wenn wir von der Fonsecabay nach Norden hin wandern, die vulkanische Küstenkette mit ihren hohen grasbewachsenen Kegelbergen hinter uns, und gelangen bald zu den mächtigen Massen weißen und rosenfarbenen Gesteins, welches der großen Sandsteinformation der Centralplateaus vorliegt. Aus der Ferne erscheinen sie wie Trappfelsen oder Basalte und nehmen tausend verschiedene burgartige Gestalten an, je nachdem der Standpunkt des Wanderers wechselt. Manchmal finden wir zwischen ihnen Lager blauen Kalksteins, und Adern von Quarz und Gänge von Grünstein treten kühn hervor unter dem über ihnen lagernden Gestein; sie sind reich an Gold- und Silbergängen. Weiter landeinwärts erheben sich die Gebirge in einer Reihenfolge von Terrassen und sind tief eingefurcht von den zum Meer hinabeilenden Strömen. Diese Stufen bestehen aus mächtigen Ablagerungen von Sandstein und haben scharf abfallende Kanten und Abhänge, so daß selbst das Raubthier mit seinem sichern Tritte nur mit Mühe hinanklimmt. Aber oben auf der Terrasse findet der Reisende ausgedehnte Wiesenflächen, Fichtenwälder, Eichengruppen und Büsche. Oft ist die Humusdecke nur dünn, und die Vegetation spärlich; die Natur trägt dann den Charakter des Wilden und Oeden. Das kahle Gestein reflectirt das Licht der Sonne, welche in dieser Höhe und mit blendendem Glanze durch die heitere verdünnte Atmosphäre scheint. Dem ermüdenden Wanderer schmerzen die Augen, wenn er die weiße Linie des einsamen Pfades verfolgt, der über die dürre

Ebene führt; er treibt sein getreues Maulthier an, um bald in ein von den Gebirgswassern ausgewaschenes enges Thal zu gelangen, wo er am Bache unter Bäumen sein Nachtlager aufschlagen kann. Plötzlich fällt die Hochebene in steilen Terrassen ab, man erblickt zu seinen Füßen eine ausgedehnte Wiesen- und Waldfläche, die von blinkenden Flüssen durchzogen wird, und auf welcher Dörfer verstreut umher liegen; die weißen Kirchen fangen, wie Silberpunkte in der Landschaft, das Licht auf, die Entfernung scheint so gering zu sein, daß man meint, man könne mit einem Steinwurf die Mitte des Marktplatzes in dem zunächst liegenden Orte erreichen; aber wir wandern eine Stunde nach der andern thalein, die Nacht kommt heran, wir sehen die traulichen Lichter blinken, bevor wir noch das Bellen der Hunde vernehmen. Endlich hat man die Ebene erreicht.

Im westlichen Theile von Honduras, im Corquingebirge, sind die Formen ganz besonders mannigfaltig und kühn. Die Gewässer sammeln sich in Binnenbecken, brechen durch das sie einschließende Porphyrgestein, und stürzen über jähe Abhänge. Aber in diesen Thalspalten, deren Boden man nur auf gefährlichen Zickzackpfaden erreicht, liegen Streifen angeschwemmten Erdreichs, wo der Indianer seine Hütte gebaut hat, weil die ihm unentbehrliche Banane unter überhängenden Felsklippen gedeiht.

An der Nordküste ist eine größere Mannigfaltigkeit von Bäumen und viel mehr Grün; dort haben Gebirge und Hügel bei weitem nicht den jähen Absall und die steilen Abhänge wie an der pacifischen Küste, wo ohnehin der Regen nicht so constant ist; die Höhen haben vielmehr etwas Schwellendes, und die Gebirge, obwohl nicht minder hoch, sanftere, mehr harmonische Umrisse. Der Klippen und Felsenkämme sind weit weniger, und in den dichten Wäldern ist das Thierleben ungemein lebendig und reich. In den Zweigen erglänzen die Vögel mit ihrem prächtigen Federschmuck, neben Schaaren muthwillig spielender Affen. Im Schatten der Bäume ergehen sich der Tapir, das Peccari und der Ameisenlöwe, und in verborgenen Stellen kauerte der Puma und Kuguar. In denselben Wäldern leben die Boa, die Korallenschlange und die todtbringenden Tamagas. Die Vanille hängt in Gewinden von den Zweigen herab und die Sassaparille durchädert gleichsam den Boden mit ihren heilsamen Wurzeln. Das in Quarz oder Grünstein eingeschlossene Silber reizt auf der Südseite den Menschen zu einer Arbeit, die lohnenden Ertrag giebt; hier, auf der Nordseite, erglänzt Gold im Sande beinahe aller Gewässer.

So hat die Natur verschwenderisch ihre reichen Gaben über das verhältnißmäßig kleine Honduras ausgeschüttet; und Sceuerie, Klima und Erzeugnisse sind so außerordentlich mannigfaltig, daß keine andere Region der Erde darin sich mit diesem Lande messen kann. In den Küstengegenden wuchert der üppigste Pflanzenwuchs, ranken Schlinggewächse, hauchen Blumen balsamischen Duft und das klare Meer bespült den Strand. Im Hochgebirge vertheilt die Natur ihre Güter nur spärlicher.

Zehntes Kapitel.

Mineralreichthum und Bergbau.

Honduras ist an Mineralschätzen reicher als irgend ein anderes Land Central-Amerika's; sie scheinen vorzugsweise auf die Gebirgsgruppen beschränkt zu sein, welche das Plateau von Honduras bilden. Die Mineraldistricte von Nueva Segovia und Chontales in Nicaragua gehören naturgemäß zu diesem Gebirgssystem, und dasselbe gilt auch von San Miguel, dem einzigen an edelen Metallen ergiebigen Departement des Staates Salvador. In Guatemela und Costa Rica liegen allerdings einige Gold- und Silbergruben, sie sind aber, sowohl was Anzahl als Werth anbelangt nur unbedeutend im Vergleich zu jenen von Honduras.

In diesem letztern Lande war bis auf die neuere Zeit herab der Bergbau ein vorwaltendes Interesse. Bekanntlich wird aber kaum ein anderer Gewerbszweig von Krieg und bürgerlichen Zerrüttungen so empfindlich berührt als gerade dieser. Central-Amerika hat dreißig Jahre lang keine innere Ruhe gehabt. In dieser Zeit ist eine Grube nach der andern in Verfall gerathen, und verlassen worden; und es hat an Unternehmungsgeist, Kapital und Intelligenz gefehlt, um den

Betrieb wieder aufzunehmen. Ueberall findet man in den Minendistricten verlassene Dörfer; die Grubenbesitzer haben sich der Viehzucht zugewandt und sind Hacienderos geworden. Einige wenige Minen sind allerdings noch in Betrieb, dieser findet aber in sehr beschränktem Maße und in ganz roher Weise statt, und gestattet gar keinen Schluß auf die Ertragsfähigkeit der Gruben.

Ueberhaupt sind nur wenige derselben von vorne herein in verständiger Weise in Angriff genommen worden, und man hat nie auf einen ausgedehnten Betrieb Bedacht genommen. Man schlug weder regelrechte Stollen, noch hatte man Maschinen, um das Wasser zu entfernen. In mancher der ergiebigsten Gruben schöpfte man es mit ledernen Eimern aus, und in denselben förderte man auch das Erz zu Tage; aber die Schachte waren so eng, daß selten mehr als ein einziger Mann unten in der Grube thätig sein konnte. Das Erz selber zerpochte man vermittelst schwerer Steine, die auf der untern Seite etwas schräg zugehauen worden waren, und von Menschenhand nach hinten und vorne zu geschwungen wurden; oder man pochte vermittelst der rohesten, unzweckmäßigsten Maschinen, die von Ochsen oder Maulthieren, da und dort auch wohl durch Wasserkraft in Bewegung gesetzt wurden. In letzterm Falle bestand der Apparat aus einem verticalen Schaft, den ein horizontal getriebenes Rad in Bewegung setzte, und durch welchen ein Querbalken ging, eine Art von Arm, an dessen beiden Enden man an Ketten große Steine gehängt hatte. Diese schleiften in einem ausgemauerten Becken über das Erz hin, bis dasselbe klar genug war, um amalgamirt zu werden. Das Amalgamiren fand in der Weise statt, daß man das gepochte Erz in einen Patio, Hofraum, auf Breter schüttete und es dort einige Wochen lang liegen ließ, bis die Amalgamirung vor sich gegangen war. Dann wusch man die Masse in Trögen und wandte zuletzt Feuer an.

Aber auch bei einem so unvollkommenen Betriebsverfahren ergab der Bergbau in Honduras reichlichen Ertrag. Man ging selten bis in eine beträchtliche Tiefe, und häufig mußten die Besitzer die Arbeiten schon einstellen, ehe sie noch in eine Tiefe gekommen waren, in welcher gewöhnlich die ergiebigsten Adern und Gänge vorkommen. Andere gaben die Gruben auf, weil sie die Erze nicht zu behandeln verstanden, oder weil keine Wege vorhanden waren, auf denen man dieselben bis zu einer Mühle hättte bringen können.

Im Lande liegen hunderte von verlassenen und ersoffenen Gruben verstreut, von welchen bei weitem der größte Theil mit beträchtlichem Nutzen bearbeitet werden könnte, sobald geeignete Maschinen in Anwendung gebracht würden. Aber bis heute fehlt es an Straßen und Wegen, auf welchen man dergleichen Maschinen bis an Ort und Stelle schaffen könnte, und jene werthvollen Gruben werden erst dann einen Ertag geben können, wenn in Honduras überhaupt einmal der Geist der Verbesserung und des Fortschrittes sich thätig zeigt. Neben den engen und rauhen Saumpfaden, welche von den Hafenplätzen an beiden Meeren ins Innere führen, liegen an manchen Stellen einzelne Theile schwerer und kostspieliger Maschinen, welche von unternehmenden Leuten eingeführt worden sind; sie hatten aber nicht bedacht, daß es bei dem trostlosen Zustande der Wege unmöglich war, sie an geeignete Stellen zu schaffen.

Am zahlreichsten sind die Silbergruben, und sie sind auch werthvoller als alle übrigen. Sie liegen vorzugsweise in den Ketten und Gebirgsgruppen der pacifischen Seite, während die Goldwäschereien mehr auf der atlantischen Abdachung vorkommen. Man findet das Silber in verschiedenen Verbindungen, mit Eisen, Blei, Kupfer und an einigen Stellen auch mit Antimonium. Chlorsilber ist keinesweges selten, und sehr erzreich. Berühmt sind die Silbergruben bei Ocotal in Nueva Segovia, Staat Nicaragua, und sie haben ohne Zweifel einen großen Werth; das Silber kommt dort vor als Schwefel-, Brom- und Chlorsilber; einige Gruben geben auch ein silberhaltiges Schwefelantimonium. Aus der Mine von Limon, unweit von Ocotal, wurde früher sehr viel Chlorsilber gewonnen; sie liegt aber schon seit längerer Zeit todt, weil es an Maschinen fehlt das Wasser auszupumpen. Die Erze dieses Districts geben von 28 bis 727 Unzen Silbers auf die Tonne von 2000 Pfund oder 32,000 Unzen Erz.

Der Mineraldistrict von Yuscuran, im Departement Tegucigalpa steht mit vollem Recht in großem Rufe wegen seiner vielen an werthvollen Erzen ungemein ergiebigen Minen. Sie führen zumeist ein silberhaltiges Bleierz, und ergeben von 63 bis 1400 Unzen Silbers auf die Tonne. In diesem Departement wie in jenem von Choluteca kommt im Allgemeinen ein ähnliches Erz vor, zumeist in Quarzgängen, mit wechselnden Proportionen von brauner (Zink-) Blende, Schwefelzink, Schwefelkies und Eisenoxyden.

Die Minen im Departement Gracias sind nicht minder berühmt als jene in Tegucigalpa, und man findet dort einige bemerkenswerthe Verbindungen in den Erzen. Die obere oder alte Grube von Coloal hat Kupferkies (Kupferglas), Bleiglanz (Galena) mit Schwefelsilber, und theilweise Kupferpecherz und Königskupfer (copper pitch ore and black copper); das Ganze giebt 58 Procent Kupfer und außerdem 78 bis 84 Unzen Silber auf die Tonne (2000 Pfund) aus. Die Erze der neuen Grube von Coloal sind eine Verbindung von Chlorsilber, Eisenoxyd und Antimon, gemischt mit erdigen Bestandtheilen; diese Masse ergiebt das überraschende Verhältniß von 23,63 Procent oder 8476 Unzen auf 2000 Pfund.

Die Silbergruben im Departement San Miguel, Staat San Salvador, gehören montanistisch zu jenen von Honduras. Das Silber kommt dort insgemein in der Form von Schwefelsilber vor, in Verbindung mit Bleiglanz, Eisen, schwarzer (Zink-) Blende, in Gängen von Quarz und Grünstein, in welchen gediegenes Silber drahtförmig und krystallisirt gefunden wird. Am ergiebigsten sind die unter dem Namen El Tabanco (d. h. die Bude am Wege) bekannten Gruben, welche von 1000 bis 2537 Unzen auf die Tonne Ausbeute liefern. Sie sind in ausgedehntem Betrieb gewesen, haben beträchtlichen Nutzen abgeworfen, und sind hauptsächlich auch deshalb von großem Belang, weil sie unfern der Bay von Fonseca liegen.

Goldgruben sind in Honduras gar nichts Ungewöhnliches, sie werden aber nicht mehr bearbeitet, mit Ausnahme jener von San Andres im Departement Gracias und jener in der Nähe von San Juan Cantaranas in Tegucigalpa. Das meiste Gold gewinnt man aus den Wäschereien in Olancho, die ungemein ergiebig sind. Schon von alten Zeiten her ist der Rio Guyape wegen der großen Menge Gold berühmt, welche er in seinem Sande führt; aber seit die Spanier ins Land kamen, sind die Wäschereien von den Indianern nur schwach betrieben worden; auch sie überlassen die Arbeit ihren Weibern und Kindern, welche, wie wir schon weiter oben bemerkt haben, nur am Sonntag Morgen einige Stunden sich damit beschäftigen. Und doch wurde von dem auf solche Weise gewonnenen Golde 1853 nach Juticalpa ein Werth von 129,000 Dollars gebracht.

Dr. Karl Doratt, der 1853 den Golddistrict von Olancho besucht, schreibt in einem Privatbriefe an Squier Folgendes:

„Unter den Flüssen in Olancho die wir besucht und wo wir „prospected" haben, führen der Guyape und Jalan ganz entschieden den meisten Goldsand. Beide vereinigen sich eine kleine Strecke unterhalb Juticalpa, der Hauptstadt von Olancho, und bilden dort den Rio Patuca. Die Goldablagerungen am Guyape beginnen eigentlich bei einem Punkte, der Aleman genannt wird, ziehen sich stroman, und beide Ufer enthalten viel feines Gold. Wir fanden dergleichen eine halbe englische Meile von dem gegenwärtigen Flußufer entfernt. Wenn man von Juticalpa aus in nordöstlicher *) Richtung geht, und bei Yocon die Grenze des Departements überschreitet, so findet man auf einer Fläche von zwanzig Leguas Länge und zehn Leguas Breite keinen, auch nicht den unbedeutendsten Bach, der nicht im Sande oder am Ufer Gold führt. Diese Gewässer folgen zumeist dem Zuge der Gebirge und fallen in den Guyape und Jalan. Die anderen, namentlich der Sisaca und Mangualil (von welchen der letztere Gold in beträchtlich größeren Partikeln führt als die übrigen) fließen dem Rio Mirajoco zu, welcher das herrliche Thal von Olancho bewässert, den Namen Taguale annimmt, und unfern von Truxillo das Meer erreicht. In diesen größeren Flüssen findet man das Gold in Ablagerungen an den Biegungen und Stromschnellen. Das feinste kommt am Guyape, Jalan und Mangualil im Departement Olancho vor; sodann am Sulaco, Caymito und Pacaya im Departement Yoro. — Bei Aleman waschen die Frauen nur am Sonntag Morgen den Sand in ihren armseligen Batteas, und gewinnen in wenigen Stunden so viel, daß sie die ganze Woche davon leben können. An Ort und Stelle wird die

*) So steht im Text. Es muß aber heißen: in nordwestlicher Richtung. Wir haben schon weiter oben mehrmals stillschweigend einige offenbar irrige Angaben Squiers berichtigt. A.

Unze Gold mit 11½ bis 12 Dollars bezahlt. Bei Guijana findet man Gold in einem weichen Schiefer, und bei San Felipe in einem rothen, eisenhaltigen Erdreich. Fünf Leguas von Danli giebt der Jalan eine gute Ausbeute, und als ich mich dort befand, waren mehr als hundert Männer und Frauen beim Waschen thätig. Auch sie bedienten sich der Batteas, und gruben nie mehr als zwei oder drei Fuß tief."

Auch der südliche, an Nicaragua grenzende, District von Honduras hat ergiebige Goldplaceres, und die Indianer gewinnen dort alljährlich eine beträchtliche Ausbeute. Dasselbe gilt von den nördlichen Theilen des Departements Santa Barbara. Alle Flüsse welche vom Omoagebirge dem Rio Chamelicon zuströmen, namentlich jene unweit der Ortschaft Quimistan, führen Gold im Sande. Dort steht für fleißige Arbeiter, die über gute Geräthschaften zum Auswaschen verfügen, ein reicher Ertrag in Aussicht.

Auch unerschöpflich reiche Kupfergruben sind in Honduras vorhanden, und überall findet sich in dem Kupfererz eine beträchtliche Quantität Silbers. Die schon erwähnten Minen von Coloal in Gracias enthalten 58 Procent Kupfer und außerdem 80 Unzen Silbers auf jede 2000 Pfund Kupfererz. Die Erze aus der Grube von Guanacaste im Departement Olancho geben 80 Procent reinen Kupfers und 2,9 Procent Silber, was 1039 Unzen Silbers auf die Tonne Erz gleichkommt. Aber trotz solchen Reichthums sind diese Gruben entweder vernachlässigt, oder nur mit Rücksicht auf das in ihnen enthaltene Silber sehr mangelhaft bearbeitet worden. Denn bei den ungünstigen politischen Verhältnissen, welche so lange Zeit in Honduras obgewaltet haben, und bei dem Mangel an Wegen und Straßen hat man den Bau auf Kupfer für nicht vortheilhaft erachtet, und es kaum der Mühe werth gehalten, das gediegene Kupfer bis an die Küste zu schaffen. Sobald aber einmal Verbindungswege hergestellt und zweckmäßige Maschinen bei den Minen angewendet werden, kann es nicht fehlen, daß diese Kupferminen von einer hervorragenden Bedeutung werden. In der Nähe der Fonsecabay liegen einige Kupfergruben, deren Erz dann und wann von Schiffen, die nach Deutschland oder England fuhren, als Ballast eingenommen worden ist; es hat dort mit Nutzen verkauft werden können, obwohl der Transport bis an die Küste nicht ohne Schwierigkeiten bewerkstelligt wird.

Byam, der Honduras und Nicaragua zur Erforschung der Mineralschätze durchreisete, bemerkt, daß er Kupfererze zumeist ohne Verbindung mit Schwefel gefunden habe; es brauche nicht geröstet zu werden. Man könne sie alle in einem gewöhnlichen Stichofen schmelzen, wenn man Eisenstein zu gleichen Theilen hinzusetze; dieser letztere ist im Hügellande in Menge vorhanden. Das Erz ist sogenanntes Metal de color, rothes und blaues Oxyd und grünes, kohlensaures Kupfer, manchmal auch braun oder schillernd. Es läßt sich leicht und weich mit einem Messer durchschneiden und giebt von 25 bis 60 Procent Metall. Die Gänge sind im Allgemeinen vertical; die größeren streichen nach Ost und West.

Eisenerz ist ungemein häufig, es wird aber nicht darauf gebaut, mit Ausnahme einer einzigen Grube bei Agalteca in Tegucigalpa. Das Erz ist stark magnethaltig und dermaßen rein, daß es bearbeitet werden kann, ohne vorher dem Schmelzungsprocesse zu unterliegen. Es kommt in ausgedehnten unerschöpflichen Lagern vor, und Honduras könnte Eisen in jeder beliebigen Menge liefern. Aber schon zehn Leguas von der Grube entfernt, und noch in demselben Departement, bezahlt man zehn bis zwölf Dollars für den Centner, was einen Preis von etwa zweihundert Dollars für die Tonne ergiebt!

Platina soll in den Departements Choluteca und Gracias vorhanden sein, doch sind keine Gruben eröffnet worden. Zinnober hat man an einigen Stellen gefunden, doch schwerlich so viel, daß es sich der Mühe verlohnt. Zink kommt in verschiedenen Verbindungen vor, und sehr vorzügliches Zinkerz findet man in großer Menge auf den Inseln Guanaja und Roatan. Auch Spießglanz und Zinn fehlen nicht, ob aber eine Bearbeitung der Gruben lohnen würde, müßte sich durch Versuche herausstellen.

Die Opalgruben in Gracias werden in ziemlich beträchtlicher Ausdehnung bearbeitet und sind sehr ergiebig. Manche Steine sind groß und schön, die meisten leiden aber unter der Hand der Indianer, denen viel mehr darauf ankommt viele Steine zu gewinnen, als weniger aber vorzügliche; sie zerschlagen deshalb Alles in kleinere

Stücke. Wir wissen nicht wie hoch sich alljährlich die Ausbeute der Opalgruben stellt, sie kann aber nicht unbeträchtlich sein, weil ungefähr einhundert solcher Minen bearbeitet werden. Ich hörte, daß in jenem Departement auch Amethyste vorkommen, habe aber selber keine gesehen. Asbest ist vorhanden, und könnte allem Anschein nach in beliebiger Menge geliefert werden.

Kohlen sind an mehreren Stellen gefunden worden, und die Lager im Thale oder in der Ebene von Sensenti haben eine große Ausdehnung. Ich besuchte jene in der Nähe des Dorfes Chucuyuco an einem Punkte, wo sie von den Gewässern durchbrochen werden, welche vom Merendongebirge herab in den Rio Higuito sich ergießen. Das untere Lager hat ungefähr acht Fuß Mächtigkeit, und ist durch eine bituminöse Schicht von dem obern, etwa zwei Fuß mächtigen, Lager getrennt. Die Kohle ist Braunkohle, und von späterer Bildung als die Steinkohle, welche unter dem neuen rothen Sandstein vorkommt. Diese Tertiärformation ist gleichzeitig mit der Kreideformation im Mississippi-Stromgebiete. Die Braunkohle kommt bekanntlich in großer Menge in Deutschland vor, wo man sie in Reverberiröfen zum Schmelzen der Metalle anwendet. Proben von der Sensentikohle gaben folgende Resultate: Specifische Schwere 1,504, Asche 25 Procent. Diese Proben wurden aber aus dem zu Tage tretenden Lager genommen, das dort vom Flusse bespült, und demnach mit mehreren fremden Bestandtheilen infiltrirt worden war. Der Flächenraum, welchen diese Kohlenlager einnehmen, ist noch nicht ermittelt worden, es ist aber sehr wahrscheinlich, daß sie unter einem beträchtlichen Theile der Ebene sich hin erstrecken. Da sie so tief im Binnenlande liegen, ist anzunehmen, daß sie für den Betrieb der Silber- und Kupfergruben nur einen localen Werth haben werden. Andere Kohlenlager sollen im Thale des Rio Sulaco, Departement Comayagua, vorhanden sein; sodann bei Nacaome, im Departement Choluteca, ich kann aber darüber nichts Genaueres mittheilen. Auch im Thale des Rio Torola liegen Kohlen; ich werde weiter unten, bei Beschreibung des Staates San Salvador, davon reden.

Ein feiner weißer, blauer und geäderter Kalkstein ist über alle Departements von Honduras verbreitet. Sehr mächtige Lager findet man gleich einige Meilen von der Fonsecabay; sie erstrecken sich durch das Flußthal des Goascoran, die Ebene von Comayagua, und durch jenes des Humuya bis zur Bay von Honduras. In den Hügeln und Bergen hinter Omoa liegen unerschöpfliche Brüche eines feinkörnigen, sehr festen Marmors, der nur selten Fehlstellen und Flecken hat, und für Statuen und Ornamente sich ganz vortrefflich eignet.

Es fehlt leider an sicheren Anhaltpunkten, um den Ertrag der verschiedenen Minen in Honduras auch nur einigermaßen genau abzuschätzen. Personen, welche mit den Oertlichkeiten und Verhältnissen näher bekannt sind, behaupten, daß in den letzten Jahren vor der Unabhängigkeitserklärung für etwa drei Millionen Piaster an Gold und Silber jährlich zur Ausfuhr gelangte. Später wurde auf den Export von Bullion (ungemünztem Gold und Silber) ein geringer Zoll gelegt; es ist aber so leicht denselben zu umgehen, daß die Zollämter nicht von dem zehnten Theile des ausgeführten edlen Metalles Kunde erhalten haben; man hat also gar keine zuverlässigen Angaben. Im Jahre 1825 entwarf der Münzmeister der Bundesrepublik eine Aufmachung über den Betrag von Gold und Silber, das für die funfzehn Jahre vor 1810 und für die funfzehn Jahre nach dieser Zeit ausgeprägt worden war. Für die erstere Periode ergaben sich: 285 Mark Gold, 253,560 Mark Silber; zusammen für 2,193,832 Piaster. Für die zweite Periode: 1524 Mark Gold, 423,881 Mark Silber; zusammen für 3,810,383 Piaster.

Aber der Betrag der in der Münze zu Guatemala geprägten edlen Metalle war unbedeutend im Vergleich zu der Gesammtausbeute, welche die Minen während der angegebenen dreißig Jahre ergaben. Auf einen im Umlauf befindlichen Piaster mit dem Gepräge der Regierung kamen mindestens zwanzig Piaster welche ohne diesen Stempel waren; denn es circulirten rohe Stücke von Gold und Silber, die man nach ihrem Gewicht ausgab und nahm. Damals bildeten edle Metalle, neben Indigo und Cochenille, den Hauptausfuhrartikel des Landes. Der oben erwähnte Bericht äußert: „Aus diesen Angaben darf man nicht etwa folgern, daß der Betrag an Gold und Silber, welches vermünzt wurde, einen Schluß auf die im Lande producirte Menge von edlen Metallen zulasse. Denn viel davon ist zu

Schmuck verarbeitet worden, und die Ausfuhr ist insbesondere nach 1821 sehr erheblich gewesen. Man weiß ganz genau, daß die Kaufleute in Honduras und anderen Landestheilen so beträchtliche Massen Bullion exportirt haben, daß nicht der zehnte Theil des Goldes und Silbers in die Münze gelangte. Deshalb ist es rein unmöglich, die Production jedes einzelnen Jahres anzugeben, und über den Betrag der Ausfuhr sind wir nicht minder im Dunkeln, weil das Meiste heimlich fortgeschafft wurde. In allen Gebieten der Republik liegen reiche Mineralschätze, vor Allem aber in Honduras, wo die Natur in dieser Beziehung sich ungemein freigebig zeigte." Ein erfahrener Ingenieur und Bergmann, Gourmez, der die meisten Gruben von Honduras besucht hat, versichert mich, daß man leichter Minen findet als Menschen zur Bearbeitung derselben, und daß Honduras ohne Weiteres mit Mexico und Perú rivalisiren könne, sobald es nur über Arbeitskräfte zu verfügen habe. Zum Schlusse mag hier noch bemerkt werden, daß Honduras die spanischen Bergwerksgesetze, diese berühmten Ordenanzas de la Mineria, unverändert angenommen hat.

Elftes Kapitel.

Erzeugnisse des Pflanzenreiches und des Thierreiches.

Von erheblichem Werthe für Honduras sind die werthvollen Holzarten, welche gegenwärtig wohl den wichtigsten Ausfuhrartikel des Landes bilden, vor Allem das Mahagonyholz und Rosenholz. Aber das erstere ist bei weitem am wichtigsten, und beschäftigt eine große Menge von Arbeitern.

Der Mahagonybaum, Swietenia Mahagony, trägt in Honduras mit vollem Recht die Benennung: König der Wälder, denn im Vergleich zu ihm erscheinen alle übrigen mehr oder weniger klein. Sein Stamm ist ungeheuer dick und sehr hoch, die Aeste und Zweige breiten sich weithin aus, und seine Wurzeln ziehen sich über eine beträchtliche Fläche hin. Er wächst ungemein langsam; innerhalb der Dauer eines Menschenlebens bemerkt man an ihm kaum eine Zunahme, und man nimmt an, daß ein Mahagonybaum mindestens dreihundert Jahre alt sein müsse, ehe es sich der Mühe verlohne, ihn zu fällen. Man kann sich von dem gewaltigen Umfange, welchen dieser Baum oftmals erreicht, eine Vorstellung machen, wenn man weiß, daß ein aus dem untern Theile des Stammes gesägter Block von siebenzehn Fuß Länge, der 5 Fuß 6 Zoll „im Gevierte" mißt, gleich ist 540 Kubikfuß, und ein Gewicht von siebenzehn Tonnen zu 2000 Pfund hat.

Der Mahagonybaum wächst in fast allen Stromthälern in Honduras, und ist sehr häufig in dem ganzen Tieflande zu beiden Seiten der Gewässer, welche in die Bay von Honduras münden. Hier erreicht er auch seine beträchtlichste Größe und hier befinden sich auch hauptsächlich die sogenannten Cortes, wie die Spanier, oder Cuttings, wie die Engländer und Nordamerikaner sagen, nämlich die Punkte, an welchen das Holz gefällt wird. Diese Ländereien gehören zumeist dem Staate, der Erlaubnißscheine ausstellt, und sich für jeden Baum, der umgehauen wird, eine gewisse Summe zahlen läßt. Diese Mahagonyschläge wechseln natürlich den Ort, denn sobald eine Gegend ausgehauen worden ist, ziehen die Arbeiter an eine andere Stelle, um dort von vorne anzufangen; eigentlich feste Punkte, wo dauernde Niederlassungen sind, falls von solchen die Rede sein kann, liegen nur an den Mündungen der Ströme, wo die Blöcke, nachdem sie bis dort hinabgeflößt worden sind, gemärkt und verladen werden.

Die Beschäftigung und das ganze Leben und Treiben eines Mahagonyhauers sind so wild wie möglich, und doch ist Methode und System darin. Der in den Cortes beschäftigte Arbeiter begiebt sich in ein Thal, in welchem er für die nächste Zeit Beschäftigung findet. Dort trifft er die nöthigen Vorkehrungen, um Lebensmittel und andern Bedarf unterzubringen, und das Holz ins Wasser zu schaffen. Er hat eine kleine Flotte von sogenannten Pitpans, kleinen Fahrzeugen, auf welchen herbeigeschafft wird was er nöthig hat; vermittelst derselben unterhält er auch die Verbindung mit den eigentlichen „Werken," den Punkten wo die Bäume gefällt werden, also den Lagen wo sie reichlich stehen, am zugängigsten sind, und wo Weide für die Ochsen ist, welche jeden einzelnen Block durch den Wald bis zum Flußufer ziehen. Aber dorthin muß man das Vieh oftmals durch Dickichte und früher nie begangene Waldstrecken treiben, Ketten und Stricke auf kleinen Booten gegen reißende Bäche flußaufwärts, oder über Stromschnellen und Wasserfälle hinwegschaffen. Das Alles ist unendlich anstrengend und mühsam.

Nachdem man einen zum Holzfällen geeigneten Strich im Walde ausfindig gemacht hat, bauen sich die Arbeiter ihre Wohnungen auf. Das ist freilich leicht geschehen, denn sie bedürfen weiter nichts als Schirm gegen Sonne oder Regen. Sie schlagen einige Pfähle in den Boden und überdecken sie mit langem Riedgrase, das sie an den Sümpfen finden, oder mit „Cahoon-" und Palmblättern. An zwei Pfosten wird eine Hangematte befestigt, der Kochkessel zwischen einige Steine gestellt, und damit ist die Hütte des Mahagonyhauers fertig.

Die zum Fällen geeignete Jahreszeit beginnt im August und dauert einige Monate. Die Arbeiter sind der Ansicht, daß in dieser Periode der Stamm beim Umstürzen am wenigsten splittert, und das Holz beim Trockenwerden sich weit weniger wirft, als wenn man es in den Monaten von April bis August haut, also in den Monaten, welche als „Frühjahr" bezeichnet werden. Auch vermag in jener Zeit der Arbeiter das Holz leichter „herunterzukriegen," und so weit zuzurichten, daß es beim Eintritt der trockenen Jahreszeit von den Ochsen fortgeschafft werden kann.

Die Arbeiter theilen sich in Rotten oder Kumpaneien; jede ist zwanzig bis funfzig Mann stark und hat einen Capitain, welcher die erforderlichen Anordnungen giebt. Er weis't jedem Einzelnen das Tagewerk zu, und erhöht oder verringert den Lohnbetrag je nach den Leistungen. Auch ein „Jäger" ist für die Rotte vorhanden, aber nicht etwa um wilde Thiere zu erlegen, sondern weit und breit im „Busch" umherzuspüren, und Bäume ausfindig zu machen, die sich zum Schlagen eignen. Deshalb erscheint er früher an Ort und Stelle als die übrigen, und erhält auch höhern Lohn als diese, weil nur ein sehr thätiger und umsichtiger Mensch sich für jene Aufgabe eignet. Zuerst bahnt er sich einen Weg durch den dicksten Wald, um irgend eine hochgelegene Stelle ausfindig zu machen; dort erklimmt er dann den höchsten Baum und hält seine „Rundschau." — Im August haben die Blätter des Mahagonybaumes eine gelblich-röthliche Farbe, und ein geübtes Auge sieht bis auf eine weite Entfernung hin, wo sie am reichlichsten stehen. Der „Jäger" steigt nun wieder hinab, und dringt durch Dick und Dünn, ohne Compas, gerade in der Richtung vor, in welcher die Bäume stehen. Es kommt nie vor, daß er die rechte Stelle verfehlt. Manchmal muß er vorsichtig und schlau zu Werke gehen, um andere Jäger, die ihm vielleicht auf der Spur sind und seine Entdeckung sich zu Nutze machen möchten, auf eine falsche Fährte zu führen. Denn es trifft sich häufig, daß auch Andere in derselben Gegend umherspähen, und den gleichen Zweck verfolgen. Aber nicht allemal gelingt es ihm, sie zu beirren, denn sie sind nicht minder schlau und erfahren als er selber, kennen alle seine Schliche, und haben ein so geübtes Auge daß sie aus einem Blatt oder einer Fußspur abnehmen, wohin ihr Nebenbuhler gegangen ist. Dieser streut manchmal dürre Blätter hinter sich her, um seine Fährte zu verwischen, aber gerade damit verräth er sich zuweilen, und es trifft sich wohl, daß seine Gegner schon an Ort und Stelle sind, wann er anlangt. So waren alle seine Anstrengungen vergeblich, der verborgene Schatz ist bereits gehoben, und er muß seine Schritte weiter lenken, um eine andere Baumgruppe aussindig zu machen. Sobald das der Fall ist, erscheint seine Rotte und das Schlagen beginnt. Man haut den Baum zehn oder zwölf Fuß oberhalb der Wurzel an, und errichtet zu diesem Behuf ein Gerüst für die Männer welche die Axt handhaben. Der eigentliche Stamm gilt für den werthvollsten Theil des Baumes; aber für manche Zwecke, namentlich für Verzierungen, eignet sich das von Aesten und Zweigen weit besser, weil es ein dichteres Korn und hübscheres Gemaser hat.

Zunächst fällen die Arbeiter eine hinreichende Menge von Bäumen. Nachdem das geschehen ist, beginnen die Vorkehrungen, um die Blöcke fortschleppen zu können. Man bahnt einen möglichst nahen Weg bis zum Fluß. Liegen die Bäume weit umher verstreut, so muß man oft meilenlange Wege bahnen und wohl auch Brücken legen. Zuerst stellt man eine feste möglichst ebene Straße her, aus welcher viele kleine Wege nach den Stellen abzweigen, wo die einzelnen Bäume und Blöcke liegen. Diese Arbeit wird in Accord gegeben und nimmt die meiste Zeit in Anspruch. Ein Theil der Rotte beseitigt Buschwerk und Unterholz, und macht täglich eine Strecke von einhundert Schritten weit klar. Gleich hinter ihm folgt eine andere Abtheilung, um die größeren Bäume in der Weise wegzuhauen, daß der Boden möglichst eben wird. Auch dabei soll jeder Arbeiter täglich im Durchschnitt eine Strecke von einhundert Schritt herrichten; das ist aber eine höchst schwierige Aufgabe, weil oft eine beträchtliche Menge sehr harter Bäume im Wege stehen, an denen die Axt nichts ausrichtet, weshalb man das Feuer zur Hilfe nehmen muß. Die Stämme dieser Bäume sind zum Theil werthvoll, zum Beispiel jene von Eisenholz, Brasilholz, Sapodilla, Kugelbaum 2c., aber sie werden hier als nutzlos bei Seite geworfen, wenn sie nicht etwa ganz in der Nähe eines Gewässers liegen, welches die Straße durchschneidet. Dann verwendet man sie zum Brückenbau, der gleichfalls seine Schwierigkeiten hat, denn alles muß haltbar sein, um so schwere Lasten tragen zu können.

Die Straßen sind gewöhnlich im December hergerichtet. Nun werden die Stämme und Blöcke von verschiedener Länge zersägt, um die Last, welche von den Ochsen fortgeschleppt werden muß, möglichst gleich zu machen. Nachher wird ein Block vom andern getrennt, und in eine solche Lage gebracht, daß die möglichst größte viereckige Fläche aufliegt. Ueberhaupt ist es von Bedeutung daß die Blöcke nicht rund bleiben, denn durch das Zuhauen verlieren sie an Gewicht, und rollen nicht beim Schleppen.

Im April und Mai sind dann alle erforderlichen Vorkehrungen getroffen, und die trockene Jahreszeit ist so weit vorgerückt daß das Schleppen vorgenommen werden kann. Das ist gleichsam die Herbst- oder Erntezeit des Mahagonybaumhauers, und es kommt dann viel darauf an, daß es nicht regne, weil schon ein nasser Tag ihm die Straße wesentlich verschlechtert. Je nach der Stärke der Rolle bemißt sich auch die Zahl der Schlepplasten. Wir wollen eine aus vierzig Mann bestehende Kumpanei annehmen. Eine solche kann mehrere Schlepplasten bewältigen. Jede dieser letzteren erfordert sieben Paar Ochsen und zwei Treiber, sechzehn Mann um Futter für das Vieh zu schneiden, und zwölf Mann um die Blöcke auf die Räder zu laden. Diese zwölf Mann halten sich gewöhnlich in der Nähe der Hauptrotte im Walde auf, weil es für sie zu anstrengend wäre täglich nach der Niederlassung am Flusse zu gehen und von dort wieder zurückzukehren. Während der heißen Tageszeit können die Ochsen nicht arbeiten, man muß deshalb die Nacht benützen. Die Auflader nehmen ihren Standpunkt in Walde ein, und die Schlepplasten werden, vom „Embarcadero“ aus etwa um Sechs Uhr Abends in Bewegung gesetzt, und kommen gegen Elf oder Zwölf Uhr auf dem Ladeplatz an. Bis dahin haben die Auflader geschlafen; nun erwachen sie, denn das Peitschengeknall der Treiber wird schon aus weiter Ferne her vernommen. Sie heben die Blöcke auf das Rädergestell vermittelst einer geneigten Ebene, und sind nach Ablauf von ungefähr drei Stunden mit dieser ganzen Arbeit fertig. Dann schlafen sie abermals bis gegen Neun Uhr Morgens. Die Treiber machen sich inzwischen auf den Weg, kommen aber nur langsam vorwärts, weil doch manche kleine Baumstumpfe im Wege geblieben sind, die man am hellen Tage hätte vermeiden können, die man aber bei Fackelschein leicht übersieht. Um Elf Uhr Morgens ist man aber gewöhnlich am Flusse, bezeichnet die Blöcke mit den Anfangsbuchstaben des Eigenthümers, und wirft sie ins Wasser. Die Treiber ruhen bis Sonnenuntergang aus, während das Vieh weidet; bevor es wieder ins Joch gespannt wird, erhält es ein zweites Futter.

Dieses Schleppfahren der Mahagonyblöcke gewährt einen ganz eigenthümlichen Anblick. Sechs solche Züge nehmen eine Strecke von einer guten Viertelstunde Wegs ein; das Ganze hat, aus der Ferne gesehen, etwas Theatralisches. Die große Anzahl von Zugthieren keucht langsam vorwärts, die Treiber sind halbnackt, weil Hitze und Staubwolken alle Bekleidung des Oberkörpers lästig machen würden. Jeder Treiber hält eine Fackel; die Ketten rasseln, und die Peitschen knallen in der Stille der Nacht durch den grünen Wald.

Gegen Ende des Maimonats beginnt der periodische Regen, und strömt in solchen Massen aus den Wolken herab, daß die Holzwege schon nach wenigen Stunden nicht mehr zu befahren sind. Nun hört ohne Weiteres das Holzschleppen auf, das Vieh wird auf die Weide getrieben, und Räder, Deichseln, Lederzeug und Handwerksgeräth unter Dach und Fach geschafft. Es regnet an jedem Tage, bis in die Mitte Juni. Dann sind die Flüsse hoch angeschwollen, und die Blöcke schwimmen wohl zweihundert Meilen weit hinab. Hinter ihnen her fahren die Arbeitsleute in ihren Pitpans, den Kähnen mit flachem Boden, um erforderlichen Falles nachzuhelfen, Blöcke, die an Felsen sich stauen oder an überhängenden Zweigen still liegen, wieder ins Fahrwasser zu stoßen, und ihnen das Geleit bis zum Bergeplatz an der Mündung zu geben. Dann werden die Blöcke je nach ihren Anfangsbuchstaben sortirt, und auf die Lagerplätze der verschiedenen Eigenthümer gebracht. Dort behaut man sie, um sie glatt zu machen, und nun sind sie zum Verschiffen über See fertig.

Die Arbeitslöhne, welche den Mahagonyhauern in Balize auf der Ostküste von Yucatan gezahlt werden, stellen sich ziemlich eben so wie in Honduras. Dort besteht eine Rotte „a gang", aus einem Capitain und funfzig Mann, von welchen dreißig zur ersten Classe gehören und je zehn zur zweiten und dritten Classe. Der Capitain bezieht dreißig bis fünfundvierzig Dollars; die Arbeitsleute erhalten funfzehn, zwölf und zehn Dollars, je nach der Classe, zu welcher sie gehören. Der „Jäger" bekommt funfzehn Dollars monatlich, oder auch einen halben bis zu einem ganzen Dollar für jeden Baum, den er findet, je nach dessen Werth. Werkzeuge und Lebensmittel erhalten die Leute außerdem.

Bei Balize sind die meisten Mahagonybaumhauer Neger, Abkömmlinge von Sclaven, welche früher dort arbeiten mußten; in Honduras dagegen sind sie Caraiben, die an Körperkraft und Thätigkeit den Negern überlegen sind, auch haben sie mehr Intelligenz und bedürfen keiner so sorgfältigen Ueberwachung. Manche von ihnen gehen in jedem Jahre nach Balize, vermiethen sich dort für die Arbeitszeit und kehren nach dem Schlusse derselben heim.

Auch über die Production und den Absatz von Mahagonyholz fehlen uns genauere Angaben; wir kennen weder Menge noch Geldwerth. Doch scheint es, als ob dieser Erwerbszweig fortwährend im Anwachsen sei, und um so wichtiger werde, je weniger die westindischen Inseln und Yucatan zu liefern vermögen, und je stärker die Nachfrage auf den Weltmärkten wird. In Honduras sind gegenwärtig die bedeutendsten Mahagonyschlägereien am Rio Ulua und dessen Zuflüssen, am Aguan, am Black River und am Patuca. Die übrigen Flüsse sind bis jetzt noch außer Acht geblieben, weil es mit Schwierigkeiten verbunden ist, die Blöcke bis an die See hinabzuschaffen, wo es überdies an geeigneten Häfen mangelt.

Außer dem Mahagony besitzt Honduras eine große Menge anderer, den tropischen Gegenden eigenthümlicher Holzarten, die hier nicht alle aufgezählt werden können. Rosenholz (Amyris balsamifera, L.), ist an der Nordküste sehr häufig und bereits ein Handelsartikel geworden; Rhamnus sarcomphalus, L. steht in Menge im Thale des Ulua und an den Flüssen in der Ebene von Camayagua, auch wohl in andern Theilen des Staates. Unter den Farbehölzern nenne ich: Gelbholz (Morus tinctoria), Sandelholz (Santalum), Brasilholz (Caesalpina echinata, L.), den Drachenblutbaum (Pterocarpus draco, L.), das eine Varietät des Brasilholzes bildende Nicaraguaholz, und die Arnotta (Bixa orellana), von welcher die Orleans- oder Rocoufarbe kommt.

Auch Medicinalpflanzen und Gummigewächse sind in reichlicher Fülle vorhanden. Dazu gehören der Gummiarabicum-Busch (Acacia arabica), der auf allen offenen Savannen der pacifischen Abdachung wächst. In den Wäldern findet man den Copaibabaum (Copaifera officinalis, L.), den Copalbaum (Hedwigia balsamifera), den Liquidamber oder Storaxbaum (Styrax officinalis), den Ricinus communis, die Ipecacuanha, und den Ule, Kautschuk oder Gummielasticum-Baum (Siphonia elastica), der an beiden Küsten im Tieflande wächst. Die an der Bay von Honduras wohnenden Caraiben sammeln kleine Quantitäten von diesem Gummi, der hier im Allgemeinen noch nicht die ihm gebührende Beachtung gefunden hat.

Eine besondere Erwähnung verdient die langnadelige Fichte oder Pechtanne, sowohl wegen ihrer trefflichen Qualität, als weil sie in so großer Menge vorkommt. Man kann sagen, daß sie alle höher gelegenen Theile des Landes von einem Meere bis zum andern bedeckt. Auf der pacifischen Abdachung erscheint sie auf den Hügeln und im Gebirge in einer Höhe von etwa 1200 Fuß über dem Meere, nach dem Innern hin geht sie schon beträchtlich tiefer hinab, und am atlantischen Ocean finden wir sie fast bis zum Spiegel der See hinunter. Ich traf sie auf den niedrigen Hügeln an, welche die Ebene von Sula einschließen, also auf der Westseite von Honduras, in 250 Fuß Meereshöhe; daß sie auf den Savannen an den Flüssen und Lagunen östlich von Truxillo und an der Moskitoküste eine Charakterpflanze bildet, ist bekannt. Die Bäume stehen nicht dicht neben einander, sondern eine Strecke weit von einander entfernt, so daß unter und zwischen ihnen Gras wachsen kann, und ein solcher Fichtenwald im Innern mehr einem wohlerhaltenen Parke gleicht als jenen dichten Holzbeständen, die wir Wälder zu nennen pflegen. Diese Fichten erreichen zum Theil eine beträchtliche Höhe, haben aber im Allgemeinen etwa 20 Zoll im Durchmesser, enthalten viel Harz, und ihr Holz ist fest, schwer und dauerhaft; ihr Mark wird nie von Insecten angefressen. Dieses Holz liefert einen guten und billigen Stoff zu allen Arten von Bauwerken im Lande selbst, und wird namentlich zu Brücken, Booten und Häusern benutzt. Henderson zieht diese Fichten den in den Vereinigten Staaten von Nord-Amerika wachsenden vor, und Strangeways meint, es könne nicht fehlen daß von hier einst viel Pech, Theer und Holz in den großen Handel gelangen werde.

Die Ceder (Cedrela odorata) ist gleichfalls von großer Wichtigkeit. Man findet sie in allen Thälern, ganz besonders aber an den Strömen in der Küstenregion. Sie wird 70 bis 80 Fuß hoch und der Durchmesser beträgt häufig von 4 bis 7 Fuß. Das Holz ist dem Wurmfraß nicht ausgesetzt, ist leicht und läßt sich ohne Mühe bearbeiten, hat eine hübsche Farbe und riecht angenehm; es wird daher zu mannigfachen Zwecken verwendet, nnd gelangt auch von Jahr zu Jahr mehr zur Ausfuhr. Viele der indianischen Nachen und Pitpans bestehen aus einem ausgehölten Cederstamm, sind leicht und dauerhaft, splittern aber wenn sie stark auflaufen.

Der Ceiba oder Seidenbaumwollen-Baum (Bombax ceiba L.) kommt sehr häufig vor, erreicht eine mächtige Größe, und man verfertigt aus seinem Stamme „Bongos" und „Pitpans". Ich habe dergleichen Fahrzeuge gesehen, die aus einem einzigen Ceibastamm ausgehöhlt worden waren, und nicht weniger als 7 Fuß von einem Bord zum andern „im Lichten" maßen. Dieser Baum treibt jährlich zwei bis dreimal Blüthen, und seine fleischfarbigen Blumen gereichen dem ganzen Walde zum Schmuck. Er trägt Schoten mit duniger, baumwollenartiger Faser, mit der man wohl Polster und Kissen ausstopft, die aber vielleicht auch zu anderen Zwecken sich verwenden ließen.

Wir nennen ferner die Lebenseiche (Bignonia) Santa Marienholz, das so genannte Gumholz, Sapodillo (Achras Sapota), Mangrove, (Rhizophora Mangle), Mangrove Taubenbaum (Coccoloba uvifera), Eisenholz, (Sideroxylum), Calabassenbaum (Crescentia), Kegelbaum (Button Wood oder Mangle Zaragoza), Mohol (Althea rucemosa); Hymenaca courbaril, Mandeln, verschiedene Eichenarten, Granadillo (Brya ebanus), viele Palmenarten, Zapote (Sapote mamosa) ꝛc.

Außer Limonien, Orangen und Palmen hat Honduras noch eine Menge anderer fruchttragender Bäume. Cacao ist insbesondere auf der nördlichen Alluvialstrecke sehr häufig, und die Eingebornen holen sich ihren Bedarf aus den Wäldern. Denn dort wächst der Cacao mico, der sogenannte Affen- oder wilde Cacao, der sich von der cultivirten Art dadurch unterscheidet, daß er größere Nüsse hat; auch soll der Geschmack seiner Bohnen feiner sein. Der Pimentbaum ist einheimisch und gleicht genau der Mirtus pimenta auf Jamaica, nur ist die Beere etwas größer als bei der westindischen Varietät und das Aroma schwächer. Diese Waare ist noch nicht in den Handel gekommen. Auch die Anona ist in verschiedenen Varietäten einheimisch; sodann die Aguacata oder Alligatorbirne (Persea gratiminea) die Citrone (Citrus tuberosa), die Tamarinde (Tamarindus occidentalis), die Guava (Pisidinum guajavas), Ananas, Mango (Mongofera domestica) Papaya (Carica papaya), Granaten (Punica granatum) Mamay (Lucuma Bonplandii), Nance Jocote oder wilde Pflaume und viele andere.

In keinem Lande der Welt gedeiht die Sassaparille (Smilax medicinalis) besser als in Honduras; sie kommt in ungemein großer Menge vor, besonders aber an der Nord- und Ostküste. Von den Indianern wird sie gesammelt, aber nur in geringen Quantitäten, für welche sie dann ihren Bedarf an europäischen Waaren eintauschen. Doch könnten diese Wurzeln einen wichtigen Ausfuhrartikel bilden, weil man im Stande wäre jede Nachfrage zu befriedigen. Die Vanille (Epidendrum Vanilla) findet man hier überall wo die Sassaparille wächst, und sie treibt in beträchtlicher Menge sehr große Schoten. Auch diese werthvolle Frucht ist noch nicht zum Export gelangt, obwohl Proben, die nach Europa und den Vereinigten Staaten von Nordamerika geschickt worden sind, sich als ganz vorzüglich auswiesen. Die Pita, welche in Mexico Ixtle genannt wird, ist eine Varietät der Agave, und giebt reichen Ertrag; ihre Fasern sind verschieden, theils so stark wie grober Hanf, theils so dünn wie der feinste Flachs. Man verfertigt aus ihnen Garn, Seile, Hangmatten, Papier ꝛc. Die Pflanze ist sehr zäh, der Anbau leicht, und sie kann bei ausgedehntem Anbau von Belang werden.

Ich habe schon mehr als einmal gesagt, daß Honduras sich für alle tropischen Stapelproducte eigne. Beträchtliche Strecken wären für die Cultur der Baumwolle passend, sie wird aber nur an einigen Stellen von den Indianern für ihren eigenen Bedarf gezogen. Die Versuche mit dem Anbau sind in Bezug auf die Qualität ganz vortrefflich ausgefallen, aber es fehlte an geschickten Arbeitskräften, auf welche man jahraus jahrein sich verlassen könnte, und deshalb mußte man den Anbau wieder aufgeben. Trotzdem sollen in dem Laufe eines Jahres 50,000 Ballen, jeder von dreihundert Pfund, aus den westlichen Häfen von Nicaragua exportirt worden sein. Baily's Angabe zufolge fand diese Waare in Manchester großen Beifall, und jede Zufuhr würde dort willige Abnehmer finden.

Das Zuckerrohr ist in Honduras, wie überhaupt in Nicaragua einheimisch, und verschieden von der Varietät, welche in Westindien und in den Vereinigten Staaten von Nord-Amerika gebaut wird. Es ist weicher und schlanker als diese, enthält eine ungleich größere Menge starken Saftes, wächst sowohl auf den Ebenen wie im Gebirgslande sehr üppig, bis in eine Meereshöhe von 3 bis 4000 Fuß. Zwei Jahresernten sind das Gewöhnliche, unter besonders günstigen Umständen kommt noch eine dritte hinzu, und das Rohr braucht nur alle zehn oder zwölf Jahre nachgepflanzt werden. Die Krystalle dieser Zuckerart sind groß und hart und fast so weiß als der raffinirte Zucker, der gewöhnlich in den Handel kommt. Anbau und Bereitung im Großen kennt man nicht; dagegen sind unzählige kleine Trapiches vorhanden, Zuckermühlen, welche von Ochsen getrieben werden. Man fabricirt nur für den örtlichen Bedarf, meist in der Gestalt von Chancaca, oder Rohrzuckerkuchen, von zwei Pfund Gewicht; man wickelt sie in Bananenblätter. Diesen Zucker verspeist man zu den Tortillas, Maiskuchen, welche das tägliche Brot der Eingebornen bilden, insbesondere der unteren Classen. Auch Kaffee kommt ganz vorzüglich fort; er wird aber bis heute erst in so beschränktem Umfang angebaut, daß der Ertrag nicht einmal für den einheimischen Bedarf ausreicht. Ich sah an verschiedenen Stellen im Departement Gracias ganz vernachlässigte Kaffeebäume, die schwer mit Beeren belastet waren. In Costa Rica ist bekanntlich die Kaffeecultur mit bestem Erfolg eingeführt worden. Schon im Jahre 1851 lieferte dieser kleine Staat 20 Millionen Pfund Kaffee, im Geldwerth von drittehalb Millionen Thalern, und in Honduras würde dieser wichtige Artikel nicht minder gut fortkommen, da Boden und Klima ihm entschieden günstig sind.*)

---

*) In Costa Rica wird der Kaffee erst seit 1832 als Handelsartikel gebaut. Die Cultur wurde von einem deutschen Kaufmann, Eduard Wallerstein, eingeführt. Der Baum findet zwischen 3000 bis 4500 Fuß Meereshöhe und in einer mittlern Temperatur von 65 Grad F. sein bestes Fortkommen. Man baut besonders den „blauen" Kaffee aus St. Domingo, rechnet auf einen Acker Kaffeeland etwa tausend Bäumchen, die durchschnittlich 3 bis 4 Fuß hoch sind. Eine Kaffeepflanzung besteht durchschnittlich aus 27 bis 30,000 Bäumen. Die Eigenthümer der größten Kaffeegärten gewinnen jährlich 4000 bis 5000 Centner. Nimmt man die gesammte Kaffeeernte (welche 90,000 Centner beträgt), und tausend Bäumchen auf den Acker als Grundlage der Schätzung an, so sind gegenwärtig etwa 10,000 Acres im Anbau, und mit 10 Millionen Kaffeebäumen bepflanzt. Im Jahre 1833 betrug die Ernte in Costa Rica 200 Centner, 1845 schon 70,000, und hätte nicht das plötzliche Fallen der Kaffeepreise auf den englischen Märkten im Jahre 1848 einen panischen Schrecken unter den Kaffeepflanzern zur Folge gehabt, und hätten damals nicht viele von ihnen die Bäume umgehauen und die Kaffeegärten wieder in Maisfelder verwandelt, so würde dermalen die Kaffeernte Costa Rica's schon über 200,000 Centner betragen. Es sind gegenwärtig etwa 2000 Arbeiter mit der Kaffeecultur beschäftigt, welche in dem letzten Jahre etwa 80 bis 90,000 Centner producirten oder etwa 40 bis 50,000 Centner auf den Kopf. Ein Arbeiter genügt für die Pflege von 5000 Bäumen oder 5 Acres. Ein ausgewachsener Baum liefert bis vier Pfund Kaffee. Siehe: Die Republik Costa Rica in Central-Amerika von Moritz Wagner und Karl Scherzer. Leipzig 1856. S. 309 ff. — A.

Cochenille scheint in früheren Zeiten, aber nur in geringem Umfang, gebaut worden zu sein; gegenwärtig ist die Cultur auf Guatemala beschränkt, wo dieser Artikel das Hauptstapelproduct ausmacht. Der Nopal, Cochenille-Cactus, ist in der Ebene von Comayagua in großer Menge vorhanden und dort auch einheimisch; auf ihm lebt die sogenannte wilde Cochenille.

Der Tabak von Honduras hat einen wohlverdienten Ruf, und jener der auf den Llanos von Santa Rosa, im Departement Gracias wächst, gilt für eine der besten Sorten in der Welt. Man fand daß sich diese Gegend ganz ausgezeichnet für den Anbau dieses Productes eigne, und diesem Umstande verdankt die Stadt Santa Rosa ihr Entstehen. Sie ist dermalen der blühendste Ort im ganzen Departement Gracias. Der Tabaksbau begann daselbst gegen Ende des vorigen Jahrhunderts, und nahm so schnell zu, daß 1795 dort eine königliche Fabrik unter der Leitung eines Factors errichtet wurde. Seitdem stieg das dortige Product dermaßen im Rufe, daß der Tabak von Santa Rosa nicht nur innerhalb der Grenzen des alten Königreichs Guatemala, sondern auch in Mexico, Perú und selbst in Spanien lebhafte Nachfrage fand. Die Bevölkerung des Platzes stieg, und 1823 wurde er zur Stadt erhoben. Aber in den Bürgerkriegen hatte Santa Rosa harte Schläge erlitten; der Anbau des Tabaks verminderte sich und dadurch auch die Volksmenge. Doch ist die Production immer noch erheblich, und ein beträchtlicher Theil des Erntegewinns wird nach Cuba ausgeführt, wo er dann zu „ächten Havana Cigarren" verarbeitet wird. Auch die Ebenen von Olancho und das Thal von Sonaguera liefern ein ganz vorzügliches Blatt. Manche Sorten finden ihren Weg auch über See, und schon mehr als einmal sind aus dem pacifischen Hafen beträchtliche Quantitäten nach Hamburg und anderen deutschen Häfen gegangen. Die Versuche zum Export von Cigarren sind nicht geglückt, weil es an geschickten Arbeitern mangelt. Aber es leidet keinen Zweifel daß der Tabak künftig ein Hauptartikel für Honduras wird.

Indigo ist seither nur spärlich gebaut worden; seit einigen Jahren cultivirt man ihn im Thale des Rio Chamelicon, Departement Gracias, mit ungemein günstigem Erfolg; die Qualität ist so gut wie jene des Indigo von Nicaragua und von San Salvador, welcher für besser gilt als der ostindische. Der Anbau würde in dem eben genannten Thale und überhaupt in allen Thälern der Ströme, welche in die Bay von Honduras fallen, reichlich lohnen.

Der Mais wächst ungemein üppig, und giebt überall zwei Ernten auf demselben Flecke, wenn der Boden von Natur feucht genug ist oder bewässert wird. Im Innern, in den gebirgigen Gegenden, bepflanzt man denselben Acker nach der ersten Ernte nicht wieder mit Mais, wenigstens nicht des Könerertrags wegen; man benutzt die zweite Aussaat, um die Stengel als Sacate, Grünfutter für das Vieh, zu schneiden. Die Maisart in Honduras gleicht mehr der in Neu-England angebauten, als jener im Stromthal des Mississippi. Das Korn ist ungemein voll und hart; die Kolben sind klein aber zahlreich. Auch in Honduras, wie überall im tropischen Amerika, bildet Mais das Hauptnahrungsmittel. Man bereitet daraus Tortillas, Tamate, Atole, Tiste und andere Arten von Gebäck. Er ist insgemein äußerst wohlfeil, zuweilen leidet er aber vom Chapulin oder der Langosta, einer Art Heuschrecke oder fliegendem Grashüpfer, der in so ungeheuren Schwärmen erscheint, daß auch das größte Maisgefilde (Milpa) in wenigen Stunden völlig abgefressen wird. Diese Heuschreckenplage ist dort immer eine allgemeine, und erzeugt eben deshalb eine allgemeine Hungersnoth; dann steigt der Bushel Mais bis vier, fünf, ja bis zehn Dollars. Glücklicherweise greift das Insect nur selten diejenigen Milpas an, welche hoch im Gebirge liegen. In allen höheren Districten gedeihen Weizen und die übrigen Brotfrüchte des gemäßigten Himmelsstriches, und Honduras bedarf keiner Mehlzufuhr von Außen. Ich sah Weizenfelder bei den indianischen Ortschaften südwestlich von Comayagua auf den Gebirgsterrassen in 4000 Fuß Meereshöhe; diese Getreideart gedeiht aber auch in viel tieferen Lagen. Der Halm ist kurz aber fest, und das Korn nicht so voll als in nördlichern Breiten; die Schuld liegt aber wohl zumeist daran, daß man keine gute Art genommen hat und das Samenkorn nicht wechselt. Das Mehl ist sehr weiß und hat einen guten Geschmack; es kann sich mit jenem aus den Vereinigten Staaten von Nord-Amerika und aus Chile vollauf messen.

Reis wird im Küstenlande in Menge gebaut, ist von vortrefflicher

Qualität und man gewinnt ihn ohne viel Mühe. Kartoffeln pflanzt man auf den höhern Gebirgsebenen, von wo die Indianer diese Knollenfrucht nach den größeren Städten zu Markte bringen. In den wärmeren Landestheilen sind Yams und Mandioca ganz allgemein. Die Yams von Omoa, Puerto Caballos und Truxillo sind von vortrefflicher Qualität, und nicht selten erreicht eine Wurzel funfzig bis sechzig Pfund Schwere. Diese Wurzelfrüchte, sowie Bohnen und Bananen sind tägliche Nahrungsmittel; die letzteren gedeihen insbesondere an der Nordküste ungemein üppig, werden mit leichter Mühe fortgepflanzt und bedürfen kaum einer Pflege.

Die Thierwelt Central-Amerika's entspricht der geographischen Lage dieser großen Region, und trägt theils den Charakter der Aequatorialzone Süd-Amerika's, theils jenen der halbtropischen Districte Mexico's. So finden wir einige Arten des Ameisenfressers, welche jenen am Orinoco entsprechen, an der Nord- und Ostküste von Honduras, und das in den Vereinigten Staaten von Nord-Amerika so ungemein häufige graue Eichhörnchen begrüßt den Wanderer in den Fichtenwäldern Mittel-Amerika's. Von Hausthieren hält man Pferde, Esel, Rindvieh, Schafe, Ziegen, Schweine und Katzen; sie alle stammen aus der Fremde, nur eine Hundeart ist einheimisch.

Das Pferd lebt in allen Theilen Central-Amerika's, es wird aber nicht als Zug- oder Lastthier verwendet, außer in einigen wenigen Hafenplätzen. Die Savannen gewähren ihm gutes Futter in reichlicher Menge; es streift auf diesen Wiesenfluren in halbwildem Zustand umher und muß vermittelst der Wurfschnur eingefangen werden. Die Pferde in Honduras sind durch die Spanier dorthin gebracht worden und haben einige Eigenthümlichkeiten der arabischen Race bewahrt; sie sind klein, gut gebaut, stehen fest auf den Knochen und zeichnen sich durch äußerst kleine, sehr hübsche Ohren aus. Eine arge Plage für dieses Thier sind die Insecten, welche ihm in die Ohren kriechen, die es dann hängen läßt. Auch die Vampyre saugen ihm Blut aus, und eine Spinne greift die Füße dermaßen an, daß der Huf abfällt.

Auch das Rindvieh gedeiht vorzüglich auf den Wiesen und in den offnen Wäldern. Es ist gleichfalls von spanischer Abstammung, erreicht mehr als Mittelgröße, hat eine hübsche kräftige Gestalt, mächtigen Nacken, kurzen gedrungenen Kopf, aber verhältnißmäßig kurze Glieder. Es sieht fast immer glatt aus und leidet von Insecten vielweniger als das Pferd. Die Kühe geben nicht viel Milch, sie ist aber von recht guter Qualität; die Viehzucht wird sehr ausgedehnt betrieben und bildet eine Haupterwerbsquelle. Honduras liefert eine große Menge von Jochochsen für die Mahagonyschlägereien an der Küste und in Balize; das Paar wird mit zehn bis funfzehn Dollars bezahlt, eine gewöhnliche Kuh kostet vier bis fünf Dollars.

Das Schwein wird nicht so groß wie die europäischen Arten, ist gewöhnlich ganz schwarz, hat dünne Borsten, langen Rüssel, kurze Beine und einen kräftigen Körper. Hin und wieder mästet man es, die Regel aber ist, daß man es frei umher laufen läßt, damit es sich selber sein Futter suche. Einige Bewohner von Santa Rosa haben die chinesische oder ostindische Art eingeführt die sehr gut fortkommt. Ziegen sind nicht häufig, gedeihen aber vortrefflich und würden sich namentlich für die höher liegenden Districte eignen. Aber bei dem großen Ueberflusse an Hornvieh bedarf man ihrer zu ökonomischen Zwecken nicht, und sie werden nur hin und wieder aus Liebhaberei gehalten. Schafe findet man schon in größerer Menge, aber eigentliche Schafzucht in ausgedehnterem Maßstabe betreibt man nur in Quesaltenango und überhaupt im Hochlande, den Altos, von Guatemala, wo die Eingebornen ein grobes, in Central-Amerika sehr geschätztes Zeug aus der Wolle bereiten, die lang und grob ist. Das Fleisch wird wenig beachtet. In allen höher gelegenen Theilen von Honduras würde das Schaf gut fortkommen. Der Esel wird nicht als Lastthier benützt, sondern nur zur Zucht von Maulthieren, die in ganz allgemeinem Gebrauch sind. Man züchtet sie in den Gebirgsdistricten und giebt sich viel Mühe einen hübschen Stamm herauszubringen, der im Allgemeinen nicht groß aber ungemein zäh ist. Größere, gut abgerichtete Maulthiere werden das Stück mit siebzig bis dreihundert Dollars bezahlt, während ein gewöhnliches Lastthier nicht über funfzehn bis dreißig Dollars kostet. Sie werden, ausgenommen in einigen Gegenden Guatmeala's, nicht beschlagen, man härtet ihnen aber den Huf mit heißer Kalkbrühe. Ein Packmaulthier trägt durchschnittlich eine Last von acht Arrobas oder zwei Centnern: in den ebenen Gegenden von Nicaragua und San Salvador kann es zehn bis zwölf Arrobas tragen.

Wight spricht in seiner Schrift über die Moskitoküste von wilden Büffeln, er hat sich aber geirrt und das verwilderte Rindvieh an der Küste für Büffel genommen. Der Hirsch, (Cervus mexicanus und C. rufus) ist auf den Savannen und in den Wäldern häufig. Die erstgenannte Art ähnelt der europäischen in Farbe, ist aber kleiner und hat ein sehr groſses Geweihe. Die zweite ist bei weitem häufiger, von hellerer Farbe, ja fast weiß, und ihr Fleisch ist sehr geschätzt. Henderson hat wohl diese Art mit der Antilope verwechselt, welche, wie er behauptet, in Honduras vorkommt. Diese Hirsche sind halb so groß wie ein Damthier, haben kurzen Schwanz, Haarbüschel an den Knieen, rothbraunen Leib, sind am Hintertheil weiß, haben zwölf Zoll lange leyerförmig gebogene Hörner, und kommen in großen Heerden vor. Das Peccari (Sus tajassu L.) ist in den Flußthälern und in der Nähe der Küste häufig; nicht minder sieht man starke Rudel Wari's (Sus americensis) die auch Nicaragua und Costa Rica bewohnen. Henderson meint, dieses Thier sei nichts anderes als das wildgewordene europäische Schwein. Der Tapir (Tapir americanus) lebt an der Nord- und Südküste, läßt sich aber nur selten im Innern blicken; man kann ihn theilweise zähmen. Manatis oder Seekühe (Manatus americanus. L.) leben in allen Flüssen und Lagunen an der Nordküste; ich habe aber nie gehört daß sie auch auf der pacifischen Seite gefunden würden. Sie gehören bekanntlich zu den Säugethieren, erreichen eine Länge von zehn Fuß und werden von siebenhundert bis eintausend Pfund schwer. Die Caraiben an der Küste machen Jagd auf den Monati, des Fleisches, der Haut und des Fettes wegen; zum Harpuniren dieses Thieres ist große Geschicklichkeit erforderlich.

Affen sind ungemein zahlreich, zum Beispiel der gehörnte Affe, (Simia fatuellus) der braune (S. apella) und besonders der kleine niedliche Kapuzineraffe (S. capuchina). Henderson führt noch eine Art an, welche der Simia apella gleiche, aber beim Weibchen zeige sich ein loser, fleischiger Auswuchs von eigenthümlicher Art, so daß man leicht in Versuchung gerathe das Geschlecht zu verwechseln. Der Waschbär, (Procyon lotor) nährt sich zumeist von Thieren und ist sehr diebisch. Es giebt

Individuen welche vereinzelt leben, sehr fett und sehr groß werden; die Spanier bezeichnen sie als Pisotes solos. Das Opossum (Didelphys opossum) wird zehn Zoll lang, ist grau, hat starken Kopf, langen sehr biegsamen Schweif, und scharfe Krallen. Es lebt von kleinen Vögeln, Eidechsen und dergleichen. Vom Eichhörnchen kommen zwei Arten vor: das graue, (Sciurus cinereus) und das kleine rothe (S. guayanensis); vom Ameisenfresser finden wir die gestreifte Art (Myrmecophaga pentadactyla) und den kleinen (M. didactyla). Die Viverra quasje ist hier Repräsentant des Ichneumon, hat sehr scharfe Zähne und verbreitet einen übeln Geruch. Vom Armadill sind vorhanden: das mit drei Platten (Dasypus tricinctus L.) mit acht Platten (D. octocinctus) und mit neun Platten D. novemcinctus). Cavia paca oder Mus paca kommt in Menge vor und läßt sich leicht zähmen; es wird bis zu zwei Fuß lang, ist dick und von plumper Gestalt, dunkelbraun und mit vier Längsreihen weißer Flecken auf jeder Seite. Sein Fleisch gilt für einen Leckerbissen. Das sogenannte indianische Kaninchen (Cavia aguti) hat Aehnlichkeit mit dem vorigen, und ist etwa so groß wie ein gewöhnlicher Hase; es läuft nicht sondern springt. Man kann es leicht zähmen. Die Indianer stellen ihm nach wegen seines Fleisches und wegen der sehr dauerhaften Haut. Auch auf den Inseln in der Hondurasbay ist es ungemein häufig.

Der Jaguar (Felis Onca L.) hat eine helle Lohfarbe; der obere Theil des Kopfes ist schwarz gestreift, die Seiten haben unregelmäßige schwarze Flecken, Brust und Bauch sind weißlich. Er haust in abgelegenen Gegenden und macht nur selten einen Angriff auf den Menschen. Der schwarze Tiger (Felis discolor) kommt dann und wann auch vor; er ist das grimmigste Thier in Honduras, wird sehr groß und ist ungemein stark, denn er bewältigt auch den größten Ochsen und schleppt ihn weit in den Wald hinein; auch greift er, wenn man ihn gereizt hat, ohne Weiteres den Menschen an. Der Ocelot oder die Tigerkatze (Felis pardalis) ist schüchtern und wagt sich selten aus seinen Schlupfwinkeln hervor; man stellt ihm seines Felles wegen nach. Der Kuguar oder Puma (Felis concolor) ein schlankes Thier von hübscher Gestalt, ist gleichfalls häufig, und wird von den Landeseingebornen „Löwe“ genannt; er ist aber weder so stark noch so grimmig als Unze oder Tiger, und flieht vor dem Menschen. Sehr verbreitet ist der Coyote oder einheimische Wolf.

Wenn im Innern von Honduras Vögel in verhältnißmäßig geringer Menge vorkommen, so sind sie dagegen im Küstenlande und in den Thälern der größern Ströme desto häufiger. Wir haben schon früher bemerkt, daß in dem Merendongebirge und im guatemaltekischen Departement Quesaltenango, der Quetzal (Trogan resplendens) gefunden wird, dieser königliche Vogel des alten Quichereiches. Papageien in einer Menge von Arten schwärmen überall umher. Rothe und blaue Guacamayos oder Macaios findet man an beiden Küsten, eben so den Tucan; der Gelbschwanz (Cassicus Montezuma) fällt allen Menschen auf, welche die Flußthäler durchwandern, er lenkt die Aufmerksamkeit auf sich nicht nur durch sein glänzendes Gefieder, sondern auch durch die von den Zweigen herabhängenden Nester, deren man oft vierzig oder funfzig an einem einzigen Baume findet.

Von Raubvögeln finden wir manche Arten von Falken, Geiern, (darunter auch den Zopilote) Eulen und Seeadler. Häufig sind Krähen, Drosseln, die mexicanische Elster, Reisvögel, Schwalben, und Kolibriarten; sodann von Wasservögeln: Pelikane, sogenannte türkische Enten, schwarze Enten, Schnepfen, Regenvögel, Löffelgänse, Krickenten, Schlangenhalsvögel, Reiher, Ibis, Kraniche und dergleichen mehr; sie sind in unzähliger Menge an und auf den Lagunen und Flüssen zu finden. Im Innern fehlt es nicht an wilden Truthühnern, Hokkos, braunen Jakuhühnern (Penelope cristata.) Chacalacabs oder eingeborenen Hühnern, dem mexicanischen Rebhuhn, Wachteln in großer Menge, Schnepfen und Tauben.

Den Alligator findet man an beiden Küsten in allen Lagunen und Flüssen; er wird bis fünfzehn Fuß lang, meidet die Nähe der Menschen, und pflegt insgemein eine Gegend zu verlassen, sobald an den Flußufern Menschen sich ansiedeln. Von Eidechsen kommen unzählige Arten vor, darunter die Iguana von drei bis zu vier Fuß Länge; sie hat eine blaugraue Farbe und lebt fast ganz von Baumblüthen. Ihr Biß ist sehr schmerzlich aber nicht gefährlich, das Fleisch ungemein zart, und deshalb ein Lieblingsessen. Schlangen kommen sowohl in Honduras wie in San Salvador vorzugsweise an den Küsten vor. Im Innern ist es herkömmlich, daß man das dürre Gras in Brand steckt, deshalb sind in diesen Gegenden die Schlangen eine seltene Erscheinung. Ich bin ein ganzes Jahr lang in Honduras gewesen, habe mich zumeist in freiem Feld aufgehalten und erinnere mich doch nur vier Schlangen gesehen zu haben; darunter war eine giftige, nämlich eine Corral. Müller und Hesse bemerken: „Die meisten Schlangen sind unschädlich und in den Häusern der Eingebornen gern gesehen, weil sie Ungeziefer vertilgen. Die unschädlichen Schlangen haben gewöhnlich rundliche Flecken auf dem Kopfe, winkelförmige Linien unter dem Schwanz und dem Bauche und ovale Schuppen. Der Oberkiefer hat, wie bei den Säugethieren, seiner ganzen Länge nach scharfe, keilförmige feste Zähne, und aus den Zwischenkiefern steigt wieder eine Reihe von Zähnen hervor. Mit dem Unterkiefer ist ein Gleiches der Fall, so daß man vier Reihen Zähne sieht, wenn die Schlange den Rachen öffnet. Die unschädlichen Schlangen haben im Allgemeinen einen langen schlanken Körper, hübschen Kopf und weichere Schuppen als die giftigen, welche sich durch dickern Körper, kürzern Schwanz, breiten mit Schuppen bedecktem Kopf und durch ihre Giftzähne auszeichnen. Die Guacowurzel ist ein wirksames Mittel gegen den Schlangenbiß, sie kommt überall vor, namentlich auch auf Roatan. Die Zahl der Schlangen vermindert sich je weiter die Civilisation vordringt. Zu den giftigsten gehören die Gold- und die Peitschenschlange, die äußerst gefährliche Tamaga und die Brillenschlange (barbers pole); sodann die Klapperschlange, die Schwarze, und die Korallenschlange, mit abwechselnden grünen schwarzen und rothen Ringen, sie ist eben so giftig wie die Tamaga, aber zum Glück nicht häufig; sie erreicht keine beträchtliche Größe.

Land- und Wasserschildkröten verschiedener Art sind in Menge vorhanden. Die Landschildkröte, namentlich jene von der Species tabulata, wird einen Fuß lang, hat eine schwarze Schale, wird gegessen, hat aber kein so wohlschmeckendes Fleisch wie die Seeschildkröte. In den Flüssen ist die sogenannte Hicati-Schildkröte sehr häufig; sie ist kleiner als die Seeschildkröte, hat eine sehr dünne Schale und wird achtzehn bis zwanzig Zoll lang. Die grüne Schildkröte (Chelonia Midas) und Chelonia caretta werden an beiden Küsten in großer Menge gefangen, und liefern den Indianern nicht nur eine wohlschmeckende Speise, sondern auch vortrefflichen Schildpat, namentlich die letztere Art. Noch eine andere, die sogenannte Trunk-Turtle, wird viel größer als die beiden eben genannten; Schale und Fleisch sind nicht brauchbar, aber man gewinnt aus ihr ein Schildkrötenöl, das sehr gesucht und gut bezahlt wird. Von Austern hat man zwei Arten. Die sogenannte Bank-Auster kommt in Lagern oder Betten vor, und zwar in Gruppen von zehn oder zwölf Stück. Die Mangrove-Auster ist kleiner, man findet sie gewöhnlich an den Wurzeln der Mangrovebäume, welche das Ufer der Lagunen der von Ebbe und Fluth berührten Flüsse umfassen. Beide Arten werden gegessen; die erstere ist in der Fonsecabay in großer Menge vorhanden.

Die Schaltbiere, vom größten Hummer bis zur kleinsten Krabbe, sind gar nicht zu zählen; am häufigsten finden wir die Mangrove-Krabbe (Grapsus cruentatus) und die schwarze und weiße Landkrabbe, (Gecarcinus) in allen Lagunen und Strommündungen; sie geben eine sehr schmackhafte und nährende Speise. In jedem halbverfaulten Baume hausen tausende von Soldatenkrabben, die zu gewissen Jahreszeiten landeinwärts marschiren und später wieder in die See zurückkehren. Muscheln findet man besonders auf den Korallenklippen an der Nordküste, namentlich bei Roatan und Guanaja.

An Fischen ist unendliche Mannigfaltigkeit vorhanden. Im Meere fängt man die Meergrundel (Labrax lineatus), den Schweinfisch (Helops), Königsfisch (Umbrina alburnus), Barracouta (Sphyraena baracuda), den rothen und den schwarzen Schnapper (Coracinus), den Papageienfisch (Tetrodon?) den Serranus, den Sargus, die Else (Alosa), den Hornhecht (gar-fish), Schwertfisch, Delphin und Butte ꝛc. In den Lagunen lebt der Judenfisch, der Schafskopf, der Macrocephalus, der Schlammbeißer, die Seebarbe, der Calapaver (Mugil), die Mackrele, der Trommelfisch, Katzenfisch, Aal und viele andere. Hayfische sind an beiden Küsten in Menge vorhanden. Eine Art Rebe (Sapindus Saponariuna), welche in den Stromthälern am häufigsten wächst, wird von den Eingeborenen benutzt, um die Fische zu betäuben. Sie zerstampfen die Pflanze zu Pulver, vermischen dieses mit Wasser und gießen dasselbe in den Fluß. Bald nachher kommen die Fische auf die Oberfläche und sind so betäubt, daß sie sich mit der

Hand fangen lassen. Sie erholen sich aber einige Zeit nachher von der Betäubung.

Von der Honigbiene sind mehrere Arten vorhanden. Die Apis pallida ist klein, hellfarbig und ohne Stachel; eine andere Art, die im Gebirge lebt, ist von der gewöhnlichen Honigbiene in den Vereinigten Staaten von Nord-Amerika nicht zu unterscheiden. Die Eingeborenen essen viel Honig und gewinnen das Wachs, welches sie für die kirchlichen Feierlichkeiten nöthig haben, aus den Bienenstöcken in den Wäldern.

Es ist eine sehr bemerkenswerthe Erscheinung, daß Honduras und San Salvador zum großen Theil ohne Moskitos sind. Man nimmt gewöhnlich an, daß diese stechenden Thiere auch dort zu den Landplagen gehören, aber sie zeigen sich nur an einigen Küstenpunkten und sind im Innern völlig unbekannt. An der Fonsecabay kommen sie gar nicht vor, und schon daraus kann man abnehmen, daß es in der Umgegend keine Sümpfe und Lagunen giebt, welche ungesunde Dünste aushauchen. Dagegen sind die Fliegen aller Orten und eine wahre Qual. Die Agarrapata oder Holzzecke ist in den Niederungen häufig, und namentlich dort wo das Vieh weidet; man entfernt sie aber leicht aus dem Fleische, wenn man eine Kugel von weichem Wachs über die Stelle hinwegreibt, wo sie sich eingefressen hat; deshalb trägt Jedermann solch eine kleine Kugel bei sich. Den kleinen schwarzen Sandfloh (Chigoe, Nigua oder Jigger), der sich in die Haut der Füße einbohrt und sehr schmerzhafte Wunden verursacht, kennt man an der pacifischen Küste kaum, dagegen ist er an der Nordküste in Menge vorhanden, plagt aber nur selten solche Personen, welche Reinlichkeit beobachten. Taranteln sind nicht häufig; schon weiter oben ist erwähnt worden, daß die sogenannte Araña de Caballos den Huf der Pferde beschädigt. Unter den Käfern fällt der sogenannte Elephantenkäfer durch seine Größe auf. Bei Nacht erglänzen die Küstenstrecken von dem hellen Scheine der sogenannten Feuerfliegen. Scorpione findet man überall in größerer oder geringerer Menge, man fürchtet sich aber nur vor dem Stiche des Waldscorpions, Alacran del Monte. Der Hausscorpion ist größer oder blasser von Farbe, auch ist sein Stich nicht so bösartig und hat nicht viel mehr zu bedeuten als bei uns ein

Wespenstich. Der Hundertfuß (Scolopendra morsitans) wird an der Nordküste sechs bis sieben Zoll lang. Sein Kopf hat eine scharfe Zange; man findet dieses Thier oft in den Häusern, fürchtet sich aber nicht vor ihm.

Dagegen flößt in Honduras wie überall in Central-Amerika ein anderes Insect allgemeine Besorgniß ein; wir meinen die schon erwähnte Heuschrecke, Langosta oder Chapulin, welche von Zeit zu Zeit das Land verheerend überzieht, in ungeheuren Schwärmen von Millionen und aber Millionen die Luft verfinstert und alles Grün abfrißt, was ihm auf dem Wege liegt. Ich bin durch einen solchen Schwarm hindurchgeritten, der zehn englische Meilen lang war. Die Thiere bedeckten den Boden und stoben zu beiden Seiten des Maulthierpfades in die Luft, sobald ich nahe kam; sie waren zu Myriaden in den Fichtenwäldern, welche durch sie ein ganz braunes Aussehen erhalten hatten; auch die Luft war mit ihnen angefüllt wie beim Schneefall mit Flocken. Sie ziehen immer von Süden nach Norden. Zuerst erscheinen sie als Saltones, haben als solche einen kleinen rothen Körper, und keine Flügel; dann bewegen sie sich fort, etwa wie die Ameise. Die Eingeborenen ziehen Gräben von etlichen Fuß Tiefe, treiben die Saltones hinein und tödten sie dadurch, daß sie Erde aufschütten; auch jagt man sie wohl ins Wasser, wo sie dann ersaufen. Die Ackersleute geben sich alle mögliche Mühe, ihre Felder vor dem Insect zu schützen. Sie verbrennen Schwefel, feuern Gewehre ab, schlagen auf Trommeln und machen auch anderes Geräusch. Manchmal gelingt es, auf solche Weise einzelne Pflanzungen zu retten; sind die Heuschrecken aber einmal im Fluge und Zuge, so ist nichts vor ihnen sicher. In Zeit von einer Stunde haben sie auch das größte Maisfeld abgefressen. Sie sollen nur alle funfzig Jahre einmal erscheinen, dann fünf bis sieben Jahre nach einander kommen, nachher aber wieder verschwinden. Sie sind zwei und ein halb bis vier oder fünf Zoll lang; ihre Eigenthümlichkeiten hat man noch nicht genau erforscht.

Zwölftes Kapitel.

Die indianischen Einwohner von Honduras. — Die Xicaques, Payas, Sambos und Caraiben.

Schon weiter oben ist darauf hingewiesen worden, daß das indianische Element in der Bevölkerung von Central-Amerika das entschieden überwiegende ist. Auch auf Honduras insbesondere findet dieser Satz Anwendung, und in einigen Districten dieses Staates würde man kaum die Frage entscheiden können, ob die Indianer sich mehr den Weißen, oder die Weißen mehr den Indianern assimilirt haben. Im östlichen Theile liegt zwischen dem Rio Roman und dem Rio Wanks oder Segovia eine Region von fünfzehntausend englischen Geviertmeilen Flächeninhalt, die noch ausschließlich von indianischen Stämmen bewohnt wird, von den Xicaques und Payas. Sie haben zum Theil die katholische Religion angenommen und leben mit ihren weißen Nachbarn in friedlichem Einvernehmen. In der großen Ortschaft Catacamas und einigen anderen Plätzen in der Nähe von Juticalpa, Departement Olancho, wohnen nur Payas und Xicaques, die man zum Christenthum bekehrt hat. Aber die Stämme im Gebirgslande leben noch ganz dem Brauche ihrer Altvordern gemäß; doch verhalten auch sie sich friedlich und stehen in gutem Einvernehmen mit den Weißen. Sie bringen Sassaparille, Hirschhäute, Drachenblut und etwas Waschgold zu Markte, um dagegen allerlei Artikel einzutauschen, deren sie bedürfen. Sie erkennen die Autorität der Regierung an, welche sich übrigens nicht in ihre Angelegenheiten mischt, so daß sie nach wie vor in ihrer heimischen Weise leben. Hin und wieder kommen manche dieser Indianer aus dem Gebirge herab, um beim Mahagonyhauen hilfreiche Hand zu leisten; sie bleiben aber nicht im Unterlande, sondern gehen nach vollbrachter Arbeit in ihre Dörfer zurück.

Die spanischen Entdecker fanden vor vierthalbhundert Jahren, daß diese Indianer in der Civilisation tief unter den Quiches, Kachiquels- und Nahuals standen, welche die Plateaus von Guatemala, San Salvador und den westlichen Theil von Honduras bewohnten.

Aber sie waren doch den wandernden Fischerstämmen an der caraibischen oder sogenannten Moskitoküste weit voraus. Anfangs leisteten sie hartnäckigen Widerstand, welcher durch die eigenthümliche Lage ihres Landes in nicht geringem Maße begünstigt wurde; erst allmälig begannen sie sich zu fügen, als die westlichen Landestheile sich den Spaniern völlig unterworfen und diese ihre Obergewalt dauernd befestigt hatten. Dann blieb das gute Einvernehmen lange Jahre durchaus ungestört.

Die Namen Xicaques und Payas sind allgemeine Benennungen. Die Toacas oder Taucas, von denen manche am Rio Patuca hausen, und die Secos am Rio Tinto oder Black River gehören wahrscheinlich zu den Payas. Young hat sie besucht; ihm zufolge haben sie „langes, schwarzes Haar, das ihnen über die Schultern herabhängt, sehr breites Gesicht, kleine Augen, einen eigenthümlichen Ausdruck von Schwermuth und Gelehrigkeit, der uns zu ihren Gunsten einnimmt. Ihr Wuchs," so fährt Young fort, „ist kurz, aber kräftig und gedrungen; sie können sehr schwere Lasten über das steile Gebirge hinübertragen, ohne daß sie sich dann sehr angegriffen fühlen. Und was ihren Charakter betrifft, so halten sie Treu und Glauben; dagegen haben sie, gleich den übrigen Indianern, eine leidige Neigung zum Genusse berauschender Getränke. Zum Verkauf bringen sie Sassaparille, Cacao, Piment, Kinkuras, Hühner, Welschhühner, Enten und anderes Geflügel; dafür tauschen sie eiserne Töpfe ein, Messer, Haumesser (sogenannte Machetes), Pulver und Blei, Glasperlen und andere ihnen nothwendige Sachen oder Zierrathen. Ihre Gemüthsart ist sanft; sie beeinträchtigen Niemand, sind fleißig, und verfertigen auf sehr geschickte Weise aus ihrer wilden Baumwolle das Kinkura, ein Zeug, in welches Dunen von Vögeln hineingewoben werden: es wird nach Mustern gefärbt und sieht sehr hübsch aus. Unter diesen Poyers herrscht noch der ärgste Aberglaube und sie feiern ihre heidnischen Feste in alter Weise; aber ihr einst so wildes Wesen hat sich geändert, denn sie sind nun, wie schon bemerkt wurde, durchaus sanft und friedlich. Außer ihnen giebt es noch andere „Poyers," die in der Civilisation viel tiefer stehen. Diese „wilden Indianer" ziehen, gleich den Arabern, unstät umher, machen einen Fleck Landes urbar, ziehen dann weiter, und kommen nach Verlauf mehrerer Monate zurück, um den Ertrag der Aussaat einzuernten. Auf ihren Streifzügen sammeln sie Honig, Färbestoffe, Sassaparille und dergleichen ein, und vertauschen sie an ihre weniger rohen Stammesgenossen gegen Angelhaken, Harpunen, Lanzenspitzen, Messer und dergleichen. Mit den Sambos an der Küste verkehren sie nicht, und besuchen auch die Ortschaften der Poyers nur deshalb, weil sie die eben genannten Waaren nicht entbehren können. Die Secos haben viel Uebereinstimmendes mit deu Poyers.

Die Taucas (Toacas, Thuacos oder Juacos) sind ein fleißiger und friedlicher Menschenschlag, und äußerlich viel hübscher als die Secos oder Poyers. Sie sprechen stets leise und mit größter Leichtigkeit, und haben einen sanften, schwermüthigen Gesichtsausdruck. Fast in jedem ihrer Worte kommt ein S vor. Sie verfertigen ganz ausgezeichnete Pitpans und Dorys; ihr Hauptaufenthalt ist am Patuca. Auch die Taucas sind, gleich den übrigen Stämmen, treu, ehrlich und dabei unermüdliche Lastträger. Sie schießen mit ihrem Pfeil den Vogel im Fluge, sind ausdauernd und sehr scharfsinnig. Auf die Früchte ihrer Arbeit legen sie einen geringen Werth; so vertauschen sie zum Beispiel ein Dory oder Pitpan für eine Axt und ein Haumesser, oder für zwei eiserne Töpfe oder dergleichen, obwohl die Verfertigung eines solchen Fahrzeuges sie viel Zeit kostet und große Mühe verursacht.

Young besuchte ein Poyer- oder Payasdorf an einem Zuflusse des Black River. Seine Beschreibung verdeutlicht das Leben und Treiben aller dieser Indianerstämme. „Zu meinem nicht geringen Erstaunen," sagt er, „fand ich, daß die ganze Ortschaft aus einem einzigen großen Hause von länglich runder Form bestand, das fünfundachtzig Fuß lang und fünfunddreißig Fuß breit war. In demselben lebten die Indianer in wahrhaft patriarchalischer Weise. Das Ganze war in eine Anzahl von Gemächern getheilt, deren jedes einer besondern Familie gehörte. An einem Ende war ein sechzehn Fuß langes, zehn Fuß breites Zimmer durch einen Vorhang von grünen Blättern dem Blicke entzogen; das ist, wenn man so sagen darf, die Wochenstube für die Indianerinnen; aber wenige Tage nach der Niederkunft verlassen sie dieses Gemach, um ihren mannigfachen Obliegenheiten wieder nachzugehen. Als wir eintraten, waren alle Frauen emsig beschäftigt. Einige kneteten Kassave und Mais durcheinander, kochten die Masse und bereiteten daraus ein Getränk, Ulung genannt; andere richteten Kassave zum Morgenbrot vor, noch andere machten Turnus, oder rieben Cacao und preßten Zuckerrohr aus; kurz Alle waren fleißig, und die Frau des Häuptlings, der selber abwesend war, leitete das Ganze. Wir wurden wie ein Wunder angestaunt, aber der Blick der Frauen haftete doch nur einige Minuten auf den weißen Männern, von denen sie vielleicht schon viel hatten sprechen hören; gleich nachher ging es wieder aus Kneten, Kochen und Pressen. Der Trank Ulung ist an einem heißen Tage nicht zu verachten; nur darf man an einem eigenthümlichen sauren Geschmacke keinen Anstoß nehmen. Als ich ihn zum zweiten Male kostete, mundete er mir ganz vorzüglich. Auch das Brot ist säuerlich, aber das gerade schmeckte mir. Sie bereiten es aus zerstampfter Kassave, rollen dieselbe zu etwa sechzehn Zoll langen Walzen von der Dicke eines Unterarms, schlagen mehrere Blätter darum und rösten oder backen den Teig. Wenn man es frisch genießt, schmeckt es sehr gut, der säuerliche Geschmack findet sich erst später ein. Das Haus hat ein mit Blättern gedecktes Dach, das bis auf etwa vier Fuß vom Boden hinabreicht, so daß die Wohnung auch beim heftigsten Regen vor Nässe geschützt ist. Alles in derselben war reinlich, die Lage gut gewählt und wenige Schritte entfernt führte ein steiler Weg zu einem Bache hinab, der über große Steinblöcke hinwegtosete. Dort saßen wir und lauschten dem Geräusche des Wassers, betrachteten mit Entzücken die grünen Hügel, die Vögel mit dem glänzenden Gefieder und die lustig im Gezweig spielenden Affen. Ich bemerkte bei der Wohnung viele Hühner, einige türkische Enten, Welschhühner und Schweine; auch können sich die Indianer mit leichter Mühe Wild verschaffen. So überlisten sie oft das Peccari, welches sich an hohen, trockenen Stellen aufhält; das Wari kommt dagegen auf den Poyer Bergen nicht vor, deshalb geht man hinab an den Black River, um ihm dort nachzustellen. Wenige von diesen Indianern besitzen ein Schießgewehr, ihre Waffen bestehen in Lanzen, Bogen und Pfeilen, doch kehren sie von ihren Jagdausflügen selten ohne reiche Beute heim.

Wir verspeis'ten einige Hühner, etwas Kassave und Bananen, welche diese guten Leute für uns zubereitet hatten, und begaben uns dann zur Ruhe. Als ich am andern Morgen früh noch in meiner Hangematte lag, rührte mich eine Indianerfrau schüchtern an und sagte: „Englis!" Dann reichte sie mir eine in grüne Blätter geschlagene Rolle warmen Brotes; eine andere brachte mir ein Bündel Ulung, und so ging es fort, bis ich neun große Rollen Brot und drei oder vier Bündel Ulung hatte. Dagegen schenkte ich ihnen etwas Tabak, einige Nadeln und Salz; der Frau des „Officiers," das heißt des Häuptlings, gab ich ein Einschlagmesser. Bald nachher kamen einige Männer vom Felde und brachten Zuckerrohr, Bananen, Cacao und dergleichen; wir nahmen Alles an und gaben dafür Angelhaken, Nadeln und dergleichen Sachen. Ich erfuhr, daß in einer Entfernung von etwa funfzehn Meilen noch eine ähnliche Ortschaft liege. Bevor wir abreis'ten, kamen von dort einige Indianer und brachten Sassaparille, die sie gegen grobes Baumwollenzeug vertauschten; wir hatten aber keinerlei Zeug und so mußten sie ihre schweren Trachten wieder mit heim nehmen.

Die Küste an der Caratasca-Lagune, nach Westen hin bis zur Brus- oder Brewers-Lagune war viele Jahre im Besitz von Sambos, die in Charakter und Lebensweise jenen an der Moskitoküste glichen. Sie sind aber nun durch die Caraiben verdrängt worden, welche sich sehr rasch von Truxillo und vom Black River nach Osten hin verbreitet haben; sie mußten sich nach Süden hin über das Cap Gracias á Dios hinausziehen, an die sogenannte Moskitoküste.

Diese Sambos oder sogenannten Moskitos sind aus einem Gemisch von Negern und Indianern entstanden. Es scheint, daß im Anfange des siebenzehnten Jahrhunderts ein großes mit Sclaven beladenes Schiff nicht weit vom Cap Gracias scheiterte. Die Neger retteten sich ans Land, wurden anfangs von den Indianern feindselig behandelt, machten nachher Friede mit ihnen, und bald fanden beiderseitige Vermischungen statt. Bei diesen Mischlingen fanden die Buccaniere, welche in der caraibischen See zahlreich umher schwärmten, willige Aufnahme. Sie brachten ihre Begriffe von Moral mit sich, welche durch den spätern Verkehr der Eingeborenen mit den Schleichhändlern und weißen Kaufleuten nicht etwa geläutert wurden. Das Negerelement erhielt von Zeit zu Zeit Verstärkung durch Sclaven, welche von den spanischen Pflanzungen sich in das Moskitoland flüchteten, und durch Schwarze, welche von Jamaica mit Pflanzern herüberkamen, die sich im Anfange des vorigen Jahrhunderts an der Küste niederließen.

Die Sambos wurden von den englischen Gouverneuren auf Jamaica begünstigt. Während der Kriege mit Spanien lag den Briten daran, ihren Feinden hier Abbruch zu thun; auch mochten sie schon damals an eine Besitznahme dieser Küste denken. Im Jahre 1740 ließ sich Gouverneur Trelawney diese ganze Küste von einigen Häuptlingen abtreten, die britische Krone ernannte einen Gouverneur oder Superintendenten, legte Festungswerke an und verfuhr überhaupt, als sei sie in rechtmäßigem Besitze des Landes. Aber alle diese Ansprüche ließ England gänzlich und ausdrücklich fallen, indem es Friedensverträge mit Spanien abschloß, welche die Bestimmung enthielten, daß jene Festungswerke wieder abgetragen und die Niederlassungen an der Küste geräumt werden sollten. Auch kümmerte sich Großbritannien nicht ferner um das Moskitoland, so lange Spanien im Besitze seiner amerikanischen Colonien blieb; es schritt aber gleich wieder vor, als die mittelamerikanischen Colonien unabhängig geworden waren, und sich durch Bürgerkriege geschwächt hatten. Seitdem ist die vielbesprochene „Moskitofrage“ aufs Tapet gekommen, von welcher an einer andern Stelle ausführlich gehandelt werden soll.

Die Sambos an der Moskitoküste standen, wie wir schon hervorhoben, früher mit den Buccanieren, späterhin mit den Engländern in gutem Einvernehmen. Sie erhielten von diesen Feuergewehre, und damit ein großes Uebergewicht über die benachbarten Indianerstämme. Sie unternahmen Züge in die verschiedenen Stromthäler, überfielen die indianischen Ortschaften, raubten die Bewohner und verkauften sie als Sclaven nach Jamaica. Mit dieser Insel unterhielten sie lange Jahre einen lebhaften Verkehr. Eine Folge jener Raubzüge war, daß die indianischen Dörfer an der Küste, und so weit sie überhaupt dem Feinde zugängig waren, entweder verlassen wurden, oder daß einzelne Stämme den Räubern einen jährlichen Tribut an Booten, Häuten und verschiedenen Landesproducten zahlten. Als aber der Handel mit indianischen Sclaven aufhörte, wurden diese Moskito-Sambos träg; sie ergaben sich außerdem dem Laster der Trunkenheit. Der starke Genuß geistiger Getränke wirkt auf die ohnehin durch ausschweifendes Leben schon geschwächten Sambos höchst nachtheilig, und ihre Zahl vermindert sich alljährlich.

Ich habe schon gesagt, daß in Folge einer raschen Verbreitung der Caraiben nach Osten hin fast alle Sambos, welche früher im Norden und Westen des Cap Gracias á Dios wohnten, sich in das Land südlich von diesem Vorgebirge, also in das Gebiet der Republik Nicaragua, begeben haben. Die gesammte Moskitobevölkerung übersteigt sechs- bis siebentausend Köpfe nicht, und in Honduras ist jedenfalls nur ein sehr kleiner Bruchtheil zurückgeblieben. Alle Berichte stimmen darin überein, daß zwischen den eigentlichen Indianern und den Sambos eine große Verschiedenheit stattfindet, und daß der Vergleich nicht zum Vortheil der letzteren ausfällt. Young findet den Unterschied höchst auffallend. „Unter den Sambos," sagt er, „gewahren wir alle denkbaren Farbenabstufungen, vom Kupferbraun des Indianers bis zum Rabenschwarz des Negers, und je mehr die Farbe sich dem Schwarz nähert, um so wolliger ist auch das Haar. Im Allgemeinen sind sie wohlgebildet; zum Ertragen von harten Beschwerden und zum Verrichten anstrengender Arbeiten sind sie nicht geeignet, wohl aber können sie schwere Entbehrungen erdulden. Sie beschmieren ihr Gesicht mit rother und schwarzer Farbe, und haben einen heillosen Hang zu berauschenden Getränken. Dadurch gerathen sie in großes Ungemach, denn wenn sie einmal angefangen haben zu trinken, dann hören sie nicht wieder auf, bis sie toll und voll niedersinken. Sie bleiben liegen, wo sie umgefallen sind, und werden vom Regen oder vom Thau der Nacht durchnäßt. Ihr Körper ist nicht selten durch abscheuliche Krankheiten durchaus zerrüttet; viele werden dadurch hinweggerafft, und die Ausschweifungen tragen, wie schon gesagt, nicht wenig dazu bei, ihre Zahl rasch zu vermindern."

Es scheint nicht, als ob sie einen Begriff vom höchsten Wesen hätten, aber manche, die sich eine Zeitlang in Balize aufhielten, kennen den Namen Gottes, und sagen wohl bei Gelegenheit „Please God," oder, wenn sie etwas betheuern wollen: „Gott schwört." Sie glauben aber an einen bösen Geist, den sie Ulasser nennen und vor dem sie große Furcht haben. Nach Sonnenuntergang wagt kein Sambo allein auszugehen, sonst würde Ulasser ihn holen. Auch vor dem Wassergeist Lewire tragen sie große Scheu. Die Männer sind von Natur träg, wenn nicht geistige Getränke, Jagd oder Fischfang sie anregen. Irgend welchen moralischen Zwang, der sie abhalten könnte allen ihren Begierden zu fröhnen, kennen sie nicht, und Keuschheit gilt nicht etwa für eine Tugend. Vielweiberei ist gewöhnlich, die Kinder sind oft ganz interessant; je mehr indianisches Blut solch ein Kind in den Adern hat, um so hübscher und heller ist die Haut; dagegen ist das Gesicht um so hübscher, je näher das Kind dem Sambo steht. Häßliche Kinder sind selten, und misgestaltete kommen gar nicht vor; vielleicht herrscht bei ihnen der Brauch, dergleichen nach der Geburt bei Seite zu schaffen. Die Sambos zählen und rechnen nach Fingern und Zehen, die Tage nach Nächten oder „Schlafen," die Monate nach Monden. Eine Wohnung ist rasch hergerichtet; die Hütten haben keine Abtheilungen. Man schläft auf sogenannten Crickeries; diese bestehen aus Pfählen, die vier bis fünf Fuß über den Boden hervorragen und über welche man gespaltene Bambusstäbe legt. An Hausgeräth besitzen sie weiter nichts als einige eiserne Töpfe, hölzerne Schüsseln, Schemel, ausgehöhlte Kalebassen und Kürbisse, einige kleine Uschners, Harpunen und dergleichen; Einige haben auch wohl Flinten und lederne Fußbekleidung. An Querstangen hängen einige Bananen.

Man legt den Sambos kleine Diebstähle, Trunksucht und Trägheit zur Last, aber schwere Verbrechen kommen selten vor, obwohl diese Menschen ohne Religion und Gesetze leben. Ich kann nicht sagen, wie hoch sich jetzt, im Jahre 1839, ihre Anzahl beläuft. Man hat unlängst berechnet, daß die Gesammtbevölkerung, jene der Moskitoküsten eingeschlossen, nicht über achttausend Seelen betrage. Sie ist seither fortwährend in Abnahme begriffen, obwohl sie sich langsam der Civilisation annähert. Die Sambos am Cap Gracias und im

Süden desselben, sind im Allgemeinen ein hübscherer Menschenschlag als jene im Norden und Osten. Meiner Ansicht zufolge sind die gegenwärtigen Moskitos ausgeartet, namentlich durch ihre Trunksucht und weil es ihnen an guten Häuptlingen fehlte, welche einen Antrieb zum Bessern hätten geben können; und sie sind nun so tief herabgesunken, daß nach wenigen Menschenaltern nichts mehr von ihnen übrig sein wird. Sie sind im Gedränge zwischen den Weißen und Caraiben. So weit Young. *)

Diese Caraiben bilden ein sehr thätiges Element in Honduras, und ihre Geschichte ist nicht ohne Interesse. Sie sind die letzten Ueberbleibsel der Ureinwohner von San Vicente, einer der Leeward Inseln. Während der Kriege welche Frankreich und England wegen des Besitzes der kleinen Antillen führten, hielten die Caraiben von San Vicente standhaft zu den Franzosen, und wurden den englischen Bewohnern und Behörden so lästig, daß man sie, nach langen Streitigkeiten und vielem Blutvergießen im Jahre 1796, etwa fünftausend an der Zahl, nach dem damals unbewohnten Roatan in der Bay von Honduras brachte. Die Kosten dieser Deportation sollen sich auf 5 Millionen Dollars belaufen haben. Einige Monate später wurden sie von den spanischen Behörden eingeladen, sich in der Nähe von Truxillo niederzulassen, und sie folgten dem Rufe. Man ging ihnen förderlich zur Hand, und seitdem haben sie sich sowohl im Osten wie im Westen jener Hafenstadt beträchtlich ausgebreitet. Im Jahre 1832 ließen sie sich von den Spaniern verleiten, mit diesen gemeinschaftliche Sache gegen die republikanische Regierung zu machen. Das Unternehmen mislang, und viele in dasselbe verwickelte Caraiben wurden in Omoa und anderen Städten schwer bestraft. Ein Theil flüchtete an den sogenannten Stann Creek, also in eine Gegend welche angeblich unter der Jurisdiction von Balize steht; dort blieben sie eine Zeitlang, kehrten aber wieder zurück nachdem eine Amnestie ertheilt worden war.

Die Insel San Vicente hatte zwei verschiedene Classen von Eingebornen die zwar eine und dieselbe Sprache redeten, aber an Hautfarbe und in ihrer Lebensweise verschieden waren. Man bezeich-

*) Ueber die Moskito-Indianer siehe weiter unten den Abschnitt „Chontales, Neu-Segovia und die Moskitoküste."

net sie als schwarze und als gelbe Caraiben, und die Weißen benützten die zwischen beiden Theilen herrschende Eifersucht und Spannung, um Feindseligkeiten hervorzurufen, durch welche die Caraiben geschwächt wurden. Aber 1796, zur Zeit der Deportation, waren beide Theile unter dem Drucke gemeinsamen Misgeschickes längst mit einander ausgesöhnt. Die Blutvermischung ist aber auch heute noch nicht so groß, daß der Unterschied der Farbe verschwunden wäre; man kann diesen letztern immer noch beobachten. Man nimmt an, daß auf San Vicente etwas Aehnliches vorgegangen sei wie an der Moskitoküste. Um 1675 soll ein Sclavenschiff aus Guinea an einer der kleinen Inseln bei San Vicente gescheitert sein. Die Neger retteten sich, nahmen eingeborene Weiber und so entstanden die schwarzen Caraiben. Späterhin brach Uneinigkeit zwischen ihnen und den echten Caraiben aus, und beide Theile entfremdeten sich einander. Diese Erklärung hat etwas Wahrscheinliches, denn daß in den Adern der schwarzen Caraiben Negerblut fließt, ist ganz offenbar. Sie sind schlanker und kräftiger gebaut als die reinen Caraiben, auch weit lebhafter und heftiger. Die letzteren sind kleiner aber sehr gedrungen gebaut; Beide aber sind thätig, betriebsam und haushälterisch, und hierin sowohl wie in manchen anderen Beziehungen das gerade Gegentheil von den Sambos auf der Moskitoküste. Auch ist ihre ganze Lebensweise viel civilisirter; sie wohnen in gut gebauten Hütten, die sie sehr sauber halten, und denen es nicht an Behaglichkeit fehlt. Ihre Sprache, das ächte Caraibisch der Westindischen Inseln, haben sie beibehalten; doch reden alle auch Spanisch und manche auch etwas Englisch. Aeußerlich bekennen sie sich zur katholischen Kirche; aber neben den Gebräuchen derselben beobachten sie noch manche alte Bräuche und halten am Aberglauben ihrer Väter fest. Im Ganzen genommen sind sie eine sehr nützliche, arbeitsame Menschenclasse, und insbesondere beim Schlagen des Mahagonyholzes thätig. Sie versorgen Omoa, Truxillo und zum Theil auch Balize mit Lebensmitteln, namentlich mit Früchten und Fleisch, bringen Felle zu Markte, sammeln Sassaparille, und schaffen auch andere Ausfuhrartikel herbei. Diese intelligenten, zuverlässigen, an das Klima gewöhnten Menschen, die vortrefflich mit der Axt umzugehen wissen, und etwas vom Straßen- und Brückenbau verstehen, werden von großer Bedeutung sein, wenn die Zeit kommt wo es sich darum handelt, die reichen Hilfsquellen von Honduras zu entwickeln. Namentlich werden sie beim Eisenbahnbau wichtige Dienste leisten können, weil unter ihnen etwa 3000 Männer vorhanden sind, welche sich trefflich gerade auf solche Arbeiten verstehen, auf welche es bei einem solchen Unternehmen zumeist ankommt.

Young entwirft von den Caraiben folgende Schilderung: Sie sind friedlich, freundlich, verständig und fleißig, haben hübsche Kleider gern, und tragen namentlich einen rothen Tuchstreifen statt des Gürtels, Strohhüte, saubere weiße Hemden und Kittel, lange, knapp anliegende Hosen, einen Schirm oder Rohrstock in der Hand, und man sieht es ihnen an daß sie sich selbst gefallen. Die Frauen schmükken sich mit Glasperlen von verschiedener Farbe. Wenn sie ihre Feldfrüchte zu Markte bringen, tragen sie Leibchen von Cattun mit buntfarbigem Saumaufschlag, und haben ein Tuch um den Kopf gebunden dessen Zipfel auf den Nacken hinabfällt. Hübsch kann man die Caraiben nicht nennen, aber sie sind kräftig, ja athletisch. Der Unterschied in der Farbe zwischen den Einzelnen ist sehr auffallend; Einige sind schwarz wie Kohle, Andere so gelb wie Safran. Auf Reinlichkeit halten sie sehr; sie lernen leicht fremde Sprachen, und die Meisten verstehen und sprechen außer ihrem Caraibisch auch Spanisch und Englisch, Einige sogar außerdem noch Creolenfranzösisch und Moskito. Polygamie ist allgemein; manche Männer haben drei oder vier Frauen, aber für jede derselben muß der Mann eine besondere Hütte und ein eigenes Stück Ackerfeld beschaffen, und wenn er der einen Frau ein Geschenk macht, so muß er jeder der übrigen gleichfalls ein solches von demselben Werthe geben. Auch ist er gehalten seine Zeit zwischen ihnen gleichmäßig zu theilen, und zwar so, daß er eine Woche bei der einen, die nächste Woche bei der andern, und so weiter lebt. Wenn der Caraibe eine Frau nimmt, baut er eine Wohnung und macht ein Stück urbar; dann übernimmt die Frau die Wirthschaft, mit welcher er sich selbst nicht mehr befaßt; im nächsten Jahre aber bestellt er wieder ein Ackerfeld. Die Frau besorgt dasselbe mit Fleiß und Umsicht, und hat nach fünf Vierteljahren Brotfrüchte in Menge. Alles was überhaupt auf einem solchen Felde wächst gehört ganz allein ihr. Sie ernährt dann Mann und Kinder, verkauft den Ueberfluß, und schafft von dem Ertrag desselben Kleider und Anderes an. In der Zeit kurz vor Weihnachten beladen die Frauen einige Fahrzeuge mit Reis, Bohnen, Yams, Bananen und anderen Früchten und fahren damit nach Truxillo oder Balize. Sie heuern ihre Männer als Matrosen, wie es denn auch Sitte ist daß die Frau, wenn sie allein die Arbeit nicht bewältigen kann, ihren Ehemann als Feldarbeiter miethet und ihm für die Wochenarbeit zwei Dollars zahlt. Die Frauen bringen ihre Ackerfrüchte in Weidenkörben, oft aus weiter Entfernung her zu Markte. Ich habe gesehen daß caraibische Weiber von weit hinter Monkey-Apple Town nach Fort Wellington also über vierzig Meilen weit herkamen, um den Inhalt ihrer Körbe gegen Salz, Baumwollenzeuge und dergleichen zu vertauschen. Auf diesen Marktgängen wird die Frau wohl vom Manne begleitet, er trägt aber nie und unter keinerlei Umständen die Körbe, denn dadurch würde er sich entehrt glauben. In der trocknen Jahreszeit sammeln die Frauen Brennholz und schichten dasselbe an geschützten Stellen auf, um während der Zeit der nassen Nordwinde, Vorrath an Brennstoffen zu haben. Denn Fleiß und Voraussicht sind eigenthümliche Züge im Charakter der Caraibenfrau, und sie verschafft sich dadurch außer dem Nothwendigen auch manche Bequemlichkeiten. Der Mann schlägt Holz und pflanzt, geht auf die Jagd und fischt, baut die Hütten auf, verfertigt ein Boot und macht Segel. Einige sind geschickte Schneider, Andere sehr gute Zimmerleute, kurz die Caraiben sind eine sehr nützliche Menschenclasse. Sie vermiethen sich in den Mahagonyschlägereien am Roman, am Limas, bei Truxillo und Balize, auf sechs oder acht Monate, und erhalten, außer den Lebensmitteln, monatlich acht bis zwölf Dollars Lohn; ich habe aber auch Arbeiter gekannt, die so geschickt waren, daß man ihnen gern sechzehn Dollars zahlte. Nach abgelaufenem Contract gehen sie heim, allemal sehr gut gekleidet und im Besitz mancher werthvollen Sachen. So kannte ich einen Caraiben in Cape Town, der zu Balize in Arbeit gestanden hatte; er brachte ein paar Tuchstiefeln von dort mit, einen weißen Hut, schwarzen Rock, weiße Beinkleider; ein buntes Hemd, hübsche Hosenträger und einen Schirm.

Die Caraiben bauen das sogenannte Bourbon-Zuckerrohr, weil ihrer Ansicht nach sich für diese Art der Boden am besten eignet. Ich habe gesehen daß es sechzehn Fuß hoch und verhältnißmäßig dick war. Es stand auf dem Acker des Capitain Samboler, am Zachary Lyon River. Sowohl sie als die Moskitos am Patuca pflanzen etwas Tabak, sie verstehen sich aber nicht recht auf das Trocknen; das Blatt bei dem einen Volke schmeckt wie getrocknetes Heu, und das beim andern ist so stark, daß er Jedem, der nicht daran gewöhnt ist, Uebelkeiten verursacht. Tabak könnte übrigens ein wichtiger Exportartikel werden sobald man ihn richtig behandelte. Die Spanier im Innern bauen ihn in beträchtlicher Menge, und bringen ihn auf Maulthieren zum Verkauf nach Truxillo. Von den feinsten Blättern machen sie Cigarren, sogenannte Puros. Ihr bester Tabak kann sich an Geruch nicht mit dem Havanablatte messen, weil sie es beim Trocknen und Befeuchten versehen, aber Qualität und Größe stehen hinter jenem von der Havana nicht zurück. Die Häuser der Caraiben sind gut gebaut, die Pfähle bestehen aus Eisenholz oder Subah, die Balken und Sparren aus Santa Mariaholz, die Dachbedeckung ist von Palmenblättern, auch sind Fensteröffnungen vorhanden, die Abends sorgfältig mit Läden geschlossen werden, damit der Landwind nicht eindringe. Das Haus ist dagegen offen für den Seewind, und diese beiden Vorsichtsmaßregeln tragen gewiß wesentlich dazu bei, daß die Ortschaften der Caraiben gesund sind. Ohnehin halten sich die Leute reinlich und haben gute Nahrungsmittel vollauf.

Bejahrte Leute werden von ihren Söhnen oder andern Anverwandten unterstützt, man behandelt sie gut, spricht von ihnen mit Achtung, und die Kinder scheinen darin zu wetteifern, wer ihnen die meiste Liebe bezeigen solle. In jedem caraibischen Dorfe laufen Hühner und Schweine in Menge umher, sie gehören den Frauen und richten keinen Schaden an, weil die Felder gewöhnlich über eine Stunde weit vom Orte entfernt liegen. So weit Young.

In den Departements Gracias, Comayagua und Choluteca liegen manche rein indianische Ortschaften, deren Bewohner ihre alte Sprache und viele heimische Sitten und Gewohnheiten treu bewahren. Rein indianische Ortschaften sind die Dörfer im Gebirge von San Juan, südwestlich von Comayagua, nämlich Guajiquero, Opotero, Similiton, Caeauterique und manche andere; sodann die im Gebirge von Lepaterique, nämlich Aguanqueterique, Lauterique, Cururu, Texiguat ꝛc. Die Bewohner sind friedliche Menschen, fleißig und haushälterisch. Sie wohnen in hochgelegenen Districten, und können deshalb Weizen, Kartoffeln und andere Erzeugnisse gemäßigter Klimate bauen. Der Wandrer begegnet ihnen manchmal in abgelegenen steilen Berggegenden; sie sprechen kein Wort, wenn man sie nicht zuerst anredet. Den Bogen, welchen der Indianer stets bei sich führt, hat er der Jagd wegen und zum Schutz gegen wilde Thiere. Es scheint als ob diese Stämme nicht ursprünglich im Gebirge heimisch waren, sondern daß sie nach und nach sich in dieselben zurückzogen, nachdem die Weißen ihnen ihr Land abgenommen hatten. Vielleicht aber wanderten sie auch nur deshalb ins Gebirge, um jeder nähern Berührung mit den feindlichen Eindringlingen aus dem Wege zu gehen. Aber an ihren gegenwärtigen Wohnsitzen hängen sie mit großer Vorliebe und dulden keinerlei Beeinträchtigung. Sie sind alle zum katholischen Ritus bekehrt worden, doch trägt der Gottesdienst bei ihnen noch viel vom indianischen Gepräge, namentlich die Musik.

Wenn das indianische Element in Honduras sich selber überlassen bleibt, so ist es außer Stand etwas Wesentliches zur Entwickelung des Landes beizutragen; wenn aber ein thätiger, intelligenter und energischer Menschenschlag einwanderte, dann würde er sehr ersprießlich gemacht werden können. Diese Indianer sind mäßig, geduldig, gelehrig, sie haben viele schätzbare Eigenschaften eines arbeitsamen Volkes, und sie brauchen nur gut angeleitet zu werden, um für das materielle Gedeihen sich sehr nützlich zu erweisen.

Wir wollen zum Schlusse etwas näher auf die früheren Verhältnisse der Indianer eingehen. Aus den spanischen Berichten ergiebt sich, daß der nordwestliche Theil von Honduras, welcher an Guatemala grenzt, und das Thal von Sensenti, von Copan und wenigstens einen Theil von jenem des Chamelicon umfaßt, von civilisirten Völkern bewohnt war. Der Name Calel oder Kalel, mit welchem sie ihre Häuptlinge belegten, und die Thatsache, daß ihre Sprache demselben Sprachstamme wie das Quiche, Kachiquel, Maya u. s. w. angehört, liefert den Beweis, daß sie zu derselben großen Familie halbcivilisirter Völker gehören, welche über Guatemala, Chiapa und Yucatan verbreitet war.

Aber in Betreff des übrigen Theiles von Honduras sind wir weniger genau unterrichtet. Die Chroniken erzählen, daß in der ausgedehnten Region des Küstenlandes, vom Rio Aguan oder Roman bis zum Rio San Juan de Nicaragua, also an der sogenannten Moskitoküste, und landeinwärts bis zu den Ebenen von Olancho eine Anzahl barbarischer Völker wohnten. Unter diesen Stämmen werden die, weiter oben schon ausführlich erwähnten Xicaques und Payas als die mächtigsten genannt, und noch heute tragen Indianer zwischen den Rio Ulua und dem Cap Gracias á Dios diesen Namen. Die Xicaques, deren Zahl allerdings beträchtlich zusammen geschwunden ist, leben in dem Districte zwischen dem Ulua und Tinto, und die Payas in dem Dreieck zwischen dem Tinto, dem Meere und dem Wanks oder Segovia. Allem Anschein nach waren die Xicaques nicht viel weiter verbreitet, als bis in die Ebenen von Olancho und in das nicaraguanische Departement Nueva Segovia.

Nun fragt sich, was für Völker bewohnten das Land zwischen den Chortis von Sensenti und den Nahuals von San Salvador einerseits und den barbarischen Völkern am Totogalpa und Tegucigalpa andererseits? Oder mit anderen Worten: was für Völker hatten das heutige Departement San Miguel im Staate San Salvador und die Departements Santa Barbara, Comayagua, Choluteca und theilweise Tegucigalpa und Yoro in Honduras inne? Die alten Schriftsteller geben darauf keine Antwort, aber neuere Forschungen können wesentlich zur Aufklärung der Sache beitragen.

Diese Gegend war von einem homogenen Volke bewohnt; das ergiebt sich schon aus den Ortsnamen, welche seit der Eroberung bis auf den heutigen Tag dieselben geblieben sind. Das gegenwärtige Departement San Miguel hieß Chaparristique, als Alvarado ins Land einfiel. Die Endung tique kommt häufig in Ortsnamen vor (z. B. in Lepaterique, Llotique, Ajuterique und Jaitique) vom Fonsecagolf nach Norden hin bis zum See von Yojoa oder Taulebe. Und in diesem großen District liegt eine Anzahl von Ortschaften, welche, wie schon weiter oben bemerkt wurde, noch jetzt ausschließlich von Indianern bewohnt werden, die mehr oder weniger ihre alte Sprache beibehalten haben. Diese Ortschaften liegen sämmtlich im Gebirge von

Lepaterique und Guajiquero, und zu ihnen gehören Lauterique, Guajiquero, Opotero, Cacauterique, Similton, Yamalanguira, Yucusapa und, die größte von allen, Intibucat. Es gelang mir ein kleines Vocabularium des Dialekts von Opotero von einem Indianer der gleichnamigen Ortschaft zu bekommen, den ich in Comayagua kennen lernte; ich bekam auch ein solches über den Dialekt von Guajiquero, wo ich mich im Juni 1853 aufhielt; endlich verschaffte ich mir auch noch ein allerdings weit kürzeres in der Ortschaft Yamalanguira, die zwei Leguas westlich von Intibucat hart an dem Districte liegt welcher den alten Häutlingen von Sensenti untergeben war. Sodann bekam ich eine Liste von Zahlwörtern, deren sich die Bewohner von Similiton bedienen, und einige Wörter und Redensarten von einen Manne der in seiner Jugendzeit sich in jenem Orte aufgehalten hatte. Eine Vergleichung aller dieser Vocabularien stellt heraus, daß es sich nur um Mundarten einer und derselben Sprache handelt. Die Guajiqueros nannten ihre Sprache Lenca, und weil die Berichte der ersten Missionäre in Honduras immer von Lenca-Indianern sprechen, so habe ich diesen Ausdruck beibehalten.

Die meisten Missionäre welche in das Land der Xicaques und Payas vordringen wollten, gingen erst nach Comayagua, von wo sie Lenca-Indianer mit sich nahmen. Dergleichen hatte zum Beispiel Verdelete bei sich als er 1608 durch Olancho, am Rio Guyape hin, sich in das Land der Xicaques begab. Vielleicht rechtfertigt sich daraus der Schluß, daß auch die Xicaques zur Lencafamilie gehörten und eine Mundart der Lencasprache redeten. Wenigstens scheinen Ausdrücke dafür zu sprechen, deren sich Juarros bedient, in dem Abschnitte, in welchem er die Unterwerfung der Provinz Tegucigalpa schildert. Er sagte, daß 1661 die Paya Indianer häufig die kleinen Niederlassungen in der Nähe ihres Gebietes ausplünderten, und daß die Xicaques in den Thälern am Xamastran und Olancho Räubereien verübten. Deshalb unternahm Capitain Bartolomeo de Escoto, einer der Eigenthümer von Olancho, einen Zug in das Indianerland, und „führte von dort einige Indianer hinweg, welche er an solchen Plätzen ansiedelte, die ihm geeignet schienen". Und dann „ging er, nebst drei Lenca-Indianern, nach Guatemala, um einen Geistlichen zu suchen". Der Präsident empfahl ihm „den Bruder (Mönch) Fernando de Espino, einen gelehrten Geistlichen, der aus Neu Segovia gebürtig war, einer Ortschaft welche an das Land der Xicaques grenzt und mit der Lencasprache wohl vertraut war."

Es ist in der That nicht unwahrscheinlich daß alle Indianerstämme zwischen der Bay von Honduras und dem großen Querthal der Nicaragua See, Mundarten einer und derselben Sprache redeten, doch mit Ausnahme jener welche das eigentliche Tiefland, die Gegend an den Lagunen des atlantischen Gestades, also an der sogenannten Moskitoküste bewohnten; diese scheinen in keiner Verwandtschaft mit den im Innern lebenden Völkern gestanden zu haben. Die Indianer im District Chontales in Nicaragua, welche zu beiden Seiten des großen Flusses Escondido (Blewfields) leben, und von welchen Julius Froebel 1851 ein kurzes Vocabularium erhielt, haben einige Wörter mit den Lencas gemein. Diese Indianer werden jetzt Wulwas genannt (es sind wahrscheinlich die Gaulas oder Waulas des Juarros und die Ulvas des Pelaez); sie bezeichnen Wasser mit Wass oder Wasch. Dieses Wort finden wir in einer Zusammensetzung in den Namen des Flusses Boswasch oder Boswass, der sich in den Escondido ergießt. Im Lenca heißt Haus oder Hütte Tau oder Tahu, im Wulwa U oder Hu, der Ausdruck Wass oder Huas findet sich auch bei Flußnamen im Districte der Payas, z. B. in Amac-Wass, Wasspresenia; beide sind Zuflüsse des Patuca.

Die Bewohner an der atlantischen Küste Central-Amerika's, von Punta Castilla de Honduras (der alten Punta Casinas oder Caxinas) bis zur Chiriquilagune (der Abuerma des Columbus) waren zu jener Zeit als die Spanier das Land entdeckten, Wilde. Diese Küste liegt tief, ist heiß und ungesund und hat viele Kriks und Lagunen; dort können nur Fischer- und Jägerstämme leben, und das waren denn die Bewohner schon damals, wie sie es auch noch heute sind. Die halbcivilisirten Völker, welche auf der pacifischen Abdachung und auf den Hochebenen wohnten, fanden keine Veranlassung sich an der atlantischen Küste anzusiedeln, die aus denselben Gründen auch gegenwärtig noch von den Weißen gemieden wird.

Columbus entdeckte die Küste auf seiner vierten Reise, 1502; er fuhr derselben entlang von Punta Castilla bis Darien. Aus dem kurzen aber klaren Berichte, welchen wir über diese Reise besitzen, können wir uns eine deutliche Vorstellung über Charakter und Verhältnisse der Bewohner bilden. Columbus kam von Jamaica und entdeckte dann Guanaja, das östliche Eiland der Gruppe welche in der Bucht von Honduras und im Angesichte des Festlandes liegt. Diese Inseln führten lange Zeit die Benennung: die Guanajos. Am 30. Juli 1502 erblickte Columbus das Eiland, Don Bartolomeo Columbus fuhr ans Land, und fand dort einen großen Nachen „so lang wie eine Gallione," er war mit einem Schirmdach überspannt, und mit verschiedenen Waaren beladen z. B. mit Baumwollenzeugen von verschiedener Farbe, einer Art von Jacke ohne Ärmel, Schwertern die aus Holz mit Schneide von Feuerstein bestanden, kupfernen Aexten, Tiegeln zum Kupferschmelzen und Cacaobohnen, „die als Geld gebraucht wurden." Columbus entließ die Indianer, und behielt nur einen alten Mann bei sich, Namens Jumbe, weil er verständiger und besser unterrichtet zu sein schien als die übrigen; er wollte ihn als Führer und Dolmetscher benützen. Als man ihm Gold wies, zeigte er mit der Hand nach dem in Sicht befindlichen Gebirge; er wollte andeuten daß dergleichen Metall dort zu finden sei. Diesen Indianer bezeichnen die Chroniken als einen „Kaufmann," und Herrera wagt die Bemerkung, er möge wohl eben aus Yucatan zurückgekommen sein, als Columbus ihn fand.

Es leidet wohl keinen Zweifel daß die Bewohner der Guanajas einer Familie angehörten, welche in der Civilisation ziemlich vorgerückt war. Sie waren wohl mit dem Volksstamme verwandt, welcher auf dem Festlande von der Punta Castilla nach Westen hin bis zum Golfe Dulce wohnte. Diego de Porras sagt in seinem Bericht über die Reise des Columbus, sie seien von hübscher Statur und kriegerisch, aber in ihrem Benehmen rückhaltend und bescheiden. Und die Insel schildert Peter Martyr als „so blühend und reich an Früchten, daß man sie für ein irdisches Paradies halten könne."

Die Punta Caxinas erreichte Columbus am 14. August; er landete und nahm am 17. förmlich und feierlich Besitz von dem Lande. Dies ist die Spitze welche weit in jene Bucht hinaustritt, in deren Hintergrunde später Truxillo gegründet wurde. Dort wohnten Indianer, welche jenen auf Guanaja glichen. Sie waren gleichfalls in Baumwollenzeug gekleidet, und hatten eine Art von Panzer wie die Mexicaner; er bestand aus einem Baumwollenpolster und war so dick, daß nach der Versicherung des Ferdinand Columbus, auch ein spanisches Schwert nicht hindurch dringen konnte. Man darf wohl annehmen daß die Eingebornen welche in jener Gegend lebten mit den westlich und im Innern wohnenden, namentlich mit denen der Ebene von Olancho in Verbindung standen. Dort lagen zwei bedeutende Provinzen, deren mächtige Häuptlinge das Land bis zum Meere beherrschten. Doch haben wir über diese Eingebornen keine ins Einzelne gehende Nachrichten. Als Salcedo zum Statthalter von Hibueras, (Honduras) ernannt worden war, bemühte er sich, wie Herrera bemerkt, die Religion, die Sitten und das Wesen der Indianer in jener Provinz näher kennen zu lernen. In der Umgegend von Truxillo wurden drei Hauptgötzen verehrt; der eine in einem Tempel, der vier Leguas von jener Stadt entfernt lag; ein anderer Tempel lag zwanzig Meilen weit entfernt, ein dritter auf einer funfzehn Leguas entfernten Insel, wahrscheinlich auf Guanaja, wo noch Spuren alter Denkmäler vorhanden sind. Die Götzen hatten Weibergestalt und waren aus verschiedenem Grünstein verfertigt, so daß sie marmorartig ansahen. Außerdem gab es noch andere Idole und Stätten wo Opfer dargebracht wurden. Die Oberpriester bei den drei Hauptgötzen durften nicht heirathen, und trugen langes, bis auf die Hüften hinabwallendes Haar. Salcedo bemerkt, dieses Volk sei nicht so verfeinert gewesen wie die Mexicaner, und weiche nicht viel ab von den Bewohnern Hispaniola's.

Von der Punta Caxinas fuhr Columbus nach Osten an der Küste hin und landete einige Tage später bei der Mündung eines großen Flusses, wo er gleichfalls Besitz vom Lande nahm. Den Strom nannte er Rio de la Possession; jetzt heißt er Rio Tinto oder Black River. Die hier und weiter nach Osten lebenden Indianer „hatten nicht so starke Vorderköpfe, wie jene auf den Inseln.“ Sie redeten verschiedene Sprachen, tättowirten sich auf mannigfaltige Art, und hatten außerdem „große Löcher in den Ohrzipfeln, durch welche man ein Ei hätte stecken können.“ Deshalb wurde diese Küste la Costa de la Oreja, die Küste des Ohres, genannt. Ferdinand Columbus unterscheidet diese Indianer ausdrücklich von jenen an der Punta Caxinas. „Die gen Osten, nach dem Cap Gracias á Dios hin wohnenden sind beinahe Neger, viehisch, gehen nackt, sind in jeder Beziehung höchst roh, essen," wie der Indianer Jumbe sagt, „Menschenfleisch und rohe Fische." Porras nennt diese Küste passend ein sehr tiefliegendes Land, tierra muy baja, das von einem wilden Volke bewohnt werde.

Nach großen Schwierigkeiten, Gegenwind und contrairen Strömungen gelangte Columbus am 14. September zu einem Cap, von welchem ab die Küste plötzlich eine Biegung nach Süden nahm; er nannte dasselbe „Gott sei gedankt," Cabo gracias á Dios. Dort mündete ein großer Strom; ein Boot schlug um und einige Matrosen ertranken. Er nannte ihn deshalb Rio del Desastre, den Strom des Unfalls. Ueber die dortigen Bewohner meldet er nichts; man kann aber aus der Erzählung des Ferdinand Columbus abnehmen, daß sie nicht wesentlich von jenen an der Küste de la Oreja verschieden waren. Er schildert den Aufenthalt der Schiffe und die Schwierigkeiten, mit welchen sie bis zum 25. September zu kämpfen hatten. Dann kamen sie an die Insel Quiriviri, und unweit derselben lag auf dem Festlande die Ortschaft Cariay. Die Bewohner schildert er in seinem Briefe an die Beherrscher Spaniens als Fischer, als „große Hexenmeister und sehr schrecklich." Nachdem er ans Land gegangen war, fand er einige große aus Holz gebaute und mit Palmblättern gedeckte Häuser; sie dienten zu Grabstätten. In einer derselben lag eine einbalsamirte Leiche, in einer andern fand man zwei todte Körper, „alle ohne übeln Geruch;" sie waren sorgfältig mit Baumwollenzeug und Matten umwickelt. Ueber den Leichen befanden sich Holztafeln, in welche Figuren von Thieren und anderen Gegenständen geschnitzt waren, „auf einigen sah man Darstellungen der Todten." Das Volk trug gediegenes Gold und Kupfergeräth als Zierrath, war tättowirt, die Sprache war schwer und die verschiedenen Ortschaften hatten verschiedene Mundarten. Columbus meint: „Während es sich mit den Wilden an den Küsten so verhält, ist es anders bei dem Volke im Binnenlande." Herrera unterscheidet die Bewohner von Cariay von den weiter nach Norden wohnenden, sie glichen jenen von Castilla del Oro. Mit diesem letztern Namen bezeichnete man anfangs das Land an der Chiriquilagune nach Süden hin bis zum Golf von Uraba.

Von Coriay fuhr Columbus an der Küste hin bis Zeraboro (jetzt Boca del Toro) in der Nähe von Abuerma, der heutigen Chiriquilagune. Dort hatten die Indianer Goldblättchen wie jene von Cariay, und redeten auch, wie es scheint, eine verwandte Sprache; wenn sich anders das aus den Worten Herrera's schließen läßt: „Sie zeigten keine Furcht, weil zwei Indianer von Cariay mit ihnen sprachen." Diese letzteren suchten die Indianer von Abuerma zur Herausgabe ihrer goldenen Schmucksachen zu vermögen.

Aus alle dem hier Gesagten scheint hervorzugehen, daß in Honduras vier verschiedene Indianergruppen oder Familien lebten.

1. Die Chortis von Sensenti. Sie gehörten zu einem und demselben großen Stamme mit den Kichés, Kachiquels, Mayas 2c., und wohnten in dem heutigen Departement Gracias.

2. Die Lencas. Sie waren nicht so weit in der Civilisation vorgeschritten, und hatten als Chontales, vielleicht auch als Xicaques und Payas, das heutige Departement San Miguel im Staate San Salvador inne, sodann Comayagua, Choluteca, Tegucigalpa und Theile von Olancho und Yoro in Honduras, mit Einschluß der Bay-Inseln.

3. Verschiedene Stämme, die zwischen den eigentlichen Lencas und den Indianern von Cariay, also an der heutigen Moskitoküste lebten.

4. Die Wilden an der Moskitoküste von der Umgegend der Caratascalagune nach Süden hin bis zum Rio San Juan. Sie sprachen damals wie noch heute eine Sprache, die von jener der Indianer im Innern, mit welchen sie sich in keiner Hinsicht messen konnten, ganz verschieden ist.

Dreizehntes Kapitel.

Politische Verhältnisse. Verfassung. Kirchliche Zustände. Erziehung. Industrie. Einkünfte. Aussichten für die Zukunft.

Nachdem die central-amerikanische Bundesrepublik sich im Jahre 1838 aufgelös't hatte, befanden sich die verschiedenen Staaten in einer eigenthümlichen Ausnahmestellung. Einige, besonders Honduras, hielten an der Idee einer gemeinsamen Nationalität und Staatenbildung fest; sie bilden thatsächlich unabhängige und souveraine Republiken, nahmen aber den Titel nicht an, sondern bezeichneten sich als „Staaten" und das mit der vollziehenden Gewalt betraute Individuum als „Oberhaupt" oder „Director." Um dem Mangel einer Bundesverfassung abzuhelfen, schlossen sie unter einander Bundes- und Freundschaftsverträge, in welchen festgesetzt war, daß man sich in gewissen, näher bestimmten, Fällen gegenseitig mit den Waffen unterstützen wolle. Indessen gaben die drei liberalen Staaten Honduras, San Salvador und Nicaragua die Hoffnung noch nicht auf, die Bundesrepublik wieder herzustellen, und bemühten sich, die Staaten Guatemala und Costa Rica näher heranzuziehen. Zu diesem Zwecke wurde 1842 ein Nationalconvent berufen, welchem 1847 ein zweiter folgte. Aber die beiden letztgenannten Staaten hielten sich fern und wollten auf keine Einigung eingehen, es erhoben sich zudem Schwierigkeiten, als die gegenseitige Machtstellung und die Befugniß jedes einzelnen Staates näher bestimmt werden sollte, und man begriff, daß die Unionsbemühungen fehlgeschlagen seien.

Die drei liberalen Staaten gaben die Hoffnung auf, Guatemala und Costa Rica für einen gemeinsamen Plan zu gewinnen; sie erneuerten aber den Versuch, unter einander eine feste Einigung zu schließen, und sendeten 1849 Bevollmächtigte nach Leon in Nicaragua, wo man sich über einen Unionsvertrag einigte, den man als „Nationalrepräsentation von Central-Amerika" bezeichnete. Dieser wurde vom Volke der drei Staaten genehmigt, und man wählte Delegaten, die auf Grundlage der festgestellten Artikel eine Nationalverfassung entwerfen sollten. Diese constituirende Versammlung trat im

Herbst 1852 in Tegucigalpa zusammen. Inzwischen war es jedoch den reactionairen Machthabern in Guatemala gelungen, San Salvador dem Unionswerke abwendig zu machen; dieses rief seine Bevollmächtigten zurück, Nicaragua folgte dem Beispiele, und somit hatte sich der Einigungsversuch abermals zerschlagen. Honduras allein war standhaft geblieben, sah sich aber am Ende ganz vereinsamt.

Seitdem haben sowohl Nicaragua als San Salvador den Titel „Republik" angenommen; von Seiten das Staates Honduras ist das allerdings noch nicht der Fall gewesen, er betrachtet sich aber als vollkommen unabhängig und selbständig, und gab sich 1848 eine durchaus republikanische Verfassung „im Namen des Ewigen Wesens, des allmächtigen Schöpfers und höchsten Gesetzgebers des Universums." Die Erklärung der Rechte und Pflichten des Volkes bestimmen: „daß die Souverainetät unveräußerlich und unverjährbar ist, beschränkt auf die Wohlfahrt und das Gedeihen der Gesellschaft, und daß kein Bruchtheil des Volkes und kein Individuum sie ausüben dürfe, außer in Uebereinstimmung mit Gesetzen, welche durch allgemeine Zustimmung festgestellt worden sind. Alle Gewalt geht vom Volke aus, alle öffentlichen Beamten sind Delegaten und Agenten desselben, aber immer nur so weit, als durch geschriebene Constitutionen festgestellt oder durch Gesetze, welche mit diesen letzteren in Uebereinstimmung stehen, angeordnet worden ist. Solche Beamte sind außerdem dem Volke, welches ihnen Befugnisse übertragen hat, für getreue Pflichterfüllung sogar mit Leib und Leben verantwortlich. Alle Bewohner des Staates haben ein unbestreitbares Anrecht auf Leben, Freiheit und Streben nach Wohlergehen; sie können Eigenthum erwerben und darüber verfügen, falls dadurch die Rechte und die Wohlfahrt Anderer nicht beeinträchtigt werden. Sie sind aber gleichermaßen verpflichtet, die Gesetze zu achten und denselben zu gehorsamen; Jeder soll verhältnißmäßig zu den für die Regierung nothwendigen Ausgaben beitragen, und ist zum Kriegsdienste für das Vaterland verpflichtet. Armeen können nur zum öffentlichen Schutze und zur Vertheidigung des Staates vorhanden sein; kein der Armee Angehöriger ist, so lange er im activen Dienste steht, zum Präsidenten, Senator oder Deputirten wählbar. Die Presse ist frei; jeder

Bürger kann, ohne Censur oder Behinderung, schreiben und drucken lassen, was ihm beliebt, er ist aber für den Misbrauch den Gesetzen verantwortlich. Kein Bürger kann vor ein Kriegsgericht gestellt werden, es sei denn, er habe sich während wirklichen Dienstes im Heere ein Vergehen zu Schulden kommen lassen. Jeder Bürger hat das Recht auszuwandern; das Briefgeheimniß ist unverletzlich, und kein gestohlener oder unterschlagener Brief kann als Zeugniß gegen den Schreiber desselben benutzt werden. Alle Irrungen und Zwistigkeiten unter Bürgern können durch Schiedsrichter geschlichtet werden; auch steht es den processirenden Theilen frei, ihren Rechtshandel zu jeder Zeit aus dem Gerichte zurückzuziehen und ihn Schiedsrichtern zu übertragen, deren Entscheidung dann in allen Fällen endgültig sein soll.

Als Bürger werden betrachtet alle im Staate oder in anderen central-amerikanischen Staaten geborene und in Honduras ansässige Personen. Ausländer können das Bürgerrecht durch einen Beschluß der Legislatur erwerben; sie haben aber in allen Fällen Anrecht auf denselben Schutz wie die Bürger, nachdem sie vor der geeigneten Behörde ihre Absicht erklärt haben, Bürger werden zu wollen. Das Stimmrecht gebührt allen Bürgern, welche das einundzwanzigste Jahr zurückgelegt haben, „aber nach 1870 soll es nur auf solche beschränkt werden, die lesen und schreiben können." Das Stimmrecht und der Bürgertitel gehen verloren, sobald man in auswärtigen Dienst tritt oder eines Verbrechens wegen verurtheilt worden ist. Es bleibt suspendirt, so lange sich Jemand in gerichtlicher Untersuchung wegen angeblich betrügerischen Bankerotts befindet, oder wegen notorisch lasterhafter Aufführung, oder wenn moralische Unfähigkeit gerichtlich erklärt worden ist, und wenn man in häuslichen, abhängigen Dienst von einer Person tritt. Ausländer werden naturalisirt, wenn sie Grundeigenthum von einem gewissen Werthe besitzen, wenn sie vier Jahre im Lande sind, und wenn sie sich im Staate verheirathen. Sie zahlen Steuern wie die anderen Bürger, und haben dasselbe Recht wie diese sich an die Gerichte zu wenden.

Die Regierung ist volksthümlich und repräsentativ; sie besteht aus drei getrennten Gewalten, nämlich der gesetzgebenden, vollziehenden und richterlichen. Die erste ruht in der Generalversammlung, die zweite im Präsidenten, die dritte in den Gerichten. Staatsreligion ist die apostolisch-römisch-katholische; allen anderen ist die öffentliche Ausübung untersagt, aber kein Gesetz darf die Privatausübung anderer Arten von Gottesverehrung oder die unbedingte Gewissensfreiheit beeinträchtigen.

Der Staat ist in Wahlbezirke getheilt, deren jeder funfzehntausend Seelen begreift und einen Deputirten ernennt. Bis aber eine Zählung veranstaltet sein wird (die immer noch nicht stattgefunden hat), ernennt jedes Departement einen Senator und zwei Deputirte. Honduras hat sieben Departements, also vierzehn Abgeordnete, von denen jährlich die Hälfte gewählt wird. Ein Deputirter muß fünfundzwanzig Jahre alt, und Bürger in dem Departement sein, welches ihn wählt, er muß Eigenthum im Werthe von fünfhundert Dollars besitzen, oder eine Beschäftigung haben, welche ihm jährlich so viel einträgt. Der Senator muß das dreißigste Jahr zurückgelegt haben, Eigenthum im Werthe von tausend Dollars besitzen, oder Licentiat irgend einer Wissenschaft sein. Drei Senatoren von den sieben werden jährlich gewählt. Acht Deputirte oder fünf Senatoren bilden eine beschlußfähige Mehrheit; die ordentlichen Sitzungen der beiden gesetzgebenden Häuser sollen eine Dauer von vierzig Tagen haben. Die Legislatur legt Steuern auf; beide Häuser ernennen in gemeinschaftlicher Sitzung die Beamten des höchsten Gerichtshofes, bewilligen die jährlichen Ausgaben, bestimmen die Stärke des Militairs, überwachen die öffentliche Erziehung, erklären Krieg oder Frieden, genehmigen Verträge und können die vollziehenden Beamten in Anklagezustand versetzen und über sie aburtheilen.

Die vollziehende Gewalt übt der Präsident. Er muß eingeborener Central-Amerikaner, seit fünf Jahren Bürger von Honduras, zweiunddreißig Jahre alt sein, und einen Grundbesitz im Werthe von fünftausend Dollars haben. Zu seiner Wahl ist die absolute Stimmenmehrheit erforderlich; erhält kein Candidat dieselbe, so ernennt die Legislatur Denjenigen, auf welchen die meisten Stimmen gefallen waren. Der Präsident bleibt vier Jahre im Amte; nach Ablauf dieser Frist kann er in den zwei nächstfolgenden Amtsterminen nicht wieder gewählt werden. Er wählt seine Minister für die verschiedenen

Abtheilungen des Dienstes; sie haben von Amtswegen einen Sitz in der Legislatur, aber kein Votum. Der Präsident hat ein Einspruchsrecht (Veto); insbesondere gehört zu seinen Ermächtigungen, daß er Colonisationsverträge abschließen darf. Diese und etwaige Uebereinkommen, welche er trifft, um die Hilfsquellen des Landes zu entwickeln, müssen von der Legislatur genehmigt werden. Der Staatsrath besteht aus einem Senator, den die Generalversammlung ernennt, einem Beamten des höchsten Gerichtshofes, den seine Collegen erwählen, dem Minister der inneren Angelegenheiten, dem Staatsschatzmeister und zwei Bürgern, welche dem Staate ersprießliche Dienste geleistet haben. Diese beiden letzteren ernennt die Generalversammlung. Im gewöhnlichen Verlauf der Dinge ertheilt diese Körperschaft nur Rath, in dringenden Fällen kann sie aber außerordentliche Befugnisse ausüben, über welche nachträglich die Generalversammlung zu erkennen hat. Der Staatsrath ist eine nothwendige Behörde, weil unter Umständen das Zusammentreten der Gesetzgebung mit Schwierigkeiten verbunden sein kann, und manchmal rasches Handeln erforderlich ist. In Honduras sind die Wege schlecht und die Bevölkerung wohnt verstreut.

Der höchste Gerichtshof zerfällt in zwei Abtheilungen; in jeder sitzen drei Richter. Die eine Abtheilung befindet sich in Comayagua, die andere in Tegucigalpa. Der Richter muß als Advocat Ruf gehabt haben, mindestens fünfundzwanzig Jahre alt sein, und ein Vermögen von tausend Dollars besitzen. Diese höchsten Richter werden so ernannt, daß die vollziehende Behörde die Person der Generalversammlung vorschlägt, welche dann wählt. Sie behalten ihr Amt so lange sie sich untadelhaft aufführen. Die Attribute der verschiedenen Gerichtsbehörden sind in der Verfassung sehr genau und umständlich enthalten. Jeder eines Verbrechens Angeklagte muß spätestens achtundvierzig Stunden nach Haftnahme verhört werden, und der Richter soll innerhalb der nächsten vierundzwanzig Stunden entscheiden, ob er im Gefängniß bleiben oder freigelassen werden soll. Niemand kann gegen sich selbst zeugen, ebenso wenig gegen seine Verwandten bis zum vierten Grade der Blutsverwandtschaft. Die Todesstrafe ist abgeschafft.

Jedes Departement hat einen Oberbeamten, den Gefe politico, welchen die Executive ernennt. Er muß fünfundzwanzig Jahre alt und Eigenthümer in dem Departement sein. Er ist die Behörde, vermittelst welcher die vollziehende Gewalt mit dem Volke in Verbindung steht; er veröffentlicht die Gesetze und sorgt für deren Vollziehung. Jeder Municipalbeamte muß lesen und schreiben können und soll im Einvernehmen mit dem Gefe politico handeln.

Das ungefähr sind die Hauptpunkte der Verfassung von Honduras, und nach Maßgabe derselben werden die inneren Angelegenheiten, wie es scheint, recht gut wahrgenommen. Nur wenige Sachen von Belang gehen an die Gerichte, weil die Ortsbehörde bei weitem die meisten schiedsrichterlich zu erledigen pflegt.

Die Verfassung erkennt nur die römisch-katholische Religion an. Man darf aber daraus nicht den Schluß ziehen, als ob Regierung und Volk in Honduras unduldsam seien. Es giebt wohl keinen andern Staat Central-Amerika's, in welchem mehr Freisinnigkeit in religiöser Beziehung herrscht. Die Ursache dieser Erscheinung liegt in der geschichtlichen Entwickelung der Dinge. Zur Zeit der Trennung von Spanien und auch späterhin während der Streitigkeiten über die Organisation der Bundesrepubliken stand die überwiegende Mehrzahl der Priester auf Seiten der Aristokraten und Monarchisten, also den Liberalen und Republikanern feindselig gegenüber. Der Kampf dauerte so lange und war so heftig, daß er die große Masse des Volkes der Kirche völlig entfremdete; man beschränkte Macht und Einfluß derselben durch äußerst entschiedene Maßregeln, sobald einmal die republikanische Sache festen Boden gewonnen hatte. Der erste Schlag fiel auf den Erzbischof von Guatemala, der aus der Republik verbannt wurde; darauf wurden alle Mönchsorden ausgetrieben, die Klöster aufgehoben, und ihre liegenden Gründe sammt Einkünften eingezogen und für den Volksunterricht verwendet. Der Verkauf von Ablaß und die Veröffentlichung päpstlicher Bullen wurde gleichfalls verboten, und im Jahre 1832 ging man so weit, daß man die Gesetze, laut welchen die katholische Religion Staatsreligion war, abschaffte, und daß der Generalcongreß unbedingte Religionsfreiheit erklärte. Der Staat Honduras trat noch viel entschiedener auf. Er erließ ein Gesetz, durch welches alle Kinder der Priester legitimirt wurden, so daß sie den Namen des Vaters und dessen Eigenthum erben sollten; er erklärte ferner, daß ein Frauenzimmer, mit welchem ein Priester zusammen lebe, eo ipso als die rechtmäßige Ehefrau dieses Priesters zu betrachten sei, und daß derselbe alle gesetzlichen Folgen zu tragen habe. Alle Flüche und Bannbullen, welche Priester und Päpste gegen die Republik schleuderten, halfen nichts. Eine Excommunicationsbulle des Papstes, welche insbesondere gegen den liberalen Präsidenten Morazan gerichtet war, wurde, wie wir schon früher bemerkten, von einem gemeinen Soldaten in eine Kanone geladen, und diese, zum Zeichen des Hohns und der Verachtung, nach der Himmelsrichtung hin abgefeuert, in welcher Rom liegt. Auf so weit ausgreifende Maßnahmen folgte dann allerdings eine Reaction, und in Guatemala, dem alten Sitze des Vicekönigs und dem Mittelpunkte monarchischer Einflüsse, wurden die Klöster wieder hergestellt und die Bücher aufs Neue unter die Censur der Priester gestellt; aber in den übrigen Staaten ist die Gewalt und das Ansehen der Kirche ein für allemal gebrochen. Unter dem Volke herrscht allerdings noch viel Unwissenheit und Aberglauben; bei den besseren Classen aber ist, bei aller Achtung vor der Religion, schwerlich noch Glauben vorhanden an die Unfehlbarkeit des Papstes, oder wirkliche Anhänglichkeit an die Dogmen der Kirche. Man bezeichnet die Bewohner von Honduras, gleich den übrigen Central-Amerikanern, im Allgemeinen als Katholiken; aber unter den gebildeten Classen bekennen sich die wenigsten Menschen zum festen Dogma, die meisten sind Rationalisten, Freidenker.

Honduras hatte schon früh einen Bischof, dessen Sitz in Truxillo war; später wurde der Sitz des Bisthums nach Comayagua verlegt, und dort eine Kathedrale gebaut. Längere Zeit war derselbe erledigt, und er ist erst 1854 wieder besetzt worden. Der gegenwärtige Bischof ist Señor Don Hippolito Castano Flores. Wir wollen zum Schlusse noch bemerken, daß die Kirche in Honduras nur durch freiwillige Gaben besteht; vom Staate erhält sie blos eine geringe Unterstützungssumme; außerdem besitzt sie keine Renten oder Einkünfte.

Honduras hat zwei „Universitäten," in Comayagua und

in Tegucigalpa. Sie besitzen angeblich Professuren der Jurisprudenz, Medicin und Theologie, aber thatsächlich will ihr Lehrcursus nicht viel mehr bedeuten als jener in den Mittelschulen Nord-Amerika's, nur etwa mit Ausnahme des Unterrichtes in den Sprachen. Gerade für solche Fächer, welche am nothwendigsten und von großer praktischer Bedeutung für das Land wären, also für Naturwissenschaften, insbesondere Chemie, Ingenieurwesen, höhere Mathematik 2c., sind keine Lehrstühle vorhanden, und in dieser Beziehung ist Honduras hinter Nicaragua, Guatemala und San Salvador zurück. Alle höher gebildete Männer haben ihre Studien im Auslande gemacht; und bis jetzt sind sämmtliche Bemühungen, die Lehranstalten in Honduras auf eine höhere Stufe zu bringen, von geringem Erfolg geblieben. Man muß, wie einmal die Dinge liegen, schon damit zufrieden sein, daß sie überhaupt wieder eröffnet worden sind, und von Schülern besucht werden. Zur Zeit der Bundesrepublik wurden in Central-Amerika Versuche mit dem Lancaster'schen System des gegenseitigen Unterrichts vorgenommen, und in vielen Anstalten befolgt man diese Methode auch jetzt noch. Eine genaue Statistik über das Unterrichtswesen in Honduras ist nicht möglich; hoch angeschlagen mögen etwa vierhundert Schulen aller Art im Staate vorhanden sein, und man kann durchschnittlich auf jede derselben fünfundzwanzig Schüler rechnen. Demnach würden auf eine Gesammtbevölkerung von etwa dreihundertfunfzigtausend Seelen ungefähr zehntausend Schüler kommen. Erwähnenswerthe Bibliotheken giebt es im Staate nicht, und außer der amtlichen Zeitung erscheint kein anderes Blatt. Aus den paar Buchdruckerpressen gehen nur politische Streitschriften und dergleichen hervor. Im Allgemeinen lastet auf dem Volke der Druck einer schweren, beklagenswerthen Unwissenheit.

Ueber Industrie und Betriebsamkeit können wir gleichfalls keine genauen Angaben mittheilen; auch über die Handelsbewegung wissen wir nichts Zuverlässiges, und specielle Angaben über den Ertrag der Steuern und Zölle sind gleichfalls nicht vorhanden. Man ist also über alle diese Punkte auf Muthmaßungen beschränkt. Die Einfuhr fremder Erzeugnisse ist unbedeutend und die Ausfuhr verhältnißmäßig gering. Die nachstehenden Angaben über die Exporte beruhen auf Muthmaßungen und sind nur annähernd.

Ungemünztes Metall	400,000	Dollars.
Mahagony und andere Hölzer	200,000	"
Rindvieh	125,000	"
Häute, Sassáparille, Tabak, Indigo 2c.	400,000	"
	1,125,000	Dollars.

Die gesammten Staatseinnahmen aus allen möglichen Quellen mögen sich auf etwa 250,000 Dollars belaufen. Der Verkauf des einheimischen Rums, des sogenannten Aguardiente, ist ein Monopol der Regierung und giebt einen Hauptbeitrag zu den Einnahmen. Die Münze von Honduras ist sehr verschlechtert worden durch eine beträchtliche Hinausgabe von sogenanntem provisorischen Gelde (Moneta provisional), das man im gemeinen Leben als „Kupfer“ (cobre) bezeichnet; denn diese Münzen bestehen in der That aus Kupfer, das spärlich mit Silber legirt ist. Es sind Einviertel-dollar- und Halbdollar-Stücke. Die Hinausgabe dieser Münzen ist in Bezug auf die Quantität nie durch ein Gesetz beschränkt worden, seit 1839 immer fort gegangen, und die Folge davon war zunehmende Entwerthung, so daß jetzt zwölf Dollars von „Cobre“ auf einen Dollar von „Plata“ oder Silber kommen. Der Staat wollte durch gesetzliche Verfügungen diesen provisorischen Geldsorten Zwangsumlauf sichern, aber in den nördlichen Departements Gracias und Yoro und in Theilen von Santa Barbara und Olancho hat das Volk standhaft die Annahme derselben verweigert. An diesen schlechten Münzen mag nominell für etwa eine Million Dollars in Umlauf gesetzt worden sein, die gegenwärtig einen Werth von etwa hunderttausend Dollars Silber hat. Ich muß hervorheben, daß die jetzige Regierung von Honduras rühmlicher Weise dahin trachtet, die fernere Ausgabe solcher entwertheten Münzen einzustellen, so viel als möglich davon aus dem Umlaufe zurückzuziehen, und statt dessen Münzen nach dem Werthmesser jener der Vereinigten Staaten von Nord-Amerika hinauszugeben. Außer der provisorischen Münze sieht man noch Macaco oder spanisches Geld aus der Zeit der Colonialherrschaft, Münzen der Bundesrepublik und englisches und nordamerikanisches Geld. Das fremde Geld wird nach seinem wahren Werthe angenommen, und trägt kein Aufgeld, wie in Neugranada, Nicaragua und mehreren südamerikanischen Staaten, wo man Agio erhält. Die Ausfuhr aus Honduras ist vollkommen so beträchtlich wie die Einfuhr; deshalb bleibt die ohnehin nicht beträchtliche Menge baaren Geldes im Lande, und sie reicht für den innern Bedarf aus.

Eine sehr wichtige Erwerbsquelle für Honduras ist das Hornvieh, das auf den herrlichen Wiesenfluren im Binnenlande sich ganz ungemein vermehrt hat. Allein aus naheliegenden Ursachen ziehen die Heerdenbesitzer aus ihrem Viehbestande keine beträchtlichen Einkünfte, denn der Bedarf im Inlande ist gering, und die Nachfrage vom Auslande nicht sehr erheblich. Schon Baily hat darauf hingewiesen, wie vortheilhaft es sein würde, das Rindfleisch in Honduras einzusalzen, und dann nach Westindien oder nach anderen Märkten auszuführen. Die hohe Temperatur würde in manchen Gegenden, namentlich im Tieflande, hinderlich sein; dieser Nachtheil fällt aber in den höher liegenden Strecken weg, denn dort ist die Luft kühl genug. Von Industrie und höherer Betriebsamkeit ist in Honduras kaum eine Spur vorhanden, und man darf sich nicht darüber wundern. Spanien ließ dergleichen nicht aufkommen, und hielt insbesondere seine central-amerikanischen Colonien fern von allem Verkehr mit der Außenwelt. Alle Fortschritte in Ackerbau und Gewerben, durch welche andere Länder zu einer höhern Entwickelungsstufe gelangten, blieben dem Lande fremd. Der Handel wurde von der Krone monopolisirt, und sie bestimmte auch, wie viel von den verschiedenen Landesproducten jährlich erzeugt werden dürfe. Ein Beispiel kann erläutern, wie die spanische Regierung zu Werke ging. Im Anfange des achtzehnten Jahrhunderts waren an der Nordküste von Honduras Weinreben gepflanzt worden, und sie gediehen vortrefflich. Das erregte die Aufmerksamkeit der Colonialbehörden, und sie berichteten darüber nach Madrid. Dort besorgte man, daß die Colonie mit ihrem Weine den Absatz des spanischen Weines beeinträchtigen könne; die Beamten der Krone erhielten deshalb Befehl, die Reben in Honduras zu vernichten. So geschah es auch, und seitdem sind keine Anpflanzungen mehr gemacht worden. Aber so viel steht fest, daß der Wein dort vortrefflich gedeiht und daß er von großer Wichtigkeit für das Land werden könnte.

Seit der Unabhängigkeit ist Honduras nie zu eigentlich andauernder Ruhe gekommen, und hat keine Muße gehabt, zu verbessern, was zur Zeit der spanischen Herrschaft verdorben worden war. So blieb fast Alles stationair, und während der Bürgerkriege waren begreiflicherweise unternehmende und wohlhabende Ausländer keineswegs geneigt, Honduras zum Schauplatze ihrer Thätigkeit zu machen.

Ein sehr schwerer Uebelstand besteht darin, daß es dem Lande an guten oder nur erträglichen Verbindungswegen fehlt. Eigentliche Landstraßen sind gar nicht vorhanden, man hat nur Saumpfade für die Maulthiere. Um breite oder tiefe Ströme zu vermeiden, führen dieselben oft über die unwegsamsten Gebirge, und an so jähen Abfällen und steilen Abgründen hinweg, daß der Wanderer zurückbebt, und nicht begreift, wie es möglich sei, hinüber oder hindurch zu kommen. Natürlich kann auf solchen Pfaden ein Maulthier nur leicht beladen werden, und die Transportkosten laufen so hoch auf, daß viele schwer ins Gewicht fallende Artikel aus manchen Landestheilen gar nicht exportirt werden können. Die Ausfuhr derselben ist nur in den Küstengegenden möglich. Alle Einfuhrwaaren, welche nicht auf Maulthiere gepackt werden können, müssen von Menschen auf den Schultern transportirt werden. Auf diese letztere Weise befördert man zum Beispiel Fortepianos, Spiegel und andere schwere oder werthvolle Artikel von den Hafenplätzen nach den Städten im Innern auf einer Strecke von sechzig bis zu einhundert Meilen. Der Leser begreift, welche Schwierigkeiten es haben müßte, eiserne Maschinentheile nach den Minen hinaufzuschaffen; aber ein Transport dorthin ist bei dem gegenwärtigen Mangel an Straßen gar nicht thunlich. Alle diese Uebelstände jedoch würden sehr beträchtlich vermindert und zum Theil ganz beseitigt, sobald eine einzige gute Landstraße den Staat durchzöge, und namentlich wenn die Eisenbahn von einem Meere zum andern gebaut würde. Alle gebildete Leute in Honduras begreifen vollkommen die hohe Wichtigkeit der Sache, und die Gerechtigkeit fordert, daß ich hinzufüge: sie sind geneigt, sie nach Kräften zu fördern, ausländischen Unternehmungsgeist zu unterstützen, und mitzuwirken, so viel in ihrer Macht steht, um die reichen Hilfsquellen des Landes entwickeln zu helfen. Sie sind in politischer wie in religiöser Hinsicht durchaus freisinnig, ohne jene Vorurtheile gegen die Vereinigten Staaten von Nord-Amerika, welche von den Demagogen in Mexico und Guatemala genährt werden; sie blicken vielmehr auf die große Union im Norden als auf dasjenige Land, von welchem aus ihre liebsten Hoffnungen verwirklicht werden können. So schickte zum Beispiel Honduras im Jahre 1854 einen seiner ausgezeichnetsten Bürger, Don José Francisco Barrundia, als Bevollmächtigten nach Washington. Dieser Mann hat sich schon während des Unabhängigkeitskampfes Verdienste erworben, er entwarf die Verfassungsurkunde für den Staat und war eine Zeitlang Präsident desselben. Sein plötzlicher Tod ist in ganz Honduras als ein Nationalunglück betrauert worden; aber es ist alle Ursache zu der Annahme vorhanden, daß seine Ansichten fortleben und daß die Zwecke erreicht werden, welche er zu fördern trachtete.

Die Civilisation ist etwas Harmonisches; jedem großen geistigen, politischen und gesellschaftlichen Fortschritte muß ein entsprechender materieller Fortschritt folgen. Diese Wahrheit begreifen alle denkende und gebildete Menschen in Central-Amerika; sie sehen ein, daß blos politische Veränderungen dem Lande nicht zur Wiedergeburt verhelfen können. Auch entgeht es ihnen nicht, daß die dermaligen Elemente, aus welchen die Bevölkerung besteht, zwar in mancher Beziehung werthvoll, aber durchaus nicht geeignet sind, aus sich heraus eine Wiedergeburt zu bewerkstelligen. Sie dürfen das freilich nicht offen und frei heraus sagen, denn es giebt im Lande selbst Vorurtheile, welche von den Demagogen sorgfältig gehegt und für ihre schlechten Zwecke ausgebeutet werden. Aber schon die Befugniß, welche dem Präsidenten von Honduras durch die Verfassung zuerkannt worden ist, die nämlich, „Colonisationsverträge abzuschließen,“ zeigt deutlich, daß man erkennt, wo das Uebel liegt und wodurch Rettung gebracht werden kann. Ich habe schon weiter oben ausdrücklich darauf hingewiesen, daß Frieden und Gedeihen nur möglich ist, wenn ein verständiges Colonisationssystem zur Geltung kommt und damit das Uebergewicht des weißen Menschenstammes gesichert wird; nur so kommt Intelligenz, Betriebsamkeit und Aufschwung in das von der Natur so reich gesegnete Land. Es hat unerschöpfliche Hilfsquellen, das mannigfaltigste Klima, Producte aller Zonen, eine unvergleichliche Weltlage, und somit alle Bedingungen, die man nur wünschen mag; bis jetzt fehlen freilich die rechten Menschen.

San Salvador.

Vierzehntes Kapitel.

Lage. Gebirge. Ströme und Seen. Hafenplätze. Mineralreichthum. Kohlen. Vulcane. Politische Verhältnisse.

Der Staat San Salvador liegt am Stillen Weltmeer zwischen 13 Grad und 14 Grad 10 Minuten N. Br. und 87 Grad bis 90 Grad W. L.; er hat ein Küstenlinie von etwa 160 Meilen, von der Fonsecabay bis zum Rio Paza. Dieser letztere bildet die Grenze gegen Guatemala. Er ist unter den central-amerikanischen Staaten in Bezug auf Flächeninhalt der kleinste, hat aber verhältnißmäßig die beträchtlichste Bevölkerung, die meiste Industrie und den ausgedehntesten Handel. Politisch ist er folgendermaßen eingetheilt:

Departements.	Hauptstädte.	Bevölkerung.
San Miguel	San Miguel	80,000
San Vicente	San Vicente	56,000
La Paz	Sacatecoluca	28,000
Cuscatlan	Suchitoto	75,000
San Salvador	San Salvador	80,000
Sonsonate	Santa Anna	75,000
	Total	394,000.

Der Flächeninhalt beträgt etwa 9600 englische Geviertmeilen oder 1066 Quadratleguas; er ist demnach etwa so groß wie jener des neuengländischen Staates Vermont, und beträgt etwas mehr als jener von Neu-Hampshire. Baily nimmt nur 577 Quadratleguas an, das ist aber offenbar ein Irrthum. Er verlegt die Punta Chiriquin, die südöstliche Spitze im Staate, in 87 Grad 42 Minuten W. L. und den Rio Paza in 89 Grad 50 Minuten W. L., während der letztere in 90 Grad 15 Minuten W. L. liegt. Das ergiebt in der Ausdehnung des Staates einen Unterschied von etwa 25 Meilen. Sodann berechnet Baily die Küstenlinie zu 45 bis 50 Leguas, was, bei der Annahme, daß der Staat einen Flächeninhalt von 577 Quadratleguas habe, nur eine Durchschnittsbreite von 11 Leguas ergeben würde, während dieselbe doch etwa 20 Leguas beträgt.

San Salvador hat eine eigenthümliche topographische Gestaltung. Die Küste besteht zum größten Theil aus einem Streifen tiefliegenden sehr fruchtbaren Alluvialbodens, der an zehn bis zwanzig Meilen breit ist. Dann folgt das nach der Meeresseite hin steil abfallende Küstengebirge, welches wir besser als ein breites Plateau bezeichnen. Es hat eine mittlere Höhe von etwa 2000 Fuß, und auf ihm erheben sich viele hohe Vulcane.

Zwischen diesem Küstengebirge und der eigentlichen Cordillere erstreckt sich ein Thal von zwanzig bis dreißig Meilen Breite und einhundert Meilen Länge. Nach diesem herrlichen Thale hin fällt das Küstenplateau allmälig ab; das Thal selbst wird vom großen Rio Lempa durchströmt, und gehört zu den prächtichsten und fruchtbarsten Regionen welche die Tropenländer aufzuweisen haben. Die Nordseite lehnt sich an die Gebirge von Honduras, die hier eine Höhe von etwa 8000 Fuß erreichen, und ist ziemlich durchbrochen und uneben. Im Süden des Lempa steigt das Land vom eigentlichen Stromthal im engern Sinne zu einer steilabfallenden Terasse auf, hebt sich aber dann ganz allmälig bis zum Plateau hinan. Ein zweites beträchtliches Becken, gleichfalls von großer Schönheit und ungemein fruchtbar, wird gebildet von dem System kleiner Ströme, welche im westlichen Theile des Staates am Vulcan von Santa Anna entspringen, und unterhalb Sonsonate ins Meer fallen. Es bildet ein Dreieck, dessen breite Seite die Küste ausmacht, und dessen Spitze an dem genannten Vulcan liegt. Ein drittes Stromthal ist das des Rio San Miguel, welches jenem des Lempa quervor liegt, den östlichen Theil des Staates einnimmt, und nur durch einzelne Berge von der Fonsecabay getrennt ist.

Von einem eigentlichen Gebirgssystem kann man in San Salvador nicht reden, aber die orographischen Verhältnisse sind ganz eigenthümlich und höchst interessant. Auf dem Plateau welches zwischen dem

Meere und dem Stromthale des Lempa hinzieht, erheben sich nicht weniger als elf große Vulcane, in fast gerader Linie von Nordwest nach Südost, und diese fällt genau zusammen mit der großen Achse vulcanischer Thätigkeit, welche wir von Mexico bis Perú verfolgen können. Die elf Vulcane von San Salvador sind, wenn wir an der Grenze von Guatemala beginnen, folgende: Apenaca, Santa Anna, Izalco, San Salvador, San Vicente, Usulutan, Tecapa, Sacatecoluca, Chinemca, San Miguel und Conchagua. Außerdem sind einige kleinere vorhanden. Dazu kommen noch viele erloschene Krater, von denen manche mit Wasser gefüllt sind, und verschiedene „Infernillos" oder vulcanische Oeffnungen oder Luftzüge. In der Fonsecabay setzt sich die vulcanische Reihe auf der Insel Tigre fort, auf der entgegengesetzten Küste im Coseguina, El Viejo, Telica, Monotonbo und anderen Feuerbergen Nicaragua's.

Der Lempa ist ein ansehnlicher Strom; er kann sich mit dem Motagua in Guatemala und mit dem Ulua und Wanks (Segovia) in Honduras messen, ist auf einer beträchtlichen Strecke seines Laufes schiffbar und wird deshalb einst von großer Bedeutung werden. Er entspringt an der Grenze von Guatemala, am Fuße des hohen Kegelberges von Chingo (der zuweilen als Vulcan bezeichnet wird), fließt in südöstlicher Richtung auf einer Strecke von mehr als einhundert Meilen durch das oben bezeichnete Thalbecken, nimmt dann plötzlich eine Richtung nach Süden, durchbricht die Küstenkette, und fällt etwa funfzig Meilen weiter abwärts in die See. Graf de Gueydon war mit der französischen Kriegsbrigg Genie 1847 vor der Mündung; ihm zufolge liegt sie in 13 Grad 12 Minuten 30 Secunden N. Br. 91 Grad 1 Minute W. Länge von Paris oder 88 Grad 41 Minuten L. von Greenwich.

Der Lempa erhält von Norden her einige beträchtliche Zuflüsse, z. B. den Sumpul, Guarajambala und Torola. Der Sumpul entspringt an der Grenze von Guatemala unweit Esquipulas und fließt beinahe neunzig Meilen weit parallel mit dem Lempa, ehe er in diesen mündet. Er bildet auf der ganzen Strecke seines Laufes die Grenzen zwischen den Staaten San Salvador und Honduras, und Baily hat entschieden unrecht, daß er auf seiner Charte den Lempa in seiner ganzen

Länge als Grenzfluß verzeichnet; er ist es nur auf ein paar Meilen, nämlich auf der kleinen Strecke von der Mündung des Sumpul bis zu jener des Torola. Der Sumpul fließt zumeist in einem engen, nur zum geringsten Theile für den Anbau geeigneten Thale zwischen hohen Bergen. Der Torola ist viel kleiner; er entspringt in Honduras, im Gebirge von San Juan und fließt nach Südwesten hin in den Lempa; im größern Theile seines Laufes bildet er gemeinschaftlich mit dem Sumpul die Grenze zwischen den beiden Staaten; die von ihm bewässerte Gegend ist reich an Metallen. Von Süden her empfängt der Lempa den Abfluß des Guija-See's, den Rio Quesalapa, der bei der Stadt San Salvador entspringt, den Titiguapa, und den Acajuapa, welcher unweit von San Vicente seine Quelle hat. Alle diese Flüsse sind nur klein.

Ich habe den Lempa an zwei Punkten überschritten. Die erste Stelle lag mehr als hundert Meilen oberhalb der Mündung bei der Stadt Suchitoto, die zweite etwa dreißig Meilen vom Meer entfernt an der Landstraße (Camino real) zwischen den Städten San Vicente und San Miguel. Bei Suchitoto befand ich mich gegen Ende Juli 1853, etwa in der Mitte der Regenzeit. Der Strom war an jener Stelle hundertunddreißig Schritte breit, tief und so reißend, daß die Maulthiere nur mit großer Anstrengung hindurchschwammen. Die Ufer sind von mäßiger Höhe, werden aber selten oder nie überschwemmt, und soviel ich wahrnehmen konnte steigt das Wasser auch zur Zeit seines höchsten Standes nicht über 15 bis 18 Fuß. An der zweiten Stelle, La Barca genannt, befand ich mich am 1. September desselben Jahres. Dort bildet der Lempa einen prächtigen tief und rasch fließenden Strom von zweihundert Schritten Breite. Das Land ist an beiden Seiten flach, doch erhebt sich das Ufer 15—25 Fuß über den mittlern Wasserstand. Nach einer Schätzung standen die Häuser 21 Fuß über dem damaligen, ziemlich hohen Wasserspiegel, der etwa 5 Fuß höher sein mochte als der mittlere Wasserstand. Aber während des großen Regens (Temporal) vom October 1852, stand das Wasser $2\frac{1}{8}$ spanische Varas in den Häusern. Das entspricht einer Höhe von 28 Fuß über dem Wasserstande, welchen ich fand, oder von 35 Fuß über dem mittlern Wasserstande. Weit und breit war die Gegend überfluthet, und die Fährleute fuhren mit ihren großen Barken sechs Meilen landeinwärts um sich zu retten.

Einen so hohen Wasserstand hatte man freilich nie zuvor erlebt, wie denn auch seit Menschengedenken keine so große Regenmenge gefallen war. Aus einem Berichte des Don Jose Maria Cacho ergiebt sich, daß damals der Strom in einer einzigen Nacht um nicht weniger als 15 Fuß stieg. Die Regierung von San Salvador ließ 1852 den Lempa, drei Meilen oberhalb La Barca untersuchen, weil sie mit dem Plan umging, dort eine Hängebrücke zu bauen. An jener Stelle ist er von hohen Ufern eingeschlossen und 152 Varas breit; die Tiefe wurde in Zwischenräumen von zehn Schritten, vom linken Ufer angefangen, gemessen, und ergab 6, 10, 12, 15, 14, 12, 11, 10, 9, 7, 6, 5, 4, 4, $3\frac{1}{2}$, 3 Fuß, also eine mittlere Tiefe von 9 Fuß bei gewöhnlichem Wasserstande. Nimmt man eine Strömung von viertehalb Meilen für die Stunde an, und sie ist wahrscheinlich viel beträchtlicher, so ergiebt sich daß an jener Stelle bei niedrigem Stande der Lempa in der Minute 1,227,150 Kubikfuß Wasser führt. Wenn der Strom keine seichten Stellen und Wasserfälle hat, so ist er hundert Meilen weit von der Mündung aufwärts für Dampfer welche keinen große Tiefgang haben, schiffbar. Ich habe von dergleichen Hindernissen nichts gehört. Die Strömung ist allerdings stark, aber Dampfer von der Pferdekraft, wie sie auf den westlichen Flüssen in den Vereinigten Staaten fahren, würden auch den Lempa bewältigen. Gegenwärtig wird derselbe so gut wie gar nicht benützt, denn Dampfer fehlen. Vor der Mündung liegt eine schlechte Barre, die nur 6 Fuß Wasser hat, aber der Estero von Jaltepeque nähert sich dem Strome bis auf eine Legua, und ist mit ihm durch einen natürlichen Canal verbunden, so daß bei hohem Wasserstande beide zusammenhängen. Das Land zwischen dem Strome und dem Estero ist niedrig, und um gutes Fahrwasser zu gewinnen, brauchte man den vorhandenen Canal nur zu vertiefen. Die Espiritu Santo oder Jiquilisso-Bay sendet auch einige lange Einbuchtungen bis in die Nähe der Lempamündung, und vielleicht hängen sie mit der letztern zusammen. Die Espiritu Santobay, deren Hafen 1846 den Namen Puerto del Triunfo erhielt, und der Hafen La Concordia sind für Handelsschiffe ausreichend. Graf Gueydon bemerkt, daß die Barre des erstern für Kauffahrer immmer zu passiren sei, da sie bei Tiefwasser nie weniger als 12 Fuß Wasser hat, bei Hochwasser 22 Fuß.

Der Rio Paza oder Pazaca trennt, wie wir schon gesagt, San Salvador von Guatemala. Der Rio San Miguel hat ein ziemlich ausgedehntes Strombecken, das sehr fruchtbar, aber im Allgemeinen niedrig und ungesund ist. Diese beiden Flüsse, sodann der Jiboa, Comolapa und andere, welche von dem Küstenplateau herabkommen bilden an der Mündung Aestuarien und sind im Tieflande schiffbar.

San Salvador hat zwei größere Seen, den Guija oder Guijar im nordwestlichen Theile, und den Ilopango oder Cojutepeque etwa in der Mitte des Staates; der erstere soll fünfzehn Meilen lang und sechs Meilen breit sein, nimmt einige nicht unbeträchtliche Zuflüsse auf, und hat seinen Abzug in den Lempa; man kann ihn als eine der Hauptquellen des letztern betrachten. Er ist reich an guten Fischen; in ihm liegt eine große Insel, auf welcher, dem Juarros zufolge, alte Ruinen sich befinden die das Volk als Zacualpa, das heißt alte Stadt bezeichnet. Der Ilopango ist zwölf Meilen lang und hat bis zu fünf Meilen Breite; sein vulcanischer Ursprung läßt sich nicht verkennen. Allem Anschein nach ist er ein alter Krater, und seine vielfach zerklüfteten, steilen Ufer bestehen aus Schlacken und vulcanischem Gestein. Zuflüsse erhält er nicht, hat aber einen kleinen Abzug, der sich durch eine tiefe Schlucht bis zum Rio Jiboa, am Fuße des Vulcans San Vicente, Bahn bricht. Die Oberfläche dieses Sees liegt 1200 Fuß unter dem allgemeinen Niveau der Umgegend, welche überall von durchaus vulcanischer Beschaffenheit ist.

Baily's Bericht zufolge liegen in nicht unbeträchtlicher Entfernung von dem südlichen Ufer drei oder vier kleine Inseln oder vielmehr Felsen, die ganz wenig über das Wasser hervorragen. Im Wasserstande des See's bemerkt man nur selten eine ins Auge fallende Veränderung, aber er ist sehr tief, und man erinnert sich nicht, daß jemals Grund erreicht worden sei, das Volk meint deshalb er sei bodenlos. Das Wasser ist, wenn man etwas herausschöpft wunderschön klar, man kann es aber weder zum Trinken, noch zum Baden oder zu irgend welchem häuslichen Gebrauch benützen. Bei ruhigem Wetter hat der See ganz die Farbe des tiefen Meeres, und ist tiefblau wie der Himmel; aber wenn der Wind ihn bewegt, verändert sich die Farbe und wird „papageyengrün“ (verde de perico); das Wasser hat dann einen scharfen, höchst unangenehmen Schwefelgeruch der um so stärker wird, je heftiger der Wind geht. Bei unruhigem Wetter fangen die Anwohner Fische in großer Menge, namentlich „Pepescos" und „Moharros," während bei stillem Wasser gar nichts gefangen wird. Diese Fischerei ist eine Erwerbsquelle für die Ortschaften am Ufer, welche seit unvordenklicher Zeit das Wasser in Distriete getheilt haben, deren jeder zu einer bestimmten Ortschaft gehört. Die Fische sind nicht gut, werden aber von den Einwohnern von San Salvador geschätzt, weil sie keine anderen kennen; die Stadt liegt zwar blos acht Leguas von der Küste entfernt, aber von dort kommen nur selten Fische ins Land.

Außer diesen Seen sind noch manche kleinere vorhanden, die weiter nichts als erloschene Krater sind, oder bei vulcanischen Ausbrüchen in Folge von Erdfällen entstanden. Die wenigsten haben einen Abzug und ihr Wasser ist dermaßen mit salzigen Bestandtheilen geschwängert, daß man es nicht trinken kann.

Die Haupthäfen von San Salvador sind La Union, an der Fonsecabay, La Libertad und Acajutla; doch können diese letzteren blos als offene Rheden betrachtet werden, und haben lediglich Bedeutung weil sie Aus- und Einschiffungsplätze für die Städte San Salvador und Sonsonate bilden. Es trifft sich nicht selten daß Fahrzeuge viele Tage lang auf der Höhe von Acajutla liegen, ohne mit der Küste irgend eine Verbindung unterhalten zu können; das Landen ist dort zu allen Zeiten mit Schwierigkeiten verbunden und oft sehr gefährlich. Nichtsdestoweniger war Acujatla in den spanischen Zeiten Stationsplatz für die Gallionen, und noch jetzt sind die „Bodegas", Magazine, vorhanden, welche damals gebaut wurden. Gegenwärtig bemüht man sich den Handel nach dem neueröffneten Hafen La Concordia zu leiten, und hat eine Straße hergestellt, welche ihn mit der nicht unbeträchtlichen Stadt San Vicente verbindet. Dieser Hafen liegt zwischen La Libertad und La Union, sieben Leguas von Sacatecoluca, zehn von San Vicente und funfzehn von San Salvador. Man hat Magazine angelegt, einen Hafenmeister ernannt, und auch Lootsen fehlen nicht. Schiffe die nicht über 12 bis 13 Fuß

Tiefgang haben, können ohne Schwierigkeiten einlaufen. Der Erlaß welcher diese Stadt zum Hafen erhebt, ist vom August 1853. La Union liegt zwar an der äußersten Grenze des Staates, wird aber allzeit der wichtigste des Staates bleiben, und in demselben Verhältniß an Bedeutung gewinnen, in welchem das Hinterland der Fonsecabay sich entwickelt. Schon jetzt bezieht der Staat den größten Theil seiner Einfuhren über diesen Platz. Aber derselbe liegt unter dem Lee des Vulcans von Conchagua, und ist dadurch des erfrischenden Zuströmens der Seebrise beraubt, hat eben deshalb auch eine viel höhere Temperatur als irgend ein anderer Ort an der Bay, und ist weniger gesund. Aller dieser Ursachen wegen hat man daran gedacht, den Hafen von La Union aufzugeben und den Handel nach der Chiquirinbay zu verlegen, welche dem frischem Zuge des Seewindes ausgesetzt ist, und soviel Tiefe hat daß auch die größten Schiffe dicht vor der Küste liegen können. Aber so lange diese Aenderung noch auf sich warten läßt, wird der Handel im Freihafen von Amapala auf der Insel Tigre concentrirt bleiben. La Union hat gegenwärtig etwa 2000 Einwohner, ungerechnet jene der indianischen Ortschaft Conchagua, die, nur etwa eine Stunde weit entfernt, am Abhange des gleichnamigen Vulcans liegt.

San Salvador ist durch die Gestaltung seiner Oberfläche und seine ganze Bodenbeschaffenheit zu einem wesentlich Ackerbau treibenden Staate bestimmt. Das ganze Becken des Rio San Miguel, des Sonsonate und das eigentliche Lempathal sind, gleich den Alluvionen am Weltmeer, ungemein fruchtbar, und für den Anbau aller tropischen Erzeugnisse vortrefflich geeignet. An der Bay von Jiquilisco und beim Hafen La Libertad ist Baumwolle mit sehr günstigem Erfolg gepflanzt worden; seither waren aber Indigo, Zucker und Mais die Hauptproducte. Indigo ist der wichtigste Ausfuhrartikel, aber der Anbau hat abgenommen seit vom Jahre 1830 an die Preise dieser Waare gefallen sind; früher war er einmal bis zu 12,000 Seronen, jede von 150 Pf. gestiegen, und hatte einen Geldwerth von 3 Millionen Dollars. Baily hebt hervor, daß eine sehr beträchtliche Ackerfläche mit dieser Pflanze bestellt gewesen sein muß, weil 300 Pfund derselben erst 1 Pfund Indigo geben. Die Pflanze ist einheimisch, dreijährig, wird von den Indianern Jiquilite (Indigofera disperma) genannt, und kommt in jedem Boden fort. Auf den letztern verwendet man wenig Sorgfalt; man brennt den Acker ab, pflügt ihn leicht auf, und streut den Samen in den Monaten Februar und April aus. Die Pflanze wächst so rasch, daß sie zu Anfang August eine Höhe von 5 bis 6 Fuß hat, und geschnitten werden kann. „Auf frisch gesäetem Boden ist der Ertrag im ersten Jahre gering, aber dieß Qualität gut (tinta nueva); die beträchtlichste Ernte fällt in das zweite Jahr, und sie giebt die sogenannte tinta retoño. Sorgfältige Landwirthe richten es so ein, daß sie in jedem Jahre beide Arten einzuernten haben. Nachdem die Pflanze abgeschnitten worden ist, bleiben Wurzel und Stamm ohne Anzeichen von Vegetationskraft; sie treiben erst im folgenden Jahre wieder. Dann ist der Retoño, der schnell und kräftig wächst, schon früh zum Einernten geeignet, während die Tinta nueva bis zum September stehen bleiben muß. Hierauf dauert die Indigobereitung ununterbrochen bis Ende Octobers oder Anfang Novembers, und nun wird die Waare auf den Markt gebracht.

Die Indigomanufactur erfordert keine großen Auslagen, und ist überhaupt nicht schwierig; es kommt vor Allem darauf an, daß man die Pflanze zu geeigneter Zeit schneidet, also während der Ernte über eine hinlängliche Menge von Arbeitskräften verfügt. Das hat aber insbesondere dann seine Schwierigkeiten, wann das Land durch bürgerliche Unruhen zerrüttet ist. Die Arbeiter lassen sich nämlich nicht blicken, weil sie erfahren haben, daß man viele von ihnen ausheben und unter die Soldaten stecken würde. Dieser Umstand hat wesentlich dazu beigetragen, den Indigobau in San Salvador zu vermindern. Wie viel gegenwärtig im Staate producirt wird, läßt sich nicht mit Bestimmtheit sagen; doch muß der Betrag etwa auf eine Million Dollars sich belaufen, weil Indigo die einzige Waare ist, mit welcher die Kaufleute ihre Importe decken.

Zuckermühlen, (Trapeches) sind über das ganze Land verstreut; der weiße Zucker wird in der Umgegend der Stadt Santa Anna bereitet; er ist ganz vorzüglich und hat große harte Krystalle. Auch macht man viel Candiszucker (Raspadura), und seit der californische Markt so wichtig geworden ist, hat auch die Rumfabrication sich gehoben, ganz besonders in Sonsonate. Baily bemerkt, daß Schiffe, die nach Acajutla kommen, immer Vorrath von Candis und Rum finden. Cacao wurde früher bei Sonsonate und San Vicente in großer Menge gebaut; jetzt nicht mehr. Kaffee könnte von großer Bedeutung für San Salvador werden, weil viele Strecken sich für diese Pflanzen vortrefflich eignen, zum Beispiel bei Ahuachapan, Santa Anna, San Salvador, Sonsonate und San Vicente. Bei den drei erst genannten Ortschaften sind bereits einige Kaffeepflanzungen, die eine sehr gute Bohne geben; doch ist der Verbrauch im Lande noch sehr gering. Tabak ist bis jetzt nur für den innern Bedarf gepflanzt worden; die Sorte welche bei Tepetitan und Istepec wächst, soll sehr gut sein.

Es erklärt sich aus der geologischen Beschaffenheit von San Salvador, daß dieser Staat Reichthum an edelen Metallen nur in jenen Gegenden besitzt, welche dem Gebirgssysteme von Honduras angehören. Die Silbergruben von Tabanco, Sociedad und andere in der unmittelbaren Nähe dieser Ortschaften, im nordöstlichen Theile des Staates, im Departement San Miguel, an der Grenze von Honduras, sind berühmt, und früher mit glänzendem Erfolge bearbeitet worden. Zwei Leguas von Tabanco liegen die reichen Goldgruben von Capetillas. Im Silbergrubenrevier, welches unter dem Namen Minas de Tabanco bekannt ist, kommt Silber in Verbindung mit Bleierz und schwefelsauerm Zink vor; der Betrieb hat keine Schwierigkeiten, und der Ertrag stellt sich auf 47 bis 2537 Unzen Silbers auf die Tonne Erz. Am ergiebigsten ist die Grube Santa Rosalia, und sie giebt den eben angeführten höchsten Ertrag. Ein beträchtlicher Theil des in ihr gewonnenen Erzes wird direct nach England verschifft, und 1830 machte eine englische Gesellschaft den Versuch, diese Gruben durch Bergleute aus Cornwallis, in größerm Maßstabe bearbeiten zu lassen. Aber die Maschinen welche sie geschickt hatten, waren so schwer, daß man sie bei dem Mangel an geeigneten Wegen nicht an Ort und Stelle schaffen konnte; das Unternehmen scheiterte deshalb. Wären aber Straßen vorhanden und könnten die Gruben in angemessenen Betrieb gesetzt werden, so würden sie ohne Zweifel für die Eigenthümer, wie für den

Staat von großem Nutzen sein; ohnehin liegen sie in der Nähe der Fonsecabay.

Dunlop äußert in seinem Reisewerk über Central-Amerika Folgendes: Fünf Leguas von San Miguel liegt eine Anzahl von Silbergruben; eine derselben, La Carolina, wurde vor etwa dreißig Jahren von einem spanischen Unternehmer bearbeitet. Er steckte sein eigenes Vermögen hinein, borgte außerdem 100,000 Dollars, und war schon sechs Monate nach Eröffnung des regelmäßigen Betriebes im Stande, die entlehnte Summe zurückzuzahlen. Noch vor Ende des Jahres starb er, und hinterließ 70,000 Dollars in Gold und Silber, denn so viel hatte die Grube außerdem noch abgeworfen. Nach seinem Tode erhob sich ein Proceß über das Eigenthum der Grube, die nun verfiel und ersoff. In diesem Zustande liegt sie auch heute noch. Als die Gruben von Tabanco noch bearbeitet wurden, gaben sie einen Ertrag von jährlich einer Million Dollars (?), obwohl man nicht einmal Maschinen hatte. Aus der Hauptgrube gewannen die Eigenthümer jährlich im Durchschnitt 200,000 Dollars.

Derselbe Schriftsteller bemerkt, daß beim Dorfe Petapa, neun Leguas von Santa Anna, einige sehr ergiebige Eisengruben liegen; das Product derselben sei reiner, und besser zu hämmern, als das Eisen welches aus Europa eingeführt werde. Das Erz liege in reichlicher Menge fast zu Tage, und in der Umgegend stehen dichte Wälder, aus denen man jede beliebige Menge Holzkohlen haben könnte. —

Uebrigens wird in San Salvador an Eisen bei weitem nicht hinlänglich für den Bedarf gefördert, nämlich kaum 700 Tonnen im Jahre, und man zahlt 10 Dollars für 100 Pfund Sterling, also 200 Dollars für die Tonne! Man hat Eisen aus San Salvador nach England geschickt, und dort untersuchen lassen; das Ergebniß war: „daß dieses Eisen sich vortrefflich zur Bereitung feinen Stahles eigne, und in dieser Beziehung dem Wootz aus Indien sehr nahe komme."

Von vorzüglicher Wichtigkeit wird künftig einmal die Kohle werden. Man hat guten Grund zu der Annahme, daß auf einer Strecke von hundert Meilen Länge, und etwa zwanzig Meilen Breite, im ganzen Thale des Rio Lempa, und an manchen seiner Nebenflüsse, Kohlenlager sich befinden. Schon vor meiner Anwesenheit im Lande, 1853, wußte man, daß dort Kohlen liegen, und die unter meiner Anleitung veranstalteten Schürfungen haben die Sache außer Zweifel gestellt. Wir fanden Kohlen an verschiedenen Stellen, im Flußthale des Rio Titiguapa, der von Westen her in den Lempa mündet; sie war gut, die geologischen Verhältnisse fanden wir günstig, und allem Anschein nach, müssen die Lager sehr mächtig sein. Die Kohle liegt dort zwei Leguas oberhalb der Vereinigung des Titiguapa mit dem Lempa; sodann am Rio Torola, drei Meilen oberhalb der Stelle wo er sich mit dem Lempa vereinigt, und zwar sehr mächtig, und unter höchst günstigen geologischen Verhältnissen. Auch bei Ilobasco, hart am Lempa, soll sie in mächtigen Lagern vorkommen, und sie wird seit vielen Jahren von den Schmieden im Dorfe benützt. Diese Kohle von San Salvador ist sogenannte Braunkohle, und von späterer Formation, als die „Pitkohle," jene vom Titiguapa hat ein specifisches Gewicht von 1.57., Asche 10.5. Procent.

Die Küstenstrecke von Acajutla bis La Libertad bezeichnet man als Balsamküste, weil dort der sogenannte peruvianische Balsam erzeugt wird. Sie liegt zwischen dem vulcanischen Küstengebirge und dem Ocean, ist sehr uneben, vielfach durchzogen von Ausläufern jenes Gebirges und von Hügelketten, und so dicht bewaldet daß man zu Pferde gar nicht hindurchkommen kann. Die Bewohner sind sämmtlich indianischen Stammes, und beschäftigen sich vorzugsweise mit dem Einsammeln des Balsams; sodann verfertigen sie Breter aus Cedern und Stücke Bauholz; das Alles tragen sie auf dem Rücken nach Sonsonate und San Salvador. Von jenem Balsam sammeln sie jährlich etwa 20.000 Pfund ein, und erhalten von den Händlern durchschnittlich einen halben Dollar für das Pfund. Die Balsambäume haben eine geringe Verbreitungssphäre, und sind auf bestimmte Oertlichkeiten beschränkt; denn an anderen Stellen der Küste, die doch genau dieselben klimatischen Verhältnisse haben, findet man sie nur selten, und als Ausnahme. Die Indianer gewinnen den Balsam dadurch, daß sie Einschnitte in den Baum machen; der Saft träufelt heraus, und wird von baumwollenen Läppchen aufgesogen, welche man hineingesteckt hat. Nachdem sie vollkommen gesättigt sind nimmt man sie fort, um sie durch andere zu ersetzen, und wirft sie in kochendes Wasser, die Hitze löst den Balsam von der Baumwolle und er schwimmt, da er weniger specifische Schwere hat als das Wasser, oben auf; man schöpft ihn ab, und füllt ihn ihn Kürbisse, die dann zum Verkauf gelangen. Das Holz des Baumes hat einen dichten Kern, ist hübsch geädert, und hat ziemlich die Farbe des Mahagony, nur daß es mehr ins Rothe spielt; übrigens behält es lange Zeit einen angenehmen Geruch, und nimmt sehr feine Politur an. Deshalb würde es sich vortrefflich für Kunstschreinerei eignen, aber man kann nur selten und dann wenig davon haben, weil die Bäume immer blos dann erst umgehauen werden, wenn sie ein sehr hohes Alter erreicht haben, oder keinen Balsam mehr geben. Man hat diesen letztern lange Zeit für ein peruanisches Product gehalten, weil der Balsam, vermöge der Vorschriften, welche die spanische Regierung für den Handel Mittelamerika's gegeben hatte, aus San Salvador nach Callao gebracht wurde, und von da nach Spanien kam. Dort bezeichnete man ihn als peruvianischen Balsam; und nur wenige Kaufleute kannten die wahre Herkunft dieser Handelswaare.

San Salvador ist, wie ich schon mehrfach hervorgehoben, ein vulcanisches Land. Aber nur zwei von seinen Vulcanen sind „lebendig," nämlich der San Miguel und Izalco. Der erstere erhebt sich auf einmal von der Ebene bis zu einer Höhe von 6000 Fuß, und bildet einen regelmäßigen, abgestumpften Kegel, aus welchem unabläßig gewaltige Rauchwolken emporwirbeln; aber seine Ausbrüche haben sich in der historischen Zeit, darauf beschränkt, daß an den Seiten große Spalten sich öffnen, aus welchen Lavaströme hervorbrechen, die in einigen Fällen etliche Meilen weit sich fortgewälzt haben. Die letzte Eruption dieser Art fällt in das Jahr 1848, sie hat aber keinen erheblichen Schaden angerichtet. Dieser Feuerberg bietet ein wunderbar großartiges Naturschauspiel dar. An seiner Basis ist er dicht mit Grün bekleidet, und die hellere Farbe der Gräser hebt sich von dem Dunkel der Wälder ab, bis allmälig und fast unmerkbar diese verschiedenen Tinten in einander verschmelzen. Dann folgen das tiefe Dunkelbraun der Schlacken, und die Silberfarbe der neugefallenen Asche am Gipfel, und über dem Allen wogt ein Federbusch von unabläßig aus der Tiefe heraufwirbelnden Rauchwolken hoch empor. Die interessanteste vulcanische Erscheinung in diesem Lande bildet jedoch der Vulcan von Izalko. Er ist neben jenen von Jorullo in Mexico, der sich vor etwa hundert Jahren bildete, und welchen Alexander v. Humboldt so ausführlich beschrieben hat, der einzige welcher nach der Entdeckung von Amerika entstand, denn er erhob sich 1770, unweit von der Hauptmasse des erloschenen Vulcans von Santa Auna aus der Ebene an einer Stelle welche eine Hacienda einnahm. Schon 1769 waren die Bewohner der letztern durch unterirdisches Geräusch und Erdstöße in Schrecken gesetzt worden. Diese wurden nach und nach immer stärker, bis am 23. Februar des folgenden Jahres etwa eine Viertelstunde weit vom Gehöfte die Erde sich aufthat, und Lava, Feuer und Qualm auswarf. Die Bewohner flüchteten sich, aber die Vaqueros oder Hirten, welche täglich die Hacienda besuchten, fanden, daß Qualm und Flammen immer stärker wurden, während das Auswerfen der Lava manchmal aufhörte; anstatt derselben spie die Erde Asche, glühende Kohlen und Steine aus, welche einen immer höher anwachsenden Kegel um den Krater bildeten. Das dauerte lange Zeit ohne Unterbrechung fort, viele Jahre lang wurde jedoch keine Lava mehr ausgeworfen, obwohl die Eruptionen bis heute noch nicht aufgehört haben. Man nennt den Berg El Faro del Salvador, den Leuchtthurm des Erlösers. Seine Explosionen wiederholen sich mit großer Regelmäßigkeit, in einer Zeitfrist von zehn bis zwanzig Minuten; das Geräusch ist etwa so als ob eine Batterie abgefeuert würde. Dann steigt dichter Qualm empor, und der Krater wirft Asche und Steine nach allen Seiten hin. Dadurch wird der Kegel immer höher, und gegenwärtig hat er schon eine Höhe von 2500 Fuß erreicht.

Die Vulcane von San Vicente und Tecapa haben einige Oeffnungen, aus welchen Rauch, Qualm und Schwefeldünste hervorquellen, man bezeichnet sie als Infernillos, kleine Höllen. Man kann sagen, daß San Salvador mehr Vulcane hat, und überhaupt mehr vulcanische Thätigkeit zeigt, als irgend eine andere Region der Erde auf einem eben so geringen Flächenraume. Tagelang kann der Wandrer von früh bis spät über Lavabetten, Schlacken und vulcanischen Sand reiten; aber Alles ist mit Pflanzenwuchs bedeckt, und ungeneim fruchtbar. Auch viele erloschene Krater sind vorhanden, und, wie ich schon bemerkte, zumeist mit Wasser ausgefüllt; sie bilden Seen mit Brackwasser, und haben gewöhnlich keinen Abfluß. Einer derselben, Joya genannt, liegt vier Meilen südwestlich von der Stadt San Salvador.

Bei Ahuachapan, unweit von der westlichen Grenze des Staates liegen heiße Quellen, die sogenannte Ausoles. Aus einer halbflüssigen Schlammmasse, die sich im Zustande des Aufwallens befindet, und dicke schwere Blasen aufwirft, strömt ein dichter weißer Rauch aus. Montgomery bemerkt, daß mehrere derartige „Teiche oder Seen“ vorhanden seien, und daß sie eine ansehnliche Strecke Landes einnehmen. Der größte hat etwa hundert Schritt im Umfange. In ihm, wie in allen anderen, war das Wasser sehr trübe, von hellbrauner Farbe, in heftigem Sieden, und warf 3 bis 4 Fuß hohe Blasen. Der Dampf stieg in dichten weißen Wolken empor, der sich weit umher verbreitete. Ich stand, sagte der ebengenannte Reisende, mit Erstaunen an diesem natürlichen Kessel, und schaute in den Schlund hinab. Am Rande des See's war die Hitze so stark, daß wir es dort nicht hätten aushalten können, wenn wir nicht mit einer besondern Fußbekleidung versehen gewesen wären. Ich steckte ein Messer in den Boden; als ich es nach wenigen Secunden wieder herauszog, war die Klinge so heiß, daß man sich daran die Finger hätte verbrennen können. Unsere Pferde waren nach Landesbrauch nicht beschlagen, und wurden wegen der Hitze des Erdbodens, und wegen des starken Dampfes, dessen Geruch ihnen zuwider war, so unruhig, daß wir sie eine Strecke weit zurücklassen mußten. An einigen Stellen brach eine kleine Rauchsäule mit großer Heftigkeit aus einer Oeffnung hervor, an anderen Stellen war das Wasser siedend, und sprang wie eine Fontaine. Die Ebullitionen dieser „Seen“ oder „Quellen“ haben an den Rändern sehr schönen Thon von verschiedenen Farben abgelagert, doch haben die Eingeborenen ein so vortreffliches Material nie zum Verfertigen von Töpfergeschirr benutzt. Die Ausoles von Ahuachapan könnten zu Mineralbädern benutzt werden, und würden sich ohne Zweifel sehr wirksam erweisen.

San Salvador ist vielfachen Heimsuchungen durch Erdbeben ausgesetzt gewesen; sehr heftig waren namentlich jene von 1575, 1593, 1625, 1656 und 1798, und 1839 waren die Stöße so bebedenklich, daß die Bewohner schon daran dachten, die Stadt zu verlassen. Auch der benachbarte Vulcan hat einige Male so viel Sand ausgeworfen, daß dadurch weit und breit dem Lande Verwüstung drohte *). Die schwerste Katastrophe fällt in den April 1854; damals wurde die Hauptstadt gänzlich zerstört. Bis dahin war sie die drittgrößte Stadt in Central-Amerika gewesen; nur Guatemala und Leon in Nicaragua waren beträchtlicher. Sie wurde 1528 gegründet von Georg Alvarado, dem Bruder des berühmten Conquistadors Peter Alvarado, der mit Cortez nach Mexico kam und später Guatemala eroberte. Sie stand zuerst sechs Leguas weiter nach Norden hin, da wo jetzt Bermuda liegt, wurde aber 1539 von dort nach ihrem dermaligen Platze verlegt. Den Namen erhielt sie zum Andenken an den Sieg, welchen die Spanier am Vorabend des Erlöserfestes über die Indianer von Cuscatlan erfochten **). Zur Zeit der spanischen Herrschaft wohnte hier ein Gouvernenr-Intendant der Provinz San Salvador, welche zur Generalcapitanerie Guatemala gehörte. Nach der Unabhängigkeit wurde sie Hauptstadt eines besondern Staates, und zeichnete sich durch Anhänglichkeit an die liberale Sache aus. Die Bundesrepublik erhob San Salvador zur Hauptstadt der Conföderation; es bildete nun, sammt einem Theil der umliegenden Gegend, den „Bundesdistriet" bis 1839.

Ich besuchte diese Stadt im August 1853 und war überrascht sie so hübsch zu finden. Die Bewohner machten auf mich einen sehr günstigen Eindruck durch ihre Intelligenz, ihre Betriebsamkeit und ihren Unternehmungsgeist; in dieser Beziehung waren sie allen anderen Städten Central-Amerikas überlegen. Die Stadt breitete sich auf einer ausgedehnten Hochebene aus, auf der Höhe des Tafellandes oder der Küstenkette, welche das Thalbecken des Rio Lempa vom Ocean trennt; nach Barometermessungen lag sie 2115 englische Fuß über

*) Squier behauptet in seinem Text S. 314: Nothwithstanding its numerou's volcanic features, San Salvador has suffered less from earthquakes than either Costa Rica or Guatemala; aber S. 320 sagt er selbst: San Salvador has suffered greatly in past times from earthquakes. Darauf schildert er das Erdbeben vom 16. April 1854. A.

**) Das Wort Cuscatlán soll „reiches Land" bedeuten. A.

dem Meeresspiegel. Das Klima ist, im Vergleich zu dem Küstenstriche, kühl, obwohl eine niedrige Hügelkette am Südrande in sofern eine ungünstige Einwirkung ausübte, als sie den frischen Zugang des Seewindes abhielt. Im August 1853 war der höchste Temperaturstand 81 Grad F., der niedrigste 70 Grad, der mittlere 76,3 Grad. Man kann das Klima als vortrefflich bezeichnen. Die Hügel ringsum sind, wegen des reichlich fallenden Thaues, auch in der trockenen Jahreszeit mit Grün bedeckt. Drei Meilen westlich von der Stadt liegt der große Vulcan von San Salvador; der Kegel, welcher am Nordrande des Kraters emporsteigt, erhebt sich bis zu einer Höhe von etwa 8000 Fuß. Der eigentliche Vulcan bildet eine gewaltige Masse mit einer breiten Basis von unregelmäßigen Umrissen; der Gipfel erscheint wegen der steilen und zerklüfteten Ränder des Kraters ausgezackt, und dieser ist viel niedriger als der Kegel, welcher wohl durch ausgeworfene Asche und Schlacken gebildet worden ist. Der Krater soll anderthalb Leguas im Umfang haben und 1000 Varas, das heißt etwa 3000 Fuß tief sein; unten auf dem Boden befindet sich ein beträchtlicher See. Nur wenige Personen haben sich in den Schlund des Kraters gewagt, und keiner von ihnen hat zum zweiten Male hinabsteigen mögen. Zwei Franzosen, welche vor einigen Jahren das Wagniß unternahmen, waren von der Anstrengung dermaßen erschöpft, daß sie sich außer Stande sahen wieder emporzuklettern. Sie wurden am Ende noch durch Soldaten von der Garnison mit großer Mühe gerettet.

San Salvador stand auf einer Ebene, deren Boden durchweg aus Schlacken, vulcanischer Asche, Sand und Fragmenten von Bimsstein gebildet war, und der in einer Mächtigkeit von manchen hundert Fuß die Lava bedeckte, welche früher aus dem Vulcan herausgeströmt war. Wer die Schlackenlager gesehen hat, welche Pompeji bedecken, kann sich eine genaue Vorstellung von dem Boden der Ebene von San Salvador machen. Die Gewässer haben sich durch dieses leichte und nachgiebige Material bis zu einer beträchtlichen Tiefe hindurchgearbeitet, und bilden ungeheure Schluchten, welche den Zugang zur Stadt ganz unmöglich machen würden, wenn nicht an einigen Stellen auf beiden Seiten Stufenwege hergerichtet worden wären, die hin und wieder mit Mauern eingefaßt sind, damit das Wasser sie nicht beschädigen könne. Einige dieser Straßen sind so schmal, daß zwei Reiter nicht neben einander vorüber können; man muß deshalb, wie das in engen Hohlwegen der Fall zu sein pflegt, Warnungsrufe erheben, damit an solchen Stellen jede Begegnung vermieden werde. In Kriegszeiten sind diese natürlichen Gräben oder Festungswerke der Stadt mehr als einmal von großem Nutzen gewesen, weil der Feind sich nicht in dieselben hineinwagen durfte.

Ich habe gesagt, daß der leichte Boden dem Wasser bald nachgiebt, und San Salvador ist dadurch mehr als einmal in große Ungelegenheiten gekommen. Während eines Temporal im Jahre 1852 wurden alle Brücken, welche über einen Bach in einer Vorstadt führten, unterhöhlt und stürzten ein; sehr viele Häuser erlitten dasselbe Schicksal. Eine Hauptstraße, welche bis in die Vorstädte reichte, wurde theilweise hinweggespült und in eine große Schlucht verwandelt, in welche von beiden Seiten Häuser sammt ihren Gärten hinabstürzten. Als der Sturmregen vorüber war, mußte man das, was noch übrig geblieben war, durch hohe Mauern schützen. Die Angelegenheit war von solcher Bedeutung, daß der Präsident sie in seiner Jahresbotschaft hervorhob.

San Salvador war, gleich den übrigen spanischen Städten, im Vergleich zu seiner Bewohnerzahl sehr ausgedehnt gebaut. Kein Haus hatte ein Obergeschoß; die Mauern waren sehr dick, um den Erdstößen besser widerstehen zu können. Jedes schloß einen viereckigen Hofraum ein, der mit Bäumen und Blumen bepflanzt war, womöglich auch einen Springbrunnen hatte. Diesen Höfen verdankt man es, daß bei dem letzten Erdbeben nur wenige Menschen umkamen. Im Jahre 1852 hatte die Stadt etwa 25,000 Einwohner; rechnet man aber die kleinen Ortschaften in der Nähe hinzu, namentlich Soyopango, San Marcos, Mexicanos und andere, so mag die Bevölkerung wohl 30,000 Seelen betragen haben. San Salvador war Sitz eines Bischofs, hatte eine prächtige Kathedrale und eine blühende Universität, deren Gebäude erst 1852 vollendet worden waren. Sodann hatte es eine höhere Unterrichtsanstalt für Mädchen, einige Spitäler, und noch acht bis zehn Kirchen. Auch war 1852 ein großer und schöner Friedhof mit hübscher Vorderseite und einigen Capellen gebaut worden. Der Verkehr war lebhaft; unter dem Präsidenten Dueñas war ein für Wagen fahrbarer Weg nach dem Hafenplatze La Libertad, der etwa zweiundzwanzig Meilen entfernt liegt, beinahe vollendet worden. Das muß man in einem Lande, in welchem es seither so gut wie gar keine Wege gab, als einen erheblichen Fortschritt betrachten. Der Markt wurde durch die Indianer der umliegenden Ortschaften mit allen nöthigen Bedürfnissen reichlich versehen, und an Festtagen und Jahrmärkten, zum Beispiel an jenem, der an dem Jahrestage abgehalten wurde, an welchem Alvarado's Sieg gefeiert wurde, strömte eine zahllose Menschenmenge zusammen, denn nicht nur aus einem Umkreise von funfzig Stunden kamen die Leute zur Stadt, sondern es fanden sich Kaufleute aus ganz Central-Amerika und viele Ausländer ein. Es war ein „Umschlag," bei welchem man Jahresrechnungen berichtigte, Verträge, Einkäufe und Verkäufe für das nächste Jahr abschloß, und das Gewühl dieses Marktes bildete einen scharfen Gegensatz zu der einförmigen Ruhe der übrigen Monate.

San Salvador war, mit Ausnahme des neuern, gepflasterten Theils, man kann wohl sagen eine Waldstadt, und buchstäblich von tropischen Fruchtbäumen umschlossen. Die mit rothen Dächern bedeckten Häuser waren von immergrünen Cactushecken umgeben, von Palmen und Orangebäumen überschattet; im Hintergrunde erhoben sich breitblätterige Bananen, die reichlich mit ihren Früchten beladen waren. Das Ganze gewährte einen wunderschönen, ungemein malerischen Anblick. Alles Dieses ist nun verlassen und öde, der große Marktplatz menschenleer, die Springbrunnen, die einst so lustig plätscherten, sind verschüttet. Die Stadt „unseres Erlösers" ist zu einer Wüstenei geworden.

Der Leser wird aus der nachfolgenden Schilderung ersehen, daß San Salvador binnen zehn Secunden ein Schutthaufen wurde. Zum Glück war dem eigentlichen Erdbeben ein Stoß vorhergegangen; er war ein Warnungszeichen, und die Bewohner flüchteten auf die freien Plätze und in die Hofräume. Die Katastrophe erinnert an jene, von welcher Alt-Guatemala 1773 betroffen worden ist, aber es scheint, als ob das Erdbeben von San Salvador viel heftiger war und sich nur mit jenem von Caraccas im Jahre 1812 vergleichen läßt. Dieses letztere, bei welchem 10,000 Menschen das Leben verloren, bestand in drei fürchterlichen Stößen, von welchen der eine fast drei Secunden anhielt; jenes von San Salvador währte im Ganzen zehn Secunden. Das Boletin extraordinario del Gobierno del Salvador vom 2. Mai 1854 enthält folgenden amtlichen Bericht:

„Die Nacht vom 16. April 1854 wird für alle Zeiten ein trauriges Andenken an das Volk von San Salvador hinterlassen. In jener unglückseligen Nacht wurde unsere schöne und glückliche Hauptstadt ein Trümmerhaufen. Schon am Gründonnerstag Morgen verspürte man Bewegungen der Erde, denen ein Geräusch vorherging, das sich anhörte, als ob schweres Geschütz über das Pflaster rolle oder als ob es in der Ferne heftig donnere. Die Bewohner waren darüber allerdings ein wenig erschrocken, ließen sich aber vom Kirchenbesuche nicht abhalten. Am Sonnabend war Alles ruhig, man glaubte die Gefahr vorüber, und das Volk aus der Umgegend versammelte sich wie gewöhnlich, um das Osterfest zu feiern. Die Sonnabendnacht und der ganze Ostersonntag blieben gleichfalls ruhig. Die Hitze war allerdings drückend, aber die Atmosphäre ruhig und heiter. Während der drei ersten Abendstunden begab sich nichts Ungewöhnliches, aber um halb Zehn Uhr erschreckte ein heftiger Erdstoß, dem das sonst bei dergleichen vorkommende Geräusch nicht vorhergegangen war, die ganze Stadt. Viele Familien flüchteten aus ihren Häusern und lagerten sich auf den öffentlichen Plätzen; andere schickten sich an, die Nacht in den Hofräumen zuzubringen. Endlich, zehn Minuten vor Elf, begann die Erde sich zu heben, ohne daß irgend ein Anzeichen vorhergegangen wäre, und sie bebte mit so fürchterlicher Gewalt, daß binnen zehn Secunden die ganze Stadt am Boden lag. Häuser und Kirchen stürzten zusammen und das Gekrach war entsetzlich; die Staubwolken, welche aus den Trümmern emporstiegen, hüllten Alles in eine dichte, finstere Wolke. Es war nicht ein Tropfen Wasser zu haben, um die halberstickten Menschen zu erfrischen, denn Brunnen und Fontainen waren mit Schutt ausgefüllt oder trocken geworden. Der Glockenthurm der Kathedrale riß bei seinem Sturze einen großen Theil der

Kirche mit um. Die Thürme der Kirche des heiligen Franciscus schlugen die bischöfliche Capelle ein und einen Theil des bischöflichen Palastes in Trümmer. Die Kirche des heiligen Dominicus wurde unter ihren eigenen Trümmern begraben und das Asuncion-Collegium in einen Ruinenhaufen verwandelt. Auch das schöne neue Universitätsgebäude wurde zerstört; die Kirche de la Merced barst in der Mitte auseinander und die Mauern fielen nach außen hin. Von den Privathäusern blieben nur wenige stehen, aber alle ohne Ausnahme wurden unbewohnbar. Es ist bemerkenswerth, daß die Mauern, welche überhaupt stehen blieben, alt waren; alle aus der neuern Zeit fielen ein. Sämmtliche städtische und Regierungsgebäude theilten das allgemeine Schicksal. Die Verwüstung war, wie schon gesagt, binnen zehn Secunden vollständig. Zwar waren die nachfolgenden Stöße nicht minder heftig und furchtbar, und das entsetzliche Rollen und Rasseln unter uns dauerte fort, aber sie konnten nur wenige Verheerungen anrichten, weil schon vorher Alles am Boden lag."

„Diese düstere Unglücksnacht hatte etwas Feierliches und furchtbar Ergreifendes. Die ganze Bevölkerung war auf den öffentlichen Plätzen zusammengedrängt, lag auf den Knieen und rief den Himmel um Erbarmen an. Mütter schrien nach ihren Kindern, Andere riefen nach Müttern, Brüdern, Vätern, Freunden, denn wußte man, ob sie nicht unter den Trümmern begraben lagen? Der Himmel war düster und unheildräuend, die Bewegungen der Erde folgten rasch, aber einander ungleich; der Schrecken war unbeschreiblich. Zu dem Allen kam noch, daß die Atmosphäre nach Schwefel roch, und daß man den Ausbruch eines Vulcans befürchten mußte. Die Straßen waren mit Trümmern überschüttet, oder die Mauern der Häuser hingen schief über; der Staub machte das Athmen fast unmöglich. Solch ein Schauspiel bot die unglückliche Stadt in jener fürchterlichen, entsetzensvollen Nacht dar!"

„Etwa einhundert Knaben waren im Collegium eingeschlossen, Kranke lagen in den Spitälern, Soldaten in den Casernen. Als das Erdbeben vorüber und Nachdenken wieder möglich war, erinnerte man sich ihrer. Man glaubte anfangs, daß überhaupt zum Mindesten ein Viertel sämmtlicher Bewohner ein Opfer der Katastrophe habe werden müssen. Die Behörden gaben sich alle Mühe, darüber Gewißheit zu erlangen und wo möglich das Publicum zu beruhigen. Es stellte sich bald heraus, daß der Menschenverlust weit geringer war als man besorgt hatte, und allem Anschein nach beträgt die Zahl der Todten nicht über einhundert und jene der Verwundeten nicht über fünfzig. Unter den Letzteren befand sich der Bischof, der eine schwere Verletzung am Kopfe erhielt, der vormalige Präsident Dueñas, eine Tochter des Präsidenten ꝛc. Glücklicherweise folgte kein Regen auf das Erdbeben; man konnte also die öffentlichen Urkunden und Alles, was sich in den Privathäusern Werthvolles vorfand, in Sicherheit bringen. Die Bewegungen dauern noch jetzt fort, die Stöße sind heftig; das Volk besorgt, daß die ganze Stadt verschlungen oder von einem plötzlich hervorbrechenden Vulcan vernichtet werden könne. So ziehen denn die Menschen von dieser Stätte fort, wo sie das Tageslicht erblickten und ihre Kindheit verlebten; sie nehmen ihre Kinder mit sich und was sie an Habe zu retten vermochten. Wir können mit Virgil sagen: Nos patriae fines et dulcia linquimus arva! Wir fliehen das Heimatland und verlassen die lieben Gefilde!“

Die Einkünfte der Regierung von San Salvador bestehen in den Einfuhrzöllen und in dem Ertrage, welchen das Tabaks- und Aguardiente (Rum-) Monopol abwirft. Die Staatseinnahmen aus allen Quellen und die Ausgaben stellen sich nach einem Berichte der obersten Finanzbehörde folgendermaßen. Wir bemerken, daß das Finanzjahr vom 1. October bis zum 30. September reicht.

Jahre.	Einnahmen.	Ausgaben.
1848—49	397,405 Dollars.	384,227 Dollars.
1849—50	353,127 „	342,453 „
1850—51	402,619 „	385,836 „
1851—52	454,113 „	415,207 „
1853—54	600,188 „	579,460 „

Im Finanzjahr von 1851—52 ergaben die Einfuhrzölle 110,592 Dollars, das Aguardiente-Monopol 110,592 Dollars, der Tabak 10,290 Dollars. Die Ausgaben betrugen für die Soldaten 69,000 Dollars, für die Staatsschuld 185,747 Dollars. Für die sogenannte Civil- und Generalliste 160,360 Dollars. Im Finanzjahre 1853—54 wurden für die innere Schuld 312,901 Dollars verausgabt. Diese innere Schuld belief sich am 1. Januar 1853, einschließlich der im Umlauf befindlichen Obligationsscheine, auf etwa 350,000 Dollars; am 1. October 1852 belief sich der Betrag von bonos y vales (den in Umlauf befindlichen Scheinen und Schatzkammernoten) auf 213,938 Dollars. Während jenes Finanzjahres waren davon für 141,243 Dollars ausgegeben und für 185,747 Dollars eingelös't worden.

Die „Bonos" sind classificirt und werden zu festgestelltem Werthbetrage bis zu einem gewissen Belauf bei Erlegung von Zollgebühren und anderen Abgaben an den Staat als Zahlung angenommen. Die Feststellung des Werthbetrages ist ganz willkürlich, da er von einem Beschlusse der Gesetzgebung abhängt, von 10 bis 80 Procent des Nennwerthes. Diese Bonos wurden fast alle zur Zeit der bürgerlichen Zerrüttungen ausgegeben, als Deckung für Zwangsanleihen, die man bei Bürgern aufnahm, oder sie wurden als Zahlung für Grundbesitz gegeben, das der Staat zu öffentlichen Zwecken an sich nahm. Sie sind im Allgemeinen ein Drittel ihres Nennbetrages werth.

Die auswärtige Staatsschuld belief sich am 1. Januar 1853 auf etwa 325,000 Dollars; der größte Theil bestand in der Quote, welche von den Schulden der ehemaligen Bundesrepublik auf San Salvador fiel. Sie ist durch mehrere Ansprüche, meist englischer, Unterthanen im Betrage von etwa 100,000 Dollars gesteigert worden. Die Zinsen für die alte Schuld sind, so viel ich weiß, bezahlt worden, und ihre Anhäufung seit 1848 fällt vermuthlich dem Staate zur Last. In dem Finanzberichte für 1852 sind 18,205 Dollars aufgeführt für Schulden, welche an einzelne Ausländer bezahlt worden sind. Für 1851 sind in derselben Rubrik angegeben 5800, für 1850 20,200 Dollars.

Was die Ausfuhr anbelangt, so exportirte San Salvador im Jahre 1851 etwa 7000 „Ballen" Indigo, im Werthe von 700,000 Dollars. Die Ausfuhr an Erzen, Balsam, Häuten, Zucker und anderen Producten mag sich in demselben Jahre auf etwa eine halbe Million belaufen haben. Die Gesammtausfuhren betrugen somit ungefähr 1,200,000, die Einfuhren 1,500,000 Dollars.

Die politischen Einrichtungen sind im Allgemeinen dieselben wie in Honduras, mit welchem San Salvador immer in enger Verbindung gestanden hat. Als 1853 die reactionäre Regierung zeitweilig die Oberhand erhielt, rief es seine Bevollmächtigten von der constituirenden Versammlung, welche damals in Tegucigalpa tagte, zurück. Wir haben schon weiter oben bemerkt, daß sie eine Verfassung für eine neue Bundesrepublik, für die Staaten San Salvador, Honduras und Nicaragua entwerfen sollte. Damals erklärte sich San Salvador für einen souverainen Staat und für eine unabhängige Republik.

Ich unterhandelte 1850 im Auftrage der Vereinigten Staaten von Nord-Amerika über einen Vertrag mit Don Agustin Morales, dem Bevollmächtigten von San Salvador. Dieser Vertrag wurde von beiden Theilen genehmigt und ist nun in voller Wirksamkeit. Er gewährt den Bürgern der Vereinigten Staaten alle Rechte, Privilegien und Freiheiten, welche die Bürger von San Salvador selber genießen in Bezug auf Handel, Schifffahrt, Bergbau, Besitz und Uebertragung von Eigenthum. Er gewährleistet amerikanischen Bürgern, die sich im Lande aufhalten, vollständigen Schutz der religiösen und bürgerlichen Freiheit, und überhaupt alle anderen Rechte und Privilegien, welche in irgend einem Vertrage enthalten sind, der überhaupt jemals zwischen den Vereinigten Staaten und irgend einer andern Nation auf Erden geschlossen worden ist. Das Volk von San Salvador hat stets freundliche Gesinnungen und Sympathien für die Vereinigten Staaten gezeigt. Als 1823 Zweifel darüber obwalteten, ob eine Bundesrepublik in Central-Amerika möglich sei, erklärte der Staat San Salvador feierlich und in aller Form, daß er sich den Vereinigten Staaten von Nord-Amerika anschließen werde falls man die Frage verneine.

Ich habe schon hervorgehoben, daß San Salvador unter den mittelamerikanischen Staaten die stärkste relative Bevölkerung hat; es steht in dieser Beziehung auch manchen Staaten der nordamerikanischen Union voran, und hat zum Beispiel viermal mehr Einwohner auf die Quadratmeile als Maine, und mehr als Vermont oder Neu-Hampshire. Wenn man in Erwägung zieht, daß er keine große Hauptstadt, wie Lima oder Mexico besitzt, so stellt sich heraus, daß er verhältnißmäßig besser bevölkert ist als irgend ein Land im spanischen

Amerika. Wer jedoch durch das Land reis't, erhält einen solchen Eindruck nicht, weil nur wenige Menschen außerhalb der Dörfer leben; mit solchen ist aber das ganze Land übersäet. Die Bewohner dieser Ortschaften haben die kleinen Aecker, welche sie bestellen, in einer Entfernung von einer Viertelstunde bis zu zwei Stunden vom Dorfe; sie gehen Morgens zur Arbeit dorthin und kommen Abends heim. Dadurch wird die Landschaft ungemein belebt.

Im Besitze des Staates befindet sich nur wenig Land; Grund und Boden ist unter eine große Anzahl kleiner Eigenthümer vertheilt; es giebt nur wenige umfangreiche Güter. Dieser Umstand erweis't sich als sehr günstig für die Betriebsamkeit, und auch in dieser Hinsicht ist San Salvador den übrigen Staaten voraus. Ich habe Land und Volk auch bei einer zweiten Anwesenheit im Lande näher kennen gelernt, und kann nur wiederholen, was ich schon früher gesagt: San Salvador steht an Betriebsamkeit, Intelligenz und Ordnungssinn des Volkes in Central-Amerika in erster Reihe. Nirgendwo im ehemals spanischen Amerika wird das individuelle Recht mehr geachtet, und hier versteht man sich besser auf die Pflichten des Republikanismus als in den übrigen Creolenstaaten. —

Wir wollen diese Angaben Squiers in Bezug auf die Topographie vervollständigen. Der gegenwärtige Staat San Salvador begriff zur Zeit der spanischen Herrschaft die Alcaldia mayor von Sonsonate und die Intendanz San Salvador. Die letztere zerfiel in die Districte Santa Anna, San Salvador, San Vicente und San Miguel.

Der District Sonsonate wird durch den Paza, einen kleinen Strom von Guatemala geschieden. S o n s o n a t e ist corrumpirt aus dem Nahualworte Z e z o n t l a t l, d. h. viele, oder vierhundert Quellen, weil der Sonsonate oder sogenannte Rio Grande von einer großen Anzahl kleiner Bäche gebildet wird. Die Stadt führt den Namen Santissima Trinidad de Sonsonate und liegt in einem fruchtbaren aber sehr heißen Thale; sie hatte 1778 erst 3500 Einwohner, wovon etwa 500 Spanier, jetzt wird die Seelenzahl auf etwa 10,000 angegeben; von den zwölf Kirchen liegen fünf in Trümmern, auch hat der früher nicht unbeträchtliche Handel während der bürgerlichen Unruhen gelitten. Daß der sogenanate Hafen Acajutla nur eine offene und unsichere Rhede sei, ist schon weiter oben, nach Squier, erwähnt worden. Die Indianer von Sonsonate bauen, außer den schon angegebenen Erzeugnissen, auch Reis und flechten sehr hübsche Matten, die bis nach Guatemala hin Absatz finden. In der Gegend von Ahuachapan (Aguachapa) wird viel Zucker gebaut. Izalco hat 6000 Einwohner.

Santa Anna Grande hatte schon 1778 so viele Einwohner als gegenwärtig, nämlich 6000; auch diese Stadt hat während der Bürgerkriege viel gelitten, sie besitzt einige Zuckerraffinerien. San Pedro Matapas liegt zwei Leguas von See Guijar entfernt. Chalchuapa ist eine große Indianerortschaft und hat bedeutende Schweinezucht.

San Salvador ist oben von Squier ausführlich besprochen worden. Die übrigen Ortschaften von einiger Bedeutung in diesem Districte sind: Nejapa, Tejutla, San Jacinto, Suchitoto, Cojutepec mit 15,000 Einwohnern, und seit dem Erdbeben von 1854 Sitz der Regierung; es liegt unweit von See Gilopango, am Nordabhange eines kleinen erloschenen Vulcanes, der bis zum Gipfel mit Wald bestanden ist. Ferner Texacuangos, Olocuitla, Tonacitepec, Chalatenango und Masagua.

Der District San Vicente hat ein heißeres Klima als San Salvador; die Bewohner, namentlich jene von Iztepec und Tepetitan bauen vorzugsweise Tabak und Indigo. Die Stadt San Vicente de Austria, früher auch Lorenzana genannt, wurde 1635 von Spaniern gegründet; sie liegt am Nordabhange des gleichnamigen Vulcans, an dessen Fuße sich die sogenannten Höllenlöcher befinden, Höhlen aus welchen heißes, schwefelhaltiges Wasser herausströmt. Die Stadt ist von den beiden tiefen Flüssen Acaguapa und Amapulta auf der Nord- und Südseite umzogen; in der Nähe läuft noch ein dritter Fluß, der San Cristoval. Alle drei haben eine verschiedene Temperatur; der erstere ist sehr kalt, der zweite warm und der dritte hat fast die Temperatur der menschlichen Haut. San Vicente liegt vierundsiebzig Leguas von Guatemala, vierzehn von San Salvador und dreiundzwanzig Leguas westlich von San Miguel. Die schöne Ortschaft Sacatecoluca hatte schon in spanischer Zeit mehr als 5000

Einwohner. Etwa eine Meile von San Vicente liegt in mildem Klima das große Dorf Apastepee, wo alljährlich am 1. November ein großer Jahrmarkt gehalten wird.

San Miguel de la Frontera mit 10,000 Einwohnern, liegt zwölf Leguas vom Meere und siebenunddreißig von San Salvador in heißer ungesunder Gegend; doch werden daselbst alljährlich zwei große Productenmärkte gehalten. Die Straße nach der Conchaguabay, an welcher der Hafenplatz La Union liegt, führt über das freundlich gelegene Indianerdorf Alejo. Die übrigen nennenswerthen Ortschaften in diesem Districte sind: San Alexis, Chapeltie und San Juan Chinameea, letzteres in hoher gesunder Lage. A.]

Fünfzehntes Kapitel.

Die Ureinwohner von San Salvador.

Beim Studium der Geschichte und der ethnologischen Verwandtschaft der Ureingeborenen Amerika's ist man überrascht, räthselhafte Fragmente großer Völkerfamilien zu finden, die vom Hauptstamme weit entfernt wohnen, und zwischen Nationen eingesprengt sind, die in Sitten, Gebräuchen, Sprache, Regierung und Religion von ihnen verschieden sind. Diese erratischen Blöcke oder Findlinge, um einen geologischen Ausdruck zu gebrauchen, liefern in einigen Fällen den deutlichen, unbestreitbaren Beweis für ihren Ursprung und ihre Verwandtschaft durch unveränderte Sprache und durch Sitten und Gebräuche die von jenen ihrer weit entfernt wohnenden Stammverwandten entweder nur in geringem Maße oder gar nicht verschieden sind. Man ist vielleicht geneigt, daraus den Schluß zu ziehen, daß die Trennung oder Ausscheidung in verhältnißmäßig neuer Zeit stattgefunden habe; allein es stellt sich heraus, daß die Identität schon in Fällen vorhanden war, wo nicht einmal die Ueberlieferung eine Ursache oder eine Periode anzugeben weiß. Eben so wenig deutet sie an in welcher Weise die Trennung stattfand.

Zur Zeit der Entdeckung Amerika's fanden die Spanier am Flusse Pánuco (der bei Tampico, im mexicanischen Staate Tamaulipas ins Meer fällt) eine Colonie oder ein Fragment der großen Völkerfamilie, welche unter dem Namen der Quiches, Kachiquels, Tzendáles, Mayas ꝛc. fast ganz Guatemala, Chiapas und Yucatan bewohnten. Es waren die Huasteken. Von diesen gingen die Wohlthäter aus, welche höhere Gesittung und die Elemente einer mildern Religion in jene Gegenden brachten, wo dann später die Acolhuas und Aztecas oder Nahuales das mexcanische Reich gründeten. Einer dieser Huastecamänner, welche den ehrlichen Namen Quetzalcoatl (in Nahualdialekt) oder Cuculcan (in der Tzendalsprache) führte, brachte den Bewohnen von Cholula höhere Bildung, und kehrte dann in die Heimat seiner Väter zurück; er ging über den Isthmus von Coatzacoalcos (Tehuantepec) an den Fluß Usumasinta. Die Periode dieser Wanderung nach dem Pánuco liegt weit hinter der Zeit im welcher die Fürstenthümer auf der Hochebene von Anahuac gegründet wurden, und fällt auch weit früher als die Dynastien von Tezcuco und Mexico.

Andrerseits fand man in Central-Amerika zwei beträchtliche Bruchstücke des ächten Nahual- oder Azteca Stammes zwischen Nationen eingeschoben, welche als Ureingeborene dieser Region betrachtet werden müssen. Eines dieser ethnologischen Fragmente wohnte auf den größeren Inseln im Nicaraguasee, sodann auf der schmalen Landenge zwischen diesem See und dem Ocean, und wahrscheinlich auch auf einer Strecke Landes nach Süden hin bis zum Nicoyagolf. Dieses aztekische Gebiet in Nicaragua war noch nicht einhundert englische Meilen lang und kaum fünfundzwanzig Meilen breit. Aber die Bewohner desselben haben dieselbe Sprache, und dieselben Staatseinrichtungen und religiösen Bräuche wie ihre Stammverwandten die zweitausend Meilen entfernt auf den Hochebenen von Anahuac wohnten. Und doch waren sie von diesen durch mächtige Völker getrennt, die eine andere Sprache redeten und ganz verschiedene Staatseinrichtungen hatten.

Ich habe an einem andern Orte*) Charakter, Sitten und Reli-

*) In dem Werke über Nigaragua, und im dritten Bande der Transactions of the American Ethnological Society, New York. 1853. S. 83 bis 158. A.

gion der Nahuals von Nicaragua dargestellt, und gezeigt wie ihre Sprache sich modificirt hat, oder wie weit sie von jener der stammverwandten Mexicaner abweicht. Ich muß mich hier begnügen darauf zu verweisen, und will von einem andern, weit beträchtlichern Fragmente der großen Nahual-Völkerfamilie reden, das wir zwischen Nicaragua und Guatemala, hauptsächlich im heutigen Staate San Salvador noch jetzt finden; es hat dort seine alte Sprache und manche seiner alten Sitten und Gebräuche beibehalten.

Daß dort Leute vom Nahualstamme sitzen wurde schon von alten spanischen Chronisten behauptet, aber die neueren Ethnologen waren nicht alle geneigt dieser Behauptung Glauben beizumessen, und man darf sich darüber um so weniger wundern, weil es an directen Beweisen fehlte, wie sie zum Beispiel eine Vergleichung mit der Sprache der Nahuals in Mexico hätte liefern können. Gegenwärtig ist aber die Wissenschaft der Völkerkunde so weit vorgeschritten daß wir im Stande sind sichere Unterlagen zu gewinnen, und bloße Andeutungen nicht mehr für ausreichend halten.

Ich habe während meines Aufenthaltes in Central-Amerika im Jahre 1853 die Data gesammelt, welche in der fraglichen Angelegenheit entscheiden können. Ich durchreiste nicht blos Honduras und Nicaragua, welche beide Staaten die Republik San Salvador im Norden und Süden begrenzen, sondern durchwanderte auch diese letztere in ihrer ganzen Länge und Breite, und besuchte jedes einzelne Departement derselben.

Im Allgemeinen ist die Behauptung richtig daß die indianische Bevölkerung durch dreihundertjährige Berührung mit den Weißen und eine eben so lange Unterjochung durch die Spanier mannigfache Modificationen erlitten hat. Aber es giebt auch heute noch sogar in unmittelbarer Nachbarschaft der Hauptstadt Ortschaften, in welchen sich die alten Sitten und Gebräuche in erstaunlicher Weise fast ganz unverändert erhalten haben, und wo das indianische Blut so gut wie ohne alle Vermischung mit den Weißen geblieben ist. Uebrigens ist in vielen Ortschaften die alte indianische Sprache in Abgang gekommen, und es sind nur wenige Wörter von ihr übrig geblieben, und zwar nur solche, die auch von den Weißen angenommen wurden. Aber die alten Namen der Ortschaften hat man mit Zähigkeit festgehalten, und sie geben einen sichern Leitfaden und Wegweiser, nach welchem man die Ausdehnung des Gebietes bestimmen kann über welchen die verschiedenen Völkerstämme sich ausgebreitet hatten.

In der Umgegend von Sonsonate liegen mehrere große Ortschaften die fast ausschließlich von Indianern bewohnt sind, und wo die alte Nationalsprache auch im täglichen Verkehr bis heute die Oberhand behalten hat. Dasselbe gilt auch von manchen anderen auf der Südseite des Vulcans von San Vicente, wo sogar noch im Jahre 1832 die Indianer einen Versuch machten, ihre alte Unabhängigkeit wieder zu erobern. Sie wollten nicht nur die Weißen völlig ausrotten, sondern auch alle vertilgen, in deren Adern auch nur eine Spur von europäischem Blute vorhanden war.

In einem Theile des Staates San Salvador haben die Eingeborenen sich beinahe völlig abgesondert erhalten, und Sprache, Sitten und Gewohnheiten der alten Zeit bewahrt. Ich meine die weiter oben näher besprochene Balsamküste, eine Küstenstrecke von etwa funfzig Meilen Länge und fünfundzwanzig Meilen Breite, zwischen La Libertad, dem Hafen der Stadt San Salvador, und der Rhede von Acajutla bei Sonsonate. Dort leben sie wie weiland zur Zeit der spanischen Eroberung. Durch jene Region führen nur Fußpfade, die aber so schwer zu begehen und so vielfältig verschlungen sind, daß kein Fremder sich zurecht finden kann. Außerdem würde jeder Verkehr erschwert werden durch die Feindseligkeit der Indianer, welche keinen Fremden bei sich zulassen wollen, gleichviel ob er Spanier ist oder einem andern Volk angehört. Ich war so glücklich in Central-Amerika mit zwei Männer in freundschaftliche Verbindung zu kommen, welche Haupt-Aufkäufer des sogenannten peruanischen Balsams sind. Diesen liefern, wie ich schon früher gesagt habe, lediglich und allein diese Indianer, und er bildet ihre einzige Einnahmequelle. Jene Männer sind mit den Ureingebornen genau bekannt, haben Einfluß auf sie, und führten mir einige der intelligenteren zu, welche nach San Salvador gekommen waren, um ihren Balsam zu verhandeln. Von ihnen erhielt ich ein Vocabularium ihrer Sprache, und überzeugte mich daß dieselbe mit dem Nahual oder Mexicanischen fast ganz identisch ist.

Die Ortschaften dieser Indianer an der Balsamküste finden wir fast alle auf den flachen Höhen der niedrigen Bergkette, welche etwa drei Leguas landeinwärts liegt und mit der Küste parallel läuft. Die Häuser sind mit Gras oder Palmenblättern gedeckt, nur die Kirchen haben Ziegeldächer. Das größte Dorf hat nicht über 2000 Einwohner. Nur wenige dieser Indianer können lesen oder schreiben, doch haben sie in dieser Beziehung seit der Unabhängigkeit Central-Amerika's Fortschritte gemacht. Von Handwerken verstehen sie wenig oder nichts, geschweige denn von der Kunst; sie treiben etwas Musik, weil diese beim Gottesdienst nöthig ist. Vom Katholicismus haben sie die äußeren Formeln der Kirche angenommen, im Uebrigen aber viele ihrer alten Ceremonien beibehalten und mit den christlichen Feierlichkeiten vermischt.

Das Leben dieser Indianer ist einfach. Die Frauen tragen einen Rock aus blauem Baumwollenzeug, das in San Salvador gewebt wird; vom Gürtel aufwärts sind sie unbekleidet. Das Haar flechten sie in zwei Zöpfe, verzieren diese mit farbigem Band, und setzen, wenn sie ausgehen, eine „Tiara" oder „Mappoyan" auf den Kopf. Die Männer tragen Hosen von Baumwolle, die sie auf einer Art Handstuhl weben, und einen Strohhut. Darin besteht ihre ganze Bekleidung.

Die Ehe ist, wie in den übrigen Theilen des Staates auch ein kirchliches Sacrament. Der Trauung gehen aber eigenthümliche Feierlichkeiten voraus. Sobald der Knabe vierzehn, das Mädchen zwölf Jahre alt ist, einigen sich die beiderseitigen Aeltern, ohne gerade auf die Neigung der Kinder Rücksicht zu nehmen. Die Verlobung findet statt, der Vater des Knaben nimmt das Mädchen ins Haus und muß dasselbe erziehen als wäre es sein leibliches Kind. Dafür kommt ihm die Arbeit zu gute, welche die Braut verrichtet; meint er aber daß das junge Paar so weit herangewachsen sei, um für sich selbst sorgen zu können, dann bauen ihm die beiderseitigen Aeltern ein Haus und geben ihm eine Ausstattung. Doch kommt es keineswegs selten vor, daß drei verheirathete Generationen unter demselben Dache wohnen; dann führt das älteste Paar das Regiment.

Diese Indianer achten die väterliche Gewalt und die Autorität des Staates, außerdem steht aber auch das Alter in hohem Ansehen, das ihm sowohl bei öffentlichen Versammlungen, wie im Privatkreise nie versagt wird. Bejahrte Personen heißen Ahuales. Diesen Titel und die mit ihm verbundene Autorität erkennt man nur Personen zu, welche den Geldschrein irgend eines Heiligen in Verwaltung gehabt, oder irgend ein öffentliches Amt bekleidet haben. Doch giebt es unter diesen „Officieren" eine strenge Rangabstufung.

Die Staatsgesetze werden zwar scheinbar anerkannt, aber thatsächlich kümmern sich die Indianer an der Balsamküste nicht darum, sondern entscheiden in bürgerlichen wie in peinlichen Fällen nach ihrem alten Herkommen und eigener Einsicht. Die Versammlungen der Gemeindebehörden, Cabildos, finden immer nur nach Sonnenuntergang statt; sie beginnen um Sieben Uhr Abends und dauern bis Zehn oder auch noch später hin, je nachdem die Geschäfte es erfordern. Das Gemeindehaus wird durch ein Feuer von trockenem Holz erhellt, das in einer Ecke brennt. Die Leute versammeln sich, behalten den Hut in der Hand und bezeigen sich gegen die Behörden äußerst gehorsam und unterwürfig. Diese Indianer stimmen bei Präsidenten- und Deputirtenwahlen allemal für die Personen, welche ihnen von der Hauptstadt aus als geeignet bezeichnet werden. Diese Weisung gilt ihnen für so viel wie ein Befehl.

Mit Ackerbau befassen sie sich nicht viel. Sie bauen nur so viel Mais als sie für das laufende Jahr bedürfen, und weiter nichts. Ihr Reichthum besteht in Balsam, von welchem sie durchschnittlich zwanzigtausend Pfund im Jahre gewinnen, und den sie für vier Realen oder einen halben Dollar das Pfund verkaufen. Man sollte meinen, daß sie bei solchem Erwerb nach und nach zu Wohlstand hätten gelangen können, aber das ist nicht der Fall, denn was sie einnehmen, geht bei den Lustbarkeiten zu Ehren der Heiligen wieder darauf; bei diesen Heiligenfesten ist Essen und Trinken die Hauptsache.

Was die körperlichen Eigenschaften dieser Indianer anbelangt, so ist ihr Gesicht eckiger und hat einen strengern Ausdruck als bei andern Stämmen in Guatemala und Nicaragua. Auch sind sie nicht symmetrisch gebaut, haben sehr dunkle Farbe, sind schweigsamer und weniger intelligent, die Frauen sind kleiner als jene der übrigen indianischen Völker, durchschnittlich keineswegs hübsch, und werden im Alter sehr häßlich.

In Obigem habe ich gezeigt, welchen Landstrich die Nahuals in San Salvador bewohnen, daß sie sich fast ganz unvermischt und ihre alten Sitten und Gebräuche erhalten haben. Ich will jetzt nachweisen wie weit ihr Gebiet sich damals erstreckte, als die Spanier zuerst ins Land kamen. Wir haben darüber in den Chroniken sehr bestimmte Angaben; wenn aber auch dergleichen nicht vorlägen, so hätten wir doch einen sichern Leitfaden in den Nahualbenennungen für Ortschaften, Flüsse und andere Naturgegenstände.

Im Jahre 1524 hatte Pedro de Alvarado das Reich der Quiches bezwungen, und die Kachiquels waren besiegt. Diese letzteren waren mit den Quiches stammverwandt, und ihre Hauptstadt lag nicht weit von dem heutigen Alt-Guatemala. Dort erhielt er die Nachricht, daß nach Südwesten hin, an der Küste des Großen Oceanes, das Volk der Pipiles wohne, mit welchen die Kachiquels fortwährend in Feindschaft lebten. Sie stachelten seinen ohnehin lebhaften Ehrgeiz noch mehr an, und bewogen ihn zu einem Kriegszuge gegen diese Nation. Mit einer nicht unbeträchtlichen Streitmacht spanischer Soldaten und indianischer Hilfstruppen trat er die Expedition an, über welche er in seinem zweiten Briefe an Cortez Bericht erstattet. Wir können den Weg welchen er nahm, auch heute genau verfolgen, weil die Ortschaften, welche er nach einander eroberte, gegenwärtig noch ganz dieselben Namen führen.

Zwischen dem Gebiete zweier Völker, die unablässig mit einander in Fehde liegen, muß nothwendig ein streitiges Territorium vorhanden sein, das mehr oder weniger öde und verwüstet ist. Solch einen Landstrich durchzog Alvarado, nachdem er die Hauptstadt der Kachiquels verlassen hatte, drei Tage lang. Juarros bemerkt: „Er kam nur langsam vorwärts, weil zwischen dem Volke von Guatemala und den Pipiles kein Verkehr stattfand, und Straßen unbekannt waren."

In der dritten Nacht, die sehr regnerisch und düster war, gelangte er an die Stadt Escuintepeque (Escuintepec); die Mehrzahl der Einwohner floh, ohne sich zur Wehr zu setzen, was aber zurückgeblieben war, leistete hartnäckigen Widerstand. Nach einem Gefechte, das fünf Stunden währte, sah er sich genöthigt die Stadt in Brand zu stecken, aber selbst dann war der Muth der Gegner noch nicht gebrochen, und die Uebergabe erfolgte erst, nachdem der Spanier den Oberkaziken gedroht hatte, er werde alle Mais- und Cacaopflanzungen zerstören. Alvarado verweilte dort acht Tage, unterwarf die Ortschaften in der Umgegend, und ließ die Bewohner, welche in die Wälder geflohen waren, in ihre Wohnungen zurückbringen, dann drang er weiter vor. Seine Mannschaft bestand aus 300 spanischen Fußsoldaten, 100 Reitern und 6000 indianischen Hilfsgenossen, theils aus Guatemala, theils aus Tlascalá. Diese letzteren hatte er aus Mexico mitgebracht.

Der Uebergang über den Michatoyat wurde nur mit Mühe bewerkstelligt. Dieser Strom mündet da wo die Rhede von Istapan liegt; sie bildet den Hafen für die Hauptstadt Guatemala, und Alvarado baute dort später die Schiffe mit welchen er nach Perú segelte. Nachdem er das linke Ufer erreicht, und mehrere Gefechte mit den Eingeborenen bestanden hatte, bezwang er die Städte Aliquipaque (das er Alipar nennt), und Taxisco (Tassisco), und kam dann nach Guazacapan. Die Bewohner dieser Stadt hatten von denen aus Nextiquipaque, Chiquimula, Guaimaiga und Guanagazapan Unterstützung erhalten, und leisteten tapfere Gegenwehr. Die Spanier nahmen zuletzt den Platz ein, aber er war verlassen. Alvarado gab sich vergebliche Mühe, die Bewohner zur Rückkehr und Unterwerfung zu bewegen; erst später erklärten sie, freiwillig, den Behörden von Guatemala Gehorsam leisten zu wollen. Juarros hebt es als eine Eigenthümlichkeit hervor, daß die Indianer von Guazacapan mit kleinen Glocken fochten, welche sie am Handgelenk befestigt hatten.

Alvarado ging dann über den Rio de los Esclavos, und zog gegen die feste Stadt Pazaca, welche von den Männern mehrerer Städte, zum Beispiel Sinacantan, Naucinta, Tecuaco und anderer weiter entfernt liegenden, Zuzug erhalten hatten. Diese Indianer bestreuten den Boden mit vergifteten Stacheln; dadurch wurden viele Pferde und Menschen verwundet, und sie starben dann nach Verlauf von drei Tagen unter heftigen Schmerzen. Die Schlacht vor Pazaca war lang und blutig; zuletzt blieb den Spaniern die Oberhand, aber der Sieg entschied, wie Juarros bemerkt, noch nicht die Eroberung des Districtes;

denn obwohl einige Städte, und unter ihnen Texutla, sich unterwarfen, so behielten doch andere ihre Freiheit und ihre volksthümliche Regierung. Alvarado drang weiter, über den Rio Paza oder Pazeca vor, in den damals wie heute dicht bevölkerten Bezirk von Izalco. (Er war somit innerhalb der Grenzen des jetzigen Staates San Salvador.) Hier fand er sehr hartnäckigen Widerstand, und wurde selbst verwundet. Indessen eroberte er Moquisalco (das heutige Mohuisalco), Acatepeque, Acasual (Caxocal), Tlacúsqualco und andere Ortschaften. Dann erreichte er die Hauptstadt der Nahuals, Cuscatlan. Mit diesen Namen belegen sie auch die ganze Landschaft, welche sie inne hatten. Dort blieb er sieben Tage; als dann die Regenzeit eintrat, kehrte er nach der Hauptstadt der Kachiquels zurück, und gründete in der Nähe die Stadt, welche jetzt Alt-Guatemala heißt. Ueber die spätere allmälige Unterwerfung des Landes Cuscatlan fehlen uns zusammenhängende Nachrichten; wir wissen nur, daß das Volk den Spaniern hartnäckigen Widerstand leistete, und, daß die letzteren nur deshalb Sieger blieben, weil sie über Pferde und Feuerwaffen verfügten. Ohne diese würden sie Amerika niemals erobert haben.

Wir gehen nun auf die Ortsnamen ein. Die erste Stadt welche Alvarado auf seinem Zuge unterwarf, war Escuintepeque, das auch Iscuintepec geschrieben wird. Der Name ist ganz offenbar Nahual, und wahrscheinlich abgeleitet von Itzcuintli, der Benennung für eine Art einheimischer Hunde, und Tepec, Berg, oder Altepetl, Platz, Ortschaft. Er bedeutet also: Stadt oder Gebirge des Hundes. Dieser Ort ist noch jetzt vorhanden; nach ihm wurde der ganze Bezirk im Westen des Rio Michatoyat benannt, wo, dem Juarros zufolge, der Sincadialekt gesprochen wurde. Das mag seine Richtigkeit haben; denn die Nahuals übersetzten oft die Namen von Ortschaften, die im Gebiet ihrer Nachbarn lagen, in ihre Sprache, oder gaben ihnen selbst Namen, weil es ihnen unbequem fiel, die heimischen Namen auszusprechen. So gaben die Pipiles oder Nahuals der Hauptstadt des Zutugilreiches Atziquinixai (Haus des Adlers), den Namen Atitlan, was wörtlich bedeutet: Platz am Wasser, denn die Stadt liegt am Ufer eines Sees. Das Xelaluh der Quiches nannten sie Quesaltenango, Xetuhul Zapohitlan, und in Nicaragua nannten sie die Stadt Nagrando Xolotlan. Es ist demnach nicht unwahrscheinlich, daß die Nahuals einer Stadt der Sincas den Namen Esquintepeque gaben, und, daß die Spanier, welche seit längerer Zeit mit der mexicanischen Sprache vertraut waren, denselben beibehielten. Auch ist es andrerseits nicht unmöglich, daß die Nahuals der Küste entlang nicht nur bis Esquintepeque, sondern selbst bis zum Rio Nagualate verbreitet waren. (Der Name scheint zusammengesetzt zu sein aus Nahual, oder wie die alten Chroniken schreiben Nagual, und Atl, contrahirt Al, Wasser; also Fluß des Nahuals.) Dem möge sein wie ihm wolle, Alvarado meldet ausdrücklich, daß er jenseit des Rio Michatoyat nach Atiepas (Aquitipaque) kam, „wo das Volk eine andere Sprache redete, als die Bewohner von Esquintepeque."*) Wenn die Einwohner dieser letztern Stadt Nahual (Mexicanisch) sprachen, so folgt, daß jene des Districts oder der Provinz Guazacapan, die sich vom Rio Michatoyat bis zum Rio Paza oder Aguachapa erstreckte, eine andere Sprache hatten. Dieser Schluß erhält einige Beweiskraft auch dadurch, daß in jenem District keine Ortschaft einen Nahualnamen hat. Herrera giebt übrigens den Schlüssel zur Lösung der Schwierigkeit, wenn er sagt: „Die Bewohner dieser Provinz sind fügsam, und reden das Mexicanische, obwohl sie noch eine andere ihnen eigenthümliche Sprache haben. Als sie noch Heiden waren, hatten sie die Gebräuche der Chontales von Honduras." Aus diesem Zeugniß können wir abnehmen, daß der District Guazacapan von einem Volke bewohnt war, das mit dem Chontales in Honduras Stammverwandtschaft hatte. Es war von den Nahuals unterjocht worden, und diese hatten ihm ihre Sprache aufgezwungen, oder es hatte nach und nach dieselbe gelernt und angenommen, und sich überhaupt in Folge langer und vielfacher Berührung den Nahnals in mancher Hinsicht assimilirt, und zwar so weit, daß man es mit unter der allgemeinen Benennung begriff.

Auf dem linken Ufer des Paza (Rio Pazaca oder Aguachapa), im

*) Fuentes sagt, die Nahualsprache sei begrenzt gewesen „auf gewisse Punkte an der Seeküste, und habe bei Escuintepeque angefangen. An einer andern Stelle erzählt er Alvarado's Marsch, und sagt, derselbe sei gegen Esquintepeque vorgerückt, „que es la tierra de los Pipiles."

District Izalco, haben alle Zweifel über die Stammverwandtschaft der Bewohner sogleich ein Ende. Sie waren zur Zeit der Eroberung wie sie es noch heute sind, ganz unbestreitbar Nahuals; und von Paza bis zum Rio Lempa war die Bevölkerung durchweg von einem und demselben Stamme. Daß der Lempa im Südosten die Volksgrenze bildete, geht nicht blos daraus hervor, daß im Osten dieses Stroms, in der alten Provinz Chaparistique (jetzt San Miguel), mexicanische Namen gänzlich fehlen, sondern wir haben dafür auch das ausdrückliche Zeugniß Herrera's. Er sagt, daß die Stadt Iztepeque, am Fuße des Vulcans San Vicente und unweit von der gleichnamigen Stadt, die letzte Ortschaft der Nahuals nach jener Himmelsrichtung hin gewesen sei. „Bei dieser Stadt Iztepeque beginnt das Land der Chontales, die eine andere Sprache reden; sie sind ein rohes Volk."

Auch im Norden scheint der Lempa die Grenze der Nahuals gebildet zu haben; jedenfalls kommen am linken Ufer dieses Stromes nur einige wenige mexicanische Ortsnamen in der Nahualsprache vor. Aber wenn auch der Stamm den Lempa überschritt, so kann er sich auf keinen Fall dort weit ausgebreitet haben, weil hier hohe und öde Ketten der Cordillere, welche mit dem Strom parallel laufen, Halt geboten. Das Hochgebirge bildete die Südgrenze des Districts Corquin, dessen Bewohner in politischer Verbindung, wenn nicht etwa auch in Blutsverwandtschaft mit den Volke von Copan standen, und dieses gehörte zur Familie der Kachiquels. Lempira, der letzte Häuptling von Corquin, stellte sich in seiner letzten Schlacht den Spaniern zur Wehr, auf dem Pirieragebirge, das sich über dem Lempafluße emporgipfelt.

Wir sehen demnach, daß die Nahuals von San Salvador, zu der Zeit als die Spanier zuerst erschienen, über das ganze Land verbreitet waren, welches sich zwischen dem Rio Michatoyat (vielleicht auch von dem Rio Nagualate an), im Nordwesten, bis zum Rio Lempa im Südosten erstreckt, und das zwischen der Cordillere im Norden des Lempa, und dem Ocean liegt. Dieses Gebiet ist etwa hundertundachtzig bis zweihundert Meilen lang, und im Durchschnitt sechzig Meilen breit; es hat etwa elftausend englische Geviertmeilen.

Die alten Schriftsteller nennen diese Region eine der am stärksten bevölkerten in ganz Amerika. Dort lagen viele gut gebaute Ortschaften, welche denen in Mexico in keiner Hinsicht nachstanden. Alvarado schreibt in seinem Brief an Cortez, daß jenseit der Stadt Cuscatlan (dem letzten Orte welchen er erreichte) „große Städte und Dörfer lagen, die aus Stein und Kalk gebaut waren." Und um sich darüber zu rechtfertigen, daß er seinen Zug nicht weiter fortgesetzt habe, bemerkt er: „das Land sei zu ausgedehnt und zu dicht bevölkert gewesen, als daß es, bevor der Eintritt der Regenzeit nicht erfolgt sei, habe bezwungen werden können."

Das Land der Nahuals von San Salvador heißt, wie schon gesagt worden, Cuscatlan; nach dem Chronisten Vasquez, bedeutet dies „Land der Reichthümer," den es allerdings der Fruchtbarkeit des Bodens und des üppigen Pflanzenwuchses wegen verdient. Im Mexicanischen bedeutet Cuscatl, Juwel oder Edelstein; die Endung tan bezeichnet eine Oertlichkeit, eine Stadt. Demselben Schriftsteller zufolge wurde es auch Zalcoatitlan genannt.

Juarros bemerkt, das Volk von Cuscatlan habe den Namen Pipil deshalb erhalten, „weil es eine corrumpirte Mundart der mexicanischen Sprache mit der Aussprache, wie sie Kindern eigen ist, redete; das Wort Pipil bedeutet Kinder." Dieser Name ist jetzt nicht mehr üblich, und man darf billig bezweifeln, daß er jemals im allgemeinen Gebrauch gewesen sei. Möglich, daß die Mexicaner in Alvarado's Gefolge, die sich mehr dünkten als ihre Stammverwandten in Cuscatlan, denselben gebrauchten, um damit eine gewisse Verachtung auszudrücken. Molina erklärt in seinem Wörterbuche Pipil-pipil mit muchachuelos, kleine Knaben, und Pipillotl mit niñeria, Kinderei. Und der Uebersetzer des vom Abbé Brasseur de Bourbourg angeführten Codex Chimalpopoca, übersetzt Pipil-pipil mit viejitos, kleine alte Männer.

Der Ausdruck Nahual oder Nagual und dessen alter Pluralis Nanahuatl, umfaßt alle Stämme, welche die mexicanische Sprache redeten, und bedeutet in dieser Anwendung einen erfahrenen Mann der seine Sprache gut redet. Im primitiven Sinne bedeutet das Wort Nahualli geheim, verborgen, mysteriös, und in späteren Zeiten bezeichnete man damit einen Mann, der sich auf Astrologie und geheime Künste verstand, einen Zauberer oder Hexenmeister. Die Spanier benennen mit den Wort Nagualismo gewisse geheimnißvolle Gebräuche, welche auch heute noch bei den Indianern im Schwange gehen, und überhaupt alles götzendienerische Treiben. Nuñez de la Vega hat in seinen Constitutiones diöcesanas eine Schilderung der Nagualistos seiner Zeit entworfen; damals bedeutete das Wort Nagual einen Dämon oder Spiritus familiaris.

Die Regierungsform in Cuscatlan scheint von ähnlicher Art gewesen zu sein, wie bei den stammverwandten Völkern in Mexico. Eine große Anzahl kleiner Häuptlinge übte die Gewalt in einzelnen Ortschaften oder Bezirken und deren Zubehör. Aber alle diese waren durch Stammverwandtschaft, Sprache und Religion auch politisch mehr oder weniger mit einander verbunden, und handelten vielfach gemeinschaftlich. Dasselbe war auch in Mexico der Fall. Aber so eng war die Verbindung nicht, daß sie Feindseligkeiten und Krieg gänzlich ausgeschlossen hätten. Unentwickelte gesellschaftliche Zustände sind unverträglich mit einer weit ausgedehnten umfassenden Herrschaft; eine starke Gewalt muß concentrirt sein, und das ist unmöglich in einem Lande wo es an rascher Verbindung fehlt. Zur Beförderung und Ausführung von Befehlen, zur Ansammlung von Truppen und Kriegsbedarf sammt Lebensmitteln, für die leichte und rasche Beförderung der Truppen bedarf man der Verkehrswege, der Schifffahrt, der Lastthiere; ohne dergleichen lassen Eroberungen sich nicht behaupten, und unzufriedene Stämme nicht in Unterwürfigkeit erhalten. Die Uramerikaner haben nur ein einziges wahrhaft großes Reich gegründet, und zwar in Perú; und dieses war eben nur deshalb möglich, weil die Verbindung zwischen den einzelnen Theilen sich leicht bewerkstelligen ließ, weil die Inkas große Straßen und Brücken gebaut, und sogar eine Botenpost eingerichtet hatten.

Juarros spricht, indem er sich auf Fuentes beruft, also auf eine Quelle zweiter Hand, von einer Monarchie, welche kurz vor der Zeit der spanischen Eroberung im Lande der Pipiles gegründet worden sei; aber diese Angabe ist falsch. Weder Alvarado noch irgend ein anderer Schriftsteller, mit alleiniger Ausnahme des Fuentes weiß von dergleichen zu berichten; sie alle kennen nur kleine Häuptlinge in Cuscatlan. Wenn dort ein Monarch, wie Montezuma in Mexico die Herrschaft gehabt hätte, so würden sie das ganz gewiß gesagt haben. Ohnehin waren die Conquistadoren schon aus Ruhmredigkeit geneigt die Macht der Häuptlinge über welche sie Siege erfochten, zu übertreiben, nicht etwa dieselbe als unbedeutend zu schildern. Ohne Zweifel waren einzelne Häuptlinge vorhanden, welche über andere eine gewisse Autorität ausübten, sich Macht und Gewalt anmaßten, oder denen man eine solche zugestand; aber über das Alles fehlt es uns an genauen und zuverlässigen Nachrichten. Eben so dürftig ist die Auskunft über religiöse Verhältnisse, Sitten und Gebräuche der Pipiles, und wir wissen nicht viel mehr als was Herrera erzählt. Wir dürfen aber auch in dieser Beziehung annehmen, daß es sich damit ähnlich verhielt wie mit den Stammverwandten in Mexico. Die Bewohner von Cuscatlan hatten eine organisirte Priesterschaft, und Personen, welche den Archivaufsehern, den Bewahrern der öffentlichen Urkunden in Mexico zu vergleichen sind. Herrera sagt: Der Oberpriester trug ein langes blaues Kleid, hatte eine Art Mitra auf dem Kopfe, von welcher Federn von verschiedener Farbe herabhingen; in seiner Hand trug er einen Stab, der dem Bischofsstabe glich. Im Range zunächst stand „ein in ihren Büchern und Zaubereien erfahrener Doctor, der ihnen die Omina ausdeutete.“ Außerdem gab es einen Kirchenrath, der aus vier Personen bestand; er wurde über alle Angelegenheiten befragt, welche auf religiöse Gebräuche Bezug hatten. Aus diesen vier Personen wurde vom Häuptling und vom Kirchenrath ein neuer Hohepriester erwählt, wenn der alte gestorben war. Sie beteten die Sonne an und „hatten zwei Götzenbilder, das eine in der Gestalt eines Mannes und das andere in der Gestalt einer Frau;“ diesen brachten sie Opfer dar, deren Zeit in ihrem Kalender bestimmt war. Die beiden großen Hauptopfer fanden statt „im Anfang des Sommers und bei Beginn des Winters“, wahrscheinlich zur Zeit der Tag- und Nachtgleiche. Dann wurden, wie Herrera sagt, Menschen geopfert, uneheliche Kinder aus dem eigenen Volke „die von sechs bis zwölf Jahre alt waren.“ Die dabei beobachteten Feierlichkeiten und Gebräuche waren dieselben wie in Mexico. Man riß dem Opfer das Herz aus dem Leibe und sprengte das Blut nach allen vier Himmelsgegenden hin. Die Priester wurden darüber befragt ob man Krieg anfangen solle; der Sieg wurde gefeiert und die Festlichkeiten dauerten funfzehn

Tage; an jedem wurde ein Gefangener geopfert. Bei Opfern zu Ehren der weiblichen Gottheit dauerten die Festlichkeiten nur fünf Tage.

Heirathen wurden unter Genehmigung des Häuptlings geschlossen. Zuerst mußten die Brautleute Reinigungen vornehmen, namentlich im Flusse baden, dann wurden beide im Hause der Braut zusammengebunden, wohin die Verwandten Geschenke brachten; Priester und Kazike waren dabei zugegen. Die Namengebung der Kinder geschah durch den Priester, und auch bei dieser Gelegenheit wurden Geschenke gegeben. Nach der Niederkunft mußte die Mutter sich in fließendem Wasser einer Reinigung unterziehen; nachher wurde ein aus Copal und Cacao bestehendes Opfer dem Flusse dargebracht, damit das Bad sie nicht schädige. Um gewöhnliche Personen trauerten nur die Anverwandten; aber wenn ein Kazike oder Kriegshauptmann starb, war vier Tage lang allgemeine Trauer; nach Ablauf derselben verkündete der Priester daß nun die Seele des Abgeschiedenen bei den Göttern sei. Der Sohn des Kaziken oder, wenn ein solcher nicht vorhanden, der nächste Verwandte, war Nachfolger in der Würde. Nothzucht wurde mit dem Tode bestraft; der Ehebrecher wurde Sclave des Mannes dessen Weib er verführt hatte, „vorausgesetzt daß ihm, in Rücksicht auf Dienste die er im Kriege geleistet, der Hohepriester Verzeihung angedeihen ließ.“ Es gab sieben Verwandtschaftsgrade, innerhalb deren die Verheirathung nicht statt finden durfte, wie denn unter solchen Personen jede fleischliche Vermischung mit dem Tode bestraft wurde. In Dingen dieser Art verfuhr man äußerst streng, denn Herrera sagt, wer einer verheiratheten Frau den Hof machte oder ihr „Zeichen gab“, wurde verbrannt. Wer sich Unzucht zuschulden kommen ließ, wurde ausgepeitscht. Räuber wurden verbannt und Mörder von einem hohen Felsen hinabgestürzt.

Die Angabe Herrera's, daß Menschenopfer stattgefunden haben, ist ganz bestimmt und ausdrücklich. Wenn man dem von Fuentes angeführten Pipilmanuscript Glauben beimessen darf, so sind diese Opfer, wie auch Juarros bemerkt, dem Volke so zuwider gewesen, daß der Versuch, sie einzuführen, dem Cuaucmichin Gewalt und Leben kostete. Aber auf diese Angaben darf man keinen Werth legen, und Herrera behält Recht.

Juarros giebt einen Bericht über den Ursprung der Pipil-Indianer. Er hat denselben allem Anschein nach aus Fuentes entlehnt, der sich seinerseits auf ein Manuscript beruft, das von einem Pipilhäuptling geschrieben sei. Die Erzählung lautet, daß Autzol (Ahuitzol) der achte König von Mexico, welcher von 1486—1502 regierte, sich vergeblich bemüht habe, Tzendales, Quiches, Kachiquels und mit diesen verwandte Völker mit Gewalt unter seine Herrschaft zu bringen. Er versuchte dann seinen Zweck durch List zu erreichen, und ließ eine beträchtliche Anzahl seiner Unterthanen nach und nach in Feindes Land reisen, wo sie sich für Kaufleute ausgaben. Sie waren aber allzeit gewärtig mit ihm gemeinschaftliche Sache zu machen. Der ganze Plan wurde dadurch vereitelt, daß Autzol 1502 plötzlich starb. Aber jene Mexicaner hatten einmal im Lande festen Fuß gewonnen, „vermehrten sich ungeheuer", und verbreiteten sich über Sonsonate und San Salvador. Sie gehörten der niedrigsten Classe an, sprachen einen verderbten mexicanischen Dialekt mit einer Aussprache wie die Kinder, und wurden Pipiles genannt, „was Kinder bedeutet." Aber die Kachiquels und Quiches wurden unruhig darüber, daß diese Fremden sich so außerordentlich vermehrten, und sie gaben sich alle Mühe dieselben zu unterdrücken. Doch leisteten die Pipiles tapfern Widerstand und brachten eine starke Armee auf die Beine, welche von streitbaren Häuptlingen angeführt wurde. Diesen Führern gelang es, die höchste Gewalt über das Volk zu gewinnen, und der Oberkazike Cuaucmichin wollte nun die Menschenopfer einführen; aber darüber wurde das Volk erbittert, stand auf und erschlug ihn. Darauf wählte es einen Mann von sanftem Charakter, Tutecotzimit, und alle anderen Häuptlinge durften nur noch Alahuaes oder Vorsteher von Calpuls sein. Indessen war doch Tutecotzimit ein ehrgeiziger Mann, wollte seiner Familie die Herrschaft sichern, und bildete einen Rath, der aus acht Mitgliedern bestand; diese waren alle Verwandte und Anhänger von ihm, und er erklärte sie für Edelleute. Diese Beamten hatten wichtige Befugnisse, erhielten lange Röcke von besonderer Farbe als Amtstracht und unterschieden sich dadurch von allen anderen Leuten, die dergleichen nicht tragen durften. Aber Tutecotzimit sorgte auch für das Wohlergehen des Volkes, und machte sich so beliebt daß man ihm und seiner Familie die Oberherrschaft zuerkannte. Der älteste Sohn sollte Thronerbe sein, falls der obenerwähnte Rath ihn für regierungsfähig erklärte; wo nicht, so folgte der zweite Sohn oder irgend ein anderer Verwandter. Frauen waren von den Nachfolgern ausgeschlossen, konnten aber Eigenthum erben. Alle höheren Aemter, sowohl bürgerliche als militärische, blieben den Edelleuten vorbehalten „welche zu höheren Würden gelangen konnten, wenn sie vorher niedere Stellen bekleidet hatten."

So weit diese Tradition sich auf den angeblichen Ursprung der sogenannten Pipiles bezieht, ist sie geradezu albern. Weder Fuentes noch Juarros haben daran gedacht, daß Ahuitzol den Thron von Mexico erst im Jahre 1486 bestieg, d. h. nur sechsunddreißig Jahre vor dem Zuge, welchen Alvarado gegen Guatemala unternahm. Dieser Spanier fand das Land vom Flusse Michitoyat bis zum Lempa, auf einer Strecke von mehr als hundertsechzig Meilen, überall dicht von Indianern des Nahualstammes bevölkert, die dort ihre besonderen Einrichtungen hatten und in großen wohlgebauten Ortschaften wohnten. Dies Alles müßte von den angeblichen Kauffleuten herrühren, die sich außerdem binnen dreißig Jahren so unendlich vermehrt haben sollen!

Alle Nachrichten stimmen darin überein, daß die Nahuals oder Pipiles mit ihren Nachbarn in Guatemala in Feindschaft lebten. Fuentes sagt, sie seien von den letzteren verachtet worden, und beide hätten sich nie mit einander vermischt. Ich will hier keine Muthmaßungen über den Ursprung der Nahuals in Nicaragua und San Salvador aufstellen, möchte aber hervorheben, daß die Annahme einer Wanderung aus Nicaragua und Cuscatlan nach Anahuac (Mexico) sich als weit wahrscheinlicher herausstellt und auch den Ueberlieferungen besser entspricht, als wenn man die Mexicaner von Norden her einwandern läßt. Es ist ein wohl zu beachtendes Factum daß in der von Gemelli veröffentlichten Charte, auf welcher die Wanderungen der Azteken verzeichnet sind, der Platz welcher als ihre ursprüngliche Heimat bezeichnet wird, das Zeichen des Wassers hat (Atl steht für Aztlan); daneben steht eine Pyramide mit Treppenstufen und einem Palmbaum. Das letztere ist auch der Beobachtung Humboldts nicht entgangen; er bemerkt: Ich bin erstaunt eine Palme neben diesem Teocalli zu finden;

dieser Baum deutet gewiß nicht auf eine nördliche Gegend.“ **Wir müssen die Ursitze der Nahuals im Süden von Mexico suchen.** Keine Geschichte und Chronik, keine bekannten Hyroglyphen deuten auf einen nördlichen Ursprung der Nahualstämme, mit alleiniger Ausnahme des Berichtes, welchen Ixtlilxochitl mittheilt. Dieser schrieb aber lange Zeit nach der Eroberung und folgte dem Cortez und spanischen Berichten. Selbst Montezuma erklärte in seiner bekannten Unterredung mit Cortez, seine Vorfahren seien von einer andern Himmelsgegend her eingewandert. Die Spanier meinten aber sie müßten vom Norden her gekommen sein, und erklärten, der Kaiser müsse sich wohl geirrt haben. Als ob er mit den Ueberlieferungen seines eigenen Volkes nicht besser vertraut gewesen wäre als die Fremdlinge!

Ueber die Sprache der Nahuals von Cuscatlan kann ich nur wenig sagen. Ich erhielt ein gutes Wörterverzeichniß der Mundart welche jetzt an der Balsamküste gesprochen wird, von einem Häuptlinge aus der zu jenem Districte gehörenden Ortschaft Chiltiapan; ferner einige Wörter von einem Indianer aus der Stadt Isalco bei Sonsonate. Ich habe mich für beide an die spanische Orthographie gehalten und die Laute so genau wiedergegeben als es mir möglich war, ohne den Versuch zu machen sie mit dem Mexicanischen in Uebereinstimmung zu bringen. Die nachstehende vergleichende Tabelle zeigt, daß die Abweichungen vom Mexicanischen, wie wir es in den Wörterbüchern finden sehr gering sind. Die Hauptabweichung ist dieselbe auf welche ich schon früher einmal hingewiesen habe, als ich in einem andern Werke die Aussprache der Nahuals in Nicaragua erörterte. Die bekannte mexicanische Endsylbe tl oder tli wird nämlich entweder ganz weggelassen oder zusammengezogen. Einige andere Eigenthümlichkeiten fand ich handschriftlich angedeutet in einem Exemplare von Molina's 1571 erschienenen mexicanischen Wörterbuche, das mir glücklicherweise in der Stadt San Salvador in die Hände fiel, und das wahrscheinlich einst dem nun aufgehobenen Kloster der Franciscanermönche gehörte, welche zuerst das Christenthum in Cuscatlan einführten. Die Handschrift ist zum Theil nicht mehr lesbar, viel verwischt, doch konnte ich Folgendes noch herausbringen: „In dieser Provinz wird das L nicht ausgesprochen: zum Beispiel im Worte tlativez, werfen, fehlt das L, und das Wort wird zu tativez; auch sagen sie nicht ***, zum Beispiel: totoz wird zu toto, oder ****, das C wird mit dem Q confundirt; statt cue sagen sie que. Auch finden wir hier weder tla noch ta; für tlatemu, herabsteigen, sagen sie einfach temu."

Deutsch.	Nahual in Mexico.	Nahual an d. Balsamküste.	N. in Izalco.
Mann	tlacatl	tacat.	—
Frau	cihuhatl	ciguat	—
Kopf	tzontecon	tzunteco	—
Haar	tzuntli	tzunka	—
Hand	maitl	mapipi	—
Herz	yullotli	yul	—
Brot (Weizen)	tlaxcalli	taschkat	—
Himmel	ylhuicatl	ilhuicac	—
Sonne	tonatiuh	tona	tonal.
Mond	metzli	mezti	metzti.
Stern	citlali	citatl	cital.
Nacht	tlalli	tailua	—
Wind	ehecatl	ehecat.	—
Feuer	tletl	titl	tet.
Wasser	atl	at	at.
Erde	tlalli	tal	tal.
Berg	tepetl	tepetl	—
Stein	tetl	tetl	tet.
Mais	centli	cinte	cinte.
Baum	quauitl	quahuit	quahuit.
Gras	çacatl	sacat	—
Fichtenbaum	oco-quahuitl	ocot	—
Hirsch	mazatl	mazat	—
Kaninchen	tochtli	tuzti	—
Schlange	coatl	coatl	cahuat.
Vogel	tototl	totot	—
Fisch	michin	mitzin	—
Weiß	yztac	itztac	—
Schwarz	tliltic	tiltic	—
Roth	chichiltic	chiltic	—
Groß	vey	hue	—
Viele	miec	miak	—
Kirche	teupan	teupan	tupan.
Haus	calli	ka	cal.

Deutsch.	Nahual in Mexico.	Nahual an d. Balsamküste.	N. in Izalco.
Eins	ce	ce	ce.
Zwei	one	ome	home.
Drei	yey	yae	yey.
Vier	naui	nahue	nahue.
Fünf	maquilli	maquil	maquil.
Sechs	chicace	chicuasin	—
Sieben	chicome	chicome	—
Acht	chicuey	chicuei	—
Neun	chicunaui	chicunahue	—
Zehn	mallactli	mahtlati	—
Elf	matlactlionce	mahtatice	—
Zwölf	matlactliomome	mahtatiome	—
Zwanzig	cempoualli	cempual	—

Sechzehntes Kapitel.

Neu-Segovia, Chontales und die Moskitoküste.

Squier hat seinem Text eine Charte beigegeben, auf welcher die zur Republik Nicaragua gehörenden Districte Chontales und Neu-Segovia anders erscheinen, als auf jener, die er in seinem Werke über diesen Staat mittheilt. Er bezeichnet jene Region als einen der interessantesten und werthvollsten Theile von Central-Amerika. Sie gehören, sagt er, zu dem großen Centralplateau von Honduras, sind gleich allen höher gelegenen Strichen desselben vergleichsweise kühl und gesund, wohl bewässert, metallreich, und erlauben den Anbau von Erzeugnissen der gemäßigten Zone. Segovia ist sehr dünn bevölkert und nur sehr spärlich angebaut, denn die Hauptbeschäftigung der Bewohner besteht im Bergbau. Silbergänge sind häufig, Gold ist in Menge vorhanden, und die Indianer waschen es aus dem Schlamme der Flüsse in ganz primitiver Weise heraus. Auch Kupfer und andere Metalle sind in solcher Menge vorhanden, daß man in jedem andern Lande großen Vortheil aus solchen Naturschätzen ziehen würde. Chontales schildert der Ritter Friedrichsthal als ein wellenförmiges Gelände mit Alluvialboden, ohne bestimmten Charakter, von Schluchten und schmalen Wasserläufen durchfurcht, und mit einer Abdachung nach Südwesten. Porphyr erscheint nur selten auf der Oberfläche. Diese Region eignet sich vorzugsweise zur Viehzucht, ist aber in den letzten Jahren wegen ihrer Goldgruben berühmt geworden; in der neuesten Zeit soll auch Steinkohle entdeckt worden sein. Der Rio Escondido (auch Bluefields, Lama und Siquia genannt) fließt durch dieses Departement. Wenn einmal der Zug der Auswanderung aus den Vereinigten Staaten und Europa sich mehr nach Central-Amerika lenkt, dann leidet es keinen Zweifel, daß die hochgelegenen Theile von Honduras und Neu-Segovia einen Hauptanziehungspunkt für die Colonisten bilden werden und dann auch an Bedeutung ganz erheblich gewinnen müssen. Hätte man in diesen Gegenden statt in dem ungesunden Küstenlande Colonisationsversuche gemacht, so würde man sich viele bittere Erfahrungen erspart haben.

Die bedeutendsten Städte in Neu-Segovia sind Ocotal, Matagalpa, Jalapa, Acoyapa und Depilto; das letztere ist ein Bergflecken in einer sehr metallreichen Gegend. Sechs Leguas von dort liegen die Gruben von Marquiliso, welche von Nordamerikanern in Angriff genommen worden sind; dort gewährt ein Fluß, der 30 Fuß Gefäll hat, Wasserkraft in Menge. Andere Gruben sind: Mina Grande, San Albino, Santa Maria, Santa Rosa, Esquipulas, Limon und Agua Podrida. Als Squier sich 1850 zu Leon in Nicaragua aufhielt, bekam er von dem Präfecten des Departements, Don F. de Zapata, nähere Auskunft, wie wir hier im Wesentlichen mittheilen. Der Bericht ist datirt Nueva-Segovia, das auch Ocotal heißt, vom 4. October 1850, und stützt sich zum Theil auf Mittheilungen eines Grundbesitzers im Arrayanthale, Don Gregorio Herrera, der die Gegend genau kennt, und sich namentlich bei den Goldwäschereien in der Schlucht von Salamaji aufhielt. Es ist wohl zu beachten, daß diese Wäschereien in fruchtbaren, wohlbewässerten Gegenden liegen, und die Höhen bewaldet sind; auch ist überall Weideland für Hornvieh vorhanden.

Oestlich von Ocotal oder Neu-Segovia liegen an der Straße, welche von dort nach Jalapa führt: 1. Die Schluchten von Chachaguas, dritthalb Leguas entfernt; Gold im Sande. 2. Vier Leguas entfernt die Schluchten von Salamaji mit sehr ausgiebigem, äußerst feinem Golde. 3. Sechs Leguas entfernt die Schlucht von Atali; Goldwäschereien, die von den Guirises bearbeitet werden. 4. Elf Leguas entfernt die Schlucht von Leones, mit Goldgruben und Wäschereien. 5. Sechzehn Leguas von Ocotal die reiche Silbergrube von Limon, aus welcher in früheren Zeiten viel gediegenes Silber gewonnen wurde; sie ist jetzt ersäuft. 6. Rückwärts von Limon und links von der Straße, die nach Jicaro führt, siebenzehn Leguas von Ocotal, unweit von Muyuca, liegt eine Gegend, die Higuera genannt wird; sie ist reich an edlen Metallen, war aber 1850 noch nicht näher untersucht worden. 7. An der Straße nach Jicaro, unweit von Sabana Grande, zwölf Leguas von Ocotal, die reiche Silbergrube Macuelisito. 8. Vierzehn Leguas entfernt die Goldgruben von San Albino und Tirado. 9. Auf der Straße von Ciudad Vieja, nämlich Alt-Segovia, siebenundzwanzig Leguas von Ocotal, findet man in der Schlucht von Quilali Goldstaub in großer Menge.

Don Gregorio Herrera führt außerdem folgende Schluchten und Bäche auf: 1. Chaguite, mit großen Goldkörnern. 2. Perillos, eben so. 3. Quebrachos, gutes Gold, aber in nicht großer Menge und in sehr kleinen Körnern. 4. Savonera, sehr viel Gold und sehr gut. 5. Rio de Alali; er führt Gold, und an seinen Ufern liegen fünf Mantos (Placeres, Wäschereien). 9. San Albino, führt Gold; viele nun verlassene Placeres. 10. Almorzadero, viel gutes Gold. 11. Ala de Quitali, drei kleine Schluchten, viel Gold und zwei Placeres. 12. Rio Jicaro, drei kleine Schluchten mit Gold. 13. Rio San Pablo, viel Gold, fruchtbare Gegend. 14. San Francisco, drei Schluchten, viel Gold. Zu denjenigen Goldplätzen, welche am weitesten von Ocotal liegen, beträgt die Entfernung nicht über fünfundzwanzig Leguas. Man ersieht aus obigen Angaben, daß die Region einundzwanzig goldführende Flüsse besitzt, an denen 1850 zehn Placeres vorhanden waren.

Unterm 12. April 1854 erhielt Squier von einem Herrn Bradbury, der sich drei Jahre lang im Departement Neu-Segovia aufgehalten hatte, ein Itinerarium, das er mittheilt. Von Granada aus führt der Weg durch eine niedrige Ebene, die mit Mahagonybäumen und anderen nutzbaren Bäumen bestanden ist; nach zwölf Leguas erreicht man Tipitapa am gleichnamigen Flusse, welcher (als Estero Panaloya) dem Managuasee zum Abzuge dient. Der Ort ist klein und hat fast nur indianische Bewohner; in der Nähe der Wasserfälle liegt eine warme Quelle. Nachdem man den Fluß überschritten hat, läuft die Straße am Ufer desselben entlang durch einen dichten Wald, in welchem viel Nicaraguaholz (Log wood) steht. Zwei Leguas von Tipitapa liegt die Hacienda San Ildefonso; sie hat einen beträchtlichen Viehstand. Von da ab steigt der Boden an, und man gelangt, nachdem man an drei anderen Haciendas vorüber gekommen ist, an einen sehr steilen Hügel, dessen Oberfläche mit kleinen Steinen übersäet ist, und welchen die Maulthiere nur mit Mühe hinanklettern. Oben dehnt sich eine weite, mit Guacalbäumen bestandene Ebene aus. Der Boden besteht aus schwarzem Thon, ist in der Regenzeit schwer zu passiren, im Sommer ganz dürr und ohne Pflanzenwuchs. Die zweite Tagereise beschließt man bei der Hacienda La Concepcion, die vierzehn Leguas von Tipitapa entfernt liegt. Von La Concepcion sind es acht Leguas bis Chocoyas; der Weg führt über die eben erwähnte Ebene, welche hier mit zertrümmerter Lava bedeckt ist. Etwa eine Legua von Chocoyas entfernt, setzt man über den breiten Matagalpafluß; der Ort hat das gewöhnliche Gepräge der spanischen Städte in Amerika; auf der Plaza steht eine Kirche, die niemals fertig gebaut worden ist. In den Hügeln der Umgegend sind viele Gold- und Silbergänge; in den Schluchten findet man sehr schöne weiße Carneole; auch Magneteisen kommt vor.

Von Chocoyas ab wird der Fluß abermals überschritten; das Land ist auf einer weitern Strecke von sechs Leguas eine vollkommen flache Ebene, dann aber steigt es plötzlich an bis zur Ortschaft La Trinidad (die nach Squiers Charte auch den Namen Guasamal führt); sie liegt in einem herrlichen Thale, in ungemein fruchtbarer Gegend. Zur Rechten hat man die Goldgruben von Jicora. Von La Trinidad muß man fortwährend vier Leguas weit hinansteigen, dann erreicht man abermals Tafelland. Die Entfernung bis Esteli beträgt sieben Leguas. Dieser kleine Ort liegt in einer keinesweges ausgedehnten Ebene, durch welche sich der gleichnamige Fluß schlängelt. Er mündet in den Managuasee. In der Umgegend gedeiht schon Weizen; man hat deshalb eine Mahlmühle angelegt; aus den Wäldern wird viel sogenannte wilde Seide zu Markte gebracht, und in den Hügeln sind Silbergänge. Von Esteli bis zur Hacienda Ablandon steigt das Land abermals; Berge wechseln mit grasbewachsenen Hochebenen ab. Von Ablandon geht es immer noch bergan bis zu einer drei Leguas breiten Ebene, die nachher ungemein steil abfällt. Von dort oben kann man den Momotombovulcan ganz deutlich erkennen. Dann läuft der Weg auf einer Strecke von etwa sechs Meilen am Flusse Condega hin, den man nicht weniger als dreizehnmal passiren muß, bevor man die gleichnamige Stadt erreicht; sie ist eine der hübschesten Ortschaften in Nicaragua, hat eine Kirche und manche recht nette Häuser. Das indianische Dorf Palacaguina liegt zwei Leguas weiter in einer fruchtbaren Gegend. Nach Totogalpa sind es vier Leguas und nach Marqueliso sieben. Dieser Ort bildet gleichsam das Centrum der Grubenreviere in Nicaragua. Alle Höhen der Umgegend sind reich an Gold und Silber; im Umkreise von etwa drei Leguas sind mehr als funfzig Silbergänge bekannt, die aber bisher ungenutzt blieben, weil es zur Bearbeitung an Capitalien fehlte. Auch Kupfer ist vorhanden, nicht minder Eisen und Zinn.

Schon früher, bei Beschreibung von Honduras, ist mehrfach von der Moskitoküste und deren Bewohnern die Rede gewesen. Jene Angaben werden durch die nachfolgenden Mittheilungen ergänzt und vervollständigt.

In Neu-Segovia entspringen mehrere große Ströme, die zum Atlantischen Ocean fließen. Die beträchtlichsten derselben sind der schon oft erwähnte Rio Escondido, auch Mico, Bluefields, Blewfields, Lama und Siquia genannt, und der Rio Wanks, der auch Coco, Segovia, Oro, Yaro und Cape heißt. *) Dieser letztere bildet auf der größern Strecke seines Laufes die Grenze zwischen Nicaragua und Honduras, und mündet gerade unter dem

*) Auf der vor mir liegenden Geographical Map of the Republic of Nicaragua, with three plans and views, by Fermin Ferrer, Governor of the western departement, New-York 1855. führt dieser Strom noch einen siebenten Namen; er ist nämlich als Gold-River verzeichnet. A.

15. Breitengrade am Cap Gracias á Dios. Schon früher wurde bemerkt, daß beide Ströme nur sehr mangelhaft bekannt sind; man weiß aber, daß sie im obern Theile rasche Strömung haben, und daß Felsen und Stromschnellen der Schifffahrt hinderlich sind; doch sind Nachen und Piroguen bis in die Quellgegend hinaufgerudert.

Im Jahre 1842 fuhr Don Francisco Irias den Rio Wanks bis zur Mündung hinab. Er schildert seine Reise folgendermaßen: *)

Ich habe gefunden, daß der Strom für Handelsfahrzeuge recht wohl schiffbar ist, und daß von einer Stelle, Coco genannt, bis zu jener, welche im Moskodialekt Pailla heißt, nur geringe Schwierigkeiten zu überwinden sind. Oberhalb dieses letztern Punktes vereinigt sich mit ihm ein großer schöner Fluß, der Bocay; eine sehr breite Mündung hat der unweit von dort mit dem Hauptstrom sich vereinigende Pantasma. Auch empfängt er noch andere Gewässer von geringerm Laufe, zum Beispiel den Potsca. Dieser entspringt an der linken Seite des Gebirges, von welchem das große Thal von Jalapa umgeben ist, an einer Stelle, die Macarali genannt wird; er ist wegen seines felsigen Bettes nicht schiffbar. Der Coa kommt von Süden her, strömt am Fuße eines hohen, steilen Gebirges, und ist fischreich. Die Wälder liefern werthvolle Hölzer und viel Honig.

Die Stromschnellen in Coco-Wanks beginnen bei Pailla. Sie haben alle ihre Benennung. Die Gualiquitan hat heftige Strömung, einen engen Canal zwischen Felsen, ist aber ohne Gefahr. Dasselbe ist der Fall mit der Ulacuz; hier mündet von der rechten Seite her der große gleichnamige Fluß, der von einem entsetzlichen (espantosa) Gebirge herkommt, das, wie ich glaube, nach Südost hin sich erstreckt. Die Guascurustromschnellen sind zwar abschüssig, aber nicht gefährlich; ebenso die Quiroz, aber vor dieser letztern liegt ein Wasserfall um welchen herum jedoch ein natürlicher Canal führt, so daß die Schifffahrt nicht unterbrochen wird. Turuquitan ist eine Stromschnelle, die nur für den Viehtransport gefährlich ist, weil in der Mitte ein gewaltiger Fels steht, an welchen das Floß rennt, wenn die Ruderer nicht sehr gewandt

*) Squier hat diesen Bericht den Transactions of the American ethnological society, Vol. III. Part. I. New-York 1853. p. 161—166. entlehnt, ohne diese Quelle anzugeben. A.

und vorsichtig zu Werke gehen. Doch kommen Unglücksfälle selten vor, weil die Flößer von Jugend auf an ihre Arbeit gewöhnt sind. Suginquitan ist unbedeutend, aber Crantara hat heftigen Strom, doch ist sie ebenso wohl zu passiren wie Pistalquitan. Die Stromschnellen von Cairas verursachen dem Reisenden anfangs Schrecken, weil sie gewaltig brausen und schäumen, aber auch hier hat die Natur einen Seitencanal geschaffen, der gerade abzweigt, bevor man an die gefährlichen Stellen kommt. Nach einstündigem Rudern ist man vorüber, und die beiden dann noch folgenden Stromschnellen Tilras und Quipispe sind von keinem Belang

Weitere Hindernisse sind nicht vorhanden, und man kann den Strom, vom Einschiffungspunkte an gerechnet, in zehn Tagen bis zum Cap Gracias á Dios hinabfahren. Für die Stromschnellen gebraucht man zu Thal zwei, zu Berg vier Tage, und es muß hervorgehoben werden, daß die erwähnten Schwierigkeiten nur etwa auf dem fünften Theile des Stromlaufes zu finden sind, und daß Aufenthalt nur deshalb entsteht, weil man an einigen der obenerwähnten Stellen leichtern und wieder einladen muß. Von der Quipispe bis zur Mündung ist die Strömung so schwach, daß man Ruder zu Hilfe nehmen muß; diese ganze Region ist sehr hübsch, und besteht aus offenen Ebenen, die mit Gras bewachsen und mit verstreuten Bäumen bestanden sind. Sie eignet sich für Pferde- und Hornviehzucht, auch ließen sich dort Colonien gründen, die auf diesem fruchtbaren Boden bald zu Wohlstand gelangen würden, weil sie ihre Producte bequem nach Gracias á Dios und von dort nach den großen Antillen absetzen könnten. *) Maulthier- und Pferdezucht könnte in großem Maßstabe betrieben werden; die Thiere würden auf Cuba, Jamaica und anderen Punkten willige Abnehmer finden.

Es ist beklagenswerth, daß ein so schönes Küstenland nur von einer Handvoll Moskitos (Moscos) bewohnt wird, trägen Menschen, die aus demselben niemals etwas zu machen wissen werden. Sie sind Wilde, und treiben Jagd und Fischfang. Nur Wenige von ihnen

*) Europäern wäre die Niederlassung in diesem tropischen Flachlande ganz entschieden zu widerrathen. A.

machen ein Fleckchen Landes am Flusse urbar, und bauen einige Bananen, Yucas, Zuckerrohr und Baumwolle; diese letztere wird von den Frauen versponnen und sie weben daraus Decken, Segel für ihre Nachen, und drehen Zwirn für ihre Bogensehnen oder Netze. Einige Federarbeiten wissen sie sehr hübsch zu arbeiten. Aus der Rinde des Unibaumes bereiten sie eine Art Zeug, verfertigen daraus Kleider und benutzen es, um sich Nachts damit zuzudecken. Sie feiern den Jahrestag, an welchem Freunde oder Verwandte gestorben sind mit Weheruf und so unharmonischem Klagegesang dermaßen, daß der Wanderer davor die Flucht nimmt. Diese Trauer wird hauptsächlich von Weibern unter einem aus Unirinde errichteten Zelte abgehalten. Manche bekunden ihre Trauer auch in der Weise, daß sie eine Strecke von etwa einhundert Schritten weit in folgender Weise sich hin- und zurückbewegen; sie gehen vier oder fünf Schritte vorwärts, lassen sich dann platt auf Bauch und Gesicht fallen, und zwar mit einer Heftigkeit, daß man glauben sollte, sie müßten dabei verenden, und doch treiben sie diese Barbarei unablässig, bis der Tag sich geneigt hat. Einige bemalen das Antlitz mit Achiote oder Tile (Indigo), und sehen dann ganz abscheulich aus. Alle lieben geistige Getränke leidenschaftlich, sind hocherfreut, wenn sie Branntwein erhalten, und geben gern dafür, was sie haben. Aber das ist nur die Wallung des Augenblicks. Uebrigens scheinen sie gutmüthig zu sein und sind Fremden, welche ihre Hütten besuchen, gern gefällig; überhaupt giebt es nur wenige böse Gesellen unter ihnen, die frech genug sind, den Reisenden zu belästigen. Sie fürchten ihre Häuptlinge, denen sie große Unterwürfigkeit bezeigen; jeder Fall von Ungehorsam wird streng bestraft, und Handelsleute können deshalb ihren Geschäften nachgehen, ohne beeinträchtigt zu werden. Der Mosco liebt den Tanz, bereitet für den festlichen Tag gegohrene Getränke aus dem Safte des Zuckerrohrs und der Yuca in Fülle, und dann versammelt sich eine Anzahl von Familien, alle in phantastischer Weise bemalt. Zwei verlarvte Personen eröffnen den Tanz, indem sie urplötzlich aus dem dichten Walde hervorspringen. Auch sie sind bemalt, haben eine Art von Kleidung aus Palmblättern gemacht, und stellen sich in ein Viereck, das eine Bedachung von Paeayablättern hat. Dort tanzen sie den langen lieben Tag über, und viele Andere thun dasselbe, während die Mehrzahl der Gäste außerhalb der viereckigen Hütte so lange trinkt, bis Alles wieder zum Munde herauskommt. Dann erholen sie sich ein wenig. Wenn die Sonne sich neigen will, eröffnen die Männer, ohne die Frauen, ihren besondern Tanz; beim Schall einer dumpfdröhnenden Trommel und einiger großen, heisere und grobe Töne von sich gebenden Pfeifen aus hohlem Rohr; in diese ganz entsetzliche Musik schrillen dann noch kleine Pfeifen hinein. Das Volk springt bis etwa um Zehn Uhr Abends. Die Frauen ihrerseits beginnen den Tanz ungefähr um Acht Uhr und hören erst um Fünf Uhr Morgens auf. Sie stellen sich in gerader Linie auf, fassen einander bei der Hand, lassen sich dann und wann los, schlagen auf eine rasselnde Kalebasse, stimmen dabei einen nicht lauten Gesang an, und tanzen nach dessen Takte.

Manche dieser Moscos treiben Pferdezucht, einige haben auch Kühe, unterhalten einigen Handel mit Balize, von wo sie einiges Zeug, eiserne Töpfe, Schießgewehre, Aexte und andere Waaren empfangen, welche dann nach den verschiedenen Ortschaften im Pantasma, dem vormaligen Look out und nach Talpaneca gebracht werden. Dort vertauschen sie diese Sachen gegen zweijährige Rinder, welche sie auf Balsas (Flößen) an die Küste zum Verkauf schaffen.

Der Häuptling oder „König," welcher damals über diese Wilden herrschte, war ein kleiner schmächtiger Mann mit einer Adlernase, dunkler Hautfarbe, stammte von Xicaque- und Mosco-Eltern ab, und hatte einige Erziehung. Er hielt sich gewöhnlich am Stromufer auf, war gastlich gegen Reisende, lud sie in seine Hütte ein, und bewirthete sie nach besten Kräften; insbesondere drang er in sie Rum zu trinken, so viel sie nur konnten; wer nicht so viel davon zu sich nahm, bis er nicht mehr im Stande war sich zu regen, ließ es an Respect vor Sr. Majestät fehlen.

Cap Gracias á Dios hat keinen Handel, aber eine günstige und malerische Lage. Vor ihm dehnt sich eine breite Lagune aus, die durch einen mit Mangrove bedeckten Streifen Landes vom Meere geschieden ist, aber eine Oeffnung nach Süden hat, durch welche Schiffe bis zum Dorfe gelangen. An dieser Küste wohnen Moscos oder Sambos und zwei Engländer, von welchen der eine etwa hundert Häupter Rindvieh, mehrere Stuten und einige Sattelpferde besitzt. Das Klima ist an jener Stelle gesund, wie das ganze Stromthal; ich sah während meiner Reise nur einen einzigen Kranken. Die Inseln vor der Küste habe ich nicht besucht. Meine Heimfahrt nahm zwanzig Tage in Anspruch. Mit einem geringen Kostenaufwande könnten alle die Schifffahrt hemmenden Uebelstände beseitigt werden. So weit Irias. —

Die centralamerikanische Küste an der caraibischen See von der Bluefieldslagune (siebenzig Meilen nördlich von San Juan) bis zum Cap Cameron, das nordwestlich vom Cap Gracias á Dios liegt, wird als Costa del Mosquito bezeichnet. Aber diese Benennung ist eine blos geographische, nicht etwa eine politische; denn dieser ganze Küstenstrich gehört zu dem übrigen Central-Amerika. Auch hat der Name nichts mit den Moskitoinsecten zu schaffen, sondern er kommt von der Horde Sambos, den schon früher erwähnten Mischlingen, welche von den Spaniern Moscos, von den Buccanieren Mustics, von den Engländern Mosquitos genannt wurden. Diese Barbaren haben indessen niemals das ganze Gestadeland inne gehabt, sondern wohnten vorzugsweise in der Umgegend der Sandybay, zwischen dem 14. und 15. Grad N. Br., südlich vom Wanks.

Es ist schon früher gesagt worden, daß diese Küste aus Alluvialboden besteht, ein feuchtes Klima hat, heißer und bei weitem nicht so gesund ist als das innere Land, aber doch gesunder als irgend eine der westindischen Inseln. Die Hauptströme sind der Wanks und Escondido; an den Küsten liegen viele salzige Lagunen, die für Schiffe von geringem Tiefgange recht gute Häfen bilden. Der größte Theil dieses Küstenlandes ist fruchtbar, und zum Anbau von Baumwolle, Zucker, Kaffee, Indigo, Reis und Tabak geeignet; die großen Wiesenflächen machen eine ausgedehnte Viehzucht möglich, und die Wälder sind reich an Mahagony, Cedern, Rosenholz und anderen werthvollen Bäumen, namentlich Fichten, die sich zu Masten eignen. Schildkröten hat die Küste in großer Menge.

In geographischer Beziehung ist die Moskitoküste auch heute noch sehr wenig bekannt. Wir wissen jedoch, daß an der Küste einige recht gute Häfen vorhanden sind, und zwar an Punkten, die sich zu Ansiedelungen (freilich nicht für Europäer) eignen. Schon im fünften Kapitel ist von diesen Häfen und Lagunen ausführlich die Rede gewesen. Die Bluefieldslagune heißt so nach dem holländischen Buccanier Blauveld, der dort längere Zeit seinen Schlupfwinkel hatte. Sie bildet einen dreißig bis vierzig englische Meilen langen Wasserspiegel ist beinahe völlig von Land eingeschlossen. Die Barre vor der Einfahrt hat nur 14 Fuß Tiefe, aber im Innern findet man 4 bis 6 Faden Wasser. Außer dem Escondido münden noch einige kleinere Flüsse in diesen Strandsee. Dreißig Meilen weiter nördlich liegt die Laguna de Perlas (Pearl Cay Lagoon) mit einem erträglichen Hafen für kleinere Fahrzeuge; größere können die Barre nicht passiren; in diesen Wasserspiegel mündet der Wawaschaan. Dreißig Meilen weiter nach Norden mündet der Rio Grande unmittelbar ins Meer; er hat eine gefährliche Barre; oberhalb derselben soll er aber eine Strecke von einhundert Meilen weit schiffbar sein. Weiter nach Norden hin münden dann der Prinzapulka, Tongla, Brackma, Wava, Duckwara und einige andere nicht unbeträchtliche Ströme. Der Wanks fällt, wie schon mehrmals bemerkt wurde, bei Cap Gracias á Dios ins Meer. Oberhalb desselben folgen dann die Lagunen Carataska und Brus, der Patuca und der Rio Tinto.

Wir haben früher (S. 142) über den Ursprung der Sambos geredet, und verweisen auf die betreffenden Stellen im zwölften Kapitel. Ihre Zahl übersteigt auf keinen Fall 3000 Köpfe; englische Berichte haben zwar 8000 angegeben, aber sie schlossen die Wulwas, Tonglas, Kukras und andere Indianerstämme in diese Zahl ein, obwohl diese nicht nur nicht die „Autorität der Moscos“ anerkennen, sondern mit diesen Sambos in Feindschaft leben. Die eigentlichen Moskitos wohnen hauptsächlich um Bluefields, Pearl Cay, am Prinzapulka, Rio Grande, bei der Sandybay und Cap Gracias, und auch auf sie paßt die oben mitgetheilte Schilderung des Herrn Irias. In Folge von Ausschweifungen hat sich unter ihnen ein böser Aussatz verbreitet, von ähnlicher Art wie jener auf den Sandwichs-Inseln. Schon deshalb halten sich die Indianer im Innern von ihnen fern, und haben jede fleischliche Vermischung mit ihnen so streng untersagt, daß Jeder,

der sich eine solche mit den verachteten Mischlingen zu Schulden kommen läßt, mit dem Tode bestraft wird.

Roberts, ein englischer Kaufmann, der sich lange an der Küste unter ihnen aufhielt, schrieb 1827: „Ich habe nie gesehen oder gehört, daß ein ehelicher Bund unter ihnen abgeschlossen worden wäre; die Leute vereinigen sich und gehen mit beiderseitigem Einverständniß wieder auseinander. Die Kinder werden von den Schiffscapitainen, die alljährlich von Jamaica herüberkommen, getauft, und manche dieser Kinder verdanken diesen taufenden Seeleuten ihr Dasein. Ich könnte wohl ein Dutzend solcher Kinder namhaft machen, zu welchen sich zwei solcher Capitaine als Väter bekennen; denn diese Weißen haben sich die Ansichten von Polygamie angeeignet, welche bei den Sambos im Schwange gehen. Durch ihr unmoralisches und ausschweifendes Leben sind sie mit den Eingeborenen so vertraut geworden, daß diese ihnen eine Art von Monopol für den Waarenverkauf zugestanden haben, und mit den Häuptlingen stehen sie auf so gutem Fuße, daß allemal, wenn sie von Jamaica herüberkommen, getanzt getauft, getrunken und noch etwas Schlimmeres gethan wird." Mac Gregor bemerkt in einem an das britische Parlament 1849 eingesandten Berichte: „An der Moskitoküste gilt es nicht für anstößig, mehrere Weiber zu halten, und es ist keineswegs anstößig, daß ein britischer Unterthan an verschiedenen Punkten der Küste eine solche Maitresse oder mehrere hat. Dadurch gewinnen die Engländer großen Einfluß."

Seit einigen Jahren ist viel vom Könige der Moskitos geschrieben worden. Manche haben daraus gefolgert, daß die Moskitoindianer einem solchen Potentaten unterworfen seien. Das ist aber nicht im Mindesten der Fall. Diese Sambos haben gar keine Regierungsform; sie übertragen einzelnen Häuptlingen, die übrigens nicht selten unter einander in Streit liegen, eine Art von Gewalt. Diese Kaziken legen sich dann europäische Titel bei, zum Beispiel Gouverneur, General, Admiral und dergleichen, sie wissen aber gar nicht, was dergleichen Ausdrücke bedeuten. Roberts kannte einen sogenannten Gouverneur Clemente, der „Haupt-Mann" an dem Küstenstriche an der Pearl-Cay-Lagune bis zur Sandybay war; ein anderer,

„General" Robinson, war Häuptling am Cap Gracias. Der englische Superintendent der Niederlassung Balize fand es eines Tages angemessen, einen „König der Moskitoküste" zu fabriciren, ließ eine Anzahl dieser Sambo-Häuptlinge zusammenkommen und tractirte sie reichlich mit Rum. Dann legte er ihnen eine Schrift vor, unter welche jeder Sambo-Kazike sein Zeichen setzte. Dieses Papier wurde für eine Unterthänigkeitserklärung ausgegeben, durch welche das Volk sich einem Oberhaupt unterworfen habe, nämlich einem Sambo, welchen die englischen Agenten zu diesem Zwecke in Bereitschaft hielten. Die Kaziken begriffen jedoch nicht, worauf es ankam, und kümmerten sich auch weiter gar nicht um den angeblichen Monarchen. Der „König" paßte aber den Engländern in ihre Pläne; ihre Agenten blieben im Lande und wohnten zu Bluefields. Als Roberts sich dort befand, stand der Platz „unter dem Einflusse zweier junger Männer, welche sich für Verwandte des frühern britischen Residenten ausgaben," das heißt, dessen Söhne waren. Er fügt hinzu, Bluefields könne für eine britische Niederlassung gelten, obgleich es von der Regierung nicht als solche anerkannt worden sei. Was aus den beiden jungen Männern geworden ist, darüber verlautet nichts; aber gegenwärtig ist Bluefields „Residenz des Moskitokönigs," Hauptstadt des „Reichs." Sie liegt am See und Flusse gleiches Namens; am Wasser steht unter Palmen der Palast, das heißt die Hütte des Königs und das Haus seines englischen Aufsehers, auf welchem die britische Flagge weht, während die „Flagge von Moskitia" auf dem Gerichtsgebäude flattert Mac Gregor bemerkt, daß „Flagge und Wappen für die Moskito-Nation von England aus geschickt" wurden. Der Ort hatte 1847 im October 111 Weiße und 488 farbige Einwohner; er bestand aus zwei Dörfern; das erstere war das eigentliche Bluefields mit 78 Wohnungen, das kleinere, Karlsruhe, eine verunglückte preußische Ansiedelung, hatte in 16 Häusern 92 Bewohner. Der diplomatische Agent und Generalconsul Englands, Walker, wohnte in dem besten Hause, und das war aus Bretern verfertigt. Eine Kirche oder ein Geistlicher war nicht vorhanden; an Sonntagen las ein Herr Green, englischer Arzt im Gerichtsgebäude, einige Stellen aus der Bibel vor.

Die Ortschaften der Moskitos sind auf den eigentlichen Küstenrand beschränkt. Im innern Lande wohnen Indianerstämme, die im Allgemeinen, wenn auch nicht gerade alle, die Oberhoheit in Nicaragua anerkennen, und zum Theil Spanisch reden. Zwischen Bluefields und San Juan de Nicaragua finden wir die Ramas, die als ein friedlicher Stamm geschildert werden, der mit anderen nur wenig in Berührung kommt. Am Süduser des Escondido oder Bluefields wohnen die Wulwas, im Norden desselben die Kukras, von denen man nicht viel mehr weiß, als daß sie mit den Moskitos in Fehde leben, seitdem diese letzteren im vorigen Jahrhundert mit Weißen aus Jamaica gemeinschaftliche Sache gemacht und jene Stämme überfallen hatten, um die Gefangenen als Sclaven nach Westindien zu führen. Zwischen dem Gebiete der Ramas, Wulwas und der Bucht von San Juan finden wir einen kleinen Stamm, die Melchoras, welche Byam für Caraiben hält. Sie seien, meint er, von englischen Seeräubern aus ihren alten Wohnsitzen auf den Inseln an der Küste vertrieben worden, und hätten sich auf das Festland hinübergeflüchtet. Sie fürchten sich sehr vor den Engländern, und treten nie mit Weißen in Verkehr, ohne sich vergewissert zu haben, daß unter denselben keine Briten sind. Am Rio Grande und Prinzapulka, und nördlich von den Wulwas und Kukras wohnen die Toakas und Payas; noch weiter nach Norden an der Caratasca- und Bruslagune und am Patuca wohnen Caraiben von den Leewardinseln. Wir haben sie weiter oben (S. 146 ff.) ausführlich geschildert. Andere Stämme, wie die Xicaques, Pantasmas, Tahuas, Gaulas, Izzles, Motucas und andere sind in dem innern Lande bis ans Gebirge verstreut, und kümmern sich nicht im Mindesten um den sogenannten König oder das Reich der Moskitos.

Siebzehntes Kapitel.

Die Inseln in der Bay von Honduras und die englische Politik in Central-Amerika. *)

Schon in früheren Abschnitten ist mehr als einmal darauf hingewiesen worden, von welcher Bedeutung die Inseln in der Bay von Honduras für den Staat sind, zu welchem sie geographisch und von rechtswegen auch politisch gehören. Diese Eilande hat Großbritannien in Besitz genommen. Am 17. Juli 1852 erklärte der Gouverneur von Balize, „es habe Ihrer Allergnädigsten Majestät der Königin gefallen, die Inseln Roatan, Bonacca, Utilla, Barbaretta, Helena und Morat für eine Colonie zu erklären, welche die Benennung: „Colonie der Bay-Inseln" führen solle.

Die Bestrebungen Englands in Mittel-Amerika festen Fuß zu gewinnen sind nicht neu; schon vor zweihundert Jahren begannen die Versuche sowohl auf dem Festlande wie auf den Inseln vor der Küste, um die Spanier zu verdrängen, und schon damals waren die Hebel, welche man ansetzte, ziemlich dieselben wie heute.

Etwa acht deutsche Meilen nördlich von Truxillo in Honduras liegt die im siebenten Kapitel ausführlich geschilderte Insel Roatan. Sie hat fruchtbaren Boden, gesundes Klima, klares Trinkwasser und zwei vortreffliche, für Schiffe jeder Größe sichern Ankergrund darbietende, Häfen; sie vereinigt also eine Summe von Vorzügen, die in Westindien selten in solchem Maße beisammen angetroffen werden. Sie ist der Schlüssel zum Golf von Honduras und hat eine treffliche Handelslage. Weit und breit fehlt es auf jener gefährlichen Küste an guten, zu allen Jahreszeiten sicheren Hafenplätzen für große Schiffe, nur nicht auf Roatan und Bonacca. Diese beiden „Garteneilande" liefern Früchte und Schiffsvorräthe; sie eigneten sich auch zu Niederlagen, von welchen aus der Schleichhandel nach dem Festlande in

*) Ich lege dem obigen Abschnitt einen von mir verfaßten Aufsatz: „Der englisch-amerikanische Streit wegen Central-Amerika's" in Nr. 5 und 6 des Preußischen Wochenblattes von 1856 zu Grunde, den ich hier in einigen Punkten aus Squiers Buche vervollständige. A.

bequemster Weise betrieben werden konnte. Alle diese Vorzüge entgingen den Engländern nicht, und sie faßten deshalb den Plan, Roatan in ein „Gibraltar der caraibischen See" umzugestalten.

Sie wurden, wie gesagt, im Jahre 1852 für eine britische Colonie erklärt. Aber durch diese Thatsache verletzte England nicht nur den sogenannten Clayton-Bulwer Vertrag, welchen es am 19. April (4. Juli) 1850 mit den Vereinigten Staaten von Nord-Amerika abgeschlossen hatte, sondern auch den spätern Crampton-Webster-Vertrag vom 30. April 1852. Der erstere bestimmt, daß weder England noch Nord-Amerika eine ausschließliche Controle über den damals projectirten Nicaraguacanal ausüben sollten. Beide Mächte verpflichteten sich „weder zu besetzen noch zu colonisiren oder eine Suprematie auszuüben in Nicaragua, Costa Rica, auf der Moskitoküste oder irgend einem andern Punkte in Central-Amerika" (the governments of the United States and Great Britain, neither the one nor the other, shall ever occupy, or fortify, or colonize, or assume, or exercise any dominion over Costa Rica, Nicaragua, the Mosquito Shore, or any part of Central-America). Der Ausschuß für die auswärtigen Angelegenheiten, welchen der Senat in Washington niedergesetzt hatte, erklärte in seinem Berichte über die centralamerikanischen Angelegenheiten, „daß die Inseln Roatan, Bonacca, Utilla und andere in der Bay von Honduras oder deren Nähe einen Theil des Gebietes der Republik Honduras bilden, demnach ein Bestandtheil Central-Amerika's sind, und daß folglich eine Besitznahme dieser Inseln von Seiten Großbritanniens eine Verletzung des Vertrags vom 5. Juli 1850 in sich schließen würde."

Allerdings gehören die Bayinseln unbestreitbar zu Honduras. Der Crampton-Webster-Vertrag bestätigt und bekräftigt den ganzen Inhalt des Clayton-Bulwer-Vertrages; er geht aber noch weiter, indem England darin ausdrücklich seine Schutzherrlichkeit über den sogenannten König der Moskitos aufgiebt und die Stadt San Juan de Nicaragua, welche die Engländer Greytown nannten, nicht länger für denselben in Anspruch nimmt, sondern sie dem Staate Nicaragua überweis't. Nichtsdestoweniger hält es die Schutzherrlichkeit über den Moskitokönig und dessen angebliches Gebiet noch heute fest.

Deshalb konnte der nordamerikanische Präsident Pierce in seiner Botschaft vom Januar 1856 mit Recht behaupten, England habe schlecht begründete Ansprüche, welche es zudem selber mehrfach aufgegeben, neuerdings wieder geltend gemacht. Während wir diese Zeilen schreiben, im März 1856, dauern die diplomatischen Streitigkeiten zwischen den Cabineten von London und Washington noch fort. England möchte keine seiner durchaus widerrechtlich erworbenen Besitzungen aufgeben, und sucht sich bündig übernommenen Verpflichtungen durch offenbar sophistische Auslegungen zu entziehen, indem es behauptet, beide oben erwähnte Verträge bezögen sich nicht auf Vergangenheit und Gegenwart, sondern nur auf die Zukunft!

Es ist hier nicht am Orte, auf die Erörterung der streitigen Punkte näher einzugehen, wir wollen die Thatsachen ins Auge fassen.

England hat eine Kette fester Positionen rings um den Erdball. Es trachtet seit zwei Jahrhunderten dahin, sich namentlich solcher Inseln und Landspitzen zu bemächtigen, welche es mit leichter Mühe durch seine Flotten behaupten, und von denen aus es Strommündungen und Meerestheile beherrschen konnte: Helgoland, Malta, Gibraltar, Aden, die ionischen Inseln und andere. Dazu sollte Roatan kommen. Man weiß in London sehr wohl, daß der Schwerpunkt der englischen Colonialinteressen längst nicht mehr in Amerika liegt, aber man will Meer und Küste von Labrador bis Panamá nach wie vor unter Controle halten. Von Halifax in Neu-Schottland aus, dem besten Hafen Amerika's, kann eine Flotte die atlantischen Gestade in einer gewissen Abhängigkeit erhalten; Segelschiffe fahren von dort in zwei Tagen nach Boston, in vier Tagen nach Neuyork, in fünf Tagen bis in die Mündung des Delaware. Vor der Küste Nord-Carolina's liegen die Bermudas, eine einsame Seewarte; sie haben gegenüber den südlichen Staaten der nordamerikanischen Union eine ähnliche maritime Stellung wie Halifax zu den nördlichen. Denn nach einer Fahrt von etwa fünf Tagen erreicht ein von Bermuda absegelndes Schiff Cap May an der Mündung des Delaware, oder Cap Henry am Ausflusse der Chesapeakebay, Cap Fear in Nord-Carolina, Charleston oder Savannah, die beiden wichtigsten Handelshäfen an dieser Südküste. Das Geschwader von Dampfern, welches in Halifax seine Station hat, kann die gesammte Küste von der Fundybay bis Cap May, also ganz Neu-England und Neuyork blockiren, das Bermudageschwader dagegen Philadelphia, Baltimore, Washington, Richmond und die Südküste bis San Augustin in Florida. In Westindien besitzt England einen großen Kriegshafen auf Jamaica; an der centralamerikanischen Küste Balize. Die Bayinseln sollten die Kette dieser Positionen vervollständigen.

Die Geschichte der englischen Usurpationen in Mittel-Amerika ist lehrreich. Columbus entdeckte Bonacca (Guanaja) im Jahre 1502; er nahm dasselbe, gleich Roatan und der gegenüberliegenden Küste bis über Cap Gracias á Dios hinaus, für Spanien in Besitz. Nach europäischem Völkerrechte welches auch Amerika angenommen hat, gehört neuentdecktes Land dem Entdecker, und Niemand hat bestritten, daß in jenen centralamerikanischen Gegenden Festland und Inseln spanisches Besitzthum seien. Auch wurde Spanien dort nicht eher beunruhigt, als bis die Buccaniere in Westindien ihre Seeräubereien begannen. Diese Freibeuter wurden von den englischen Gouverneuren Jamaica's unterstützt; diese hohen Beamten machten gemeinschaftliche Sache mit den Flibustiern, und erhielten Antheil von der Beute welche den Spaniern abgenommen wurde. Aber die Piraten begnügten sich nicht mit Seeraub allein; sie überfielen alle ihre zugängigen Städte, unternahmen Züge ins innere Land, und hatten auf dem Continent wie auf den Inseln eine Anzahl von Plätzen im Besitz, wo sie Zuflucht und Sicherheit fanden, und neue Unternehmungen vorbereiteten. Zu diesen Punkten gehörten auch Bluefields, Cap Gracias á Dios und Balize.

Eine so vortheilhaft gelegene Insel wie Roatan konnte der Aufmerksamkeit der englischen Freibeuter unmöglich entgehen. Sie erschienen dort und auf Bonacca zuerst im Jahre 1642. Der Geschichtschreiber von Guatemala, Juarros bemerkt: „Diese Positionen waren für sie von außerordentlichem Nutzen, und daß sie sich dort festsetzten, brachte den Spaniern außerordentlichen Nachtheil; denn nun waren diese Engländer dem Festlande sehr nahe; sie konnten dorthin Ueberfälle machen, wann es ihnen beliebte, und mit Leichtigkeit allen Handel zwischen dem Königreich Guatemala und Spanien abschneiden. Und in der That wurden diese englischen Buccaniere bald so lästig, daß der Vicekönig von Guatemala, der Statthalter von Havana und der Präsident der Audiencia auf San Domingo, vier Schiffe unter Francisco Villalba y Toledo gegen sie ausrüsteten, um Roatan wieder zu erobern. Er fand die Häfen befestigt, vertrieb jedoch die Buccaniere im Jahre 1650. Aber die Inseln waren nun Einöden, die Bewohner zur Sclaverei gezwungen worden. Jetzt verließen sie die Eilande, welche bis 1742 unbewohnt blieben, und siedelten sich auf dem Festland an. Damals trachtete England darnach, sich zum Herrn der ganzen atlantischen Küste von Central-Amerika zu machen; es nahm die Hafenstadt Truxillo in Honduras weg, baute an mehreren Stellen Festungswerke, und besetzte auch Roatan. Diese Uebergriffe trugen wesentlich dazu bei, daß ein Krieg zwischen Spanien und England ausbrach, der 1763 zu Ende ging. Der siebzehnte Artikel des damals abgeschlossenen Friedensvertrages lautet: „Seine britische Majestät soll alle Festungswerke schleifen lassen, welche Ihre Unterthanen in der Bay von Honduras, und auf anderen Punkten des spanischen Gebiets in jener Weltgegend errichtet haben, und zwar binnen vier Monaten.“ England räumte die Forts am Black River und überhaupt auf dem Festlande 1764, hielt aber, dem Vertrage zuwider, Roatan besetzt, unterhielt Verbindungen mit den Indianern, und trieb einen für Spanien so nachtheiligen Schleichhandel, daß diese Macht 1780 abermals den Krieg erklärte. Noch in demselben Jahre wurden die Engländer von Roatan vertrieben. In dem 1783 abgeschlossenen Frieden wurde bestimmt: daß die Engländer nicht nur das Festland räumen sollten — mit Ausnahme einer bestimmten genau abgegrenzten Strecke (bei Balize) wo sie Mahagonyholz schlagen durften „und weiter nichts“— sondern alle Inseln ohne Ausnahme. Auch jetzt suchte England die Bestimmungen des Vertrages zu umgehen, mußte sich aber auf Andringen Spaniens 1786 zu einem Vertrage herbeilassen, demgemäß es sich ausdrücklich verpflichtete „die Moskitogegend zu räumen,“ wie überhaupt das ganze Festland und sämmtliche Inseln. Das war deutlich genug.

Aber England behielt die Bay-Inseln unablässig im Auge, nahm sie 1796 abermals im Besitz, und schaffte Caraiben von San Vicente und Neger von den Leewardinseln dorthin. Sogleich befahlen die

Behörden von Guatemala dem Intendanten von Honduras, Don Jose Rossi y Rubia, Roatan zu besetzen; das geschah am 17. Mai 1797. Seitdem blieben die Spanier im Besitz. Der Vertrag vom 28. August 1814 bestätigt den Inhalt des Tractats von 1786 und „schließt England aus vom Lande der Moskitos, dem ganzen Continent, und allen vor demselben liegenden Inseln ohne irgend eine Ausnahme.“ Somit machte denn Niemand der spanischen Krone den Besitz streitig, und sie blieb in demselben bis 1821, als Central-Amerika sich für unabhängig erklärte.

England hatte bis dahin nie einen Rechtsanspruch auf die Bayinseln erhoben, wohl aber viermal den Versuch gemacht, sich mit Waffengewalt derselben zu bemächtigen. Spanien legte eine Compagnie Soldaten nach Roatan, das dann ohne Weiteres auf die Republik Honduras überging. Zu diesem gehörte es auch während der centralamerikanischen Bundesrepublik. Diese gerieth im Mai 1830 in ein Zerwürfniß mit dem britischen Superintendenten in Balize, weil sie sich geweigert hatte, flüchtige Sclaven auszuliefern, wozu sie keineswegs verpflichtet war. Diesen Vorwand benutzte er um Roaton im Namen der britischen Krone wegzunehmen. Aber die Bundesregierung erhob dagegen so dringende Reclamationen, daß die englische Regierung den Schritt desavouirte, und Roatan räumte. Es geschah das zum fünften Male.

Im Jahre 1838 kam eine Anzahl freigelassener Sclaven von den Caymaninseln herüber, und ließ sich auf Roatan nieder. Der Commandant Loustrelet bedeutete ihnen, daß Fremde, welche sich ansiedeln wollten, den gesetzlichen Verfügungen zufolge, Erlaubniß von der honduresischen Regierung auszuwirken haben. Ein Theil der Einwandrer versteht sich dazu, während ein anderer sich dessen weigert und an den britischen Superintendenten in Balize, Alexander Macdonald, sich wendet. Dieser kommt mit einer Kriegsslup, „Rover,“ landet auf Roatan, reißt die blauweiße Flagge der Republik herab, und hißt die englische Reichsflagge auf; dann entfernt er sich. Die Honduresen nehmen die britische Flagge wieder fort und ersetzen sie durch die ihrige. Nun erscheint Oberst Macdonald abermals, nimmt den Commandanten und dessen Soldaten gefangen, schafft sie auf das Festland hinüber, und droht ihnen mit dem Tode, falls sie sich jemals wieder auf Roatan würden betreten lassen. Die Engländer belustigten sich damit, die zu Boden gerissene centralamerikanische Flagge mit Füßen zu treten, und auf ihr herumzutanzen. Das sagt Young ausdrücklich.*)

So besetzten denn mitten im Frieden die Engländer eine Insel, die von Seiten der Engländer ausdrücklich als Zubehör von Honduras anerkannt worden war. Aber dieser Staat war schwach, und er konnte, da inzwischen die centralamerikanische Bundesrepublik auseinandergefallen war, einem so mächtigen Gegner keinen Widerstand leisten. Er mußte sich auf eine Protestation beschränken. Macdonald machte sich indessen sämmtlichen mittelamerikanischen Staaten durch sein hochfahrendes Wesen und seine Gewaltthaten dermaßen verhaßt, daß die englische Regierung nicht umhin konnte, ihn durch einen Mann mit geeigneteren und milderen Formen zu ersetzen. Dieser Beamter war Oberst Fancourt. Als Honduras sich bei ihm über die Beeinträchtigungen beschwerte, welche es von seinem Vorgänger erlitten habe, lehnte er alle Verantwortlichkeit für die Handlungen Macdonalds ab, und verwies die Regierung von Honduras an das britische Cabinet. Dieses letztere ließ durch seinen Ministerresidenten Chatfield erklären, daß Macdonald die honduresische Flagge allerdings auf Befehl herabgenommen habe. Diese Behauptung war unwahr, denn er hatte auf seine eigene Verantwortung hin gehandelt; das englische Cabinet wollte ihn jedoch jetzt noch nicht fallen lassen, und blockirte obendrein die Hafen der Republik. Sein Ministerresident Chatfield und Fancourt ließen fortwährend Neger von den Caymaninseln nach Roatan hinüberschaffen, so daß bald mehr als tausend derselben angesiedelt waren, die nach und nach eine Art von Regierung einsetzten. Der Superintendent von Balize erklärte, daß er sich in ihre örtlichen Angelegenheiten nur dann mischen werde, wenn sie selber darum nachsuchen würden. Sie wählten einen Nordamerikaner, Namens Fitz Gibbon, zu ihrer obersten Magistratsperson, und wandten sich erst 1849 an den Obersten Fancourt, mit der Bitte, ihnen zu einer geregelten Regierung zu verhelfen.

*) The Central-American flag was lowered, and two or three of the middies amused themselves by dancing on it. Young Narrative, p. 147.

Das geschah auf Antrieb englischer Agenten. Fancourt rieth den Negern, zwölf Vertreter zu wählen, welche die gesetzgebende Versammlung bilden sollten; er selbst behielt sich ein Einspruchsrecht, ein Veto vor, und ernannte fünf Beamte, mit denen aber „das Volk“ bald unzufrieden war; es ersetzte sie durch andere. Darin sah der Oberst eine Beeinträchtigung der Prärogative der englischen Krone und drohte den Insulanern mit Entziehung seines Schutzes, falls sie widerspenstig blieben. Seitdem war Zwietracht unter den Bewohnern; der eine Theil wollte die englische Protection, der andere glaubte ihrer entbehren zu können. Die ersteren entwarfen eine Bittschrift und verpflichteten sich, die erforderlichen Gelder zur Besoldung eines englischen Beamten zusammen zu bringen. Aber damals erkannte das Volk die britische Regierung noch nicht ausdrücklich an, und diese letztere betrachtete Roatan noch nicht geradezu als britisches Eigenthum. Wenigstens schreibt Capitain Mitchell von der britischen Kriegsflotte im Jahre 1850: „Das Volk gesteht ein, daß es nicht weiß, unter was für einer Regierung es stehe, und ob der Superintendent zu Balize befugt sei, hier öffentliche Gewalt auszuüben. Einige Misvergnügte, wie es dergleichen überall giebt, haben das Gemüth der Anderen vergiftet, und stacheln sie auf, Beamte auf eigene Hand zu wählen, und nicht die Personen, welche Se. Excellenz empfohlen hat. Zeitweilig ist die Insel ohne alle Regierung gewesen, weil die Leute über ihre eigene Lage nicht klar waren, und weil die Misvergnügten Einfluß hatten. Jeder fürchtete für seine Person und sein Eigenthum. So standen die Dinge als ich ankam. Jetzt haben sie, unter Ausübung des allgemeinen Stimmrechts, Beamte gewählt, und warten die Entscheidung des Gouverneurs von Jamaica ab, an welchen sie eine Bittschrift geschickt haben.“

Es waren, wie bemerkt, zwei Parteien auf der Insel. Diese Bittschrift ging von der englischen Partei aus, und wurde sogar von den Schulkindern in der Mission der Wesleyanischen Methodisten unterschrieben. Der englische Colonialminister schickte den Flottencapitain Jolly nach Roatan, und ließ anfragen, ob die Bewohner, falls die Regierung einen Beamten ernenne, eine Landtaxe von einem Schilling für den Acre bezahlen wollten. Die Kanonen eines Kriegsschiffes gaben dieser Anfrage den gehörigen Nachdruck, und die Neger sagten Ja.

Inzwischen war der neue Superintendent von Balize, Oberst Wodehouse, mit einer Kriegsbrigg nach Roatan gekommen, erklärte am 10. August 1852, also zwei Jahre nach Abschluß des Clayton-Bulwer Vertrages, in einer „Volksversammlung“ Roatan sammt den übrigen Eilanden für britisches Land, nahm förmlich Besitz, und die „Colonie der Bay-Inseln“ war nun ein Zubehör der Superintendentschaft Balize.

Das ist, in kurzen Umrissen, die Geschichte der britischen Eigenmächtigkeiten und Uebergriffe in Honduras. Sie sind so offenbar, daß selbst die Londoner Blätter im Januar 1856 eingestanden: es könne gar keine Rede davon sein, ein solches Verfahren zu rechtfertigen (Times vom 21. Januar); das Ganze habe sich eben „im Drange der Umstände so gemacht.“ Das ist freilich eine leere Ausflucht. England verfuhr in Central-Amerika gerade wie in Ostindien; es griff zu, wo es etwas zu nehmen fand. An der Küste von Guatemala, in Balize, hatte Spanien ihm das Recht zugestanden, auf einem bestimmt abgegrenzten Raume Mahagonyholz zu schlagen, „und nicht mehr.“ Nichts desto weniger hat England Balize zu einer britischen Colonie gemacht, und keinen Anstand genommen, auch die zu Mexico gehörende Halbinsel Yacutan zu beeinträchtigen, indem es vor einigen Jahren Ansprüche auf das Land am linken Ufer der Mündung des Rio Hondo erhob.

Balize oder, wie die Engländer schreiben, Belize war, gleich den Bayinseln, im siebenzehnten Jahrhundert ein Schlupfwinkel für die Buccaniere, welche sich an dieser mit Untiefen und Korallenriffen besäeten Küste sicher wußten. Spanien gestattete 1783, daß die Engländer auf einer Strecke von achtzehn Leguas, zwischen dem Rio Hondo (welcher Yucatan von Guatemala scheidet) und dem Flusse Balize Holz fällen dürften. Die Souverainetät Spaniens blieb ausdrücklich vorbehalten und gewahrt; eine weitere Bestimmung verfügte, daß die Engländer keinerlei Befestigung anlegen sollten. Ungeachtet dessen gründete dort England eine förmliche Colonie, trieb von ihr aus ganz rücksichtslos Schleichhandel bis auf den heutigen Tag, und errichtete, allerdings in ganz eigenthümlicher Weise, Festungswerke. Alle Schiffe nämlich, die nach Balize kamen, um Mahagony zu laden, mußten ihren Ballast an einer bestimmten Stelle auswerfen; der so gewonnene Platz wurde für „englischen Boden" erklärt, welcher nicht unter spanischer Souverainetät stehe und deshalb als Grund für Festungswerke dienen könne, ohne daß den Spaniern ein Einspruchsrecht zustehe. Mit dieser sinnreichen Auslegung der sonneklaren Bestimmungen des Vertrages ging die offene Gewalt Hand in Hand. Die Engländer eigneten sich nach und nach das ganze Küstenland zu, vom Rio Hondo und der Honoverbay im Norden bis zum Flusse Sarstun und der Amatiquebucht, welche einen Theil des Golfes von Honduras bildet, im Süden; dazu nahmen sie dann noch die Insel Turnesse (Terranof), die Hickseilande, Ambergris und Reef Point eigenmächtig an sich, und verzeichneten das Ganze willkürlich, auch nach dem allerdings spärlich bewohnten Innern hin, auf ihren Landcharten als britische Colonie. Aber auch nicht einen Schatten von Rechtsanspruch haben sie auf dieses Land; sie machen, so viel wir wissen, dazu auch keinen Versuch, sondern berufen sich einfach auf die vollendeten Thatsachen.

An und für sich erscheint dieses „Britische Honduras" von geringem Werthe. Die Küste ist ungesund, das Innere eine Einöde, und die Wälder, in welchen der Mahagonybaum steht, sind hier zum größten Theil gelichtet. Aber auf der yucatekischen Seite des Rio Hondo ist dieses werthvolle Holz noch in Menge vorhanden; deshalb gingen die Engländer auf das linke Ufer hinüber, und schalteten, als ob sie auch dort auf eigenem Gebiete wären. Die britische Regierung hieß auch diese Uebergriffe gut, und kehrte sich wenig an die Proteste der Regierung von Yucatan. Balize ist als Platz von Wichtigkeit für den Schleichhandel und als Stützpunkt, von welchem aus sich politische Hebel ansetzen lassen.

Ueberblickt man die Charte, so sieht man, was diese englischen Uebergriffe vom Rio Hondo bis zur Mündung des San Juan de Nicaragua bezwecken: Man will das Gestade des caraibischen Meeres beherrschen und somit das Innere, — vier centralamerikanische Staaten, — und zugleich die Verbindungswege zwischen den beiden großen Oceanen controliren. Die ganze atlantische Küste Central-Amerika's, von der Grenze Yucatans bis nach Costa Rica hin, wurde von den Engländern theils direct, theils indirect in Anspruch genommen. Kaum ein Siebentel derselben sollte den Staaten Guatemala und Honduras bleiben, dem Staate Nicaragua aber gar nichts! Auf jene kleine Strecke ließ sich platterdings kein Anspruch erheben; England half sich aber, indem es die Bayinseln in der oben geschilderten Weise sich aneignete.

Wir kommen hier abermals auf die vielbesprochene Moskitoküste zurück. Im engern Sinne reicht sie nur vom Rio Escondido oder Bluefields im Süden bis zum Rio Wanks oder, was dasselbe ist, bis zum Cap Gracias á Dios, 15 Grad N. Br. im Norden. Die Engländer dehnten aber, im Namen ihres „Mondscheinpotentaten" des Moskitokönigs, ihre Ansprüche nach Norden hin bis zum Rio Roman aus, wollten also Honduras um eine beträchtliche Küstenstrecke verkürzen; nach Süden hin nahmen sie alles Land bis zum San Juan in Anspruch. Den Platz an der Mündung dieses Stromes, der stets San Juan de Nicaragua geheißen, nannten sie Greytown. Sie leiteten ihre Ansprüche auf das Protectorat über die nicaraguanische und honduresische Küste aus den Zeiten Cromwells und der Buccaniere her, und derselbe Oberst Macdonald, welcher sich auf Roatan so gewaltthätig gezeigt, landete am 12. August 1841 an der Mündung des San Juan, überfiel die kleine Besatzung, nahm sie und ihren Befehlshaber gefangen, Alles im Namen des Moskitokönigs, den man auf Jamaica erfunden. Der Sambomonarch hatte die Moskitoküste in der oben angegebenen Ausdehnung und mit unbegrenzter Ausdehnung nach dem Innern hin für einige Fässer Rum und eine Geldsumme, die etwa achttausend Thaler preußisch Courant beträgt, verkauft.

Diese Räuberpolitik der Engländer wäre von Erfolg gewesen, wenn nicht die Nordamerikaner sich ins Mittel gelegt hätten. England hatte Guatemala zerstückelt, indem es Balize vergrößerte; es hatte Nicaragua beeinträchtigt, indem es willkürlich San Juan der Moskitoküste einverleibte; es drückte schwer auf Honduras, indem es diesem Staate nicht nur die Bayinseln raubte, sondern auch die Hafenstadt Truxillo besetzte, um sich für eine Summe von 111,061 Piastern zu entschädigen, welche englische Unterthanen angeblich oder wirklich von Bürgern der Republik Honduras zu fordern hatten.

Inzwischen hatte England sich auch in die inneren Angelegenheiten der centralamerikanischen Staaten gemischt. Die liberale Partei führte nachdrückliche Beschwerde gegen viele handgreifliche Beeinträchtigungen; sie protestirte gegen die Rechtsverletzungen und einen Uebermuth, der keine Schranken achtete. Die „Servilen" dagegen speculirten auf Englands Unterstützung, und die protestantische Großmacht zögerte keinen Augenblick, der klerikalen Partei, welche in Central-Amerika von Fremdenhaß beseelt ist und recht eigentlich Rohheit und Barbarei vertritt, ihre wirksame Beihilfe angedeihen zu lassen. England verfuhr insbesondere gehässig gegen den Präsidenten der Bundesrepublik, General Morazan, eine hervorragende und leitende Persönlichkeit der liberalen Partei. Während der Bürgerkriege überfiel ein Trupp Soldaten von der Priesterpartei das Haus des abwesenden Morazan; seine Frau suchte mit ihren Kindern Zuflucht in der Wohnung des englischen Generalconsuls; dieser aber verweigerte ihr das Asyl, und ließ sie buchstäblich auf die Gasse werfen. Ueberhaupt kann der unbefangene Beobachter nicht umhin, das ganze Verfahren der englischen Politik in Central-Amerika als kleinlich, rachsüchtig und gewaltthätig zu bezeichnen. England vergaß nicht, daß die centralamerikanische Bundesregierung den Raub von Roatan als ein „Seeräuberverfahren," als eine Handlung der Piraterie bezeichnet hatte.

Zur Zeit der inneren Kämpfe, welche Central-Amerika zerrütten, hat England dem Dictator Carrera, von Balize aus, Waffen zugeführt, während es jenen Staaten, in welchen die liberale Partei die Oberhand hatte, alle möglichen Hindernisse in den Weg legte und sie beraubte. Diese zugleich armselige und unkluge Politik hat bittere Früchte getragen. Auf den Dank der Priesterpartei kann das protestantische England niemals rechnen, denn sie haßt die fremden Ketzer, obwohl sie deren Unterstützung sich gefallen läßt, um wo möglich die eben so verhaßten Liberalen zu vernichten. Aber die Priesterpartei wankt, und hat zeitweilig nur noch in Guatemala einen Halt. Von Seiten der Liberalen, welche von England so rücksichtslos mishandelt worden sind, hat es begreiflicherweise nur Abneigung eingeerntet. Alles was an England erinnert, ist ihnen ein Abscheu. England unterstützt die Priesterpartei, was ist natürlicher als daß die Liberalen ihre Blicke und ihre Hoffnungen auf Nordamerika richteten? So fand der Antagonismus der beiden Großmächte in diesen Staaten einen Tummelplatz, und ihre diplomatischen Agenten, Chatfield der Engländer und Squier der Yankee, befehdeten einander offen auf das Bitterste.

Die Liberalen wollen um keinen Preis eine Beute der Priester und ihrer indianischen Anhänger werden; sie wollen, wenn es nicht anders sein kann, lieber Ruhe, Freiheit und Wohlstand mit den protestantischen Yankees theilen, als Zwang aus Barbarei unter den Servilen erleiden. So erklärt es sich daß Honduras vor drei Jahren in Washington durch Barrundia die Eröffnung machen ließ, es sei einer Annexation an die Vereinigten Staaten von Nord-Amerika nicht abgeneigt; San Salvador hat sich schon 1821 in ähnlichem Sinn ausgesprochen, und in Nicaragua hat seit dem Herbst 1855 ein sogenannter Flibustier, Wilhelm Walker aus Tennessee die Oberhand. Die lieberale Partei rief ihn ins Land, er kam, siegte, hielt mit seiner aus mehreren tausend Nord-Amerikanern und Deutschen bestehenden Waffenmacht gute Ordnung im Lande, und hat den langen Streit über die Moskitoküste in der Weise entschieden, daß er sie im Februar 1856 für einen Zubehör der Republik Nicaragua erklärte, was sie allerdings auch ist.

Achtzehntes Kapitel.

Eine interoceanische Eisenbahn durch Honduras.

Seit länger als drei Jahrhunderten hat man darnach getrachtet eine kurze und leichte Passage über die Landenge zu finden, welche den nördlichen Theil Amerika's mit dem südlichen verbindet. Als Columbus der Küste entlang von Hondúras bis zum Orinoco schiffte, suchte er „das Geheimniß der Straße“ el secreto del estrecho, eine Durchfahrt, welche nachher Magellan tief im Süden fand. Auch Cortez strebte nach demselben Ziele. Kaiser Karl V. schärft ihm, in einem 1523 aus Valladolid geschriebenen Briefe, ein „das Geheimniß der Straße" zu suchen, welche die Verbindung zwischen dem Osten und Westen Neuspaniens erleichtere und, um zwei Drittel wie er meinte, die Reise von Cadix nach dem Gewürzlande und den Küsten von Cathay (China) abkürzen würde. Cortez gab sich, wie man aus seiner Antwort ersieht, gleichfalls einer so sanguinischen Hoffnung hin, und äußerte: eine solche Passage müsse den König von Spanien zum Gebieter so vieler Königreiche machen, daß er sich dann als den Herrn der Welt werde betrachten können.

Im Fortgange der Zeit überzeugte man sich daß eine natürliche Wasserverbindung zwischen beiden Weltmeeren nicht vorhanden sei, und dachte nun an die Herstellung eines Canals. Schon 1551 bezeichnete man, drei Oertlichkeiten, als zur Anlage einer solchen geeignet, nämlich die Landengen von Tehuantepec, von Nicaragua und von Darien. Später sind zwei andere in Obacht genommen worden, nämlich die Linie von der Chiriquilagune im caraibischen Meree bis zum Golfe Dulce am Großen Ocean, und jene vom Atrato der in den atlantischen Ocean fällt, bis zum Rio Choco der ins Stille Weltmeer mündet.

Für einen Canalbau hat man die Linien von Nicaragua, von Darien und des Atrato am geeignetsten gehalten. Man glaubte einst daß über Tehuantepec und über Panamá Wasserverbindungen sich herstellen ließen, hat sich aber von der Unmöglichkeit überzeugt seitdem man dort die Bodenverhältnisse näher kennt. Auch in Nicaragua haben die Vermessungen gezeigt daß ein Canal allerdings nicht außer dem Bereiche der Möglichkeit liege, daß er aber sehr große Schwierigkeiten darbieten, und eine so beträchliche Summe Geldes erfordern werde, daß an eine angemessene Verzinsung nicht zu denken sei. Die Linie durch Darien schließt, wie wir nun mit Bestimmtheit wissen, schon den blosen Gedanken an einen Canalbau aus. Ueber die Bodenverhältnisse zwischen dem Abrato und Choco wissen wir noch nichts Genaues. Aber wenn auch dort eine Wasserverbindung hergestellt werden könnte, so würde doch schon ihre allzusüdliche Lage ein Nachtheil sein, weil es vor Allem darauf ankommt die Länder am nördlichen Stillen Ocean mit den nordatlantischen Gestaden in möglichst raschen Verkehr zu bringen. *)

Den Vereinigten Staaten von Nord-Amerika insbesondere muß es um eine möglichst im Norden gelegene Straße zu thun sein, und gute Häfen an beiden Oceanen sind für einen trockenen wie für einen nassen Weg unbedingt nothwendige Erfordernisse, weil es ohne solche weder eine leichte noch eine sichere Communication giebt. Jede Meile weiter nach Süden hin, von der Breite ab gerechnet unter welcher Neu-Orleans liegt, verlängert den Weg zwischen den atlantischen Häfen und Californien um zwei Meilen, eben so jenen nach Oregon, den Sandwichsinseln, China ꝛc. Unter diesen Umständen verdient den Vorzug eine Route welche, wie gesagt, in verhältnißmäßig hoher Breite liegt und gute Häfen hat.

Als man zuerst daran dachte eine Verbindung zwischen beiden Oceanen auf dem centralamerikanischen Isthmus zu ermöglichen, waren weder Dampfschiffe noch Eisenbahnen bekannt, und man dachte begreiflicherweise nur an einen Canal. Diese Idee blieb bei Vielen auch dann

*) Squier hätte hinzufügen können, daß auf diesen beiden Punkten das Klima im höchsten Grade ungesund ist. Berthold Seemann, der zugegen war als die englische Fregatte Herald 1846 die Bay von Choco aufnahm, schreibt: „Die Küsten sind dicht bewaldet, die Fluthen hoch und die Brandungen an den Bänken und Riffen, die in den Buchten und Strömungen liegen, sehr stark. Die Provinz Choco ist äußerst sumpfig. Vom Schiffe aus gesehen scheint es, als ob Sturzwellen die ganze Küste einhegten. — Eine Hauptbucht an jener Küste ist die von Buenaventura, Stadt und Umgebung stehen in dem Rufe dumpfig und ungesund zu sein. Der Regen fällt unaufhörlich. Dampiers Beschreibung ist eben so schlicht als wahr. Er sagt: Es ist eine sehr nasse Küste, der Regen fällt das ganze Jahr hindurch in Strömen, und der schönen Tage sind nur wenige; denn der ganze Unterschied zwischen der nassen und feuchten Jahreszeit besteht darin, daß in der welche die trockene sein sollte, die Regen weniger häufig sind, und nicht eine solche Wassermenge mit sich führen als in der nassen; in dieser regnet es wie durch ein Sieb. — In der Bay von Cupica währt die Regenzeit das ganze Jahr hindurch.“ Reise um die Welt, von Berthold Seemann. Hannover 1851. Band I. Seite 78, 84 und 234. A.

noch haften, als längst schon die neueren Vekehrsmittel sich in ausgedehntester Weise bewährt hatten. Die Spanier hielten ganz besonders die Landenge von Tehuantepec und Panamá für die Herstellung einer Wasserstraße geeignet, und dachten nicht an andere Routen.

Nun wäre es allerdings von der höchsten Bedeutung, wenn eine für große Seeschiffe fahrbare Wasserstraße durch Amerika in das Bereich der Thatsachen träte; allein für manche Bedürfnisse des Handels, für den Reiseverkehr und für schnelle Beförderung von Nachrichten, ist ohne Zweifel eine Eisenbahn dem Canal bei weitem vorzuziehen; sie ist außerdem viel wohlfeiler herzustellen, weil bei der Anlage durchaus nicht so viele natürliche Schwierigkeiten zu überwinden sind.

Zu den von verschiedenen Seiten her in Vorschlag gebrachten Routen habe ich hier noch eine neue in Vorschlag zu bringen, die in jeder Beziehung so überwiegende Vorzüge darbietet, daß sie als sicherer, schneller und leichter Verbindungsweg zwischen beiden Oceanen und den in ihren nördlichen Theilen liegenden Handelsplätzen, für alle Zeit jedem andern Communicationsweg überlegen sein wird. Sie liegt ganz und gar im Staate Honduras. Die Ergebnisse der Untersuchungen und Vermessungen sind folgende.

Die von mir in Vorschlag gebrachte Linie beginnt bei Puerto Caballos in der Bay von Honduras, im 15 Grad 49 Minuten N. Br., 87 Grad 57 Minuten W. L. und läuft in beinahe durchaus südlicher Richtung durch das Festland bis an die Fonsecabay am Stillen Ocean, den sie 13 Grad 21 Minuten N. Br. 87 Grad 35 Minuten W. L. erreicht. Ihre Länge beträgt von einem Ankerplatze zum andern oder von 5 Faden Wasser in Puerto Caballos, bis zu 5 Faden in der Bay von Fonseca, 148 geographische oder 160 Statute Miles.*) Von Puerto Caballos aus geht die Linie etwas südöstlich durch die Ebene von Sula bis dahin wo sie unweit von der Stadt Santiago den Rio Ulua berührt, (er heißt dort Humuyafluß, nach seiner Vereinigung mit dem Rio Santiago). Dann zieht sie dem Thale desselben ent-

*) Auf 1 Grad des Aequators von 57,108. 5 Toisen gehen 60 englische sogenannte Geographical Miles oder 69,16, englische Statute Miles zu 880 Fathoms = 825,696 Toisen. A.

lang und bis zu seiner Quelle auf der Ebene von Comayagua. Diese Strecke der Linie beträgt von Puerto Caballos an etwa hundert englische Meilen. Am südlichen Ende der Ebene liegt eine Bodenanschwellung welche die Landhöhe zwischen den Oceanen bildet. Dort verschränken oder umschlingen sich die Quellbäche des Humuya mit jenen des Goascoran, der zum Stillen Ocean fließt.

Hier stellt sich zweierlei heraus, worauf man wohl Acht zu geben hat. 1) Die Thäler des Humuya und Goascoran bilden, gemeinschaftlich mit der Ebene von Comayagua, ein großes Querthal, das von einem Meere bis zum andern reicht und die Cordillerenkette durchbricht. 2) Dieser große natürliche Durchstich zieht in so gerader Richtung von Süden nach Norden, daß die Abweichung von der geraden Linie auf der ganzen Länge ihres Laufes kaum fünf Meilen beträgt. Dazu kommen an beiden Enden geräumige, sichere, überhaupt ganz vortreffliche Häfen, und ein außerordentlich gesundes Klima. Hier sind also Vorzüge vereinigt, wie man sie anderswo gar nicht findet. Diese Aussprüche sollen in Nachstehendem näher motivirt werden.

1. **Puerto Caballos.** Ueber diesen Hafen ist schon weiter oben ausführlich die Rede gewesen, und wir verweisen auf S. 65. Er wurde 1853 vom nordamerikanischen Flottenlieutenant Jeffers untersucht. Dieser Seemann bemerkt: Der Hafen ist gut, sehr geräumig, hinlänglich tief, und hat sowohl gute Ein- als Ausfahrt. Er liegt am Fuße von Hügeln; man trifft dort keine Sümpfe oder Moräste an, durch welche die Gegend ungesund würde, und es ist Platz genug für eine große Stadt vorhanden. Die Lagune, welche mit dem Meer in Verbindung steht hat Salzwasser und ist fischreich. Diese Angaben sind vom Capitain Theodor Lewis bestätigt worden; er besuchte mit dem Schooner George Steers im April 1854 diesen Platz. Er nennt den Hafen gleichfalls geräumig, lothete und peilte, und fand etwa in der Mitte der Bay 12 Faden, nach der Nordseite hin 10, 9, 8, 7, 6, Faden, und zwanzig Schritt vom Gestade noch 5 Faden bei schlammigem Grund. Bei 5 Faden liegt ein Schiff bei jedem Winde und jeder Strömung vollkommen sicher. Das Gestadeland ist trocken und zum Theil unter Anbau; der Boden ist fruchtbar und gutes Wasser in

jeder beliebigen Menge vorhanden. Dort fand man alle Bedingungen für das Gedeihen einer großen Stadt gegeben.

2. **Von Puerto Caballos bis Santiago.** Um die große und schöne Ebene von Sula oder Santiago zu erreichen, durch welche die großen Flüsse Chamelicon und Ulua fließen, muß man einen Bogen von drei Meilen machen, um den östlichen Fuß der hohen Gebirgskette von Merendon oder Omoa zu umgehen; sie bildet einen Zweig der Cordillere, die hier plötzlich endigt. Die Ebene von Sula ist ein großes Dreieck, dessen Basis die Küste, von dem Gebirge von Omoa bis zu jenem von Congrehoy bildet; die Spitze liegt im Süden nach der Comayaguaebene zu. Im Osten des Ulua ist diese Ebene niedrig und bei hohem Wasser wird sie überschwemmt; im westlichen Theile, durch welchen die Eisenbahn geführt werden soll ist das nicht der Fall; sie hat festen Boden und die Flüsse haben Sand- oder Kiesbett. Hier ist nirgends Sumpfboden, der beim Bau des Schienenweges von Panamá so große Kosten und Schwierigkeiten verursachte. Es sei hier ausdrücklich bemerkt, daß dergleichen auf der ganzen Honduraslinie gar nicht vorkommt. Lieutenant Jeffers ist der Ansicht daß die Bahn, nachdem sie die Hügel umgangen hat, in ganz gerader Linie bis zur Stadt Santiago geführt werden kann. Dort entsteht der Rio Ulua aus dem Zusammenflusse des Santiago, des Blanco und Humuya. Der letztere behält die südnördliche Richtung des Ulua, und man sollte ihm füglich diesen letztern Namen beilegen. Von Puerto Caballos führte in älterer Zeit bis Santiago eine Straße die man vielleicht benützen könnte; die Bodenerhebung bis zu der letztern Stadt ist ganz unmerklich, und Aufschütten oder Durchstiche würden so gut wie gar nicht erforderlich sein. Bis nach Santiago können Dampfer gehen, allein kleinere Fahrzeuge bei hohem Wasserstande viel höher aufwärts gelangen. Dampfer von sieben Fuß Tiefgang können immer in die Mündung des Ulua von Juni bis Januar auch bis zu der Vereinigung mit dem Humuya fahren. Kleinere Dampfer finden bis zu diesem letztern Punkt überhaupt niemals Schwierigkeiten, und können auch den Rio Blanco bis an eine Stelle unweit Yojoa hinauf. Wir verweisen auf das schon oben weiter Bemerkte.

3. **Von Santiago durch das Humuyathal zur Ebene von**

Espino. Von Santiago aus kann man nach Belieben das rechte oder linke Ufer des Humuya wählen; hier werden ins Einzelne gehende Vermessungen entscheiden müssen; Jeffers spricht sich zu Gunsten des linken Ufers aus; hier muß der Santiago oder Venta etwa 500 bis 700 Fuß breit und der Blanco, 60 Fuß breit überbrückt werden. Die Bahn wird, gleichviel an welchem Ufer man sie baut, im Wesentlichen dieselbe Richtung behalten. Die Ebene erstreckt sich bis zehn Meilen oberhalb Santiago; dann verengt sie sich, es folgt das enge Flußthal des Humuya, und die Steigung wird merklicher. Die Richtung desselben nach der Ebene von Espino hin ist direct; es liegt zwischen Hügeln von 50 bis 500 Fuß Höhe, welche im Allgemeinen bis zum Ufer sich absenken, manchmal aber auch zurücktreten und Streifen flachen Bodens frei lassen, die vom Hochwasser nicht erreicht werden. Die Hügel haben nur selten steile Abfälle, und schwierige Arbeiten sind auch hier nicht erforderlich. Die Gegend ist uneben, hat aber viele fruchtbare Thalgründe; sie eignet sich mehr für Viehzucht als zum Ackerbau. Die Hügel sind mit Fichten und Eichen bestanden, an den Flüssen stehen Mahagonybäume, Cedern, Guanacaste (Lignum vitae), Gummi- und andere werthvolle Bäume.

Etwa mittwegs zwischen Santiago und der Ebene von Espino vereinigt sich der von Osten her kommende Rio Sulaco mit dem Humuya. Dieser beträchtliche Fluß durchzieht ein ausgedehntes und fruchtbares Thal; der Bau einer Landstraße in demselben würde belebend auf den reichen District Olancho wirken, und dessen Erzeugnisse der Bahn und dem Hafen Puerto Caballos zuführen. Die Ebene von Espino beginnt bei der Ortschaft Ojos de Agua, die etwa fünfundfunfzig Meilen von Puerto Caballos entfernt ist. Das Thal liegt dort 936 Fuß über dem Meeresspiegel, und die durchschnittliche Steigung wird bis zu diesem Punkt etwa 17 Fuß auf die englische Meile betragen.

4. Von der Espino-Ebene bis zur Ebene von Comayagua. Von Ojos de Agua bis zu den querlaufenden Hügelzügen, welche beide Ebenen von einander scheiden, findet der Bau gar keine Schwierigkeiten, nur werden einige kleine Brücken zu bauen sein. Die Espino-Ebene fällt sehr sanft nach Norden hin ab, und man kann ohne Weiteres bis auf ihren Höhenpunkt. Nach Süden hin kann man dann entweder dem Thal des Humuya folgen, das hier einen beträchtlichen Bogen macht, um zwischen den Hügeln hindurch zu kommen, oder man baut über diese Hügel hinüber in gerader Linie über eine Höhe von 150 Fuß. Die Wahl wird davon abhängen, welchen Uebergang über die Landhöhe man überhaupt nehmen will. Entscheidet man sich für den Paß von Guajoca, so wird man die Linie am Flusse vorziehen; wählt man den Uebergang über den Rancho Chiquito so muß man die Bahn dierect durch die Hügel und um die Hauptstadt Comayagua herumführen.

Die Espino- oder Maniani-Ebene ist etwa zwölf Meilen lang und sechs breit; es ist eine herrliche Region. In spanischen Zeiten sollen Boote zwischen Maniani und Puerto Caballos gefahren sein; späterhin ist das der Fall gewesen, und Lieutenant Jeffers ruderte von Ojos de Agua hinab. Der Strom ist aber reißend, im Bette liegen viele Felsen und Gerölle, so daß die Fahrt schwierig und voller Gefahren ist.

5. **Die Ebene von Comayagua.** Diese erleichtert die Anlage einer Eisenbahn ganz ungemein. Sie liegt recht im Centrum des Staates, mittwegs zwischen beiden Oceanen, hat fünf bis funfzehn Meilen Breite und bis zu vierzig Meilen Länge. Ihre Hauptachse läuft von Norden nach Süden, und fällt fast ganz mit der vorgeschagenen Bahnlinie zusammen. Bei jenen Dimensionen sind die Nebenthäler, welche in diesem Becken auslaufen und deren Flüße hier den Humuya bilden, nicht mit gerechnet. Die Ebene dacht sich, gleich jener von Espino, sanft nach Norden ab, so daß man die Landhöhe bequem erreicht. Sie ist in ganz Mittel-Amerika die einzige, deren längste Achse mit dem Meridian zusammenfällt. Das haben schon die Spanier bemerkt, und deshalb die Stadt Comayagua gegründet. Juarros hebt hervor, daß es sich darum handelte, eine leichte Verbindung zwischen beiden Oceanen herzustellen, und daß die Lage des Ortes, halbwegs zwischen Puerto Caballos und der Fonsecabay, sich für eine Niederlage eigene. „Das Klima ist gesund, der Boden fruchtbar, und so ließen sich hier die vielen Krankheiten, der Menschenverlust und die Mühseligkeiten und Entbehrungen vermeiden, denen man auf der Reise zwischen Nombre de Dios und Panamá ausgesetzt ist."

Es kommt, wie gesagt, darauf an, welche Linie man auf der Ebene von Comayagua vorziehen will. Wählt man den Paß von Rancho Chiquito, so wird die Bahn durch die Hügel geführt werden, welche beide Ebenen von einander scheiden, in gerader Linie laufen, und unweit der Stadt Comayagua in das Flachland treten, dann wird sie auf dem rechten Humuyaufer bis zu einem Punkte unweit der Ortschaft San Antonio gehen, dort den Fluß überschreiten und geradewegs nach Lamani führen. Sie ist auf dem rechten Ufer unebener als auf dem linken, aber keineswegs in dem Grade daß sie Schwierigkeiten darböte. Entscheidet man sich, wie schon bemerkt wurde, für den Paß von Guajoca, so folgt die Bahn dem Flußthal durch die Hügel, auf einer Strecke von etwa drei Meilen und durchschneidet den westlichen Theil der Ebene bei den kleinen Ortschaften Lajamini und Ajuterique, dem blühenden Flecken Las Piedras und dem Dorfe Tambla. Dieser Theil ist ganz ungemein fruchtbar und der Bahnbau wird sich äußerst leicht bewerkstelligen lassen. Die Flüsse sind, mit einiger Ausnahme, unbedeutend, und überall bricht hier blauer Marmor.

Die Ingenieure haben hier Schwierigkeiten vermuthet, fanden dergleichen aber ganz und gar nicht. Vielmehr könnten dort zehn Bahnen neben einander gebaut werden. Die Hügel sind allerdings hoch, aber bis zum Flußufer anbaufähig. Von Ojos de Agua bis Lamani und Tambla sind etwa vierzig Meilen. Der letztere Ort hat 1944, der erstere 2016 Fuß Meereshöhe. Tambla liegt 1008 Fuß höher als Ojos de Agua, die Steigung wird demnach 25 Fuß 2 Zoll auf die Meile betragen; nach Lamani würde die Entfernung etwas beträchtlicher und die Steigung gleichfalls, weil ein Gipfel von 150 Fuß über der Ebene zu überschreiten wäre. Von Puerto Caballos bis Tambla sind 90 Meilen, und die durchschnittliche Steigung beträgt 21 Fuß 9 Zoll auf die Meile.

6. **Die Landhöhe.** Ich verstehe darunter die Abtheilung zwischen Tambla oder Lamani und Rancho Grande, eine Strecke von etwa funfzehn Meilen; der eigentliche Scheidepunkt, der Gipfel wenn man so sagen darf, liegt halbwegs zwischen beiden Ortschaften. Nur allein auf dieser Section sind einige Schwierigkeiten zu überwinden; sie sind aber nicht etwa bedeutender als auf jeder beliebigen andern

Bahn; denn man bedarf weder eines Tunnels noch tiefer Durchstiche. Man kann die Landhöhe von Norden her durch Seitendurchschnitte erreichen, welche durch einen leicht zerreiblichen Sandstein zu führen wären, der fast aussieht wie Kreide und sich so leicht durchstechen läßt wie Thon, während er doch den Vortheil hat, daß man ihn an den Seiten senkrecht stehen lassen kann. Die Landhöhe kann man vermittelst zweier Pässe überschreiten, welche aber beide die Bahnlinie nicht wesentlich verändern. Der Paß von Rancho Chiquito liegt 392 Fuß höher als Lamani; die Entfernung beträgt sechs Meilen, was eine Steigung von 65 Fuß auf die Meile ergiebt. Von Rancho Chiquito bis Rancho Grande acht Meilen, Abfall 500 Fuß, also Steigung 62 Fuß 6 Zoll auf die Meile. Das ist das Maximum auf der ganzen Bahnstreke, da sie sonst nirgends stärker als 40 Fuß ist.

Der Paß von Rancho Chiquito ist nicht ein Felsengipfel, der etwa eine scharf markirte Wasserscheide bildet, sondern ein hübsches Thal, eine Savanna oder natürliche Wiese, die im Osten von einer Bergkette, im Westen von einem mit derselben parallel laufenden Hügelzuge begrenzt wird. Auf dieser Wiese weidet viel Vieh, der Wandrer findet auf ihr zwei klare Flüsse, die kaum einhundert Schritte von einander entfernt sind und doch verschiedenen Meeren zuströmen. Der eine ist der Quellbach des Humuya, der andere der Goascoran. Ein Arbeiter, der mit dem Spaten gut umzugehen weiß, könnte im Laufe eines einzigen Tages diesen Flüssen ein entgegengesetzte Richtung anweisen.

Der Paß von Guajoca ist etwa 100 Fuß niedriger als der von Rancho Chiquito Vom Dorfe Tambla bis zur Höhe sind es etwa achthalbe Meilen, die Steigung beträgt demnach 47 Fuß 4 Zoll auf die Meile. Von der Höhe bis zum Rancho Grande hat man zwischen sieben und acht Meilen mit gleichmäßigem Abfall von 25 Fuß auf die Meile. Auch dieser Paß bildet eine breite Savanna, auf welcher die Quellwasser des Humuya und Goascoran beinahe in einander laufen. An der Nordseite steigt jäh eine 1200 bis 1500 Fuß hohe Kette empor, welche sich genau in der Richtung der Bahnlinie hinzieht und vermöge eines Querdurchstichs dem Ingenieur erlaubt, jede beliebige Steigung für die Bahn zu gewinnen. So viel ich beurtheilen kann, ist der Paß von Guajoca bei weitem vorzuziehen, schon weil er niedriger ist und die Bahn in der Weise gelegt werden kann, daß von Tambla die gesammte Steigung nicht mehr als 300 Fuß beträgt. Sie würde dem Thale von Cururu folgen, das von Parallelketten eingeschlossen wird, und in welchem man Steigung oder Gefäll nach Belieben haben kann, über eine Strecke von drei oder von acht Meilen, und 40 oder 100 Fuß auf die Meile.

Vom Cururuthale führt die Bahn im Thale eines kleinen Flusses hinab, des Carrizal, nach Rancho Grande, wo die von beiden Päffen herabkommenden Gewässer sich vereinigen und den Rio Rancho Grande bilden. Sollte der oben erwähnte Durchstich beliebt werden, so würde die höchste Steigung auf der ganzen Bahnlinie noch nicht 60 Fuß auf die Meile betragen und auf einer Strecke von mehr als sechs Meilen noch nicht 40 Fuß überschreiten.

7. **Das Thal des Goascoran.** Von der Höhe abwärts folgt die Bahnlinie diesem Strome bis in die Ebene an der Bay von Fonseca. Das Gefäll bleibt ziemlich gleichmäßig, obwohl im Durchschnitt beträchtlicher als auf der nördlichen Abdachung. Lieutenant Jeffers äußert sich folgendermaßen:

Die Beschaffenheit des Landes ist im Allgemeinen sehr günstig; die Bahnlinie läuft am Ufer des Flusses gleichsam auf einer Tafel, ist keiner Ueberschwemmung ausgesetzt, und gleicht von der Landhöhe bis zum Meere einer geneigten Ebene. Man wird nur wenig zu durchstechen oder aufzuschütten haben, ausgenommen an beiden Seiten der Landhöhe; die Krümmungen sind gut und die Steigungen nicht größer als auf anderen Bahnen. Tunnels sind gar nicht erforderlich, und Sprengungen nur sehr wenige. Die Höhe beim Passe Rancho Chiquito beträgt 2500 Fuß; wenn man aber erwägt, daß es auf das Total der Steigung und nicht auf die Höhe des Gipfels ankommt, so wird man zugestehen müssen, daß hier das Verhältniß nichts weniger als ungünstig ist. Südlich von der Stadt Goascoran bestehen die Formationen aus Kalkstein, weißem Sandstein, losem Quarz, Kies und Sand, die mit Laven und vulcanischen Steinen vermischt sind. Hier sind überall keine Durchstiche von einigem

Belang erforderlich. Bei Goascoran lagert blauer Kalkstein sehr mächtig, und an allen Flüssen liegt in großen Massen Geröll von Granit, Gneiß, Conglomerat und Sandstein. Von dort an folgt weißer Sandstein, der so weich ist, daß er sich leicht behauen läßt; er wird aber an der Luft sehr hart und zäh. Von seiner Dauerhaftigkeit zeugen die in den Felsen bei Aramacina eingehauenen Figuren, welche in die Zeit vor der Eroberung fallen und doch noch sehr gut erhalten sind. Ausgrabungen in diesem Material würden nicht viel mehr kosten als gewöhnliche Erdarbeiten; sie würden aber besser halten und vom Wasser nicht beschädigt werden können. Kies, Kalk, Sand und Lehm ist auf der ganzen Strecke in Menge vorhanden. Bei Aramacina erscheint die gelbe Fichte auf den Höhen, und bei San Juan und Aguanqueterique steht dieser Baum in unerschöpflicher Menge in unmittelbarer Nähe der Bahnlinie. Er erreicht eine Dicke von 30 Zoll, wird 50 bis 75 Fuß hoch und gleicht der besten Nord-Carolina-Fichte. Auch Eichen sind in Menge vorhanden; außerdem viele andere werthvolle Bäume.

Das Thal ist im Vergleich zu seiner Länge so schmal, daß von der Landhöhe bis zum Endpunkte kein Fluß zu überschreiten ist, der mehr als 30 Fuß breit wäre; die Kosten werden sich also für Brückenarbeiten sehr gering stellen. Holz für diesen Bau ist in Hülle und Fülle zur Stelle. An den kleineren Flüssen würde man mit Vortheil Sägemühlen anlegen können.

8. **Die Bay von Fonseca.** Diese herrliche Bucht, welche wir schon weiter oben (S. 64) ausführlich geschildert haben, bildet den schönsten Hafen an der pacifischen Küste von ganz Amerika. Sie ist funfzig Meilen lang, hat eine durchschnittliche Breite von dreißig Meilen, mehrere Inseln, Binnenhäfen und Oertlichkeiten, die sich zur Anlage von Städten ganz vortrefflich eignen. Die Staaten San Salvador, Nicaragua und Honduras stoßen an diese Bay, doch hat das letztere hier eine größere Küstenstrecke im Besitz als die übrigen. La Union, der wichtigste Hafen von San Salvador, hatte 1854 eine Handelsbewegung von etwa einer halben Million Dollars, und ungefähr 100,000 Dollars Zolleinnahmen. Für Honduras hat der Hafen Amapala auf der Insel Tigre die größte Bedeutung; in den

letzten zwei Jahren hat sich die Handelsbewegung und die Bevölkerung dieses Freihafens verdoppelt. Eine amerikanische Compagnie hat auf der Insel eine große Dampfsägemühle in Thätigkeit; sie hat sich erboten, alle für den Bahnbau, für die Magazine und Gebäude nöthigen Holzarbeiten zu übernehmen. Den speciellen Endpunkt des Schienenweges an der Bay müssen die Techniker bestimmen. 1. Man kann ihn z. B. in den Hafen von San Lorenzo verlegen, in den Hintergrund der gleichnamigen Binnenbay, welche überall 4 Faden Wasser hat. Diese Linie würde trockenen Boden haben, man müßte aber eine 100 Fuß lange Brücke über den Nacaome führen. Vermöge einer Chaussee und einer Pfahlbrücke von einigen hundert Schritten Länge kann man die Bahn auf die Insel Sacate Grande hinüberführen und den Endpunkt an eine Stelle verlegen, wo die See trefflichen Ankergrund hat. Das Meer hat zwischen Sacate Grande und Tigre nur 6 Fuß Tiefe; will man eine Bahn von fünfviertel Meilen bauen, so kann man die Schienen bis auf die Tigreinsel führen. 2. Man kann aber auch den End- respective Anfangspunkt der Bahn, ohne auf Hindernisse zu treffen, an die Bucht von Chismuyo verlegen, müßte dann aber einen langen Uferdamm bauen, während bei San Lorenzo, auf Sacate Grande und auf Tigre schon ein Werft oder Dock von gewöhnlicher Länge ausreicht, bei welchem auch der größte Dampfer würde anlegen können.

Auch La Union könnte Endpunkt sein, liegt aber in einem andern Staate (und ist heiß und nicht gesund). Ich erwähne das nur beiläufig, um darauf hinzuweisen, wie viele geeignete Punkte vorhanden sind. Die britische Admiralität hat die von Sir Edward Belcher entworfene Charte der Fonsecabay herausgegeben. Es drängt sich Einem der Gedanke auf, daß dieses herrliche Wasserbecken gleichsam von der Natur selber zum Mittelpunkte des pacifischen Handels bestimmt sei. Die Küste ist gesund, das Umland wie das Hinterland ist fruchtbar, wie man es nur wünschen kann, hat Kohlen und edle Metalle, das Meer ist fischreich, kurz alles Wünschenswerthe trifft hier zusammen.

9. **Steigung und Gefäll.** Aus dem, was weiter oben gesagt worden, ergiebt sich, daß auf den ersten funfzig Meilen eine durch-

schnittliche Steigung von 17 Fuß auf die Meile kommt, für die nächsten vierzig Meilen aber 25 Fuß 2 Zoll. Für die Section, welche die funfzehn Meilen lange über die Landhöhe führende Strecke begreift, wird die beträchtlichste Steigung (falls man nicht vermittelst querführender Durchstiche eine geringere erzielt) 55 Fuß auf die Meile betragen, aber nur auf einer kurzen Strecke. Von dort bis zum Stillen Ocean stellt sich die Ziffer nirgends auf mehr als 45 Fuß auf die Meile. Das Total von Steigung und Gefäll von Meer zu Meer ist 4700 Fuß, was eine durchschnittliche Steigung von wenig mehr als 28 Fuß für die Meile ergiebt. Das ist ein sehr günstiges Verhältniß, wie sich aus einer Vergleichung mit nachstehenden amerikanischen Bahnen ergiebt, wo folgende Maximalsteigungen vorhanden sind.

Baltimore-Ohio-Bahn	auf die Meile	116	Fuß.
Baltimore- und Susquehanna . .	" " "	90	"
Boston- und Albany	" " "	89	"
Neuyork- und Erie	" " "	60	"
Panamá, östliche Abdachung . .	" " "	53	"
Panamá, westliche Abdachung . .	" " "	60	"
Tehuantepec (projectirt)	" " "	64	"
Honduras (projectirt)	" " "	55	"

Auf der Tehuantepecbahn ist ein Tunnel von einer halben Meile Länge in Aussicht genommen; bei der Baltimore-Ohiobahn ist die Strecke, wo auf die Meile 116 Fuß Steigung kommt, nicht weniger als acht und eine halbe Meile lang, und auf ihr muß der Dampfwagen 986 Fuß Höhe erklimmen, oder halb so viel als die Steigungen der ganzen Hondurasbahn betragen. Die Summe des Steigens und Fallens auf der östlichen Abtheilung der Neuyork- und Eriebahn (welche Section einundsiebenzig Meilen Länge hat) beträgt 3872 Fuß, oder durchschnittlich 54 Fuß auf die Meile, also doppelt so viel als die durchschnittliche Steigung der Hondurasbahn. Von technischen Schwierigkeiten ist überall keine Rede.

10. **Arbeitskräfte, Baustoffe und Klima.** Beinahe alle für den Bau erforderlichen Materialien sind unmittelbar zur Hand: Weißer und blauer Marmor und Sandstein, Fichten, Eichen und andere Hölzer von bester Beschaffenheit. Das Land, etwa mit Ausnahme eines schmalen Streifens im Norden, ist kühl und gesund, so

daß bei der Arbeit auch Menschen angestellt werden können, die nicht innerhalb der Wendekreise geboren wurden. Und für den nördlichen ungesunden Strich können beim Bau jene kräftigen und abgehärteten Leute verwendet werden, die jetzt Mahagonyholz schlagen. Bessere und geeignetere Arbeiter gerade zu diesem Zwecke könnte man überhaupt nirgends finden; ohnehin sind sie disciplinirt, an einheitliches Arbeiten und gemeinsames Zusammenwirken gewöhnt, wissen meisterhaft mit der Axt umzugehen, und verstehen sich darauf, Straßen und Brücken zu bauen (S. 117 ff.). Die Wege, auf welchen in den Mahagonyschlägereien der Herren Follin am Ulua das Holz bis ans Wasser geschleppt wird, sind oft mehrere Meilen lang, 30 Fuß breit, sorgfältig geebnet und, wo es nöthig ist, mit Brücken versehen. Sie werden in Tagesarbeit gebaut; der einzelne Mann richtet täglich etwa funfzig Schritte Weges her, so daß der Arbeitslohn sich auf etwa 50 Dollars für die Meile stellt. Der Arbeiter erhält monatlich 15 Dollars und Kost, die in einem bestimmten Quantum Mehl und Schweinefleisch besteht. Bananen wachsen in großer Menge im Küstenlande und ersetzen vielfach das Mehl. Die Hütte erbaut sich der Arbeiter beliebig an Ort und Stelle; er steckt Rohr oder Pfähle in die Erde, und überdeckt das Gerüst mit Palmenblättern; solch eine Wohnung ist in einem halben Tage fertig. Der Hausrath besteht aus einer Hangematte und aus einigen Steinen, welche den Heerd vorstellen. Damit ist die Sache fertig, denn die Bedürfnisse sind gering, und für eine Winterzeit hat man nicht zu sorgen. Man bedarf eben nur einer Decke, um sich gegen Sonne und Regen zu schützen. Es leidet keinen Zweifel, daß alle Arbeit, welche erforderlich ist, die Bahn von der Küste bis auf die Hochebene im Innern zu führen, durch diese Holzhauer beschafft werden kann; im Innern selbst und auf der pacifischen Abdachung können Arbeiter aus nördlichen Gegenden ebenso leicht und mit viel weniger Gefahr für ihre Gesundheit verwendet werden als in den Vereinigten Staaten. Aber da die überwiegende Mehrzahl der Bevölkerung hier auf der Westseite wohnt, so leidet es keinen Zweifel, daß man eine beträchtliche Menge von Arbeitskräften aus San Salvador, Nicaragua, und Honduras selbst erhalten wird. Dieser Ansicht ist auch Lieutenant Jeffers, der bemerkt, daß der Arbeitslohn täglich sich auf einen Vierteldollar für diese indianischen Arbeiter stellen würde. Doch müßte man auch fremde Werkleute einführen, deren Mitwirkung nicht zu entbehren ist.

Jenseit der Ebene von Sula ist das Land offen und frei, und hat viele Savannen. Die Eichen- und Fichtenwälder sind selten so dicht, daß man nicht mit Bequemlichkeit nach allen Richtungen hindurchreiten könnte. Auf zwei Dritteln der Strecke wird der Bahnbau sehr leicht und durchaus nicht kostspielig sein.

Um noch einmal auf das Klima zurückzukommen, so muß ich wiederum hervorheben, daß es, meiner Ueberzeugung zufolge, auf der ganzen Erde kein angenehmeres und gesunderes giebt, als gerade in Honduras; in dieser Beziehung stehen die schönsten Theile Italiens hinter ihm zurück. Die pacifische Abdachung ist übrigens der atlantischen vorzuziehen, und an der Fonsecabay würden Ansiedler keine größere Gefahr laufen als überhaupt mit einer Veränderung des Klima's verbunden ist. Mäßige, reinliche Leute können an dieser Küste und im Innern zehn Jahre länger leben als in Neuyork. So sind z. B. Lungenkrankheiten und alle jene Leiden, welche durch plötzlichen Witterungswechsel hervorgerufen werden, unbekannt, Wechselfieber weit seltener und viel leichter zu beseitigen als in den westlichen Staaten der nordamerikanischen Union, und sie kommen insgemein nur bei solchen Leuten vor, die überhaupt alle Vorsichtsmaßregeln vernachlässigen, welche man in jedem Klima beobachten sollte. Ich habe zwei ganze Jahre hindurch mich allen möglichen Anstrengungen und Beschwerden ausgesetzt, und dabei ununterbrochen mich der besten Gesundheit erfreut. Ich fühlte mich wohler als unter ähnlichen Verhältnissen in den Vereinigten Staaten möglich gewesen wäre.

Die Temperatur ist auf der Bahnlinie an den beiden Endpunkten am höchsten; aber sobald man eine kleine Strecke weit ins Binnenland kommt, ändert sich das, und man fühlt die Einwirkung der Gebirge schon, ehe man noch merkt, daß das Land ansteigt. Die Temperatur von Comayagua kann man so ziemlich als jene der ganzen Region zwischen San Pedro Sula im Norden und Goascoran im Süden, also voller Dreiviertel des ganzen Weges, annehmen. In Comayagua war in den drei heißesten Monaten des Jahres, nämlich

April, Mai und Juni die mittlere Temperatur von Sechs Uhr früh bis Sechs Uhr Abends 79,1 Grad F., der höchste Thermometerstand betrug während dieser drei Monate 88 Grad F., der niedrigste 68 Grad, eine Scala von 20 Grad. Ueber die allgemeinen Temperaturverhältnisse von Honduras ist schon oben S. 7 ff. die Rede gewesen.

11. **Hilfsquellen.** Die Bahn wird ein ungemein fruchtbares Land durchziehen, welches alle werthvollen tropischen Erzeugnisse in großer Menge zu liefern vermag, insbesondere: Kaffee, Cochenille, Baumwolle, Cacao, Zucker, Reis, Tabak, Indigo, Mais 2c. Da Alles noch unentwickelt ist, so hat die Betriebsamkeit hier ein großes und ergiebiges Feld. Das Thal des Ulua ist reich an werthvollen Hölzern, und wie groß der Reichthum an edlen Metallen ist, haben wir früher nachgewiesen. Fast alle zum Atlantischen Meere strömenden Flüsse mit ihren Nebengewässern führen Gold und können sich in dieser Beziehung mit Californien messen. Die Silbergruben liefern die ergiebigsten Erzgänge, und es wird die Zeit kommen, in welcher Honduras relativ das am meisten Silber gebende Land der Erde ist. Ich will ferner des Copals, der Sassaparille, des Gummi's, der Färbehölzer, der Chinarinde und des großen Viehstandes erwähnen, der jetzt nur erst in sehr mangelhafter Weise ausgebeutet wird. Man muß die Häute aus dem Innern an die See auf Maulthieren schaffen, weil noch keine Straßen vorhanden sind! Aber sobald einmal Communicationsmittel existiren werden, und Honduras in den Bereich des Weltverkehrs gezogen wird, eröffnet sich ein umfangreiches und dankbares Feld für die Betriebsamkeit; es wird eine Fülle werthvoller Naturproducte liefern und Industrieerzeugnisse dafür eintauschen.

12. **Innere Schifffahrt.** Wir haben darüber gelegentlich in früheren Kapiteln Bemerkungen eingeflochten. Der Ulua und der Goascoran laufen parallel mit der Bahnlinie. Der erstere ist sechzig Meilen aufwärts für Dampfer, und überhaupt bis zu einem Punkte schiffbar der nur fünfundneunzig Meilen von der Fonsecabay entfernt liegt. Der letztere kann, mit einiger Nachhilfe, floßbar gemacht werden. Lieutenant Jeffers bemerkt: „Vor der Mündung des Ulua liegt eine Barre, auf welcher ich nur 9 Fuß Wasser finde; für Segelschiffe ist sie nicht zu passiren, da die Ausströmung so heftig ist, daß eine

sehr starke Brise erfordert wird, um dagegen anzusegeln; bei starkem Winde geht aber die See schwer. Dampfer jedoch von 7 Fuß Tiefgang können zu jeder Zeit einfahren, und vom Juni bis Januar bis dahin kommen, wo der Humuya einmündet. Vom März bis December können Schiffe vor der Mündung des Ulua ankern und Mahagony einladen. Aber eine Meile nach Westen hin liegt eine kleine Bucht, wo man besser landen kann, nur nicht bei Nordwinden. Vom Landeplatze hat man nur ungefähr dritthalbhundert Schritte bis zum Strome. Der Ulua kann während des Bahnbaues in mehrfacher Beziehung nützlich sein, weil man bis zur Mündung des Sulaco mehrere Monate hindurch mit kleinen Flußdampfern fahren kann. Der obere Lauf des Stromes wird niemals zu benutzen sein, weil das Bett seicht und mit scharfen Felsen wie besäet ist. Der Venta oder Santiago ist der bedeutendste Nebenfluß des Ulua; er kommt aus den fruchtbaren Departements Gracias und Santa Barbara, und ist eine Strecke weit schiffbar. Das letztere gilt, bei gewissem Wasserstand, auch vom Chamelicon. Jedenfalls sind diese Flüsse schon deshalb werthvoll, weil man ihnen entlang mit leichter Mühe und geringen Kosten Land- und Breterstraßen anlegen kann; Baustoffe dazu sind überall an Ort und Stelle. Den Goascoran kann man, sobald die Kunst nachgeholfen hat, zum Transport benutzen; vor der Mündung liegt eine Sandbarre, die sich durch Baggern entfernen ließe. Oberhalb liegt großes Geröll, welches natürliche Dämme bildet. Durch Hinwegschaffung derselben kann man sehr leicht eine Reihe von Teichen und Schleusen herrichten, so daß man in todtem Wasser bis Caridad, wahrscheinlich auch bis San Juan, würde schiffen können. Um Holz herabzuflößen und anderweitiges Baumaterial in Booten herabzuschaffen, ist der Strom sehr werthvoll."

13. **Der Freibrief der Eisenbahn-Compagnie.** Die Urkunde ist am 23. Juni 1853 unterzeichnet worden von den hondurefischen Bevollmächtigten Don Leon Alvarado und Don Justo Rodas einerseits, und E. G. Squier als Bevollmächtigten der „Honduras-inter-oceanic-Railway-Company" andrerseits. Sie erhielt die Genehmigung der Gesetzgebung von Hondnras und wurde am 28. April 1854 vom Präsidenten der Republik bestätigt und vollzogen. Dieser

Vertrag enthält für die Gesellschaft günstigere Bestimmungen als irgend ein anderes derartiges Document in irgend einem andern Lande. Der Wortlaut ist so klar und einfach, daß Irrungen darüber kaum möglich sind. Der wesentliche Inhalt ist folgender.

1) Die Gesellschaft hat das ausschließliche Recht für eine interoceanische Verbindung, zu Wasser oder vermittelst einer Eisenbahn, durch das Gebiet von Honduras. Der Staat bewilligt ihr alle Ländereien und alle natürlichen Materialien, die zum Bau erforderlich sind. Acht Jahre nach Ratification des Vertrages soll das Werk vollendet sein; doch kann, wenn natürliche oder unvorhergesehene Hindernisse eingetreten sind, diese Frist verlängert werden. Die Genehmigung lautet auf siebenzig Jahre, von dem Tage der Vollendung des Baues an gerechnet. Alsdann steht es dem Staate frei, das Werk (die Bahn) nach einem unparteiischen Werthanschlage zu kaufen, oder, falls er das vorzieht, den Freibrief zu verlängern.

2) Die Gesellschaft hat freies Wegerecht durch alles Land, möge es dem Staate oder Privaten gehören; man bewilligt ihr zweihundert Schritte (Yards) Land zu jeder Seite der Linie; sie kann kostenfrei alles Holz, alle Steine und sonstige natürliche Materialien nehmen, deren sie zum Bau bedarf; kann alle Flüsse und Häfen frei benützen; darf alle für den Bau und die Benutzung der Bahn erforderlichen Maschinen, Werkzeuge, Lebensmittel und andere Materialien zollfrei einführen. Die Eingeborenen, welche sie als Arbeiter verwendet, sind vom Civil- und Militairdienst frei. Die Gesellschaft kann sich in eine Actiencompagnie verwandeln. Alle ihre Rechte, Interessen und ihr Eigenthum sind für alle Zeiten von Besteuerung oder irgend welcher Belastung von Seiten des Staates befreit.

3) Für jeden von einem Endpunkte der Bahn bis zum andern durchreisenden Fahrgast, der über zehn Jahre alt ist, zahlt die Gesellschaft dem Staate 1 Dollar. Sie verwendet die Sträflinge, welche der Staat ihr als Arbeiter überläßt, gegen eine angemessene Entschädigung. Sie verpflichtet sich, die Fahrsätze für den innern Verkehr so niedrig zu stellen, wie ihre Interessen nur irgend gestatten.

4) Die Bürger der Vereinigten Staaten von Nord-Amerika und alle Angehörige von Staaten, welche mit Honduras in Frieden sind,

sollen, unbelästigt von Steuer und Abgaben und ohne daß ein Paß erforderlich wäre, die Bahn befahren können. Gleichermaßen sollen alle transitirenden Güter und Waaren frei von jeder Besteurung durch den Staat sein, der nur eine nominelle Controlgebühr erhebt, welche ihm die Gesellschaft zahlt. Das Gepäck der Reisenden darf nicht untersucht noch mit irgend einer Abgabe belegt werden.

5) Der Staat giebt der Gesellschaft 4000 Caballerias Land. Die Caballeria ist gesetzlich auf 160 Acres festgestellt; der Flächenraum beträgt demnach 640,000 Acres oder eintausend Quadratmeilen. Die Gesellschaft hat das ausschließliche Recht, an der Bahnlinie oder anderwärts noch weitere 5000 Caballerias (800,000 Acres) zu kaufen nur zu 12½ Cents per Acre. Sie zahlt diese Kaufsumme in Actien der Gesellschaft zu Pari. Alle Personen, welche sich auf den Ländereien der Compagnie ansiedeln, genießen alle Rechte und Privilegien der eingebornen Bürger des Staates, und sind auf zehn Jahre von allen Steuern und von Civil- oder Militärdienst frei.

6) Die Häfen am Ende der Bahn sind Freihäfen. Eine Commission von fünf Personen (zwei von Seiten des Staates, zwei von Seiten der Compagnie, welche dann gemeinschaftlich einen Fünften erwählen) bildet ein Schiedsgericht, eine Behörde, welche alle erforderlichen Anordnungen und Bestimmungen trifft, um den Vertrag nach buchstäblichem Wortlaut und Sinn und Geiste ins Leben einzuführen. Dasselbe entscheidet endgültig und ohne daß irgend eine Berufung gestattet wäre über etwaige Streitpunkte die sich zwischen beiden Theilen erheben. Die Regierung von Honduras verpflichtet sich, mit den Seemächten in Unterhandlungen zu treten um für diesen interoceanischen Verbindungsweg eine ewige Neutralität auszuwircken, im Sinne der am 19. April 1850 zwischen den Vereinigten Staaten und Großbritannien geschlossenen und am 5. Juli desselben Jahres genehmigten Washingtoner Uebereinkunft. Die Gesellschaft hat das Recht elektromagnetische Telegraphen anzulegen. Die Regierung bewilligt eine Prämie von 50 Acres Land jedem unverheiratheten Arbeiter, jedem verheiratheten 75 Acres, vorausgesetzt daß derselbe nach Honduras gekommen ist, um an der Bahn zu arbeiten, und daß er erklärt, Bürger werden zu wollen.

Außerdem hat die Gesellschaft, in ihrer Eigenschaft als „Honduras-Dampfboot- und Schiffahrts Compagnie" das Recht zollfrei einzuführen, auszuführen und durchzuführen nach, aus, von, in und durch alle Gewässer des Staates.

14. Die interoceanischen Verbindungswege in Bezug auf die Entfernungen. Nicht die räumliche Entfernung sondern der Zeitgewinn fällt beim Verkehr vorzugsweise ins Gewicht. Dieser hängt allerdings mehr oder weniger von der erstern ab, wird durch sie bedingt. Aber es kommen auch manche andere Umstände in Erwägung, zum Beispiel gute Häfen, in welchen die Schiffe dicht an den Werft legen, Passagiere und Waaren sicher, bequem und rasch einnehmen und ausschiffen können, damit man nicht nöthig habe weit vom Lande zu ankern, zu leichtern, Güter und Reisende in kleinen Booten an gefährlichen Stellen zu landen. Die Häfen müssen leicht zugängig sein, und man muß so viel als möglich öfteres Umladen zu vermeiden suchen, das zeitraubend und kostspielig, und gerade auf einer interoceanischen Verbindungslinie möglichst zu vermeiden ist.

In allen diesen Beziehungen ist eine Bahn durch Honduras allen andern Communicationswegen vorzuziehen. In Bezug auf die Schifffahrtsdistanzen bemerkt der ausgezeichnete Hydrograph Maury in einem Briefe vom 26. Juni 1854, daß die Entfernung zwischen nachstehenden Häfen sich folgendermaßen herausstellt:

Von Neu-York nach San Francisco üb.	Panama	5200	Meil.
„	Nicaragua	4100	„
„	Honduras	4200	„
„	Vera Cruz od. Tehuantepec	4200	„

Dabei ist die Strecke, welche über Land zurückzulegen ist, nicht mit gerechnet. Sie beträgt über die Landenge von Panamá vierundfünfzig Statut-Meilen, durch Nicaragua hundertvierundachtzig, durch Honduras hundertsechzig, über Tehuantepec hundertsechsundachtzig. So stellen sich die Entfernungen von Neu-York nach San Francisco über Panamá auf fünftausendzweihundertundvierundfunfzig Meilen, Nicaragua viertausendachthundertundvierundachtzig, Honduras viertausenddreihundertundsechzig, Tehuantepec viertausenddreihundertundsechsundachtzig Meilen.

Aber die kürzeste Strecke ist nicht allemal practicabel. Dampfer welche Cap Florida doublirt haben, können nicht mit Sicherheit gerade auf Vera Cruz fahren, sondern müssen nördlichen Cours halten um die gefährlichen Riffe, Untiefen und niedrigen Inseln auf der großen Bank von Campeche im nördlichen Yucatan zu vermeiden. Dieser Umweg verlängert die Fahrt zwischen Neu-York und der Landenge von Tehuantepec um einige hundert Meilen, während er bei der Fahrt nach Honduras wegfällt.

14. **Die Häfen.** Wir haben schon angedeutet wie viel auf einen guten Hafen ankommt. Ueber die Landengen von Tehuantepec, Honduras und Panamá können nicht Canäle wohl aber Eisenbahnen als interoceanisches Communicationsmittel geführt werden, Nicaragua und der Atrato können möglicherweise eine Canalverbindung herstellen, die Linien von Chiriqui und Darien sind überhaupt nicht practicabel. Nicaragua kann keine Eisenbahn haben, die von einem Ocean bis zum andern reicht; denn sie würde hundertneunzehn Meilen lang sein und durch die unbetretenen Wildnisse am San Juan entlang führen müssen. Aber auch wenn sie vorhanden wäre müßte man mehrmals das Schiff wechseln. Die Atratolinie, abgesehen davon daß sie der vollendeten Panamábahn so nahe liegt, ist nun unnöthig und wäre auch ohne Bedeutung; aber sowohl eine Atrato- wie eine Nicaragualinie wäre ohne gute Häfen. Die gegenwärtige Nicaragua-Transit-Compagnie hat gar keine solchen am Stillen Ocean, und ein angemessener Endpunkt für eine Bahn könnte nur bei Realejo gefunden werden, das von San Juan del Norte dreihundert Meilen entfernt liegt. Auf der Atratoroute ist am Stillen Meere Cupica ein kleiner, dem Südwestwind blos liegender Hafen, und was die atlantische Seite anbelangt, so hat der Atrato eine Barre mit nur 5 Fuß Wasser.

Der Endpunkt der Panamābahn liegt auf der atlantischen Seite 7 Grade südlicher als Puerto Caballos in Honduras, der pacifische Endpunkt derselben vier Tage Schiffahrt unterhalb der Breite der Fonsecabay. Panamá hat auf beiden Gestaden schlechte Häfen, und wenn Aspinwall einigermaßen erträglich ist, so müssen die Schiffe doch bei Panamá einige Meilen vom Ufer entfernt ankern; man kann hier eigentlich nicht einmal von einem Hafen reden. Das Ein- und Umladen raubt viel Zeit, kostet Geld, ist lästig, oft gefährlich, und das Klima bekanntlich sehr schlecht.

So können nur die Routen durch Tehuantepec und Honduras in Betracht kommen. Der Leser wird, wenn er eine Karte von Amerika ansieht, finden, daß oberhalb des 14 Grades N. Br. der Continent nicht von Nord nach Süden sich erstreckt, sondern von Osten nach Westen. Der projectirte Endpunkt einer Tehuantepecbahn liegt in 18 Grad 8 Minuten N. Br., der von Honduras in 15 Grad 49 Minuten N. Br., die südlichen Endpunkte respective in 16 Grad 12 Minuten und 13 Grad 21 Minuten N. Br. Der absolute Unterschied in der Breite beträgt demnach nur 2 Grad 19 Minuten. Und obwohl Tehuantepec in 94 Grad 30 Minuten W. Länge liegt, Honduras in 87 Grad 57 Minuten W. Länge, so ist es doch z. B. für die Fahrt von Neu-York nach San Francisco unwesentlich ob man Westen im Golf von Mexico oder im Stillen Ocean macht, nur daß der letztere ruhiger ist.

Tehuantepec hat einen absoluten Vorsprung von 2 Grad 19 Minuten Breite = 4 Grad 38 Minuten oder zweihundertundsiebzig Seemeilen für die ganze Reise zwischen Neu-York und San Francisco. Aber derselbe ist nur scheinbar, weil er verloren geht durch einige Hindernisse bei der Schifffahrt im mexicanischen Golf, durch einige Bestimmungen im Freibriefe der Tehuantepec Compagnie, insbesondere durch jene über „La Compania mista“. Unter anderm ist festgestellt worden, daß die Dampfer welche die Verbindung mit der Bahn unterhalten nach Vera Cruz fahren und dort alle Passagiere und Waaren in Schiffe unter mexicanischer Flagge überladen müssen, bevor sie nach dem Goatzacoalcos (an dessen Mündung die Bahn enden soll) steuern. Daß Vera Cruz kein Hafen ist, sondern nur eine schlechte höchst unsichere Rhede, weiß Jedermann, und auch Humboldt hat das ganz ins Besondere hervorgehoben. Die Fahrt dorthin ist der oben angeführten Hindernisse wegen gefährlich, das Klima mörderisch. Zieht man nun das Alles in Erwägung, und daß die Dampfer, von der Straße von Florida über Vera Cruz nach Goatzacoalcos, einen weiten Umweg zu machen haben, so stellt sich für Honduras ein absoluter Vortheil von mehr als zweihundert Meilen heraus.

Auf der Landenge von Tehuantepec liegt weder auf der atlantischen noch auf der pacifischen Seite ein Hafen. Capitain Fitzroy sagt: „Der Hafen von Tehnantepec ist eben so wenig von der Natur begünstigt wie die Küste von Nicaragua. Von ihr haben die Nordwestorkane ihre Namen erhalten; sie sind Schuld daß Schiffe in den kleinen Häfen Sabinas und Ventosa (d. h. dem windigen) nicht landen können.“ Michael Chevalier bemerkt in seinem Werke über die interoceanischen Verbindungen: „Es würde darauf ankommen dem vorhandenen Mangel eines auch nur einigermaßen entsprechenden Hafens womöglich abzuhelfen. Tehuantepec verdient kaum den Namen einer Rhede, das Meer tritt hier täglich weiter zurück, der Ankergrund wird immer schlechter, der Sand welchen der Chimalapa ablagert vergrößert die Barren in den beiden dort liegenden Lagunen, und der Tehuantepec ist überhaupt nur noch für kleinere Schiffe zugängig.“

Die mit der Vermessung und Untersuchung der Landenge beauftragten Ingenieure haben sich auch veranlaßt gesehen auf diesen sogenannten Hafen gar keine Rücksicht zu nehmen, sondern machten den Vorschlag, bei Ventosa vermittelst eines 2000 Fuß weit ins Meer hinauszuführenden Dammes, eines Wogenbrechers, einen künstlichen Hafen zu schaffen. Es liegt auf der Hand wie schwer zu bauen, wie kostspielig und wie ungenügend ein solcher Hafen sein würde. Mit einem Worte: Tehnantepec hat überhaupt keinen Hafen am Stillen Meer, und noch weniger besitzt es einen solchen am atlantischen Ocean, wo nicht einmal eine Rhede vorhanden ist, die auch nur annähernd an einen Hafen erinnern könnte. Diesem Mangel meinte man dadurch abhelfen zu können, daß die Schiffe in den Coatzacoalcos hinein fahren sollten. Aber dessen Mündung ist ohne irgend welchen Schutz, den Winden und Meeresströmungen ausgesetzt, und hat eine Barre, über welche bei schlechtem Wetter nicht einmal Schiffe von 100 Tonnen hinwegfahren können. „Bei Hochwasser, überhaupt bei Vollmond und Mondwechsel, hat die Baare etwa 13 Fuß Wasser und es fällt bis zu 11 Fuß.“ So sagt der amtliche Bericht über die Tehuantepecbahn. Die Angabe Orbegoso's, der 21 bis 23 Fuß gefunden haben wollte ist entschieden unrichtig; Commodore Perry, fand nur 12 Fuß. Auch Moro sagt die Unwahrheit, wenn er auf der Barre von Boca Barra

23 Fuß Wasser gefunden haben will; selbst der amtliche Bericht gesteht ein daß nur 8 Fuß Wasser vorhanden sei. Squier belegt dann diese Angaben mit einer Reihenfolge seemännischer Autoritäten, aus deren Angaben hervorgeht daß allerdings die Landenge von Tehuantepec gar keinen Hafen besitzt, der sicher wäre oder nur das Einlaufen größerer Schiffe möglich machte. Nun werden aber bekanntlich für den Transit von und nach Californien große Dampfer von 2000 bis 3000 Tonnen Trächtigkeit verwandt. Der kleinste oceanische Dampfer, der Falcon, hält 750 Tonnen und 15 Fuß Tiefgang, also 3 Fuß mehr als die Barre vor den Coatzacoalcos Wasser hat. Außerdem ist namentlich diese Meeresgegend sehr gefährlich; gerade hier stürmen die Nordwinde, welche über das große Stromthal des Mississippi und den mexicanischen Meerbusen streichen, am heftigsten, von September bis März, und in dieser Jahreszeit darf kein Schiff von einiger Trächtigkeit, auch kein Dampfer wagen, über diese Barre zu fahren. Auf derselben brechen sich gewöhnliche, 6 Fuß hohe Kammwellen schon bei mäßigem Winde mit dem Stromwasser. An der atlantischen Küste von Vera Cruz bis Campeche ist, beiläufig bemerkt, das gelbe Fieber einheimisch.

16. **Die Sicherheit der verschiedenen Routen.** Schiffe, welche von Nord-Amerika aus die Fahrt nach dem centralamerikanischen Isthmus machen, haben eine Fahrt von mehr als tausend Meilen in dem bekanntlich sehr unruhigen atlantischen Ocean, und müssen, um die Strömung des Golf-Stromes zu vermeiden, windwärts, das heißt östlich von Cuba herumsteuern. Die Ausfahrt, und oft auch die Rückfahrt der zwischen Neu-York einerseits und Aspinwall und Nicaragua anderseits laufenden Dampfer führt zwischen Cuba und St. Domingo hindurch, also an der Ostseite von Jamaica vorüber. Sobald sie aus dem stürmischen atlantischen Ocean in die caraibische See kommen, befinden sie sich gerade in jenem Theile dieser letztern, welche am meisten von Orkanen heimgesucht wird. Die zwei großen Mittelpunkte dieser gewaltigen Naturerscheinungen sind das chinesische Meer und Westindien; außerhalb dieser Regionen sind sie vergleichsweise selten. Die Richtung der westindischen Orkane findet man in Berghaus physikalischem Atlas angegeben. Sie beginnen bei den Leeward-Inseln, streichen nach Nordwesten, fassen auf ihrem Course Jamaica und St. Domingo,

und ziehen, sobald sie den Golfstrom berühren, nach Nordosten hinab, indem sie der Richtung desselben folgen. Sie durchkreuzen allemal die Fahrbahn der von und nach Nicaragua und nach dem Isthmus von Panamá bestimmten Schiffe. Dagegen haben von den neunundvierzig großen Orkanen, welche von 1675 bis 1837 diese Region heimsuchten, nur zwei die Linie durchkreuzt, welche die nach Honduras fahrenden Schiffe, meinem Vorschlage gemäß, fahren sollen, nämlich von der Westküste Florida's bis Puerto Caballos (durch den östlichen Theil des mexicanischen Golfes, durch die Straße von Yucatan und den westlichen Theil der caraibischen See). Auf dieser Strecke werden die berüchtigten Drehorkane durchaus vermieden. Jährlich werden jetzt im Durchschnitt 75,000 Reisende von der atlantischen nach der pacifischen Küste hinüberbefördert, und es ist gewiß von großem Belang, ob sie auf eine sichere Fahrt zu rechnen haben. Auf der von mir vorgeschlagenen Wasserlinie werden auch die schon oben erwähnten, höchst gefährlichen Nordwinde völlig vermieden, welche vom Mississippi her gerade auf die Landenge von Tehuantepec zuwehen.

17. **Baukosten und wahrscheinlicher Ertrag.** Die Panamá-Eisenbahn ist neunundvierzig englische Meilen lang und hat in runder Summe etwa fünf Millionen Dollars gekostet. Der Bau eines künstlichen Hafens bei Panamá wird noch etwa zwischen einer und zwei Millionen erfordern. Von obigen fünf Millionen muß man indessen wenigstens eine halbe Million absetzen, um die Stadt Aspinwall in der Navybay zu gründen. Es blieben also für die eigentliche Bahn fünfthalb Millionen, was für Baukosten und Betriebsmittel 91,000 Dollars für die Meile ergiebt. Die Bahn durch Honduras wird etwa einhundertsechzig Meilen lang sein, und, wenn das Kostenverhältniß dasselbe wäre wie bei der Panamábahn, 14,560,000 Dollars in Anspruch nehmen. Ich behaupte aber mit Zuversicht, daß auf der Hondurasbahn die Meile nicht halb so theuer zu stehen kommen wird wie auf der Panamábahn die ersten dreiundzwanzig Meilen. Diese letzteren mußte man durchaus in sumpfigem Boden bauen, in einer tropischen Gegend, welche in der Zone fast immerwährenden Regens liegt; man mußte Pfähle einrammen, festen Unterboden künstlich schaffen, und die Techniker hatten ganz ungemeine Schwierigkeiten

zu überwinden. Sie haben allerdings ein wahres Meisterwerk geliefert, das aber große Opfer an Geld und Menschenleben erforderte. Gerade diese Strecke hat den größten Aufwand an Kosten verursacht. Dagegen ist auf der ganzen Honduraslinie kein einziger Sumpf oder Morast vorhanden.

Auf der Landhöhe mußte bei der Panamábahn eine Strecke von 1300 Fuß Länge und bis zu 24 Fuß tief durchstochen werden. Dergleichen Durchstiche sind in Honduras nicht nöthig. Die Landenge von Panamá ist schmal, spärlich bevölkert, konnte weder Baumaterial noch Lebensmittel liefern, und die Compagnie mußte fast Alles aus den Vereinigten Staaten herbeischaffen. Dagegen ist in Honduras alles erforderliche Holz überall an Ort und Stelle zur Hand, und die amerikanischen Sägemühlen auf der Insel Tigre können die Querschwellen für eben so billigen Preis liefern wie man sie in Nord-Amerika erhält.

Die Panamágesellschaft hatte große Mühe die erforderlichen Arbeitskräfte herbeizuschaffen, und der amtliche Bericht hebt hervor, daß von 50 bis 60 Dollars erforderlich waren, um nur erst die Arbeiter an Ort und Stelle zu schaffen. Sie erhielten weit höhern Lohn als in den Vereinigten Staaten, von wo man die meisten kommen lassen mußte, sogar die Köche. Auch kostete die Verpflegung der Kranken sehr viel. Daß das Alles in Honduras durchaus anders und viel günstiger ist, ergiebt sich aus dem ganzen Inhalte dieses Werkes. Den bei weitem größten Theil der Arbeiter kann das Land selber stellen, und auch in San Salvador werden dergleichen zu haben sein. Dazu kommt, daß die klimatischen Verhältnisse ohne allen Vergleich günstiger sind als auf der Landenge von Panamá.

Die Panamábahn konnte erst achtzehn Monate später eröffnet werden als beabsichtigt war, wegen der gewaltigen Regenmenge, welche in den Jahren 1853 und 1854 fiel. Dergleichen ist in Honduras, eben weil die klimatischen Verhältnisse ganz andere sind, gar nicht zu besorgen.

Ferner: In Honduras kann man jede erforderliche Menge bereits eingeübter Zugochsen haben; Futter für das Vieh ist überall, Rindfleisch in Menge und billiger zu haben als irgend wo anders, vielleicht Buenos-Ayres ausgenommen. Unmittelbar an der Bahnlinie wohnen 100,000 Menschen; Mais, Bananen, Yuca und viele andere werthvolle Früchte sind hier stets und in Menge zur Hand.

Auch in der sogenannten Regenzeit braucht die Arbeit nicht eingestellt zu werden, und Alles wohl erwogen glaube ich, daß der ganze Bahnbau sammt dem Betriebsmaterial sich nicht höher als sieben Millionen Dollars belaufen werde. Daß in einem Klima, wie dem von Honduras die Bahn mit geringeren Kosten im Stande erhalten werden kann als auf der Landenge von Panamá, versteht sich von selbst.

Für eine Tehuantepecbahn sind, mit Einschluß des Betriebsmaterials, 7,847,000 Dollars veranschlagt worden. Dabei ist aber der 2000 Fuß lange Wogenbrecher nicht mit gerechnet.

Dagegen werden bei Puerto Caballos wie in der Fonsecabay gewöhnliche Werfte von 60 Fuß Länge ausreichen, und an ihnen könnten auch die allergrößten Seedampfer vollkommen sicher hart am Lande liegen.

Die Honduraslinie bewirkt eine Zeitersparniß von fünf bis acht Tagen gegenüber allen anderen Transitrouten, und schon das sichert ihr eine Ueberlegenheit. Dazu kommt, daß sie bei weitem die sicherste sein wird. Auf ihr vermeidet man das öftere Umladen und Ausschiffen und das Ein- und Aussteigen in kleine Boote; man legt eben gleich am Lande an, steigt vom Bord auf die Bahn und umgekehrt; man hat, in dem gesunden Klima, weder „Chagresfieber" noch „San Juan Calenturas" zu besorgen. Natürlich würde die Post diese schnellste Route wählen, und alle nach Californien ꝛc. bestimmten Frachtgüter würden diesen Weg vorziehen. Jetzt kostet die Fracht auf der Nicaragua-Transitlinie und auf der Panamábahn 15 Cents das Pfund oder 300 Dollars für die Tonne! Die Hondurasbahn dürfte sich auf die Beförderung von Reisenden der Post, Expreßgüter und edlen Metallen Rechnung machen. Und von sehr wesentlicher Bedeutung ist es ferner, daß Honduras, als ein überaus gesegnetes Land, unendlich reich ist an Erzeugnissen des Mineral- und Pflanzenreichs. Die Bahn würde alle vorhandenen Hilfsqnellen rasch entwickeln, und ihr Verkehr sich eben dadurch unablässig steigern. Auch die Einwanderung würde sicherlich nicht auf sich warten lassen.

Der amtliche Bericht über die Tehuantepecbahn hat berechnet, daß in den vier Jahren vor 1852 die Zahl der Reisenden zwischen den Vereinigten Staaten und Californien 412,942 betrug; von diesen gingen 241,522 über Panamá und Nicaragua; diese letztere Route war erst vor Kurzem eröffnet worden. Er nimmt die in derselben Zeit auf den eben angegebenen Routen die Waaren zu 47,000 Tonnen an, das transitirende Gold zu 138,620,000 Dollars und das durchschnittliche Gewicht der von jedem Dampfer beförderten Postsendung auf 9000 Pfund. Außer den oben angegebenen Reisenden fuhren 11,021 um das Cap Horn nach Californien. Sehen wir von 1848 ab, so wanderten über See und Land in jenen drei Jahren durchschnittlich im Jahre 141,350 Personen, wovon 80,190 zur See. Im Jahre 1854, das in vieler Beziehung ungünstig war, betrug zu San Francisco die Zahl der auf dem Seewege angelangten und abgegangenen Reisenden 59,000, ohne die 16,084 angekommenen Chinesen; nur 2330 Chinesen wanderten wieder zurück.

Für das mit dem 16. März 1855 abgelaufene Jahr bringt das Neuyorker Zollamt folgende amtliche Angaben über die Reisenden, welche aus jenem Hafen mit Dampfern nach Californien abgegangen oder von dort angekommen waren: Abgegangen: mit 1. Nicaragua-Dampfern 13,373; mit 2. Panamá-Dampfern 11,746; mit 3. der unabhängigen Linie 4172; angekommen mit 1: 11,195; mit 2: 8025; mit 3: 3340. Summe 51,851 Personen. Die nach Süd-Amerika und anderen Häfen des Großen Oceans beförderten Reisenden sind hier nicht mit gerechnet. Man ersieht aus obigen Ziffern, daß die Mehrzahl der Passagiere die kürzeste Route wählt; die durch Nicaragua ist kürzer als jene über Panamá, indem sie einige Tage erspart, und deshalb von der Mehrzahl der Passagiere vorgezogen wird, obwohl sie viel unbequemer ist und vier- bis sechsmaliges Umladen erfordert, in der trockenen Jahreszeit z. B., außer zu San Juan del Norte und San Juan del Sur, bei den Stromschnellen von Machuca, bei jenen del Castillo, del Toro und an der Virginbay. Bei Castillo und an der Virginbay muß zu allen Jahreszeiten gewechselt werden.

Der Handel mit dem Stillen Ocean hat sich alljährlich in großartiger Weise gesteigert. In den drei Jahren 1850 bis und mit

1852 clarirten aus den Häfen der Vereinigten Staaten nach den Sandwichsinseln, China, Ostindien und dem Stillen Ocean im Allgemeinen (ohne Californien und Oregon)

Jahre.	Amerikaner.	Fremde.	Total.
1850	93,588 Tonnen.	11,640 Tonnen.	115,228 Tonnen.
1851	114,330 „	20,880 „	135,210 „
1852	198,210 „	91,640 „	298,850 „

Demnach Zuwachs in zwei Jahren 173,522 Tonnen oder etwa 140 Procent. Aber auch abgesehen von allen derartigen Speculationen, sind positive Anhaltpunkte vorhanden, nach denen der Ertrag der Hondurasbahn sich veranschlagen läßt. Ich wähle dazu eine Abtheilung der Panamábahn. Sie nahm für die damals fertige Strecke von einunddreißig Meilen ein vom 1. Februar bis 31. October 1854 Brutto 1,187,526 Dollars 41 Cents, die Nettoeinnahme 628,611 D. 87 C. Die Panamábahn hatte nur die Hälfte des Passagierverkehrs zwischen beiden Oceanen, war noch lange nicht vollendet, und doch trug sie netto im Monat 52,000 Dollers per Meile ein. Die Honduraslinie wird wegen ihrer vielfachen, schon oftmals hervorgehobenen Vorzüge den bei weitem größten Theil der Reisenden an sich ziehen, sie wird um die Hälfte billiger gebaut werden als die Panamábahn, und bei sieben Millionen Dollars Anlagekosten, nach dem heutigen Stande des Verkehrs eine Einnahme von 1,750,000 Dollars jährlich abwerfen und nach einigen Jahren gewiß zwei Millionen, denn wer sie wählt, spart sieben Tage Zeit.

Wenn 70,000 Reisende jährlich diese Route wählen, so erspart das Publicum jährlich 490,000 Tage Zeit. Der Tag hat in den Vereinigten Staaten durchschnittlich einen Geldwerth von zwei Dollars; Ersparniß also eine Million. Man erspart an Interessen, Assecuranz ꝛc., an den edlen Metallen welche transitiren; die Post wird um sieben Tage schneller befördert, und dadurch das Geschäft überhaupt um ebenso viel abgekürzt und belebt.

Die Bahn durch Honduras wird über kurz oder lang gebaut werden. Sie wird nicht über sieben Millionen Dollars kosten. Sie wird in den ersten vier Jahren des Betriebs ein Einkommen von zwei Millionen Dollars haben, und die sicherste und kürzeste Verbindung zwischen Neuyork und Californien herstellen.

Register.

Acajutla 179.
Aguan, Fluß, 47.
Ahuachapan 197.
Alvarado 204 ff.
Amapala 59. 63. 69.
Apastepec 198.
Aquino XXXVI.
Arce XXXVI.

Balize 17. 240.
Balsambäume 184.
Balsamküste 183. 201.
Barbaretta 77.
Baumwolle 125.
Bay-Inseln 70 ff. 231.
Bergbau 106.
Bevölkerungsverhältnisse 19.
Binnenschifffahrt 259.
Black-River-Lagune 50.
Bluefields 221. 227. 229.
Blutquelle 9.
Bocay, Fl., 222.
Bodenerhebungen 3.
Bonacca 75.
British Honduras 240.
Bundesverfassung XXIII.
Bürgerkriege XVI ff.

Caraiben 146 ff.
Cape, Fl., 221.
Caratasca-Lagune 53.
Carrera XXXIX.
Cedern 123.
Ceibabaum 123.
Chalchuapa 197.
Chamelicon, Fl., 46.
Cholera XXXIV.
Choluteca, Fl. 56.
Choluteca, Depart., 92.
Coa, Fl., 222.
Coco, Fl. 221.
Cojutepec 197.
Colonialverhältnisse VIII.
Comayagua 40. 79. 250.
Conchagua-Bay 59.
Cordillere 2.
Cortes 79. 116.
Costa de la Oreja 156.
Costa Rica, Klima, 10.
Creolen, politische Stellung, IX.
Criba-Lagune 50.
Cuscatlan 206. 209.

Eisenbahn 243 ff.
Englische Politik 231 ff.
Entdeckung von Central-Amerika 35.
Erdbeben 186.
Escondido, Fl., 221.
Espino-Ebene 86. 250.
Esposescion, Insel, 60.

Flächeninhalt 4.
Fonseca-Bay 59. 64. 254.
Fort Wellington 48.

Gebirge 38 ff.
Gebirgspässe 44.
Gesammtbevölkerung 27 ff.
Geschichte Central-Amerika's VII ff.
Goascoran, Fl., 57. 253.
Goldfluß 221.
Goldgruben 109. 219.
Gracias, Depart., 87.
Guajiquero, Geb., 86.
Guajoca, Paß, 252.
Guanaja 75.
Gueguensi 62.
Gummi 112.

Helena 77.
Heuschrecken 137.
Hibueras 35.
Honduras, Bodenverhältnisse, 42.
Honduras, Staat, 37.
Honduras, Klima, 10.
Holzfäller 117.
Hölzer, werthvolle, 122.
Huastecas 199.
Humuya, Stromthal, 249.

Jahreszeiten 9.
Jamalteca 86.
Indianer 5. 138. 201. 151.
Indigo 127.
Juticalpa 96.
Izalco 197.

Klerus XXIV ff.
Klimatische Verhältnisse 7.
Kohlengruben 113.
Kukras, Indianer, 230.

Ladinos 29.
Laguna de Pertas 227.

La Libertad 178.
Lama, Fl., 221.
La Union 179.
Lenca, Indianer, 153.

Mahagony 115.
Mais 128.
Maniani-Ebene 250.
Martin Perez 63.
Medicinalpflanze 122.
Meichoras, Volk, 230.
Mico, Fl., 221.
Minas de Tabanco 181.
Mineralreichthum 106. 114.
Morat 77.
Morazan XXVII.
Mosquito-Küste 226. 228.
Mosquitos 143. 224.

Nacaome, Fl., 57.
Nahual-Indianer 200 ff. 209.
Naturansichten 100.
Neu-Segovia 218.
Nicaragua 10.

Ocotal 218.
Olancho, Depart., 95.
Omoa 66.
Opalgruben 112.
Oro 221.

Pantasma, Fl., 222.
Patuca, Fl., 50.
Payas, Volk, 230.
Parteien XII ff.
Pechtanne 122.
Pipiles, Volk, 205. 209 ff.
Pita 125.
Poteca, Fl., 222.
Poyas, Fl., 47.
Profile, Boden-, 43.
Puerto Caballos 65. 247.
Puerto Sal 69.

Pyramiden 85.

Raceuvermischung 31 ff.
Ramas, Volk, 230.
Rancho Chiquito 252.
Rio Lempa 174.
Rio Paza 177.
Rio San Miguel 177.
Rio Tinto 47.
Rio Wanks 53.
Roatan 71.
Roman 47.
Ruattan 71.
Ruinen 80.

Sacatecoluca 197.
Sacate Grande 61.
Sambos 143.
San Miguel de la Frontera 198.
San Pedro Matapas 197
San Vicente de Austria 197.
Santa Anna Grande 197.
Santa Barbara, Depart., 98.
Santiago 248.
Sassaparille 124.
Secos 139.
Seen 3.
Seehäfen 4.
Segovia, Fl., 53. 221.
Sierra Madre 39.
Silbergruben 118.
Siquia, Fl., 221.
Sonsonate 196.
Ströme 45.
Sula, Ebene, 99.

Tabak 127.
Taulebe-See 58.
Tegucigalpa, Depart., 93.
Temperaturverhältnisse 9.
Temporales 10.
Tenampua 80.
Thierwelt 129 ff.
Tigre, Insel, 63.
Toacas, Volk, 139. 230.
Triunfo de la Cruz 69.
Truxillo 67.
Tumtum, Fl., 52.

Ulua, Fl., 46.
Unabhängigkeitserklärung XIII.
Urbewohner 152. 199.

Victoria, Provinz, 48.
Viehzucht 129 ff.
Volkszählungen 19.
Vulcane 185.

Wanks, Fl., 221.
Wulwas, Volk, 230.

Yaro, Fl., 221.
Yojoa-See 58.
Yoro, Depart., 97.

Xicaque, Indianer, 98.

Zuckerrohr 125.

CPSIA information can be obtained
at www.ICGtesting.com
Printed in the USA
LVHW100439110522
718424LV00003B/167

9 783375 009557